HAGEN HAAS

DREI TAGE BIS VOLLMOND

Dämonen unterm Dom

Urban Fantasy

Dieser Titel ist auch als E-Book erhältlich:
ISBN 978-3-86762-288-2

Autor: Hagen Haas
Lektorat: Oliver Hoffmann
Korrektorat: Frederic Rukes
Umschlaggestaltung und Satz: Oliver Graute

1. Auflage 2017
ISBN 978-3-86762-287-5
Gedruckt in der EU

www.feder-und-schwert.com

Widmung

Für meine Eltern,
dafür, dass sie einen Menschen aus mir gemacht haben.

INHALT

DRAMATIS PERSONAE

Protagonisten:

Emil Vormann: Jurastudent und Romantiker

Malte Sommer: Jurastudent und Comiczeichner

Andreas „Wächter“ Burgwächter: Gelegenheitsarbeiter und Schwertmeister

Constantin Richter: Medizinstudent und Skeptiker

Mai Li: Pegasus-Agentin

Tatonka: Pegasus-Agent

Arthur Chomsky: Ehemaliger Pegasus-Agent

Antagonisten:

Asmodin: Dunkelherr

Der Unhold: Kampfdämon

Der Schattenmann: Ehemaliger Revolverheld, jetzt Nachtschatten

Céleste deVille: „Sektenbeauftragte“

Polizisten:

Katrin Schröder: Berittene Polizistin

Kommissar Jäger: Kriminalkommissar

Meier von der Spurenermittlung: Spurenermittler und späterer Organist im Kirchenchor

Statisten:

Pfarrer Krause: Kölner Gemeindepfarrer, Kontaktmann von Pegasus

Jupp: Taxifahrer, Kölsches Original

Alfred von der Eisenbahn: ICE-Führer, Yeti-Fan

Viktor Schaffmann: BWL-Student, Langweiler

Mutter Schaffmann: Hausfrau, begeisterte Operngängerin

Der Advokat: Advocatus Diaboli, Untergebener des Großjustiziars

Die Hexe Gertawina: Schwarze Hexe, Feenjägerin

Solisten:

Demmi: Blondes „Mädchen" mit wunderschönen, bergseeblauen Augen

Das Schicksal: Unergründliche, unerklärliche, unbegreifliche, aber dennoch humorvolle Macht jenseits von Raum und Zeit

PROLOG

Tief unten in den Eingeweiden der Erde, an einem namenlos schrecklichen Ort, den noch niemals das Licht der Liebe erhellt hatte, stand ein schlankes blondes Mädchen von knapp zwanzig Jahren hinter einem Mauervorsprung und spähte hinüber zu einem steinernen Torbogen. Gewaltig zeichnete sich darin die Silhouette des Wächterdämons ab. Er würde sie nicht vorbei lassen. Aber sie musste vorbei, hinauf an die Oberfläche! Einen Kampf konnte sie nicht riskieren. Das Monstrum würde sie in Stücke reißen, ihre Eingeweide fressen und ihr Blut an die Wände der Kaverne schmieren. Wenn sie vorbei wollte – musste sie zaubern!

Die Angst schnürte ihr die Kehle zu, als sie die Hände hob und zitternd magische Muster in die Luft wob. Ein bläuliches Funkeln umspielte ihre Finger, wurde heller … und verlosch. Mühsam unterdrückte sie die aufsteigende Panik und zwang sich dazu, ruhig zu bleiben. Wenn sie nicht hinaufkam, war sowieso alles vorbei. Sie hatte also nichts zu verlieren. Noch einmal hob sie die Hände, formte die Muster und ließ den Zauber los. Er schwebte durch den Äther, umspielte unsichtbar die gewaltige Kontur des Wächterdämons und drang in seinen Geist ein. Das Mädchen hielt den Atem an und zählte: eins, zwei, drei, vier ... Nichts geschah. Er hatte nicht gewirkt! Der verfluchte Zauber hatte nicht gewirkt! Sie konnte es einfach nicht! Was jetzt? Um ein Wunder beten? Beten – sie? Fast hätte sich ein trockener Lacher ihrer Kehle entrungen. Doch er blieb ihr im Halse stecken, denn plötzlich hörte sie einen dumpf wiederhallenden Schritt, dann noch einen ... Der Wächterdämon hatte sich in Bewegung gesetzt und kam auf sie zu! Starr vor Angst presste sie sich an die Felswand. Während sie noch versuchte, sich eine wie auch immer geartete Ausrede zurecht zu legen, bogen die Schritte plötzlich ab, entfernten sich und dann hörte sie ein leises Plätschern. Und einen tiefen, wohligen Seufzer.

Es war eine Ironie des Schicksals, dass gerade die Unholde – jene schrecklichen muskelbepackten Monstren mit ihren gewaltigen Klauen und Reißzähnen – einige menschliche Eigenschaften besaßen, die anderen Dämonen vollkommen fremd waren. Sie mussten fressen, schlafen und – pinkeln.

Doch dies war nicht der Zeitpunkt, um über solche Absonderlichkeiten zu philosophieren. Das Mädchen warf einen kurzen Blick um die Ecke und erkannte, dass der Wächterdämon ein ganzes Stück entfernt mit dem Rücken zu ihr an einer Tunnelwand stand und noch beschäftigt war. Mit einigen schnellen Sätzen überquerte sie unbemerkt den Gang und huschte durch den Torbogen. Dahinter öffnete sich die Katakombe in einen gewaltigen Treppenschacht. In unendlichen Spiralen wanden sich die Stufen hinauf und immer höher hinauf, bis in die Welt der Menschen. Noch einmal blickte sie sich sichernd um, dann sprang sie los. Immer gleich drei Stufen auf einmal nehmend hetzte sie dem Licht der untergehenden Sonne entgegen, das von weit oben seinen matten Schimmer herabsandte ...

1.

Ein fast normaler Abend

Es war einer der letzten Tage des Altweibersommers gewesen, mit Wärme und Sonnenschein. Die Meteorologen sagten für die nächsten Tage den Herbsteinbruch voraus, und das bedeutete in Köln normalerweise Regen, Regen und nochmals Regen. In Anbetracht dieser Tatsache hatten Emil und seine Freunde Malte, Constantin und Wächter sich dazu verabredet, am Abend noch einmal eins ihrer traditionellen „Pfeilertreffen" auf der Südbrücke abzuhalten. Das etwa hundert Jahre alte Bauwerk spannte sich in einer stählernen Bogenkonstruktion über den grau dahinfließenden Rhein. Seinen Abschluss zu beiden Ufern des Stroms bildeten neoromanisch gestaltete Türme aus rotem Gestein, die hoch über die Gleisebene hinausragten und der Brücke eine düsterromantische Aura verliehen. Der perfekte Ort für die vier Freunde zum Chillen. Die Organisation des Treffens war Routine gewesen. Wächter, der eigentlich Andreas Burgwächter hieß und noch bei seinen Eltern wohnte, wollte seinem Vater wie üblich einige Bierflaschen stehlen. Malte war für die Musik zuständig – das hieß Ghettoblaster und Soundtracks. Emil hatte wie so oft seine Vorlesungen geschwänzt und war stattdessen mit Constantin, der behauptete, an diesem Tag keine Vorlesungen zu haben, nach Holland gefahren. Bis Maastricht waren es nur hundert Kilometer, und dort gab es jede Menge „Coffeeshops“, in denen aber niemand Kaffee kaufte ...

Um halb acht, als die Sonne hinter dem westlichen Horizont versank und den Himmel rot und violett färbte, saßen Emil, Constantin und Malte gemütlich auf ihrem Pfeiler inmitten des Rheins. Sie hatten sich Rucksäcke und Jacken in den Rücken gelegt, und aus den Boxen erklang Conan. Nur der notorisch unpünktliche Wächter – und damit das Bier – fehlten noch.

Während Emil mit einer braunen Haarsträhne, die sich aus seinem Zopf gelöst hatte, spielte und verträumt in den Sonnenuntergang schaute, hörte er mit einem Ohr Maltes Ausführungen zu. Der große Blondschopf studierte mit Emil zusammen Jura, aber seine Liebe gehörte eigentlich den Comics und gerade stellte er begeistert sein neustes Projekt vor: „Will Wilder oder der Schatten von Hongkong“. Er war ein begabter Zeichner, aber viel zu faul, um etwas daraus zu machen. Deswegen redete er lieber über seine Comics statt sie fertig zu zeichnen. Während Malte erzählte und erzählte und Emil den Sonnenuntergang genoss und hin und wieder pflichtbewusst nickte und „hm“ machte, gab Constantin sich nicht mal die Mühe, den Anschein zu erwecken, er höre Malte zu. Er hatte nämlich Wichtigeres zu tun: Mit großem Geschick drehte er eine Tüte von beeindruckender Größe. Fünfblättler waren seine Spezialität. Als er die Arbeit beendet hatte und seine Schöpfung prüfend gegen den dunkler werdenden Himmel hielt, bemerkte Constantin aus dem Augenwinkel einen Schatten auf dem Gehsteig über ihnen. Mit einer schnellen Bewegung griff er an seinen Gürtel und riss eine imaginäre Pistole daraus hervor. Auch Emil und Malte fuhren herum. Doch es war zu spät. Von oben ertönte ein schallgedämpftes: „Duff! Duff! Duff!“

Der große, hagere Wächter – wie immer ganz in Schwarz – grinste vom Brückengeländer auf sie herab und pustete dann den Rauch von seinen ebenfalls imaginären Wummen: „Tja Leute, das war's dann wohl. Euer Rauschkraut gehört mir."

„Weil du uns mit deinem Finger erschossen hast?", fragte Emil unbeeindruckt, während Constantin seine nicht vorhandene Pistole verärgert in den Gürtel zurückschob und Malte zum Gehsteig hinauf brummte: „Du bist zu spät."

Wächters Gesicht verfinsterte sich, und er knurrte unwirsch: „Verfluchte Drecksscheiße! Wir haben um sechs noch eine Lieferung Teppiche reinbekommen. Am Freitagabend! Ich war bis vor zwanzig Minuten im Lager!"

Damit schwang er sich über das Brückengeländer und kletterte auf den Pfeiler hinunter.

„Wann suchst du dir endlich mal einen ordentlichen Job?", fragte Emil kopfschüttelnd.

„Wenn du deinen ersten Schein bestehst!", konterte Wächter.

Emil verzog beleidigt das Gesicht: „He! Den Grundlagenschein hab' ich schon."

„Mein Vater sagt immer, Jura sei keine echte Wissenschaft", mischte sich Constantin ungefragt ein. Er selbst studierte Medizin, vor allem, weil sein Vater Arzt war – und wegen der hübschen Kommilitoninnen.

Während Emil und Malte Constantins Kommentar würdevoll ignorierten, nahm Wächter seinen Rucksack ab, um sich dann gemächlich niederzulassen und nach dem soeben vollendeten Fünfblättler zu greifen.

Damit war das Pfeilertreffen, das letzte dieses Sommers, endlich komplett, und es versprach, ein lustiger, vor allem aber ein völlig normaler Freitagabend zu werden …

* * *

Gegen zwölf waren Wächters Biervorräte erschöpft, der ein oder andere Rauschkrautstängel gepafft und die allgemeine Stimmung ausgelassen. Die silberne Scheibe des Nachtgestirns stand hoch und hell am Himmel, denn es waren nur noch drei Tage bis zum nächsten Vollmond.

Constantin ereiferte sich gerade über Maltes letzte These: „Fette Computereffekte machen noch keinen guten Film! Ich bleibe dabei: Die alten Teile waren besser!"

„Du kannst das nicht vergleichen. Die alte Trilogie ist abgeschlossen, das hier ist etwas völlig Neues", sprang Wächter Malte bei.

„Genau, wir schreiben das Jahr 1999! Wir stehen auf der Schwelle zu einem neuen Millennium und müssen den vierten … äh ... ersten Teil in diesem Kontext berücksichtigen", ergänzte Emil pathetisch und begeistert über seine eigene kühne Aussage.

Constantin sah sich von seinen Freunden eingekreist. Gerade setzte er zu einem verbalen Rundumschlag an, als er plötzlich stockte und genervt nach oben blickte: „Es regnet."

Die anderen drei wandten ihre Blicke ebenfalls zum Himmel hinauf. Schwere Wolken, die im Widerschein der Stadtbeleuchtung fahl schimmerten, hatten sich vor den fast vollen Mond geschoben und verhießen nichts Gutes.

„Ach, das sind nur ein paar Tropfen", erklärte Wächter dennoch überzeugt, als am Horizont ein vielfingriger Blitz den Himmel erhellte, gefolgt von dunkel heranrollendem Donner.

Malte gab ein leises „Oh, oh!" von sich und packte bemerkenswert schnell seine Sachen. Er hasste Ungemütlichkeiten aller Art wie die Pest.

Doch Wächter gab sich nicht so einfach geschlagen: „Das zieht vorbei!"

Als habe er nur auf diesen Kommentar gewartet, um ihn dann beweiskräftig zu widerlegen, öffnete der Himmel just in diesem Augenblick seine Schleusen. Dicke, schwere Tropfen fielen erst vereinzelt, dann aber schneller und schneller aus der Finsternis herab. Panikartig rafften die Freunde ihre Habseligkeiten zusammen und machten sich an den Aufbruch.

Emil erreichte die Gleisebene zuerst. Während die anderen ihm nachgeklettert kamen, rollte ein schwerer Güterzug über die Schienentrasse heran. Die ganze Stahlkonstruktion erbebte unter seinem Gewicht und sein rhythmisches Rattern dröhnte laut zu den inzwischen fast vollständig durchnässten Jungs herüber. Malte, der soeben als letzter auf dem Fußweg der Brücke angekommen war, schlug sich plötzlich gegen die Stirn und brüllte gegen Sturm und Eisenbahn an: „Sch...ße! Mei... Ru...sa...!“

Emil wandte sich zu ihm um: „W…s?“

In diesem Augenblick übertönte ein ohrenbetäubender Donnerschlag, der sie alle zusammenfahren ließ, den Zug. Gleißende Helligkeit riss die Brücke aus den Schatten hervor, während sie noch stärker erbebte.

Malte hielt sich verstört am Geländer fest: „E...n Erdb…ben!“

„Ne...n! De… Blit... ...at eing...schlag...!“, brüllte Constantin und deutete in Richtung rechtes Rheinufer. Die anderen folgten mit den Blicken seinem ausgestreckten Arm. Dort war ein Stück aus einem der gewaltigen Brückenpfeiler herausgesprengt worden. Dampf stieg auf, und die letzten elektrischen Ladungen krochen über das verkohlte Gestein.

Die vier starrten offenen Mundes auf das Schauspiel und hatten den Regen, der in wahren Sturzbächen vom Himmel fiel, völlig vergessen. Während das Ende des Zuges hinter ihnen in die Nacht rollte, fand Emil als erster seine Sprache wieder: „Hin!“

Dann rannte er auch schon los. Constantin und Wächter wechselten einen kurzen Blick und stürmten ihm hinterher, um bloß nichts zu verpassen. Malte war die Sache nicht geheuer.

Auch er setzte sich zwar in Bewegung, versuchte aber, während des Laufens für eine etwas besonnenere Strategie zu werben.

„Was ist, wenn ein Stromkabel getroffen wurde? Oder die Brückenkonstruktion was abbekommen hat?“, rief er von hinten. Aber die anderen waren viel zu sehr auf den immer noch dampfenden Brückenpfeiler fixiert, um ihm zuzuhören. Es blieb ihm also nichts anderes übrig, als ihnen zu folgen oder sich später wieder mal als Feigling beschimpfen zu lassen. Er hasste solche Entscheidungen!

Als die vier den Pfeilerturm erreicht hatten, stellten sie fest, dass der Stein an dieser Stelle nicht massiv gewesen war. Der Blitzeinschlag hatte einen versteckten Hohlraum im Gemäuer freigesprengt, recht klein und schmal – und über und über mit fremdartigen Symbolen beschmiert, die in der Dunkelheit fluoreszierten. Die Freunde wechselten zögernde Blicke. Nach einigen Augenblicken entfuhr Wächter ein halblautes: „Cool.“

Emil setzte derweil vorsichtig seinen Fuß auf den Mauerbruch und beugte sich vor, um einen Blick auf den Boden des Hohlraums werfen zu können. Constantin drängte sich augenblicklich neben ihn. Er wollte sich auf keinen Fall eventuellen Entdeckerruhm entgehen lassen. Die beiden mussten sich ein ganzes Stück auf dem glitschigen Sims vortasten, um Einblick in das Innere des Schachtes zu erlangen. Dessen Boden lag, wie sich herausstellte, kaum einen Meter unter ihnen. Dort stand in der Mitte eines matt leuchtenden Pentagramms eine Pyramide – handgroß nur, aber dennoch auf eine beunruhigende Weise faszinierend anzusehen. Sie war vollkommen glatt und sah aus, wie von poliertem Glas oder Gestein. Obwohl sie schwarz wie die Nacht war, schien von ihr ein bläuliches Glimmen auszugehen, das die fremdartigen Schriftzeichen und Symbole um sie herum überstrahlte, und leicht pulsierte. Der Rest des Schachtes war durch die Explosion über und über mit feinem Steinstaub bedeckt. Die Pyramide aber war so sauber, als habe jemand sie soeben mit einem feuchten Tuch abgewischt.

Constantin und Emil betrachteten gebannt ihre Entdeckung. Sie wurden erst aus der Verzauberung gerissen, als Wächter sich von hinten zu Wort meldete: „Was ist da unten? Lasst mich auch mal sehen!"

Langsam krochen die beiden rückwärts vom Mauerbruch. Als sie wieder die Stahlplatten des Gehwegs unter den Füßen hatten, sahen sie einander verunsichert an.

„Glaubst du, das Ding ist irgendwie … magisch?", fragte Emil ehrfurchtsvoll.

In Constantins Augen glomm kurz Zustimmung auf. Doch dann gewann sein stets zweiflerischer Verstand wieder die Oberhand. Er stieß ein kurzes Lachen aus: „Ach, Quatsch!"

Nachdem Wächter und schließlich auch Malte das Innere des Hohlraums inspiziert hatten, folgte eine kurze Erörterung der Sachlage. „Natürlich ist das Ding nicht magisch! Es gibt keine Magie, also ist das hier auch keine", erklärte Wächter überzeugt und Constantin nickte heftig zu dieser stringenten Argumentation.

Malte war nicht überzeugt: „Es gibt mehr Dinge zwischen Himmel und Erde, als unsere Schulweisheit sich …"

„Oh, bitte!", unterbrach ihn Constantin, „komm mir jetzt nicht mit Shakespeare!"

Wächter fügte hinzu: „Du und dein Esokram!"

Malte schaute beleidigt drein: „Erdstrahlen gibt's!"

Bisher hatte Emil geschwiegen. Jetzt meldete er sich nachdenklich zu Wort: „Haltet mich für bekloppt. Ihr wisst, dass ich eigentlich nicht an so was glaube. Aber irgendwie hab' ich da so ein Gefühl …"

„Er hat da so ein Gefühl", kommentierte Constantin spöttisch und erntete ein Grinsen von Wächter. Doch Emil fuhr unbeirrt fort: „Dass diese Pyramide – wie sag ich das jetzt – nicht nur magisch ist, sondern auch für mich bestimmt."

„Nein, das ist nicht dein Schatz, Gollum", bemerkte Constantin trocken.

„Das ist maximal unsachlich!", wehrte sich Emil, „Erstens ist das kein Ring, zweitens mag ich keinen Fisch und drittens …"

Er stockte und dachte angestrengt nach.

„Ist es scheiße ungemütlich hier", vervollständige Wächter. „Also, Vorschlag: Ob die Pyramide magisch ist oder nicht lassen wir mal dahingestellt sein. Wir haben sie zusammen gefunden, also gehört sie natürlich uns allen. Die einzige Frage ist, wer sie erst mal mit nach Hause nimmt, und das sollte Emil sein."

„Warum?", fragte Constantin sofort.

„Weil wir beide nicht glauben, dass sie magisch ist. Wenn wir recht haben, ist ganz egal, wer sie nimmt. Wenn aber Emil Recht hat – nicht dass ich das für sehr wahrscheinlich halte, aber man kann ja nie wissen – dann sollte er sie besser nehmen. Gegenvorschläge?"

Malte, der nicht nur voll und ganz mit dieser Argumentation einverstanden war, sondern auch endlich nach Hause wollte, erklärte: „Ich schließe mich meinem Vorredner an."

Emil grinste: „Ich auch."

Constantin zuckte resignierend die Schultern: „Na gut. Aber gehören tut sie uns allen!"

„Einverstanden."

„Jepp!"

„So soll es sein!"

Damit war das Pfeilertreffen, das letzte dieses Sommers, beendet.

* * *

Aus den sphärischen Höhen einer Dimension jenseits von Raum und Zeit blickte das Schicksal hinab auf die Schöpfung. Natürlich blickte es nicht einfach „hinab", wie wir Menschen es uns vorstellen würden. Es durchdrang vielmehr das Universum bis in seinen letzten Winkel und überschaute dabei das unergründliche, unerklärliche und unbegreifliche Gespinst von Fäden, welche die Welt von jeher mit ihrem dichtgewebten Netz im Innersten zusammenhalten und dies auch dann noch tun werden, wenn wir Menschen schon lange wieder gegangen sind. Es folgte den Bahnen der Sterne und den Strahlen des Lichts. Es schaute zurück zum Anbeginn des Seins und weit, weit in die Zukunft hinein, bis zum Ende der Zeit.

Soeben war die besondere Aufmerksamkeit des Schicksals allerdings auf den kleinen Planeten Erde gefallen – und dort auf ein kleines Land in der Mitte eines kleinen Kontinents. Sie verweilte auf einer alten Stadt an den Ufern eines grau dahinfließenden Stroms und ein Lächeln hätte die Mundwinkel des Schicksals umspielt, wenn es so etwas wie Mundwinkel besessen hätte. Denn es hatte gerade die Fäden einer Geschichte wieder aufgenommen, welche vor vielen tausend Jahren in einem sonnendurchfluteten, sandbedeckten Land weit im Süden ihren Anfang genommen hatte. Es war eigentlich keine „große" Geschichte. Keine Reiche würden entstehen oder vergehen. Keine Völker würden in Wanderschaft geraten oder eine neue Heimat finden. Keine Religion würde geboren werden und kein Glaube im Strudel der Zeiten in Vergessenheit geraten. Aber dennoch hatte das Schicksal aus einem Grund, der sogar ihm selbst verborgen war, Gefallen an gerade dieser Geschichte gefunden. Und es hatte beschlossen, sie nun zu Ende zu erzählen…

2.

Überraschung!

Malte war vollkommen durchnässt, als er zu Hause ankam. Warum hatte man auch unbedingt noch den Blitzeinschlag begutachten müssen? Zugegeben, die Entdeckung der Pyramide war eine spannende Sache gewesen. Aber die anschließende Radfahrt durch den Regen hatte Maltes Laune ganz schön ruiniert. Nachdem er seine nassen Kleider gegen einen bequemen weißen Jogginganzug ausgetauscht hatte, wollte er, um seine Stimmung wieder aufzubessern, noch ein bisschen Comics lesen. Er hatte sich tagsüber in seinem Stammladen einige Sonderbände *Spiderman* gekauft. Die waren zusammen mit dem Ghettoblaster in seinem Rucksack und der – lag noch auf dem Brückenpfeiler! So ein Mist! Er hatte ihn in der ganzen Aufregung dort vergessen!

Unschlüssig stand Malte in der Diele. Sollte er bei dem Dreckswetter noch einmal mit dem Fahrrad zurück zur Brücke strampeln, eine halbe Stunde durch die Nacht? Im Zweifelsfall waren die Comics und der Ghettoblaster inzwischen sowieso total durchnässt und damit unbrauchbar. In dem Moment klingelte es an der Wohnungstür. Malte schaute auf die Uhr: viertel nach eins. Wer konnte das noch sein?

Als er die Tür öffnete, sah er zwei Fremde. Weiter hinten stand ein großer, indianisch aussehender Typ im schwarzen Ledertrenchcoat, davor eine hübsche, kleine Asiatin in dunkelblauer Marinejacke. Sie hielt ihm seinen Rucksack entgegen: „Den hast du wohl auf der Brücke vergessen."

„Ja ... äh, danke!", strahlte Malte. Was für ein Glück, dass er seinen Namen samt Anschrift auf dem eigens dafür vorgesehenen Schildchen auf der Deckellasche verewigt hatte!

„Schon gut", erwiderte sie und trat an ihm vorbei in die Diele. Der Indianer folgte ihr wortlos und schloss ungefragt die Wohnungstür. Malte war zu überrascht, um zu protestieren.

„Wo ist die Pyramide?", fragte sie unvermittelt.

Spätestens jetzt wurde Malte die Sache mulmig.

„Also ... was für eine Pyramide?", brachte er wenig überzeugend heraus.

Der indianische Hüne packte ihn am Kragen und hob ihn mühelos mit einer Hand in die Höhe. Die Stärke dieses Mannes musste ungeheuerlich sein, denn Malte war eins neunzig groß und kräftig gebaut.

„Du hast doch gehört, was sie gesagt hat!", kläffte der Kerl drohend.

„Aber – ich habe sie doch gar nicht!"

Oh nein! Jetzt hatte er sich verplappert! Auf dem Gesicht der Asiatin erschien ein amüsiertes Lächeln, als sie höflich fragte: „Wer hat sie denn?"

Was sollte Malte nur tun? Er konnte doch unmöglich Emil ans Messer liefern! Aber wer wusste schon, was die beiden mit ihm anstellen würden, wenn er nicht redete? In seinem Gehirn begann es fieberhaft zu arbeiten. Er hatte doch so eine Szene bestimmt schon mal bei einem Rollenspiel-Abend oder im Film erlebt.

„Ich bin geduldiger als er“, erklärte ihm die Kleine mit einem freundlichen Fingerzeig auf den Riesen, der ihn immer noch in der Luft hielt.

Malte hasste solche Entscheidungen!

Just in diesem Augenblick klingelte das Telefon. Alle drei fuhren herum. Dabei ließ der Indianer sein Opfer zu Boden fallen. Dann sprang der Anrufbeantworter an: „*Hasta la Vista*, Fremder. Mad Malte ist nicht im Lande, aber wenn du trotzdem was zu sagen hast, sprich jetzt, oder schweige für immer!“

Piep!

„Hi Malte, Emil hier. Bist du noch nicht zu Hause? Na ja, also, ich hab' mir die Pyramide mal etwas genauer angesehen. Da sind ganz feine Hieroglyphen drauf ... Scheiße schwer zu entschlüsseln, aber ich würde sagen, irgendwas Ägyptisches. Soviel zum Stand der Ermittlungen. Wir sehen uns morgen!“

Klick. Piep!

„Wo wohnt dieser Emil?“, schnauzte der Indianer und beugte sich bedrohlich zu Malte herunter.

„Lass mal. Das finden wir auch so raus“, beschwichtigte ihn die Asiatin und griff nach dem Filofax, das neben dem Telefon auf der Dielenkommode lag. Sie blätterte einige Augenblicke darin und lächelte dann zufrieden: „Emil Vormann, Neuenahrer Straße 5, 50968 Köln, nicht wahr?“

„Äh ... also ... ja“, bestätigte Malte resigniert. Ihm war irgendwie klar, dass lügen jetzt auch keinen Sinn mehr hatte.

„Mach dir keine Vorwürfe. Du kannst froh sein, wenn wir deinen Freund vor ihnen finden“, bemerkte die Asiatin ruhig.

„Wir sind nämlich die Guten“, ergänzte der Riese.

* * *

Emil war gerade mit Zähneputzen beschäftigt, als es klingelte. Er schaute auf die Uhr: halb zwei. Wer konnte das noch sein?

Die Zahnbürste im Mund ging er zur Wohnungstür. Als er sie öffnete, fiel er in zwei tiefe, blaue Bergseen. Erst nach Sekunden begriff er, dass es sich dabei um die schönsten Augen handelte, die er je gesehen hatte. Sie strahlten ihn aus einem überirdisch anmutigen Gesicht an, das eingerahmt war von glattem platinblondem Haar. Ein enger roter Rollkragenpulli, auf dem sich in schwarzen Lettern „Devil" über einen vollen Busen spannte, eine auf Taille geschnittene Lederjacke und Bluejeans komplettierten das Outfit des Mädchens, das dort im Hausflur vor ihm stand.

Sie war einfach umwerfend, atemberaubend, überwältigend – und hatte sich zweifellos in der Tür geirrt.

Dennoch schenkte sie ihm jetzt ein strahlendes Lächeln. Erst als er es erwiderte, erinnerte Emil sich wieder daran, dass er ja noch die Zahnbürste im Mund hatte. Hastig nahm er sie heraus und wischte sich mit seinem T-Shirt über die Lippen.

Mit heller, klarer Stimme fragte sie: „Emil?"

„Äh … ja?", antwortete er völlig verdutzt.

Ihr Lächeln wurde noch strahlender. Sie flötete: „Bist du allein zu Hause?"

„Äh ... ja!", strahlte Emil zurück.

In diesem Moment fiel das Lächeln einer Maske gleich aus ihrem Gesicht und wich eisiger, emotionsloser Kälte. Sie stieß ihm mit der Hand so heftig vor die Brust, dass er nach hinten in den Flur fiel und dort benommen auf dem Boden sitzen blieb. Dann machte sie einen schnellen Schritt nach vorne, schloss die Wohnungstür hinter sich und zischte: „Wo ist die Pyramide?"

„Pyramide?"

Emil war sonst weder auf den Kopf noch auf den Mund gefallen, aber das ging ihm alles eine Nummer zu schnell. Er kam mit dem Denken einfach nicht mehr hinterher. Sie griff derweil in ihre Jacke und holte daraus eine große Automatikpistole hervor, die sie drohend auf ihn richtete: „Ich weiß, dass du sie hast!"

Jetzt begriff er: Die Pyramide, die sie vorhin gefunden hatten! Das musste ein schlechter Film sein. Oder seine Kumpels wollten ihn verarschen und Constantin hatte eine seiner Mediziner-Torten dazu überredet, mitzumachen. Toller Witz!

Ihr hatte sein Zögern wohl zu lange gedauert, also schoss sie. Hinter ihm zerbarst mit einem lauten Knall die Scheibe der Küchentür in tausend Stücke. Die Pistole war echt!

Während Emil noch versuchte zu begreifen, dass die Frau seiner Träume plötzlich in seiner Diele stand und damit drohte, ihn zu erschießen, warf sie einen schnellen Blick durch die offene Schlafzimmertür. Dort stand die Pyramide im Schein der Schreibtischlampe mitten auf Emils Arbeitsplatz, über dem ein großes „I hate Jura"-Plakat an die Wand gepinnt war. Um sie herum lagen ein ganzer Stapel aufgeschlagener Wörterbücher und eine Tolkien'sche Runenkunde. Die Kleine atmete erleichtert durch und wandte sich ohne Zögern dem Schreibtisch zu. Hinter ihr verschwand in einer anmutigen Bewegung ihre Schwanzquaste durch die Schlafzimmertür.

Schwanzquaste.

Sie hatte einen … Schwanz.

Wie ein … Teufel.

Unvermittelt kam Emil der „Devil"-Schriftzug auf ihrem Pulli zu Bewusstsein. Aber das war doch nicht möglich! Dann stand sie wieder im Flur, die Pistole immer noch in der rechten, die Pyramide in der linken Hand. Zwischen ihren Beinen peitschte eindeutig ein langer Schwanz mit buschiger Quaste nervös hin und her. Jetzt fielen Emil auch die Hörner auf ihrer Stirn auf – kleine Hörner zwar, aber dennoch zweifelsfrei Hörner. Sie blickte ihn einen Augenblick lang mit tiefem Ernst an und sagte dann: „Du vergisst besser alles, was du heute Nacht gesehen hast."

Dann war sie durch die Wohnungstür verschwunden, die hinter ihr wieder ins Schloss fiel. Emil saß, die Zahnbürste in der Hand, auf dem Fußboden seiner Diele vor seiner zerschossenen Küchentür und zweifelte ernsthaft an seinem Verstand. Er saß immer noch da, als es zum zweiten Mal klingelte.

* * *

Malte fiel der verstörte Gesichtsausdruck seines Freundes nicht auf, als dieser die Tür öffnete. Das lag vor allem daran, dass er selbst immer noch viel zu verstört war, um sich mit den Problemen anderer herumzuschlagen.

„Hi, ich habe ihnen nichts verraten, aber du hast gerade, als sie da waren, angerufen und sie haben deine Adresse in meinem Filofax gefunden", ratterte Malte los.

„Äh ... was?", fragte Emil verdattert, aber dennoch fest entschlossen, sich von dieser neuen Herausforderung nicht wieder das Heft aus der Hand nehmen zu lassen. Dass Malte nicht alleine war, hatte er erst bemerkt, als dieser von „ihnen" gesprochen und dabei einen unsicheren Blick über die Schulter geworfen hatte. Die kleine Asiatin und der große, indianisch aussehende Typ im schwarzen Ledertrenchcoat, die hinter seinem Freund im Hausflur standen, machten keinen wirklich vertrauenserweckenden Eindruck.

Sie schob Malte jetzt beiseite und fragte unvermittelt: „Wo ist die Pyramide?"

„Pyramide?", echote Emil, während sich ihm ein eindringliches Déjà-vu ins Bewusstsein drängte.

Der Indianer trat ungeduldig vor, hob ihn ohne besondere Anstrengung mit einer Hand in die Höhe und knurrte: „Du hast doch gehört, was sie gesagt hat!"

Hilfesuchend schaute Emil zu Malte, der seinen Blick achselzuckend erwiderte: „Mach dir nichts draus, das hat er bei mir auch schon gemacht. Aber sie behaupten wenigstens, sie seien die *good guys.*“

* * *

Wenig später waren alle vier in Emils Wohnküche versammelt. Der Indianer – genau genommen ein Lakota-Sioux, der es nicht leiden konnte, „Indianer“ genannt zu werden – hatte sich mit verschränkten Armen vor den Resten der Tür aufgebaut. Unterdessen begutachtete die Asiatin – genau genommen eine Han-Chinesin, der es herzlich egal war, wie Langnasen sie nannten – die Teedosen im Regal. Nachdem sie zufrieden festgestellt hatte, dass sich darunter auch ein Oolong von annehmbarer Qualität befand, machte sie sich daran, Wasser aufzusetzen.

„Also nochmal: Wer hat dir die Pyramide abgenommen?“, fragte sie in ihre Arbeit vertieft.

„Das habe ich doch schon gesagt“, seufzte Emil, der zusammen mit Malte eingeschüchtert auf dem zebragestreiften Küchensofa saß.

„Ach ja, das Mädchen! Wie sah sie aus?“

„Also – sie hatte blaue Augen.“

Die Kleine drehte sich genervt um: „Könntest du mit einem etwas spezifischeren Merkmal anfangen?“

„Sie hatte wunderschöne blaue Augen.“

Jetzt war es an ihr zu seufzen. Männer!

„Und blondes Haar – glattes blondes Haar. So eine Art Pagenschnitt. Und eine tolle Figur. Und ein hammermäßiges Lächeln.“ Emil überlegte kurz. „Wenigstens, als sie noch gelächelt hat.“

„Du willst uns also erzählen, dass ein kleines blondes Mädchen dich überfallen hat“, stellte der Sioux skeptisch fest.

„Sie hatte eine Pistole! Damit hat sie die Küchentür zerschossen!“

„Warum hat sie dich nicht erschossen?", fragte die Asiatin, während sie erfreut feststellte, dass Emil sogar ein Tee-Thermometer besaß.

„Das weiß ich doch nicht!", jammerte der Angesprochene.

„Bisher klingt deine Geschichte nicht besonders plausibel", grollte der dunkle Hüne von der Tür herüber.

Seine Begleiterin war nachsichtiger und fragte geduldig: „War das wirklich alles, was du gesehen hast?"

„Na ja, also da war noch was – glaube ich", erwiderte Emil vorsichtig.

„Schieß los."

„Also – sie hatte einen Schwanz. Und Hörner."

Der Sioux richtete sich scharf einatmend auf, und die Asiatin warf ihrem Partner einen angespannten Blick zu. Dann sagte sie ernst: „Das macht deine Geschichte bedeutend glaubhafter."

Malte hatte sich Emil nach dessen Eröffnung mit zweifelnder Miene zugewandt. Jetzt blickte er irritiert in die Runde: „Glaubhafter?"

„Warum lebt er noch?", wandte sich der Sioux an seine Begleiterin, ohne auf Maltes Frage einzugehen. Die hielt in ihrer Arbeit inne und starrte nachdenklich in die Teekanne hinein, die sie soeben im Küchenschrank gefunden hatte. Dann sagte sie sinnend: „Vielleicht deswegen. Ein normaler Mensch hätte das nicht sehen können. Entweder hat er die Gabe, oder es besteht irgendeine Beziehung zwischen ihnen."

„Aber ich habe sie vorher noch nie gesehen. Daran hätte ich mich erinnert! Echt!", meldete sich Emil kleinlaut vom Sofa.

„Das muss nichts bedeuten. Aber es wäre die einzig plausible Erklärung, warum ein Dämon dich leben lassen sollte."

„Ein Dämon?", fragten Emil und Malte wie aus einem Mund.

Die Asiatin stellte die Teekanne auf der Arbeitsplatte ab, wandte sich zu den beiden um und nickte bedächtig: „Es sieht so aus, als müssten wir jetzt erst mal was erklären."

3.

Von Schwänzen und Hörnern

Der Morgen hing düster und schwer über der Stadt. Das Unwetter der vorigen Nacht hatte sich verzogen, aber ein tief hängender Wolkenteppich war sein Vermächtnis. Er kündete vom endgültigen Ende der warmen Jahreszeit. Am östlichen Himmel kroch langsam die fahle Helligkeit des Tages herauf und vereinigte sich mit den unzähligen von Menschenhand geschaffenen Lichtern zu einer milchigen Dämmerung.

Hoch oben aber, in den Erkern und Giebeln des Doms, zwischen gotischen Säulen, Bögen und Wasserspeiern, war die Macht der Schatten noch nicht gebrochen. Dunkel und unnahbar stand die Kathedrale, die doch eigentlich ein Bauwerk des Lichts sein sollte, auf ihrem Platz über dem Rhein. Nur wenige Menschen waren zu dieser frühen Stunde schon auf der Domplatte und dem Bahnhofsvorplatz unterwegs. Und diese Wenigen wandten sich nach einem kurzen Blick in die unheimlichen steinernen Höhen unbehaglich ab – Dingen zu, die ihnen näher und vertrauter waren. Welch guten Grund ihr Unbehagen hatte, konnten sie nicht ahnen. Denn keiner von ihnen sah, dass sich hoch oben im Schatten eines ausladenden Vorsprungs tatsächlich etwas Großes, Dunkles bewegte – etwas, das den Tiefen der Hölle entstiegen war, um nun hier oben sein Unwesen zu treiben unter all diesen ahnungslosen Schafen. Vor allem aber war es gekommen, um seinem Herrn dessen rechtmäßiges Eigentum wieder zu beschaffen und *sie* für ihren Verrat zu bestrafen.

Während die rotglühenden Augen des Unholds über die Stadt hinweg schweiften, blähten sich seine dunklen Nüstern, denn er nahm die Witterung seines Opfers auf. Durch all die tausend Gerüche der Menschen, durch Smog und Kot und den Schweiß der Millionen Stadtbewohner, durch Küchengerüche, Abfall und all die Chemie, mit der sich das Erdenvolk langsam selbst vergiftete, roch er schwach aber unverkennbar den Schwefelduft, der *sie* immer noch umgab. Langsam wandte er seinen Blick nach Süden. Irgendwo dort unten würde er *sie* finden und töten. Er legte den Kopf in den Nacken und stieß ein tiefes, böses Geheul aus. Die Jagd hatte begonnen!

Die Passanten, die den unmenschlichen Schrei vom Dom hallen hörten, erschauerten und das Grauen griff nach ihren Seelen. Dann aber bemühten sie sich, schnell eine Erklärung für das Geräusch zu finden und es zu vergessen, denn sie wollten nichts zu tun haben mit Dingen wie diesen. Nur ein alter Stadtstreicher, der in einem der Steinsarkophage hinter dem Römisch-Germanischen Museum in seine schmutzigen Decken eingewickelt dalag, schrak aus dem Schlaf hoch und lauschte.

Dann murmelte er in seinen verfilzten Bart hinein: „Das Zeichen! Endlich! Ich muss meine Vorkehrungen treffen."

Einige junge Geschäftsleute, die erst jetzt auf dem Heimweg von der Diskothek waren, hörten im Vorübergehen seine Worte und lachten über das irre Gebrabbel des betrunkenen Penners.

* * *

Während Malte und Emil bereits von Agenten und Dämonen heimgesucht wurden und sich am Dom unheilvoll und unbemerkt eine dunkle Bedrohung zusammenbraute, war Wächters Welt noch völlig in Ordnung. Als er nach Hause gekommen war, war er noch kein bisschen müde gewesen. Also hatte er sich noch einen Videofilm aus seiner reichhaltigen Sammlung angesehen. Danach war ihm aufgefallen, dass er eigentlich besser den von seinen Eltern aus der Videothek ausgeliehenen Film gesehen hätte, der morgen sicher wieder zurückgegeben würde. Nach einigem Überlegen war er zu dem Schluss gekommen, dass er das ja auch jetzt noch tun könne. Um seiner inzwischen doch aufkeimenden Müdigkeit zu begegnen, hatte er sich vorher aber noch eine Kanne Kaffee gemacht. Das hatte zur Folge, dass er nach dem zweiten Film wieder putzmunter war. Weiter vor der Glotze zu hängen hatte er indes keine Lust. Ob er ein wenig trainieren gehen sollte? Er warf einen Blick zum Wohnzimmerfenster, vor dem es bereits dämmerte ...

* * *

Jaaaa ...! Er war auf dem richtigen Weg. Ganz deutlich konnte er jetzt *ihre* Fährte ausmachen. Vor wenigen Stunden musste *sie* genau an dieser Stelle im Park vorbeigekommen sein. Ein böses Grinsen breitete sich auf seinen Zügen aus und ließ sie noch raubtierhafter erscheinen, als sie es ohnehin schon waren. Plötzlich richteten sich seine spitzen Ohren auf. Da war ein neues Geräusch, das hier nicht hingehörte und ihm das schwarze Blut in den Adern erstarren ließ: Hufgetrappel.

Pferde! Verflucht, da waren auch die Ritter meist nicht weit. Wie jeder Dämon hatte auch dieser einen ziemlichen Respekt vor Rittern, wegen ihrer scharfen Schwerter. Erst nach einigen Augenblicken fiel ihm ein, dass diese unangenehmen Gesellen ja schon vor ein paar hundert Jahren ausgestorben waren und erneut breitete sich das Grinsen auf seinen Zügen aus. Wer auch immer hier des Weges kam, dieser Dummkopf hatte sich den falschen Morgen für einen Ausritt ausgesucht!

Eigentlich waren die beiden Reiter, die wenig später zwischen den Parkbäumen auftauchten, alles andere als dumm. Die jungen Polizistinnen hatten sich sofort nach ihrer Grundausbildung zur Reiterstaffel gemeldet. Jetzt verbrachten sie einen Großteil ihrer Arbeitszeit in städtischen Parks, auf dem Rücken schöner, großer Dienstpferde thronend, von staunenden Kinderaugen bewundert. Nein, dass die beiden sich dumm angestellt hatten, konnte man wirklich nicht behaupten. Und dass sie ausgerechnet an diesem Morgen hier entlang kamen, lag schlicht und ergreifend am Dienstplan. Das nützte ihnen freilich wenig.

Die Beamtinnen waren gerade in ein Gespräch über Männer und diverse mit diesen einhergehende Probleme vertieft, als ihre Pferde plötzlich nervös wurden und sich weigerten weiterzugehen. Während sie die Zügel fester packten, sahen die Wachtmeisterinnen sich verwundert um. Der Größeren der beiden, einer dunkelhaarigen Schönheit, die selbst die Uniform nicht zu entstellen vermochte, fiel die Veränderung zuerst auf.

„Die Vögel haben aufgehört zu singen", stellte sie beklommen fest.

Die Kleinere sah sie beunruhigt an: „Nicht, dass ein Löwe aus dem Zirkus am Südstadion entlaufen ist."

Die rechte Hand der Größeren wanderte unwillkürlich zu ihrer Dienstpistole: „Auf jeden Fall stimmt hier irgendetwas nich..."

In diesem Moment brach ein gewaltiger Schatten aus den Gebüschen seitlich des Weges hervor und kam über die beiden. Panisches Pferdegewieher und das nicht minder panische Kreischen der jungen Frauen hallten durch den fast menschenleeren Park.

* * *

Hauptwachtmeisterin Katrin Schröder hatte wohl für Sekunden ihr Bewusstsein verloren. Als sie die Augen wieder aufschlug, bot sich ihr eine Szene dar, die einem düsteren Albtraum entsprungen sein musste. Ihr eigenes Pferd hatte sie offensichtlich abgeworfen und jagte jetzt in wilder Flucht den Parkweg hinunter. Das Tier ihrer kleineren Kollegin war gestürzt und mühte sich vergebens, wieder auf die Beine zu kommen, von denen wohl wenigstens eins gebrochen war. Halb darunter lag ein wimmerndes grün-braunes Bündel und darüber ... darüber baute sich ein gewaltiges Monstrum auf, das sehr entfernte Ähnlichkeit mit einem Gorilla hatte, aber dennoch – das begriff Katrin instinktiv – etwas vollkommen anderes war!

Während sie fieberhaft begann, am Halfter ihrer Waffe herumzufingern, setzte der Unhold erneut sein böses Grinsen auf. Wunderbar! Das hatte ja prima geklappt! Da lagen seine Opfer wehrlos vor ihm, bereit, ihrem Schicksal entgegenzutreten. Dass eins der Pferde entwischt war, interessierte ihn weniger. Schließlich stand ihm der Sinn nicht nach rheinischem Sauerbraten, sondern nach weitaus feinerer Kost. Ob er die beiden jetzt schon töten sollte, oder vorher noch ein wenig mit ihnen spielen?

Der laute Schuss aus Katrins Dienstpistole riss ihn aus seinen Gedanken. Sieh einer an, sein Frühstück hatte die Hoffnung tatsächlich noch nicht aufgegeben! Betont langsam kam er um das hilflos strampelnde Pferd herum auf das wehrhafte Menschlein zugepirscht. Katrin starrte ihn entsetzt an. Ihr Schuss hatte den Gegner sauber in die Brust getroffen, ohne auch nur den geringsten Effekt zu erzielen. Eigentlich begriff sie sofort, dass dieses Etwas durch Kugeln nicht zu verletzen war. Dennoch zog sie jetzt in Ermangelung eines erfolgversprechenden Alternativkonzepts noch mal und noch mal den Abzug ihrer

Waffe durch, während das Monstrum sich ihr unaufhaltsam näherte. Selbst als ihr Magazin schon leer war, drückte sie weiter ab, unfähig ihren nutzlosen Reflex abzustellen.

Als der Dämon sie erreicht hatte, neigte er sich langsam zu ihr herunter. „Vergebens, mein Täubchen", raunte er sanft, „Gegen *uns* ist all euer Aufbegehren vergebens. Jetzt ist es Zeit für dich zu sterben." Damit streckte er seine gewaltige Klaue nach ihr aus ...

„Nimm das, du mieser Vergewaltiger!"

Mit diesen Worten hieb Wächter dem Unhold die flache Seite seines Schwertes über den Schädel. Im nächsten Moment musste er allerdings erschreckt feststellen, dass er gar keinen Vergewaltiger vor sich hatte – jedenfalls keinen normalen. Denn der Getroffene fiel nicht etwa betäubt zu Boden, obwohl der Schlag ziemlich fest gewesen war. Er stöhnte nicht einmal auf. Stattdessen entrang sich ein tiefes, raubtierhaftes Knurren seiner Kehle und er wandte sich langsam um, sich zu seiner vollen Größe von etwa zwei Meter fünfzig aufrichtend.

Wächter erbleichte. Vor ihm stand ein gedrungener, schwarzbehaarter Dämon mit großen, spitzen Hörnern und Hauern, die einem Säbelzahntiger zu Ehre gereicht hätten. Aus bösen, dunkel glühenden Augen fixierte er zornig den Angreifer. Dann holte er mit seiner gewaltigen Klaue aus, um dem Störenfried den Kopf abzureißen.

Wächter sah den Schlag gerade noch rechtzeitig kommen. Instinktiv sprang er zurück und riss seine Klinge zur Parade hoch. Zum Glück hatte er heute Morgen – einer spontanen Eingebung folgend – nicht sein stumpfes, schartiges Schaukampfschwert, sondern den rasiermesserscharf geschliffenen englischen Anderthalbhänder mitgenommen. Der Unhold jaulte schmerzerfüllt auf, als seine Rechte durch die Wucht des eigenen Schlages sauber abgetrennt im Gras landete.

Das durfte nicht wahr sein! Das Schwert in der Hand des Menschen hatte er gar nicht bemerkt! Was suchte denn hier ein Mensch mit einem Schwert? Heutzutage benutzte diese Brut doch so lächerliche Waffen wie Automatikpistolen, Sturmgewehre und Granaten!

Während der Unhold ungläubig auf seinen Armstumpf starrte und versuchte, seine Gedanken zu ordnen, schaute Wächter ebenso ungläubig auf seine Klinge. Er hatte das Monster tatsächlich verletzt! Aber was jetzt? Dieses schreckliche Etwas angreifen? Ja! Jetzt durfte er nicht seinen Vorteil verspielen und den Gegner zu Atem kommen lassen!

Die beiden Kontrahenten fanden etwa zur gleichen Zeit die Fassung wieder. Während Wächters Klinge in einem singenden Schlag die Luft zerteilte, sprang der Unhold mit einem großen Satz zurück.

Der Mensch konnte mit seiner Waffe umgehen – und er selbst war schwer verletzt. Dunkles Blut troff aus seinem Armstumpf und verdampfte zischend im nassen Gras. Er musste sich zurückziehen. Diesen Kampf hatte er verloren. Mit großen Sprüngen floh das Ungetüm zum Waldrand und verschwand im dichten Unterholz.

Wächter sah der Kreatur mit offenem Mund nach. Ein Dämon. Entweder war er gerade verrückt geworden, oder das da eben war ein echter, leibhaftiger Dämon gewesen! Er blickte sich hilfesuchend um, in der Hoffnung, ein Indiz für eine der beiden Möglichkeiten zu finden. Von der Klaue des Unholds war nur ein qualmender Haufen Asche im versengten Gras übriggeblieben – zu wenig für eine eindeutige Klärung seines momentanen Verhältnisses zur Realität.

Dann fielen ihm wieder die Opfer des vermeintlichen Vergewaltigers ein. Verstört blickte er zu Katrin hinüber. Erst jetzt bemerkte er, dass da eine Polizistin lag – und eine verdammt hübsche obendrein!

„Äh ... sag mal ... hast du ... das da ... auch gesehen ...?", brachte er stockend hervor.

Da Katrin allerdings noch viel verstörter war als er selbst, antwortete sie nicht sofort. Stattdessen starrte sie ihn nur ungläubig an. Erst als ihre Kollegin erneut wimmerte, entschied sich ihr Verstand dafür, wieder die Kontrolle zu übernehmen.

„Ja. Ja, danke auch", stammelte sie und kam mühsam auf die Beine.

Nachdem sie gemeinsam die zweite Polizistin unter dem Pferd hervorgezogen und festgestellt hatten, dass sie bis auf ein paar Prellungen und einen akuten Nervenzusammenbruch wohl keine weiteren Schäden davongetragen hatte, griff Katrin zu ihrem Funkgerät. Während sie verzweifelt versuchte, der Zentrale ihre Situation klarzumachen, begann Wächter nachzudenken: Also gut, gleich wimmelte es hier hundertprozentig von Bullen. Und die würden Fragen stellen – und mit seinen Antworten bestimmt nicht zufrieden sein. Wenn er nicht sofort in der Klapse landen würde, käme die Sprache doch mit Sicherheit auf sein Schwert. So lange Klingen, scharf geschliffene obendrein, waren seines Wissens nach verboten. Also würde man sie ihm erst einmal abnehmen. Wenn hier aber wirklich ein Dämon sein Unwesen trieb – ein Dämon, mit dem er sich soeben angelegt hatte – dann war es besser, das Schwert zu behalten.

„Tja, ich muss jetzt weiter."

Mit dieser beiläufigen Bemerkung wandte er sich zum Gehen, in der Hoffnung, die Ordnungshüterin sei von der Lage zu überfordert, um ihn aufzuhalten. Katrin war zwar ziemlich überfordert, aber gerade deswegen dachte sie nicht daran, auch noch ihren einzigen Zeugen zu verlieren. Also bellte sie in bestem Polizeiton „Halt! Stehenbleiben!“ hinter Wächter her.

„Sorry, ich habe noch was vor!“, warf er über die Schulter zurück und fiel in Trab.

„So geht das aber nicht ... Stehenbleiben, sage ich!“, rief sie ihm in nicht mehr ganz so perfektem Polizeiton nach.

„He, ich habe dir das Leben gerettet, da wirst du mich doch nicht erschießen!“, gab Wächter siegessicher zurück, während sich ihr Abstand vergrößerte.

Katrin fluchte innerlich. Natürlich hatte er recht: Sie konnte ihn nicht erschießen. Aber vielleicht würde ihn ein Warnschuss genügend erschrecken, um die Flucht aufzugeben.

Also schrie sie so überzeugend wie möglich „Letzte Warnung!“, riss dabei ihre Pistole in die Luft und drückte ab. *Klick.*

Bis Katrin das Magazin gewechselt hatte, war Wächter schon zwischen den Bäumen verschwunden. Dafür bog jetzt aber der erste Streifenwagen mit Blaulicht in den Park ein und kam quer über die Wiese auf sie zugerast. Na prima, was sollte sie denen denn jetzt erzählen?

* * *

„Also, darf ich das alles nochmal zusammenfassen?“, fragte Malte, nahm einen tiefen Zug an seiner Zigarette, verschluckte sich und musste furchtbar husten. Emil klopfte ihm beruhigend auf den Rücken. Eigentlich war Malte Nichtraucher. Aber die Eröffnungen der letzten Stunden hatten nach irgendeiner Form der nervlichen Beruhigung verlangt und Mai Li – das war der Name der kleinen Chinesin, wie sie inzwischen erfahren hatten – war mit dem Tee ziemlich geizig gewesen. Sie hatte es sich inzwischen zusammen mit dem Sioux, der Tatonka hieß, in den Korbsesseln auf der anderen Seite des Küchentischs bequem gemacht und lächelte nun Malte geduldig an, während dieser sich von seinem Hustenanfall erholte.

Als er endlich wieder Luft bekam, fuhr er fort: „Ihr beiden gehört zu einer Geheimorganisation namens Pegasus und bekämpft die Umtriebe dunkler, dämonischer Mächte. Die Pyramide ist ein magisches Artefakt und könnte, wenn es in die falschen – nämlich dämonische – Hände gelangt, großes Unheil heraufbeschwören, und *last but not least* war das Mädchen, das Emil die Pyramide geklaut hat, in Wirklichkeit ein gefährliches Monster, und es ist ein Wunder, dass er überhaupt noch lebt."

Während Emil Malte einen bösen Blick zuwarf, nippte Mai Li an ihrer Tasse und nickte dann bedächtig: „So ungefähr. Allerdings scheinst du der Sache nicht den nötigen Ernst entgegenzubringen."

„Entschuldigung!", platzte Malte heraus, „aber ich habe im Gegensatz zu Emil – der übrigens ziemlich bekifft ist – noch keinen Dämon gesehen!"

Jetzt erntete Malte einen wirklich bösen Blick von seinem Freund, der inzwischen wieder stocknüchtern war.

Mai Li erhob sich aus ihrem Korbsessel: „Dann hoff mal, dass das noch eine Weile so bleibt. Steht auf. Wir müssen los."

„Wir?", fragte Emil beißend, „Also, ich bin ein unbescholtener Bürger und habe euch und diesem", er zögerte einen Augenblick, „… Monster … eine echt beschissene Nacht zu verdanken! Ich gehe jetzt ins Bett und hoffe, dass morgen, beziehungsweise heute, wenn ich aufwache, meine Küchentür wieder ganz ist."

Die Chinesin schüttelte mitleidig den Kopf: „Keins von beiden. Du musst mitkommen, um das Zielsubjekt zu identifizieren, und dein Leben wird nie wieder so sein, wie es vor dieser Nacht war. Glaub mir: Dabei wird die kaputte Küchentür eins der kleineren Probleme bleiben."

Sie schaute zu Malte hinüber: „Für dich gilt übrigens dasselbe. Wer einmal Kontakt mit den Dunklen hatte, ist den Rest seines Lebens nicht mehr sicher vor ihnen."

Der Ernst in ihrer Stimme erschreckte Malte gehörig. „Aber ich hatte doch gar keinen Kontakt mit ihnen", stammelte er unsicher.

„Genug, als dass dein sicherster Aufenthaltsort im Moment an unserer Seite ist", stellte Tatonka in einem Ton fest, der keine Widerrede zuließ. „Lass uns gehen, Mai Li. Es wird schon hell."

Da den beiden Freunden nichts anderes übrig blieb, folgten sie den Dämonenjägern zu deren großen, schwarzen Geländewagen, der vor Emils Haustür stand. Über dem Park auf der anderen Straßenseite hing weißer Morgendunst und ein einsamer Spaziergänger, der seinen Hund Gassi führte, beäugte im Vorbeigehen misstrauisch die sonderbare Gesellschaft. Emil hatte sich beim Verlassen der Wohnung seinen dunkelblauen Bundeswehr-Marinemantel aus dem Army-Shop übergeworfen. Der arme Malte trug immer noch den weißen Jogginganzug, den er in den letzten Minuten seines normalen Lebens angezogen hatte. Um ein bisschen Smalltalk zu betreiben, fragte er nun Tatonka: „Bist du echt ein Indianer?"

„Ich bin ein Sioux!", bellte der Angesprochene zurück.

Malte erkundigte sich vorsichtig: „Sind Sioux keine Indianer?"

Tatonka blickte ihn derart eisig an, dass er seine Frage sofort bereute.

„War Kolumbus in Indien?"

Malte schüttelte schnell den Kopf.

„Antwort genug?"

Malte nickte schnell und war froh, als sie endlich das Auto erreicht hatten.

Auf den versteckten Knopfdruck des Funköffners hin klackten die Sicherheitsverrieglungen der Wagentüren hoch, und die vier stiegen ein. Mai Li setzte sich hinter das Steuer, und Emil durfte neben ihr Platz nehmen. Malte musste sich mit dem Indianer die Rückbank teilen, wobei er sich fest vornahm, auf weiteren Smalltalk tunlichst zu verzichten.

Emil beäugte unterdessen neugierig das opulente Armaturenbrett und fragte: „Wohin fahren wir eigentlich? Habt ihr so was wie einen Hexenkompass im Auto, mit dem wir sie aufspüren können?"

„Wir fahren zum Dom, und mit einem Hexenkompass kann man einen Dunklen nur dann orten, wenn man einen Tropfen seines Blutes hat", erklärte Mai Li gelassen und startete den Wagen.

* * *

Wächter hatte inzwischen den Park hinter sich gelassen und war auf Umwegen bei Malte angekommen. Da der aber just in diesem Moment gerade mit Emil und zwei Agenten der Pegasus-Organisation in einem großen, schwarzen Geländewagen saß, öffnete logischerweise niemand.

„Verfluchte Dreckssscheiße! Das darf doch nicht wahr sein!", fluchte Wächter, während er weiterklingelte.

Nach zwei Minuten Sturmklingeln gab er auf. Gut, also zu Constantin – oder zu Emil. Welcher von beiden würde ihm wohl eher Glauben schenken? Nach einigen Augenblicken hatte Wächter sich entschieden und joggte los.

4.

Oh *l'amour*!

Ein scharfer Wind fegte über die Domplatte und trieb Papier und leere Dosen vor sich her. Über dem Platz erhob sich die gigantische gotische Kathedrale aus rußgeschwärztem Gestein. Zwar hatte man sie zum Ruhme des Herrn – und natürlich der kölnischen Bürgerschaft – errichtet, Emil aber erschien sie jetzt eher wie eine Herausforderung an die himmlischen Mächte. Riesigen Hörnern gleich strebten ihre beiden Haupttürme höher und höher empor und ihre Spitzen schienen die bleigraue Wolkendecke zu berühren.

Während er den Mantel enger um sich schlang, schloss Emil zum Rest der Gruppe auf, der schon einige Meter weitergegangen war. Er war tief in Gedanken versunken. Eigentlich war er eher tief in Gefühlen versunken. Um ganz genau zu sein, bemühte er sich, seine Gefühle irgendwie mit seinen Gedanken in Übereinstimmung zu bringen. Denn während erstere seit einigen Stunden um nichts anderes als wunderschöne, bergseeblaue Augen kreisten, versuchten letztere einigermaßen erfolglos, ihnen klarzumachen, wem diese Augen gehörten.

Mehr, um sich selbst abzulenken, als aus echtem Interesse fragte er schließlich: „Was tun wir hier eigentlich?"

Der Sioux stieß nur ein Schnauben aus, die Chinesin ließ sich zu einer kurzen Erklärung herab: „Wir suchen den Dämon."

„Das habe ich mir schon gedacht! Aber warum gerade hier?", bohrte Emil weiter.

Mai Li warf ihm einen ungnädigen Seitenblick zu: „Können wir das später klären?"

„Aber wir haben doch im Moment gerade Zeit, während wir um den Dom latschen."

Sie warf Emil einen weiteren ungnädigen Seitenblick zu: „Wir latschen nicht, wir suchen, und eigentlich wollte ich mich darauf konzentrieren."

„Kriege ich wenigstens einen Tipp?"

„Also gut. Gewisse Orte ziehen Dämonen eben an."

„Aber warum gerade der Dom?"

„Darunter befinden sich, wenn wir unseren Quellen Glauben schenken dürfen, geheime Katakomben. Dort gibt es einen unheiligen Ritualplatz. Da könnte der Dämon versuchen, das Artefakt zu aktivieren. Allerdings erst in drei Tagen – beziehungsweise Nächten."

„Wieso?"

„Weil dann Vollmond ist."

„Und wie kommt dieses Ritualding unter den Dom?"

„Hatten wir nicht von einem Tipp gesprochen?"

Malte, der das Ganze mit angehört hatte, schaltete sich ein: „Wenn wir schon nicht gefragt werden, ob wir bei eurer Dämonenjagd mitmachen wollen, könntet ihr uns wenigstens ein paar Hintergrundinformationen geben."

Mai Li stieß einen geräuschvollen Seufzer aus. Offensichtlich würden die beiden erst Ruhe geben, wenn sie ihnen genug zum Nachdenken gegeben hatte. Also erzählte sie in knappen Worten die Geschichte des Dombaumeisters Gerhard. Allerdings erzählte sie keine der Versionen, die üblicherweise in Kölner Sagenbüchern zu finden sind. Sie berichtete von den wahren Begebenheiten, wie sie im Archiv von Pegasus festgehalten waren. Sie erzählte, wie Gerhard einen Pakt mit einem mächtigen Dämonenfürsten geschlossen hatte, damit seine Kathedrale die größte und prächtigste der ganzen Christenheit würde, wie der Dämon von Gerhard verlangt hatte, dafür den geheimen Ritualraum unter dem Chor anzulegen und wie eine versteckte zweite Baustelle unter der Dombaustelle angelegt worden war, auf der arme Seelen hatten schuften müssen, die Gerhard von Daheim hatte verschleppen lassen. Dann erzählte sie noch, wie der Dämon schließlich den Dombaumeister hintergangen hatte – denn Dämonen hintergingen Menschen immer, wenn sie einen Pakt mit ihnen schlossen, wie die kleine Chinesin warnend hinzufügte. So war der Dom nicht zu Lebzeiten Gerhards vollendet worden, obwohl dieser geglaubt hatte, den Dämon hierauf eingeschworen zu haben – denn Dämonen waren an den Wortlaut ihrer Schwüre gebunden, wie Mai Li weiter ausführte. Im fraglichen Vertrag hatte allerdings nur gestanden: „Fertigstellung, solange des Unterzeichners Blut noch durch die Adern pulsiert". Der Dämon hatte sich ob dieser Formulierung frei gefühlt, unter „des Unterzeichners Blut" nicht den Dombaumeister persönlich, sondern seine Blutlinie zu verstehen und so war erst kurz vor dem Tod des letzten direkten Nachkommens Gerhards im Jahre 1880 die Kathedrale wirklich fertiggestellt worden.

Als Mai Li mit ihrer Geschichte zu Ende war, hatte die Gruppe den Dom einmal umrundet. Der Dämon jedoch war nirgends zu sehen gewesen. Die kleine Chinesin ließ ihren Blick noch einmal zu den Doppelspitzen hinauf wandern und stieß dann einen müden Seufzer aus: „Also gut, sehen wir uns zum Abschluss noch mal in der U-Bahnstation um. Wenn wir dort auch nichts finden, dann …" – sie überlegte einen Moment – „müssen wir uns wohl was anderes überlegen."

Tatonka warf ihr einen verdrießlichen Blick zu: „Wäre auch zu schön gewesen."

Also nahmen die vier ihren Weg hinab in den Untergrund. Emil hatte sich schon die ganze Zeit über gefragt, was wohl passieren würde, wenn sie die kleine Dämonin tatsächlich fänden. Als sie jetzt die ersten Stufen des Abgangs betraten, fragte er Tatonka: „Sag mal, was habt ihr eigentlich mit ihr vor?"

„Mit wem?"

„Na, mit dem Dämon."

Der Sioux warf grinsend seinen Mantelaufschlag zurück. Ins Futter war eine Scheide eingearbeitet, in der ein großes Schwert steckte.

„Kopf ab!", vervollständigte er völlig unnötiger Weise seine Erklärung.

Emils Augen weiteten sich erschreckt. Aus irgendeinem Grund hatte er den Gedanken, dass Dämonenjäger einen Dämon natürlich töteten, wenn sie ihn erwischten, bisher erfolgreich verdrängt. Das mochte daran liegen, dass es seinem Verstand noch immer nicht gelungen war, seine Gefühle davon zu überzeugen, dass das wunderbare Wesen von vorhin tatsächlich ein bösartiges Monstrum war. Warum sollte sie also jemand töten wollen?

Tatonka bemerkte Emils Gesichtsausdruck. Er dachte allerdings, dass dieser etwas mit seiner Waffe zu tun habe. Also erklärte er: „Es ist so, dass alle dunklen Kreaturen sehr empfindlich auf scharfgeschliffene Klingen reagieren. Projektilwaffen oder Explosionen lassen sie dagegen in der Regel recht kalt. Deswegen ist ein Schwert die beste Wahl, wenn man es mit einem Dämon oder etwas Ähnlichem zu tun hat."

Mai Li ergänzte: „Was die Projektilwaffen angeht, gibt es Ausnahmen. Durch eine sehr aufwendige Behandlung kann man Pistolen- oder Gewehrkugeln so präparieren, dass sie übernatürlichen Wesen Schaden zufügen können. Ich besitze solche Munition für meine Waffe."

Damit schlug auch sie ihre Jacke zurück, und Emil sah, dass sie ein Schulterhalfter trug, in dem eine große Pistole steckte.

„Aber dennoch sind Schwerter die sicherste Möglichkeit, sich einen Dämon vom Hals zu schaffen – auch sicherer als Freikugeln", schloss Tatonka fachmännisch.

Derweil waren sie auf der Zwischenebene angelangt. Mai Li gab den anderen ein Zeichen, zu warten. Dann ging sie alleine die Treppe zum linken Bahnsteig hinunter, wobei sie sehr überzeugend einen völlig müden und übernächtigten Eindruck erweckte.

Nach etwa einer Minute kam sie die Treppe wieder hinauf geschlurft, allerdings nur soweit, bis man sie vom Bahnsteig aus nicht mehr sehen konnte. Dann begann sie, zu laufen.

„Auf der anderen Seite steht ein Mädchen, auf das deine Beschreibung passt!", frohlockte sie bei den anderen angelangt. „Ich konnte allerdings keine Überprüfung ihrer Aura vornehmen. Zu auffällig. Also wirst du mit hinunter kommen" – dabei deutete sie auf Emil –, „um sie zu identifizieren, und wenn sie's ist – zack!"

Emil erbleichte. Er sollte das Todesurteil sprechen?

„Ich komme auch mit!", stellte Malte unterdessen bestimmt fest. Er wollte sich nach all dem Herumgerenne auf keinen Fall den Showdown entgehen lassen.

„Na gut. Jetzt aber los!", drängte Mai Li und schob Emil in Richtung der Treppe.

„Codewort *Schwarz*, wenn sie's ist, *Weiß*, wenn sie's nicht ist."

Der arme Emil durchlitt auf dem Weg hinab zum Bahnsteig Höllenqualen. Was sollte er denn nur machen, wenn sie dort unten tatsächlich auf diese kleine, blauäugige, unglaublich süße ... Dämonin … stießen. Schon als er ihre Stiefelspitzen unter der Oberkante des Treppenschachtes ausmachte, wusste er, dass sie es war. Seine Schritte verlangsamten sich unmerklich, um den Augenblick des Unausweichlichen noch ein wenig länger hinauszuzögern. Aber Tatonka gab ihm von hinten einen leichten Stoß, so dass er die nächsten Stufen wieder schneller nehmen musste, um nicht das Gleichgewicht zu verlieren. Kurz bevor sie die Tunnelebene erreichten, fuhr ein Zug in die Station ein. Die anderen beschleunigten ihre Schritte weiter, wobei Tatonka Emil einfach vor sich herschob.

Da stand sie ganz alleine auf dem Bahnsteig und starrte gedankenverloren vor sich hin. Ihr Schwanz strich langsam auf dem Boden hin und her – was allerdings nur Emil sah. Da sie keine Anstalten machte, in die Linie 3, die inzwischen gehalten hatte, einzusteigen, verlangsamten die vier ihr Tempo wieder. Sie waren jetzt noch etwa acht Meter von ihr entfernt. Mai Li flüsterte Emil ein drängendes „Und?“ zu.

Der Angesprochene räusperte sich unbehaglich. Dann antwortete er zögernd: „Weiß ...“, und nach einer kurzen Pause, „nicht.“

„Wie, du weißt nicht?“, zischte Mai Li zurück.

„Mann! Ich hatte ziemlich viel Rauschkraut intus“, rechtfertigte sich Emil schlapp.

Jetzt waren sie nur noch vier Meter von ihr entfernt. Tatonkas rechte Hand wanderte unter seinen Mantel. Da sah die Kleine auf. Ihre wunderschönen blauen Augen trafen für einen Moment Emils Blick, bevor sie gleichgültig über den Rest der Gruppe streiften. Offensichtlich hatte sie ihn nicht wiedererkannt. Die vier gingen wie unbeteiligt an ihr vorüber, um einige Meter entfernt zum Stehen zu kommen.

„Hast du sie jetzt endlich erkannt?", drängte Mai Li Emil auf eine Entscheidung. Dann fügte sie drohend hinzu: „Im Notfall kann ich sie auch selbst überprüfen."

Emil wusste weder ein noch aus. Er konnte die Kleine einfach nicht dem sicheren Tod preisgeben! Aber sie war dennoch ein Dämon. Also, was tun? Da kam ihm eine Idee: Er würde seinen Geist vollkommen leeren – und dann einfach dem ersten Gedanken folgen, der in ihm aufstieg. Während Mai Li ihn zunehmend argwöhnisch fixierte, holte Emil tief Luft und ließ alles fallen …

Im nächsten Moment flog er in großen Sprüngen auf das Mädchen zu und riss sie mit sich ins Bahnabteil. Tatonka setzte ihm fluchend nach, seine Klinge im Laufen aus der Mantelscheide reißend. Mai Li zog ihre Pistole, konnte aber kein freies Schussfeld auf den Dämon erlangen. Der Augenblick für Emils Aktion war perfekt abgepasst gewesen, denn noch bevor er und das Mädchen auf dem Abteilboden aufschlugen, begannen sich die Türen zu schließen. Tatonka prallte von außen an den Scheiben ab. Dann setzte sich die Bahn in Bewegung. Langsam erst, dann mit schnell steigendem Tempo fuhr sie in den dunklen Tunnelschacht am Ende der Station ein und ließ die beiden Agenten und Malte hinter sich zurück.

Tatonka rannte noch ein Stück neben dem Bahnwagen her, bevor er endgültig aufgab. Mai Li schob derweil ihre Waffe ins Halfter zurück und warf Malte, der bestürzt die ganze Szene verfolgt hatte, einen misstrauischen Blick zu: „Was war denn das für ein Mist? Steckt ihr etwa mit denen unter einer Decke?"

„Was? Wie? Wir?", stotterte der Angesprochene erschrocken.

Auch Tatonka kam jetzt zu den anderen zurückmarschiert. „Er hat uns verraten!", stellte er grimmig fest. „Und du solltest uns eine guten Grund nennen, warum. Sonst könnten wir wirklich glauben, dass du mit ihm unter einer Decke steckst!"

Malte erbleichte: „Also, eigentlich kann ich mir nur einen Grund vorstellen: Emil hat sich in sie verliebt. So was passiert ihm öfter – und immer bei den Falschen!"

Jetzt erbleichte Mai Li: „Verliebt? Warum habe ich daran nicht gedacht?"

* * *

Im Bahnabteil hatte die kleine Dämonin Emil inzwischen nach dem ersten Schreck mit bemerkenswerter Kraft von sich herunter geschubst und war behände auf die Beine gekommen – gerade noch rechtzeitig, um zu sehen, wie Tatonka draußen die Verfolgung aufgab. Emil rappelte sich nicht ganz so behände auf. Er hatte den Aufprall des Mädchens lindern wollen und ihren Sturz deswegen mit den Ellbogen abgefangen. Diese dankten ihm jetzt die gute Tat, indem sie ihm ziemlich weh taten. Das sollte allerdings der einzige Dank bleiben, den er erhielt. Die Kleine lehnte sich gegen die Tür zurück und musterte ihn misstrauisch. Nach einiger Zeit fragte sie: „Die waren von Pegasus, oder?"

Emil brachte nicht mehr als ein mechanisches Kopfnicken zustande. Was für eine Stimme! Klar wie eine Glocke, und doch selbstbewusst und bestimmt!

Ihr Gesichtsausdruck wurde noch misstrauischer: „Du etwa auch?"

„Ich nicht!", versicherte Emil schnell. Er wollte sich auf keinen Fall Sympathien verscherzen.

Die Kleine fixierte ihn jetzt genauer. Dann trat so etwas wie Erkennen in ihre Augen. Zögernd fragte sie: „Bist du nicht der Kerl, dem ich die Pyramide abgenommen habe?"

„Ja!", strahlte Emil zurück. Toll! Sie hatte ihn wiedererkannt!

Er strich sich eine lose Haarsträhne aus dem Gesicht und streckte ihr die Hand hin: „Emil! Emil Vormann!"

Sie machte keine Anstalten, seine Hand zu ergreifen. Stattdessen sagte sie desinteressiert und auch ein kleines bisschen herablassend: „Schön für dich."

Das stieß ihn ziemlich vor den Kopf. War ihr eigentlich klar, dass er ihr gerade das Leben gerettet hatte?

„Ist dir eigentlich klar, dass ich dir gerade das Leben gerettet habe?"

Ihre Augen weiteten sich vor gespielter Überraschung: „Nein, wirklich?"

Dann fuhr sie wieder in ihrem desinteressiert-herablassenden Tonfall fort: „Wenn mir das nicht klar wäre, hätte ich dir schon längst ein drittes Auge verpasst. Du erinnerst dich doch bestimmt noch an deine Küchentür." Bei den letzten Worten erschoss sie ihn symbolisch mit dem Zeigefinger.

Eigentlich wäre spätestens jetzt der Zeitpunkt gewesen, wirklich ärgerlich zu werden. Davor schreckte Emil allerdings zurück – nicht so sehr aus Angst vor ihrer Pistole, sondern eher, weil er hoffte, dem Gespräch doch noch eine positive Wendung geben zu können. Er musste ihr irgendwie imponieren – am besten mit einem wirklich coolen Spruch!

„Sag mal, wie heißt du eigentlich?"

Noch während er das sagte, hätte Emil sich am liebsten die Zunge abgebissen. Das war mit Sicherheit der uncoolste Spruch überhaupt! Sie schien der gleichen Ansicht zu sein. Obwohl sie gut einen halben Kopf kleiner als er war, gelang es ihr spielend, ihn abfällig von oben herab anzusehen: „Netter Versuch, Menschlein."

Emil stutzte. Was wollte sie damit schon wieder sagen? Dann fiel ihm allerdings ein, dass man der Sage nach Macht über Dämonen erlangen konnte, wenn man um ihren wahren Namen wusste. Schnell dementierte er: „So habe ich das nicht gemeint!“

„Nein. Natürlich nicht“, erwiderte sie gelangweilt.

Jetzt wurde er doch ärgerlich. Schlimmer noch, er wurde trotzig. Schließlich hatte er ihr soeben das Leben gerettet und das hätte ja wohl wenigstens ein bisschen Dankbarkeit verdient.

„Na gut, dann nenne ich dich eben Demmi“, erklärte er in einem möglichst selbstverständlichen Tonfall.

Sie sah ihn ungnädig an: „Wie die Schauspielerin?“

„Nein, wie der Dämon: Dämon – Demmi, sozusagen als Koseform“, referierte Emil, hoch erfreut darüber, dass er jetzt wohl sie geärgert hatte. Und um noch einen draufzusetzen, ergänzte er: „Natürlich ist das nur ein Arbeitsname, solange bis ich deinen echten herausgefunden habe.“

Als er das sagte, schwante ihm auch schon, dass er nun vielleicht ein wenig zu weit gegangen war. Offensichtlich war sie auch diesbezüglich der gleichen Ansicht wie er. Ihre Augen gefroren zu Eiskristallen. Dann brachte sie ihre Lippen ganz nah an sein Ohr und flüsterte mit einer Kälte, gegen die ihre Tonlage vom Vorabend als laue Sommerbrise erschien: „Ich kann ihn dir sofort sagen. Alles was ich dafür verlange, ist deine Seele!“

Ein Teil von Emil erschrak zu Tode – ein anderer indes meldete sich lakonisch zu Wort: ‚Sie hat dein Herz, da kommt es auf die Seele auch nicht mehr an …‘

Ja, in der Tat: Noch weitaus erschreckender als ihre Worte war bei genauerer Betrachtung die Tatsache, dass er sie selbst jetzt noch, da sie ihn anblickte, als wolle sie ihn langsam bei lebendiger Haut rösten, atemberaubend und unwiderstehlich fand. In diesem Augenblick fasste Emil den festen, unverbrüchlichen Entschluss, Demmi als die Liebe seines Lebens anzuerkennen. Er musste einen Weg zu ihrem Herzen finden! Wenn sie überhaupt eins hatte.

Demmi war mit Emils Reaktion auf ihre Drohung gar nicht zufrieden. Zwar sah sie mit Kennerblick anfangs noch den panischen Schrecken in seinen Augen. Dieser machte dann aber viel zu schnell einer gänzlich anderen Emotion Platz: Nachdenklichkeit erschien auf seinen Zügen. Und dann hoben sich seine Mundwinkel sogar zu einem Lächeln – einem entschlossenen Lächeln – und er blickte ihr tief in die Augen. Dieser Mensch war anders, als alle, denen sie je zuvor begegnet war – und das erschreckte sie!

„Nenn mich, wie du willst!", fauchte die verunsicherte Dämonin und wandte sich abrupt der Tür zu, während der Zug in die nächste Station einfuhr.

Sobald die Türflügel aufschwangen, sprang sie aus dem Abteil und ging zügig zum Ende des Bahnsteigs. Emil folgte ihr ungefragt. Eigentlich hätte er ja gerne das weitere gemeinsame Vorgehen besprochen, aber er war sich nicht sicher, ob das auch ihren Vorstellungen entsprach. Also entschied er, dass es wohl das Schlaueste war, vorläufig einfach in ihrer Nähe zu bleiben und dabei möglichst unauffällig zu sein.

Sie war inzwischen am Ende des Bahnsteigs angelangt, sprang behände auf die etwa einen Meter tiefer liegenden Gleise und war gerade im Begriff, im Tunnel zu verschwinden, als von hinten eine harsche Stimme ertönte: „He, he, he! So geht das aber nicht!"

Demmi fuhr herum: „Verpiss dich!"

Der Bahnwärter fiel in ihre Augen wie in zwei tiefe, dunkel glühende Vulkankrater und ein unbekanntes, übermächtiges Grauen griff nach seiner Seele. Er wandte sich hastig um und trollte sich ans andere Ende der Station – krampfhaft bemüht, sich einzureden, dass er sich schließlich nicht um alles kümmern konnte und dies eindeutig ein PAL[1] war und ihn somit wirklich nichts anging.

Emil blieb unterdessen auf Demmis Fersen. Er marschierte hinter ihr in den Tunnelschlund hinein, wobei er fasziniert das grazile Peitschen ihres Schwanzes bewunderte – und zugegebenermaßen auch ihren perfekten Po.

Nachdem sie etwa hundert Meter in den U-Bahnschacht hineingegangen waren, blieb Demmi vor einer in der Wand eingelassenen Stahltür stehen, zog ihre Pistole und schoss auf das Schloss. Dann trat sie dessen Reste aus der Verankerung und verschwand in dem dunklen Eingang.

Emil, dem von der infernalischen Lautstärke des Schusses noch die Ohren klingelten, folgte ihr auf den Fuß und wäre fast in sie hineingerannt, denn Demmi hatte sich hinter der Tür umgedreht und erwartete ihn: „Okay, du Nervensäge, was willst du eigentlich von mir?"

Emils erster Reflex war, vor ihr auf die Knie zu sinken und ihr seine Liebe zu gestehen. Im letzten Moment verkniff er sich das allerdings. Jetzt brauchte er ganz schnell eine Ausrede!

„Ich ... äh ... möchte ... dir … helfen!", stieß er hervor und dachte im gleichen Moment: ‚Tolle Ausrede!'

Sie starrte ihn verständnislos an: „Wie bitte?"

„Na ja, also ich glaube einfach, dass du eigentlich ein gutes Herz hast, und ... äh ..."

„Ach, ich habe also ein gutes Herz?", fragte sie bissig.

„Ja!", erklärte Emil im Brustton wahrer Überzeugung.

„Hast du mal darüber nachgedacht, ob ich überhaupt ein Herz habe?"

„Schon, aber ..."

---

[1] *„Problem anderer Leute", cf. Adams' Douglas: Das Leben, das Universum und der ganze Rest.*

In Demmis Gesicht erschien ein hinterhältiges Lächeln. Gespielt verständnisvoll flötete sie: „Du willst mir also einfach nur so helfen?"

„Naja ... ich glaube halt ... also ... ich denke ..." Emil fühlte sich langsam wirklich in die Enge getrieben.

Sie richtete sich tief einatmend auf. Dann stellte sie fest: „Du bist einfach scharf auf mich!"

Die unverschämte Direktheit ihres Verdachts traf ihn wie ein Eimer kalten Wassers. Genau genommen wäre ihm ein Eimer kalten Wassers eigentlich lieber gewesen.

„Wie kommst du denn darauf?", dementierte er halbherzig.

Demmi hörte ihm allerdings schon gar nicht mehr zu. Sie griff sich an die Stirn und fluchte: „So ein Mist! Immer, wenn es mal wirklich wichtig gewesen wäre, hat dieser verdammte Dreckszauber nicht funktioniert! Und jetzt, bei diesem Schwachkopf, klappt er sogar zu gut!"

Emil erstarrte. Langsam setzten sich in seinem Kopf die Rädchen in Bewegung: Zauber? Zauber!

„Du Miststück hast mich verzaubert! Ja klar! Vor meiner Wohnungstür! Da hast du einen Liebeszauber oder so was auf mich geworfen!" Er schnappte vor Empörung nach Luft.

Sie sah ihn nur gespielt mitleidig an: „Ich bin eine Dämonin. Wir machen so was!"

„Das ist ja ... Nimm ihn weg! Heb ihn sofort wieder auf!", forderte Emil entrüstet.

Demmi zuckte die Schultern und seufzte: „Nichts lieber als das. Vielleicht verschwindest du dann ja endlich."

Sie trat einen Schritt auf ihn zu. Dann fixierte sie seine Augen und Konzentration trat in ihren Blick, der gleichsam in ihn einzudringen schien. Dabei formte sie mit den Händen einige anmutige Muster in die Luft und ihr Schwanz peitschte angestrengt von einer Wand zur anderen.

Emil wartete.

Emil wartete weiter.

Es passierte nichts.

Er fand sie trotz ihrer eigentlich unausstehlichen Art immer noch ganz hinreißend. Ihre Augen leuchteten leicht in der Dunkelheit und ihre vollen, weichen Lippen ließen in ihm das tiefe Verlangen aufsteigen, sie zu küssen.

Demmi allerdings schien der Meinung zu sein, jetzt ihre Arbeit getan zu haben, denn ihre Gesichtszüge entspannten sich und sie trat wieder zurück.

„Also, es tut mir echt leid, dass ich dir so viel Ärger gemacht habe", sagte sie noch mit einem zum ersten Mal ehrlich warmen Unterton in der Stimme. Dann war sie im Dunkel des Ganges verschwunden.

Emil stand wie angewurzelt da. Entweder, sie hatte ihn reingelegt und den Zauber gar nicht aufgehoben, oder ...

Doch wenn er ihr jetzt hinterherlief, würde sie ihm im ersten Fall sowieso nicht die Wahrheit sagen. Wenn seine Gefühle aber gar nichts mit dem Zauber zu tun hatten, war es vielleicht besser, wenn Demmi das vorläufig nicht erfuhr. Nein, sie sollte sich seiner Liebe nicht zu früh zu sicher sein. Das konnte nur schaden.

Den kurzen Gedanken, sie vielleicht niemals wiederzusehen, verwarf Emil sofort wieder. Das dürfte nicht sein, also würde es auch nicht sein! Dafür war schon zu viel passiert.

Emils naiver Glaube an das Schicksal hätte bei eben diesem ein nachsichtiges Kopfschütteln provoziert, wenn es so etwas wie einen Kopf besessen hätte …

5.

Ein echter Scheißmorgen

Constantin, der vierte unserer Freunde, floh schon seit geraumer Zeit vor einem schrecklichen, schwarzbehaarten Monster durch die düstere Stadt. Er hetzte durch verlassene Straßen und Hinterhöfe, über Häuserdächer und finstere Korridore entlang. Das Untier war ihm während der ganzen Zeit ständig auf den Fersen geblieben und so schnell er auch rannte, langsam aber sicher holte es auf – Meter um Meter! Ihm war, als könne er schon den heißen Atem der Bestie im Nacken spüren. Sie musste ihn jeden Moment eingeholt haben ...

In diesem Augenblick klingelte es.

Constantin fuhr hoch und fand sich in seinem Bett wieder. Nur ein Traum! Er taumelte schlaftrunken zur Tür und öffnete. Draußen stand das schwarzbehaarte Monster und fletschte die Zähne zu einem Lächeln, das vielleicht freundlich wirken sollte, es aber nicht tat.

„Hallo, Constantin! Darf ich reinkommen?“, fragte es höflich.

Constantin schlug die Tür zu. Sein erster, panischer Reflex war, durch das Küchenfenster zu fliehen, denn er wohnte nur im ersten Stock. Dann fiel ihm der alte Offizierssäbel seines Urgroßvaters ein. Der musste irgendwo hinter dem Kleiderschrank stehen. Erst als er schon den halben Weg dorthin zurückgelegt hatte, kam Constantin ein dritter Gedanke: Es gab gar keine sprechenden Monster. Folglich konnte auch keins vor seiner Tür stehen. Und wenn da doch eins stand, dann konnte das nur heißen, dass er noch träumte. Ja, das war es! Er war noch gar nicht aufgewacht! Das musste er unbedingt ändern ...

In diesem Augenblick klingelte es.

Constantin schlug die Augen auf. Er lag in seinem Bett und wagte nicht zu Atmen. War er jetzt wach? Hatte es wirklich geklingelt? Vorsichtig bewegte er seine rechte Hand unter der Decke in Richtung seines linken Unterarms und kniff sich. Es tat weh. Das war ein gutes Zeichen.

Es klingelte nochmal. Also gut, diesmal war er wohl wirklich wach. Er warf die Bettdecke zurück und ging zur Tür. Das erinnerte ihn dann aber so sehr an seinen Traum, dass er sicherheitshalber noch einen Abstecher zum Schrank machte, um Urgroßvaters Säbel dahinter hervorzuholen. Nachdem er blank gezogen hatte, drückte er auf und öffnete dann vorsichtig die Tür. Kein Monster war zu sehen. Stattdessen kam jetzt aber Wächter die Treppen heraufgesprungen, sein Schwert unterm Arm. Das war ein so normales Ereignis, dass Constantin endgültig beschloss, tatsächlich wach zu sein. Wächter gehörte einer Gruppe historischer Fechter an und trainierte oft morgens im nahen Park Haue und Huten. Danach schaute er ab und zu auf einen Kaffee bei Constantin vorbei.

„Gut, dass du mich geweckt hast. Ich hatte vielleicht einen beschissenen Traum", begann Constantin gähnend, nur um von Wächter unsanft beiseitegeschoben zu werden.

„Na wenigstens *du* bist zu Hause! Ich brauche jetzt erst mal was zu trinken!", erklärte dieser schon auf dem Weg zur Küche.

Constantin sah ihm kopfschüttelnd nach. Dann schlurfte er erst einmal zurück ins Schlafzimmer, um den Säbel loszuwerden und sich einen Morgenmantel über seinen Pyjamas zu werfen. Dabei fiel sein Blick auf den Radiowecker neben dem Bett. Erst sieben Uhr? Auch wenn Constantin sich inzwischen ziemlich sicher war, wach zu sein, kamen ihm jetzt doch Zweifel, ob der Besuch seines Freundes so normal war, wie er zuerst angenommen hatte.

Als er in die Küche kam, stellte er entsetzt fest, dass Wächter sich von seinem guten alten Single Malt ein Wasserglas voll eingeschüttet hatte. Constantin hatte das edle Getränk von seinem Vater zum Abi geschenkt bekommen und gönnte sich hin und wieder nach einer bestandenen Prüfung oder zu Weihnachten einen Fingerhut davon.

„Spinnst du? Der ist dreißig Jahre alt!"

Doch Wächter hatte das Glas schon angesetzt und in einem Zug hinuntergekippt. Während er sich von neuem einschenkte, sah er Constantin mit einem Blick an, der seinen Freund verstummen ließ.

„Du wirst nicht glauben, was mir passiert ist! Ich habe eben draußen im Park gegen einen Dämon oder so was gekämpft!" Wie zum Beweis hielt Wächter sein Schwert in die Höhe: „Hiermit! Hiermit habe ich ihm eine Klaue abgehauen!" Dann trank er auch noch das zweite Glas leer.

Zuerst war Constantin sprachlos. Mit offenem Mund starrte er seinen Freund an, der gerade im Begriff war, sich ein drittes Glas einzuschenken. Dann brodelte Wut in ihm hoch: „Jetzt pass mal auf, du Flasche! Es gibt genau zwei Möglichkeiten: Entweder du bist noch breit von gestern. Dann verpiss dich und lass mich weiter schlafen! Oder du hast ein ernsthaftes Problem. Dann solltest du dir kompetente Hilfe suchen! Mein Vater hat da einen Bekannten, der in der Psychiatrie arbeitet!"

Wächter hielt im Einschenken inne und sah beschwörend von seinem Glas auf: „Constantin, bei unserer Freundschaft, ich bin da draußen einem Dämon begegnet!"

In diesem Augenblick klingelte es schon wieder.

Constantin ging entschlossen auf Wächter zu und nahm ihm die Flasche aus der Hand: „Du bleibst hier und rührst nichts mehr an, verstanden?"

Dann marschierte er wütend zur Tür. Was für ein Scheißmorgen! Als er öffnete, kam Emil schon die Treppe heraufgestürmt.

„Du wirst nicht glauben, was mir passiert ist!", platzte er heraus.

„Du bist einem Dämon begegnet?", fragte Constantin lakonisch.

Emil sah ihn überrascht an: „Woher weißt du ... ?"

Während Constantin seine Annahme, wach zu sein, noch einmal kritisch überdachte, fiel Emils Blick auf die Flasche in seiner Hand.

„Whisky! Genau das brauche ich jetzt!"

* * *

„Es ist ganz allein meine Schuld!", erklärte Mai Li zum hundertsten Mal, während sie den Geländewagen durch die immer noch leeren Straßen der Stadt steuerte. „Warum habe ich nicht daran gedacht, ihn auf eine Bezauberung durch die Dunkle zu überprüfen? Hoffentlich hat sie ihm noch nichts getan!"

Tatonka, der auf dem Beifahrersitz saß, legte ihr besänftigend die Hand auf die Schulter: „Ich habe doch auch nicht daran gedacht."

„Du bist aber auch nicht für die strategische Koordination unseres Unternehmens zuständig!", erwiderte sie gereizt.

Malte, der bis dahin schweigend auf dem Rücksitz gesessen hatte, meldete sich nun vorsichtig zu Wort. „Vielleicht hat sie ihn ja überhaupt nicht bezaubert. Emil hat da so einen speziellen Ehrenkodex – vor allem was hübsche Mädels angeht", versuchte er den anderen und sich selbst Mut zu machen.

Die Dämonenjäger wandten sich irritiert zu ihm um. Also ergänzte er: „Von wegen ‚Ritter', und ‚Jungfrauen beschützen' und so. Emil ist in solchen Dingen etwas altmodisch. Außerdem – ich habe ja keine Ahnung von Dämonen, aber sie hat ihm doch bei ihrer ersten Begegnung auch nichts getan. Vielleicht lässt sie ihn ja wieder laufen. Immerhin hat er ihr das Leben gerettet."

Tatonka schnaufte ärgerlich: „Du hast wirklich keine Ahnung von Dämonen! Als würde die so was interessieren!"

Mai Li indes warf Malte im Rückspiegel einen dankbaren Blick zu. Sie hatte begriffen, dass er ihnen allen nur ein wenig Hoffnung machen wollte, und genaugenommen war das im Moment auch das Sinnvollste. Was bereits passiert war, ließ sich ohnehin nicht mehr ändern.

Also straffte sie sich innerlich und erklärte: „In Ordnung. Vielleicht hast du sogar recht. Also, der Dämon wird sich erst einmal vom Dom fernhalten. Wenn er Emil immer noch in seiner Gewalt hat, können wir daran im Moment nichts ändern. Aber vielleicht hat er deinen Freund ja wirklich laufen lassen. Wohin würde Emil dann zuerst gehen?"

Malte zog grübelnd die Augenbrauen zusammen. Dann erklärte er sicher: „Zu Wächter oder zu Constantin!"

„Gut. Wer von beiden wohnt näher?"

* * *

Constantins Laune hatte sich seit dem Aufstehen nicht gerade gebessert. Seine tollen Freunde erzählten sich abwechselnd immer wieder ihre völlig beknackten Dämonengeschichten, und wenn er versuchte sie rauszuwerfen, sahen sie ihn mit Verschwörermiene an und appellierten theatralisch an seine Freundschaft. Außerdem hatten sie inzwischen die ganze Flasche Whisky leer getrunken. Anfangs hatte er noch vermutet, dass dies nur ein dummer Scherz der beiden sei, aber dafür dauerte das Theater inzwischen schon zu lange. Diese Spinner schienen das, was sie da faselten, wirklich zu glauben. Vielleicht war das Gras von gestern Abend ja mit LSD oder so was versetzt gewesen. Ob er seinen Vater anrufen sollte, oder noch besser gleich dessen Bekannten, den Psychiater?

„Oh Gott! Wächter! Ich bin in einen Dämon verliebt! Was soll ich denn jetzt nur machen?", stöhnte Emil gerade in einer Mischung aus echtem Liebesschmerz und ebenso echter Begeisterung für dieses irrsinnige Abenteuer.

„Was soll ich denn sagen? Dein Dämon hat dir wenigstens nur das Herz gebrochen, meiner versucht wahrscheinlich, mir das Genick zu brechen, wenn er mich noch mal findet!", erwiderte Wächter mit pathostriefender Stimme.

Emil stellte währenddessen enttäuscht fest, dass seine Zigarettenpackung leer war. Er hielt sie demonstrativ in die Luft und warf Constantin ein bettelndes „Hast-Du-noch-'ne-Kippe?"-Grinsen zu. Der wühlte genervt in den Taschen seines Morgenrocks. Emil kehrte derweil nach seinem gelungenen Schnorrversuch zum eigentlichen Thema zurück und erklärte fachmännisch: „Also, diese beiden Dämonen müssen in irgendeiner Beziehung zueinander stehen. Der Zufall wäre zu groß!"

Sein Freund nickte und ergänzte: „Aber wenn du tatsächlich recht hast, mit deiner Vermutung, dass – Demmi? – gar nicht zu den Bösen gehört, dürfte das Verhältnis der beiden nicht gerade das Beste sein. Mein Dämon gehört nämlich definitiv zu den Bösen."

Jetzt konnte Constantin nicht mehr an sich halten. Während er Emil eine Zigarette zuflitschte, warf er genervt in die Runde: „Ihr spinnt doch beide! Emil, nur mal angenommen, du bist heute Morgen tatsächlich einem Dämon begegnet. Woher, zur Hölle, willst du dann wissen, dass er nicht böse ist?"

Emil sah seinen Freund erstaunt an, dann legte er die Hand aufs Herz und erwiderte würdevoll: „So etwas spürt man."

Wächter ergänzte mit gedämpfter Stimme: „Ich würde nicht so laut von der Hölle sprechen. Wer weiß, wen das anlockt ..."

Constantin stöhnte resigniert auf. Bei den beiden war wirklich Hopfen und Malz verloren!

In diesem Augenblick klingelte es schon wieder.

Emil warf einen unbehaglichen Blick in die Runde: „Oh Scheiße, das sind sicher Malte und die Pegasus-Leute. Die werden ziemlich stinkig sein."

Aber Constantin war schon auf dem Weg zur Tür: „Dann lerne ich die wenigstens auch mal kennen ..."

„Nein, nein, nicht aufmachen!", hörte er Emil noch rufen.

Ein bisschen mulmig wurde es Constantin schon, als er hinter Malte tatsächlich die beiden Agenten die Treppe heraufkommen sah. Eine kleine Chinesin und ein großer Sioux, genau wie von Emil beschrieben. Entweder, das alles war doch ein Scherz seiner Kumpels – dann aber ein verdammt gut geplanter –, oder hier war echt was faul.

„Hi Constantin. Ist Emil bei dir?", fragte Malte besorgt, als er vor der Tür angekommen war.

„Aber klar doch! Sitzt in meiner Küche. Kommt rein!", erwiderte Constantin aufgeräumt, wenn auch mit einem leicht ironischen Unterton. Er hatte nämlich soeben beschlossen, das Ganze von der komischen Seite zu nehmen.

Mai Li seufzte erleichtert: „Glück gehabt!"

„Guten Tag, die Herrschaften Dämonenjäger", grinste Constantin sie und Tatonka an, als sie jetzt hinter seinem Freund in die Wohnung traten. Der Sioux warf ihm einen irritierten Blick zu, während Mai Li sich an Malte vorbei in die Küche drängelte. Sie wollte Emil sofort überprüfen, und gnade ihm Gott, wenn er gar nicht bezaubert gewesen war!

In der Küche angekommen erstarrte sie allerdings. Da war kein Emil. Stattdessen stand dort nur ein anderer, schwarz gekleideter Kerl – ziemlich groß und hager – und sah aus dem geöffneten Fenster.

„'tschuldigung? Ist hier irgendwo Emil?", fragte sie ahnungsvoll.

Wächter wandte den Kopf nach ihr um. „Jetzt nicht mehr. Der ist durchs Fenster. Er hat mein Schwert mitgenommen!", erwiderte er empört.

Mai Li stürzte zum Fenster, aber in den Gärten und Hinterhöfen war keine Spur mehr von Emil zu sehen.

Die anderen waren inzwischen auch in der Küche angelangt. Malte und Tatonka warfen einander einen vielsagenden Blick zu. Constantin stellte derweil völlig unbeeindruckt fest: „Ach, aus dem Fenster gesprungen? Hatte ich eben auch schon vor. Aber macht euch nichts daraus, ihr könnt euch ja zuerst um Wächters Dämon kümmern."

Die Chinesin wandte sich langsam zu ihm um: „Wächters Dämon?"

* * *

Emil wanderte zur gleichen Zeit bereits einige Blocks entfernt durch hübsche, kleine Seitenstraßen, die Altbauhäuser mit gepflegten Vorgärten säumten. Wächters Schwert hatte er unter seinem Mantel verstaut, nachdem er zu Laufen aufgehört hatte. Als die erste Freude über seine gelungene Flucht verflogen war, begann er sich allerdings zu fragen, warum er eigentlich geflohen war. Die Dämonenjäger hätten ihm schon nicht den Kopf abgerissen – schließlich waren sie ja die Guten. Außerdem wäre es mit ihrer Hilfe sicher leichter gewesen, herauszufinden, ob immer noch ein Zauber auf ihm lag. Nicht, dass er das inzwischen noch ernsthaft in Erwägung zog. Dafür waren seine Gefühle einfach zu – echt! Aber sicher war sicher. Auch der Versuch, Demmi wiederzufinden, war ohne die Hilfe von Fachleuten ziemlich aussichtslos. Also, was jetzt? Zurückkehren zu Constantin und den anderen konnte er erst mal nicht. Das wäre ihm doch zu peinlich gewesen. Vielleicht noch mal zum Dom? Aber was dann?

Nachdem er noch einige Alternativen in Erwägung gezogen hatte, nur um sie dann doch wieder zu verwerfen, kam Emil eine überzeugende Idee: Alles sprach dafür, dass das Schicksal ihn und seine Freunde mit Bedacht für dieses Abenteuer ausgewählt hatte. Seit sie die Pyramide gefunden hatten, passierten zu viele Dinge, die einfach kein Zufall sein konnten – wenigstens nicht in dieser Anhäufung. Außerdem hatte sogar Mai Li angenommen, dass zwischen Demmi und ihm irgendeine tiefere Verbindung bestand. Also würde er jetzt erst einmal seiner Nase folgen und dem Schicksal den Rest überlassen. Zuerst führte ihn seine Nase zur nächstgelegenen Bäckerei…

* * *

Der Unhold lungerte derweil von dichtem Gebüsch verborgen unter einer Bahnbrücke herum und war wieder halbwegs besänftigt. Gut – seine erste Jagd war reichlich schiefgegangen. Aber so leicht ließ er sich nicht entmutigen. Seinen Armstumpf hatte er vorerst in einen dreckigen Lappen gewickelt. Der Meister würde ihm zu gegebener Zeit schon einen Ersatz beschaffen – und nicht nur das: Wenn er *sie* erst einmal gefangen und *ihr* den Schatz geraubt hatte, konnte er sich reicher Belohnung sicher sein. Und was diesen Menschenwurm mit dem Schwert anging – auch den würde er sich noch vorknöpfen! Er würde ihn nicht einfach umbringen! Oh nein! Der Kerl sollte leiden!

Während er so dalag und nachsann, endlich gesättigt vom ersten Menschenfleisch seit Jahrzehnten, stocherte sich der

Unhold mit einem Fingerknochen seines Opfers zwischen den Zähnen herum und sein böses Grinsen kehrte zurück: Wahrscheinlich war der einsame Spaziergänger, den er eben am Bahndamm aufgegriffen hatte, ein treusorgender Familienvater gewesen. Seine Frau und seine Kinder würden den Verlust sicher niemals überwinden. *Jaaa …!* Endlich die erste böse Tat dieses Aufenthalts auf der Oberfläche!

Es ist anzunehmen, dass der Unhold nicht ganz so zufrieden mit sich gewesen wäre, hätte er um den tatsächlichen Charakter des einsamen Spaziergängers gewusst, den er soeben verspeist hatte. Der war nämlich ein grausamer, schlechter Mensch gewesen, noch dazu mit einer der weniger harmlosen Formen des Wahnsinns behaftet. Und dass aus ihm kein gefürchteter Massenmörder wurde, verdankte die Welt einzig und alleine dem Hunger des Unholds, der ihn unmittelbar vor seiner ersten Tat abfing.

* * *

Zur gleichen Zeit saß ein kleines, blondes Mädchen mit wunderschönen, bergseeblauen Augen allein am Rhein und beobachtete die vorüberfahrenden Schiffe. Sie war noch viel zufriedener mit sich als der Unhold, von dessen Anwesenheit in Köln sie übrigens keine Ahnung hatte. Nach ihrer Einschätzung war die ganze Aktion bisher wirklich gut verlaufen. Sie hatte die Pyramide ohne nennenswerte Schwierigkeiten in ihren Besitz gebracht und auch der geheime Zugang zu den Katakomben unterhalb des Doms war an der bezeichneten Stelle gewesen. Zu gegebener Zeit würde sie dorthin zurückkehren, um ihr Werk zu vollenden. Einzig das Auftauchen der Pegasus-Agenten war nicht so erfreulich. Aber ausnahmsweise war ihr einmal zugutegekommen, dass ihre Zauber selten so wirkten, wie geplant. Dieses Menschlein – dieser Emil – hatte sie nur deswegen gerettet! Hätte sie ordnungsgemäß den Liebeszauber nach ihrer ersten Begegnung aufgehoben, um ihre Spuren zu verwischen, wäre das Schwert des großen Agenten ihr mit Sicherheit zum Verhängnis geworden. Sie musste kichern. Was für ein glücklicher Zufall! Und wie hatte der Sterbliche sie noch genannt? Demmi? Eigentlich gefiel ihr der Name. Und sie brauchte sowieso einen neuen Namen für ihr neues Leben.

Also gut: Demmi!

Dann ermahnte sie sich selbst zur Disziplin: Noch hatte sie nicht gewonnen. Diese Dämonenjäger konnten ihr wirklich gefährlich werden. Sie musste ihnen aus dem Weg gehen. Außerdem musste sie hoffen, dass Asmodin die nächsten drei Tage keinen Wind von ihrem Unterfangen bekäme. Aber was waren schon drei Tage in der Welt der Dämonen? Sie hatte alles gut eingefädelt. Er würde so schnell keinen Verdacht schöpfen. Wieder musste sie kichern, diesmal aber mit einem bösartigen Unterton. Der verfluchte Dunkelherr würde bis ans Ende der Zeit nicht verwinden können, dass sie ihm die Pyramide vor der Nase weggeschnappt hatte! Nur drei Tage noch bis zum nächsten Vollmond ...

6.

Die Wege des Schicksals

In den folgenden Stunden griff das Schicksal nicht entscheidend in unser Abenteuer ein, denn schließlich gab es noch eine unendliche Vielzahl anderer Aufgaben zu erledigen, die auch, wenn man jenseits von Raum und Zeit existiert, nun mal irgendwann getan werden wollen ...

So verging der Tag ohne weitere aufregende Ereignisse und Wendungen. Der Unhold hielt ein ausgiebiges Verdauungsnickerchen, um sich danach erfrischt und gestärkt wieder auf Demmis Fersen zu heften. Katrin, die bemitleidenswerte Polizistin, wurde nach einer reichlich konfusen Aussprache mit ihrem Vorgesetzten bis auf Weiteres beurlaubt. Constantin warf seine Freunde und die beiden Agenten aus seiner Wohnung und verschlief den halben Tag, wobei er noch von einigen höchst sonderbaren und beunruhigenden Träumen geplagt wurde.

Die Rausgeworfenen fassten unterdessen einen Plan, wie sie wenigstens eine ihrer verlorenen Fährten wieder aufnehmen konnten, und machten sich ungesäumt an die dazu notwendigen Vorbereitungen.

Auch Emil verfolgte weiter seinen Plan – insofern man sein zielloses Rumgerenne in der Stadt als solchen bezeichnen konnte. Wäre das Schicksal nicht so abgelenkt gewesen, hätte er vielleicht sogar Erfolg gehabt, denn mehrmals verpasste er Demmi in den Einkaufsstraßen rund um den Dom nur um Minuten. Die kleine Dämonin hatte nämlich beschlossen, sich ein wenig in der Menschenwelt umzusehen und war shoppen gegangen. Das fehlende Kleingeld hatte sie dabei reichlich durch Charme und den ein oder anderen Zauber ersetzt.

Doch der Herbst ging ins Land und die Tage wurden kürzer. Bald schon zog der Abend über der Stadt herauf und mit ihm wandte auch das Schicksal seine Aufmerksamkeit wieder verstärkt unseren Protagonisten zu ...

* * *

Emil war am Ende seiner Kräfte. Mit immer schwerer werdenden Schritten schleppte er sich durch dunkle Seitengassen, während ihm der stärker werdende Wind die Haare zerzauste und kalt durch jede Öffnung seines Mantels fuhr. Auf einem kleinen Platz, in dessen Mitte das Standbild eines lange toten Dichters thronte, ließ er sich erschöpft auf eine metallene Bank fallen. Seine hochgesteckten Hoffnungen hatten in den letzten Stunden langsam aber sicher Müdigkeit, Langeweile und Ernüchterung das Feld geräumt. Jetzt – hier auf dieser nassen kalten Bank, mutterseelenalleine auf einem nassen kalten Platz, an dem er überdies an diesem Tag schon x-mal vorbeigekommen war – gesellte sich Resignation hinzu.

Na gut. Seine Theorie hatte sich als falsch erwiesen, als reines Wunschdenken. Als Entschuldigung für sich selbst konnte er natürlich die ausgesprochen unglaublichen Ereignisse der letzten Nacht anführen. Wirklich ausgesprochen unglaublich, die ganze Geschichte. War das alles tatsächlich passiert? Der lange, eintönige Tag hatte einen grauen Schleier zwischen Emil und die Vergangenheit gelegt. Seltsam unscharf waren die Bilder

der letzten Nacht. Langsam überlegte er ernsthaft, ob alles nicht bloß ein wirrer Traum gewesen war, ob Constantin nicht doch recht gehabt hatte, mit seiner Vermutung, das Gras sei etwas zu gut gewesen. Aber was war dann mit Demmi? Sollte das wundervollste Mädchen, dem er je begegnet war, etwa bloß einem Drogentraum entsprungen sein?

Von einem der Hausdächer in Emils Rücken flatterte ein Schwarm Tauben aufgeschreckt in die Höhe und flog über den einsamen Platz hinweg in die Nacht hinein. Aber Emil beachtete ihn nicht. Er starrte weiter vor sich hin auf die Spitzen seiner völlig durchnässten Stiefel. Dann begann er geistesabwesend in seinen Manteltaschen nach Zigaretten zu kramen. Über die Dachkante, auf der soeben noch die Tauben gegurrt hatten, schob sich unterdessen langsam ein großer, dunkler Schatten. Sein leises Knurren ging im immer heftiger werdenden Wind unter.

Auf die Züge des Unholds trat sein geläufiges böses Grinsen, als er den einsamen Menschen auf dem dunklen Platz unter sich ausmachte. Er hatte mit der einbrechenden Dämmerung wieder *ihre* Fährte aufgenommen und war sich ziemlich sicher, *ihr* bereits ganz nah zu sein. Ein klitzekleiner Abstecher konnte eigentlich nicht schaden, und der Kerl da unten sah aus wie einer, der Liebeskummer hatte, das erkannte der Dämon mit geschultem Auge für menschliches Leid. Schön! Er würde diesen armen Tropf von seinem Schmerz erlösen.

Gerade, als das Monstrum sich zum Sprung spannte, öffnete sich eine Haustür gegenüber, und heraus kamen drei – vier – sechs – eine ganze Horde junger Menschlein, ausgelassen und laut. Zu laut! So eine Menge von Sterblichen konnte man nicht einfach inmitten der Stadt zerfetzten. Schon gar nicht so nahe bei *ihr*. Zu riskant, *sie* dadurch zu verscheuchen. Doch die Zeit, abzuwarten, bis es wieder ruhiger würde, hatte er nicht.

Also gut, er würde sich eine ausgiebige Jagd gönnen, wenn er seinen Auftrag erfüllt hatte.

Während der drohende Schatten sich langsam zurückzog und wieder hinter der Dachkante verschwand, blickte Emil mürrisch zu den Jugendlichen hinüber, die in einem lockeren Schwarm an ihm vorbeischlenderten – ohne auch nur im Geringsten zu ahnen, dass sie ihm gerade das Leben gerettet hatten. Erst als die Störenfriede um die nächste Ecke gebogen waren, zündete er sich seine Kippe an, die letzte, die er in seinen Manteltaschen gefunden hatte. Er blies den Rauch in den Wind und widmete sich soeben wieder seinen Stiefelspitzen, als ihm das Schicksal in Form eines Flyers ins Gesicht klatschte. Einen Moment lang war er blind. Dann riss er sich ärgerlich den Papierfetzen von den Augen. Er wollte ihn schon wieder dem Wind überantworten, als sein Blick flüchtig die Überschrift streifte. „Devil's Night" stand da. Emil verharrte in der Bewegung und betrachtete das Papier genauer. Da gab es heute doch tatsächlich ganz in der Nähe eine Fetischparty mit Namen „Devil's Night", und den Machern dieser Party war es eingefallen, auf dem Werbeflyer eine Frau in einem Teufelskostüm aus Latex abzubilden – mit Schwanz und Hörnern!

Bereits wenige Minuten später stand Emil vor dem Haupteingang eines großen, alten Hauses, in dessen Räumen die Party bereits in vollem Gange war. Das Herz klopfte ihm bis zum Hals, aber sein Entschluss stand fest. Sollte das Schicksal, der Zufall, oder wer auch immer so hinterhältig sein, ihn auf eine geschickt ausgelegte falsche Fährte zu locken, sollte dieser Flyer gar nichts mit Demmi zu tun haben, dann hatte er wenigstens alles versucht. Aber irgendwie war sich Emil sicher, die kleine Dämonin genau hier zu finden, vorausgesetzt, er selbst kam überhaupt hinein. Was dieses Detail anging, waren noch einige Probleme aus dem Weg zu räumen, denn Emils Marinemantel war zwar recht schick, aber als Fetischmode ging er beim besten Willen nicht durch, und der Dresscode war eindeutig. Die Türsteher wiederrum sahen nicht wie die Art von Menschen aus, die sich in einer offenen Diskussion davon überzeugen lassen würden, dass er im Namen der Liebe unbedingt auf diese Party musste, Dresscode hin oder her.

Um nicht zu früh die Aufmerksamkeit der beiden Gorillas in ihren Bomberjacken auf sich zu ziehen, setzte Emil sich nach einigen Augenblicken wieder in Bewegung und schlenderte um die nächste Ecke. Jetzt musste ganz schnell ein Plan her! Also, selbst wenn er noch mal nach Hause fahren würde, um sich umzuziehen – in seinem Schrank gab es nichts, was auch nur annähernd der Kleiderordnung entsprach. Selbst wenn die Geschäfte noch geöffnet hätten – sein Konto hing gerade mal wieder derartig tief im Dispo, dass eine angemessene Garderobe schlicht und ergreifend unerschwinglich war. Lieferanteneingang? Feuertreppe? Es doch so, wie er jetzt aussah, versuchen? Wieder stieg Resignation in Emil auf. So dicht am Ziel noch aus dem Rennen zu fliegen, war doch einfach nicht fair! Je unmöglicher es ihm erschien auf die Party zu kommen, desto sicherer war er, dass Demmi genau dort war. Er konnte natürlich auch einfach vor der Tür warten, bis das Event vorbei war, und dann sehen, ob sie mit den anderen Gästen herauskam. Aber erstens war er jetzt schon total durchgefroren und zweitens war er nach der zermürbenden Suche des Tages mit seiner Geduld am Ende. Er wollte Demmi jetzt finden! Wenigstens einen Versuch, ins Innere des Gebäudes zu gelangen, würde er unternehmen. Auch Türsteher waren nur Menschen, und Menschen konnte man bluffen.

Dann war der Plan da. Emil gegenüber plätscherte ein kleiner Brunnen. Zu dem ging er und schöpfte eine Hand voll Wasser aus dem Becken. Er fuhr sich damit durchs Haar und band seinen Zopf dann neu und besonders stramm. Auf den ersten Blick sollte das einer Gelfrisur recht nahe kommen. Er holte noch einmal tief Luft und ermahnte sich ein letztes Mal: „Cool bleiben! Du machst das schon!"

Wirklich cool war Emil nicht, als er mit hastigen Schritten auf die Türsteher zusteuerte. Aber jetzt war es zu spät zum Kneifen. Er musste die Show durchziehen. Also warf er auf den letzten Metern einen demonstrativen Blick auf seine Armbanduhr.

„Bin ich zu spät? Hat die Show schon angefangen?", keuchte er gespielt außer Atem, als er die beiden erreichte.

Die Gorillas schauten einander fragend an.

„Was für 'ne Show?", fragte der Kleinere und Breitere.

„Na unser Table Dance!", erwiderte Emil wie selbstverständlich.

Wieder sahen die beiden einander an.

„Äh, keine Ahnung", antwortete der Erste achselzuckend.

Emil fühlte einen Anflug von Triumph in sich aufsteigen: Sie kauften die Story!

Aufgeregt stieß er hervor „Na, hoffentlich nicht!" und machte Anstalten, an den beiden vorbei nach drinnen zu gehen. Da fuhr ihm die Pranke des Größeren vor die Brust und hielt ihn unsanft zurück.

„He, he, he, nicht so schnell."

Emil setzte einen verärgerten Gesichtsausdruck auf.

„Mann, ich hab's eilig!", bemerkte er genervt und zog sein Portemonnaie aus der Hosentasche. Dann hielt er den beiden Schränken seinen Fitnessstudio-Mitgliedsausweis genau so kurz vor die Nase, dass sie darauf nicht wirklich viel erkennen konnten. Während Emil sein Portemonnaie in sichtbarer Hektik wieder wegsteckte und dann noch mal auf die Uhr schaute, fragte der größere Türsteher skeptisch: „‚Powerhouse'? Was soll denn das sein?"

„Unsere Dance-Crew, Mann! Jetzt sag bitte nicht, ihr wisst nicht Bescheid!"

Zum dritten Mal sahen die beiden einander an. Einen Augenblick lang waren sie sich wohl tatsächlich unsicher, wie es jetzt weitergehen sollte. Dann fiel dem Kleineren wieder ein, wer sie waren: die Türsteher! Mit Hausrecht!

„Wir brauchen aber trotzdem eine Einladung."

Emil schüttelte fassungslos den Kopf: „Ich bin doch kein Gast, ich arbeite hier! Aber okay, wenn ihr mich nicht reinlasst, habe ich halt frei. Dann findet der Tabledance halt ohne mich statt."

Der Größere fragte ehrlich interessiert: „Du bist echt ein Stripper?"

Emils Blick wanderte langsam an dem bomberbejackten Muskelberg hinauf, und er schnappte empört: „Ich bin Tänzer!"

Die Türsteher mussten grinsen.

„Ich wusste gar nicht, dass die auch so Kleine wie dich nehmen", bemerkte der Große belustigt.

Emil warf sich in Pose und fixierte die beiden abschätzig. Dann erklärte er von oben herab: „Es gibt nur eine Größe, die Frauen wirklich interessiert."

Die Türsteher prusteten los. Nachdem sie sich wieder halbwegs eingekriegt hatten, sagte der Kleinere freundschaftlich zum schmollenden Emil: „Du bist in Ordnung. Na los, geh schon durch."

Emil beeilte sich, dieser Aufforderung nachzukommen. Als er durch den mit polierten Metallplatten ausgekleideten Gang auf die schwere Stahltür zusteuerte, rief ihm der Größere noch hinterher: „Aber lass dich nicht vernaschen!"

Emil zeigte den beiden über die Schulter hinweg den Mittelfinger, doch dabei hatte er ein triumphierendes Grinsen im Gesicht. Bluff gelungen!

Drinnen wurde er von wummernden Bässen und den stakkatohaften Blitzen der Lichtanlage empfangen. Die Luft war heiß, feucht und vom leicht pfefferminzartigen Geruch künstlichen Nebels erfüllt. Weiter hinten zuckten schwitzende Körper auf der Tanzfläche und in den unter der Decke befestigten Käfigen ekstatisch im Takt der 150 *beats per minute*, die aus den Boxentürmen brandeten. Während Emil die ersten Meter nach dem Eingang zurücklegte, ging ihm durch den Kopf, dass er sich noch nie in Jeans, Pulli und Mantel so unpassend angezogen gefühlt hatte. Um ihn herum tummelte sich die reinste Freak-Show!

* * *

Constantin nippte an seinem Sektglas und zündete sich zufrieden eine Zigarette an. Nach dem höchst unerfreulichen Morgen, der ernsthafte Zweifel am Geisteszustand seiner Freunde in ihm geweckt hatte, war diese Party genau das, was er jetzt brauchte. Nicht, dass die anderen Gäste hier einen wirklich normalen Eindruck auf ihn gemacht hätten. Aber sie waren nicht seine Freunde, so dass ihn ihre Absonderlichkeiten nicht zu interessieren brauchten. Außerdem gab es doch einen qualitativen Unterschied zwischen dem Glauben an leibhaftige Dämonen und einem tätowierten Teufelchen auf der kaum verhüllten Pobacke einer vollbusigen Blondine oder einem um den Hals gehängten Dildo in Form eines Dreizacks.

Constantin nippte noch einmal an seinem Sektglas und warf dann einen Blick in den Spiegel über der Bar. In Ermanglung echter Fetischmode-Artikel in seinem Kleiderschrank hatte er sich eine Nylonstrumpfhose gekauft, die Fußstücke abgeschnitten, ein Loch in den Schritt gemacht und sie sich dann einfach über den nackten Oberkörper gezogen. Zusammen mit dem Kajal unter seinen Augen und dem dezenten roten

Lippenstift hatte das Ganze doch eine ziemlich entfremdende Wirkung auf sein Äußeres. An jedem anderen Ort wäre er sich wie ein buntgescheckter Affe vorgekommen – zumal er eigentlich gar nichts mit diesem Fetisch-Krempel zu tun hatte. Er bekam einfach viele Einladungen zu vielen Partys und war neuen Erfahrungen gegenüber immer aufgeschlossen, und hier konnte sein jetziges Outfit besten Gewissens als angemessene Abendgarderobe durchgehen. Also wandte er sich mit einem zufriedenen Lächeln vom Spiegel ab, um seine Aufmerksamkeit wieder dem wilden Treiben um ihn herum zuzuwenden. Während er die optischen Eindrücke und die Musik auf sich wirken ließ, entschied Constantin, dass es richtig gewesen war, nicht auch noch Karten für seine Kumpels zu organisieren. Wahrscheinlich hätten sie ihn sowieso für verrückt erklärt, auf so eine Party zu gehen. Bei diesem Gedanken musste er loslachen: sie ihn! Und wenn doch einer von ihnen mitgekommen wäre, müsste er sich jetzt mit Sicherheit den ganzen Abend Gruselstorys anhören. Er würde morgen mal bei Emil anrufen. Wenn der dann immer noch seinen Film fahren sollte, würde Constantin sich überlegen, was in so einem Fall die beste Vorgehensweise war. Aber das war eine Überlegung für einen anderen Tag! An diesem Abend würde er sich keine Gedanken mehr über diese Geschichte machen. Dafür gab es hier viel zu viele süße Girls, die seine Aufmerksamkeit erforderten.

In diesem Moment tippte ihm jemand von hinten auf die Schulter. Er drehte sich um und fiel in zwei tiefe, blaue Bergseen.

„Hast du mal Feuer?"

Wow! Was für ein *Babe*!

Constantin beeilte sich, sein Feuerzeug hervorzukramen, um dem himmlischen Geschöpf, das da vor ihm stand, den geäußerten Wunsch zu erfüllen. Nicht nur ihr platinblondes, schillerndes Haar, sondern auch ihr Outfit legte fromme Vergleiche nahe. Sie trug nämlich ein weißes, plüschbesetztes Engelskostüm – und zwar eins, das mit Sicherheit nicht den Zensurvorschriften des christlichen Himmels entsprach.

Leider fiel Constantin überhaupt kein passender Spruch ein, während er der Kleinen Feuer gab, also begnügte er sich damit, sie anzugrinsen. Sie nahm einen tiefen Zug an ihrer Zigarette und blies ihm dann den Rauch ins Gesicht. Im Umdrehen sagte sie lächelnd: „Teuflisch gute Party, nicht?" Damit entschwand sie mit einem ausgesprochen atemberaubenden Hüftschwung zwischen den anderen Gästen. Constantin schüttete den Rest seines Sekts in einem Schluck herunter. Diese Party versprach wirklich, teuflisch nett zu werden ...!

* * *

Tief unten in den Eingeweiden der Erde, an einem namenlos schrecklichen Ort, den noch niemals das Licht der Liebe erhellt hatte, saß ein dunkler Herr auf dunklem Thron. Zu seinen Füßen kauerten angekettete Schönheiten, die ein grausames Schicksal in die Sklaverei des Höllenfürsten geführt hatte. Ihr Weinen und Wehklagen verhallte zwischen langen Reihen gewundener Säulen. Monströse Kreaturen wachten hinter dem aus geschwärzten Knochen errichteten Thron und vor den Portalen der gewaltigen Audienzhalle. Feuriger Widerschein warf tanzende Schatten auf die unheiligen Symbole, welche in die rohen Wände gemeißelt und mit Menschenblut rot gefärbt worden waren. Die Decke des Gewölbes verlor sich in Dunkelheit, der Boden aber war bedeckt von waberndem Nebel, in welchem der abscheuliche Hofstaat des Erzdämons geistergleich umherwandelte. Der Dunkelherr selbst hielt in seinen langfingrigen Händen eine kristallene Kugel. Darin betrachtete er Dinge, die weit entfernt, weit oben geschahen.

Er war nicht zufrieden mit dem, was er sah. Sein Bluthund hatte *sie* noch immer nicht gefunden, Pegasus hatte sich eingemischt und außerdem waren da noch diese jungen Menschlein – Menschlein, die offensichtlich keine Dämonenangst hatten. Alleine das machte sie weitaus unbequemer als normale Sterbliche. In jedem Fall würde der begrenzte Verstand des Unholds nicht ausreichen, um mit all diesen Problemen auf einmal fertig zu werden.

Die Machtverhältnisse dort oben mussten wieder ausgeglichen werden. Dafür würde er allerdings eine neue Figur ins Spiel bringen müssen.

Während er die Kristallkugel achtlos in den Nebel kullern ließ, wandte der Dunkelherr auffordernd den Kopf nach einer finsteren Nische zu seiner Linken. Ein großer, hagerer Schatten trat daraus hervor. Er war in einen langen, schwarzen Duster gehüllt und trug auf dem Kopf einen breitkrempigen Hut. Die Finger seiner rechten Hand zuckten nervös, wie dies bei Revolvermännern üblich war.

„Ihr wünscht, Herr?“

7.

Party on!

Constantin amüsierte sich blendend. Er hatte soeben an der Bar ein Gespräch mit einer großen, dunkelhaarigen Lady im Dominakostüm angeknüpft. Zugegebenermaßen konnte sie dem Engelchen von eben nicht das Wasser reichen, aber dafür war sie einer angeregten Unterhaltung gegenüber weitaus aufgeschlossener. Gerade erzählte sie ihm von ihrem letzten Piercing, und Constantin machte sich einige Hoffnungen darauf, es im Laufe des Abends noch zu sehen zu bekommen, als ihn jemand unsanft an der Schulter packte. Erschreckt fuhr er herum. Ein übernächtigter, düster dreinblickender Emil stand vor ihm.

„Was machst du denn hier?", entfuhr es Constantin.

Emils Gesichtsausdruck verfinsterte sich noch weiter, während er den Blick missbilligend über das gewagte Outfit seines Freundes wandern ließ: „Das wollte ich dich auch gerade fragen."

Constantin war überfordert. Nicht nur, dass Emil in einem ausgesprochen unpassenden Moment aufgetaucht war, nein, er sah auch überhaupt nicht so aus, als sei er hier, um sich zu amüsieren. Mit seiner Todesmiene und dem langen, dunklen Mantel sah er eher aus wie ein Highlander, der seinen nächsten Kampf sucht.

Moment: Highlander? In Constantin stieg ein erschreckender Verdacht auf.

„Sag mal, du hast doch nicht etwa noch Wächters Schwert dabei, oder?", fragte er so leise, wie es die Geräuschkulisse zuließ.

„Doch. Aber darum geht es im Augenblick nicht", erwiderte Emil ungerührt.

Constantins Augen weiteten sich vor Schreck.

„Wie bitte?", stöhnte er mit mühsam unterdrückter Panik in der Stimme. Emil war wirklich verrückt! Vielleicht stand er kurz vor einem Amoklauf! Was sollte er jetzt nur tun? Die Polizei rufen?

Nein. Erst einmal musste er Emil hier raus lotsen, und zwar so, dass dieser nicht argwöhnisch wurde. Angewandte Psychologie war jetzt das Zauberwort!

Also legte Constantin seinem Freund beschwichtigend den Arm um die Schulter und drehte sich zu der verdutzt wartenden Domina um.

„Darf ich dir Emil vorstellen? Ein guter Kumpel von mir. Emil, das ist … äh …"

„Diana", vervollständigte sie seinen Satz. Dann sagte sie nicht sonderlich erfreut: „Freut mich", wobei sie den Neuankömmling von oben bis unten musterte. „Bist du 'n Highlander oder so was?"

Constantin zuckte zusammen und warf dem Angesprochenen einen erschreckten Blick zu. Hoffentlich reizte ihn das nicht! Aber Emil wirkte nicht sonderlich gereizt, eher genervt.

„Nein, ich bin kein Highlander. Nur Constantins Lebensabschnittsgefährte", erwiderte er trocken.

Diana bekam große Augen.

Emil warf Constantin ein kurzes Lächeln zu, bevor er weitersprach: „Ach, hat er dir das nicht erzählt? Na ja, manchmal macht er sich halt einen Spaß daraus, in Heterofrauen gewisse Hoffnungen zu wecken. Er meint das nicht böse."

Der Blick der Domina wanderte erschüttert zwischen den beiden hin und her, während Constantin innerlich im Boden versank. Dann fauchte sie „Ihr spinnt doch!" und machte einen wütenden Abgang – ohne dabei allerdings zu vergessen, das Sektglas mitzunehmen, das Constantin ihr spendiert hatte.

Emil wandte sich derweil seinem immer noch sprachlosen Freund zu: „Tut mir leid, wenn ich dir die Show vermasselt habe, aber sie störte."

„Äh, ja. Halb so schlimm", log Constantin resigniert. Dann versuchte er, wieder die Kontrolle über das Gespräch zu gewinnen: „Also, glaubst du etwa, dass sich hier irgendwelche Dämonen befinden?"

„Nicht irgendwelche Dämonen. Demmi!", korrigierte Emil.

„Ja, natürlich. Demmi. Aber die ist doch auch eine Dämonin, wenn ich mich recht erinnere?"

„Constantin, ich weiß, dass du mich für verrückt hältst", erklärte Emil und fügte dann sinnierend hinzu: "Ginge mir ja nicht anders."

„Nein, nein! Ich halte dich überhaupt nicht für verrückt!", behauptete Constantin beschwichtigend.

Emil sah ihn erfreut an: „Nicht?"

Unter normalen Umständen wäre ihm die plumpe Lüge natürlich aufgefallen, aber die letzten zwanzig Stunden hatten doch ihren Tribut gefordert. Er war einfach zu müde, ausgelaugt und durcheinander, um sich mit Feinheiten aufzuhalten.

Constantin seinerseits interpretierte Emils Reaktion vollkommen falsch. Er hoffte, endlich einen Zugang zum verwirrten Geist seines Freundes gefunden zu haben. Jetzt dürfte er nicht nachlassen!

„Ich glaube nicht, dass sie hier ist“, erklärte er wie selbstverständlich.

„Ach? Warum nicht?“

„Na ja, weil …“ Constantin sah sich hilfesuchend um. Dann kam ihm die Idee!

„Sieh mal: Wenn Demmi wirklich eine Dämonin ist, wird sie doch einen Ort meiden, an dem es Engel gibt!“

Emil sah seinen Freund blöde an: „Engel?“

„Ja, Engel! Da vorne steht einer!“

Damit deutete Constantin – nicht ohne einen Anflug von Stolz auf sein gelungenes Manöver – zum anderen Ende des Raums hinüber. Sein Freund wandte sich um und erstarrte: „Demmi!“

Das war zu viel für Constantin. Sein Sektglas glitt ihm aus der Hand und zerschellte am Boden. Emil wandte sich wieder zu ihm um und flüsterte, jetzt mit einem wirklich irren Funkeln in den Augen: „Ich wusste, dass sie hier ist!“

Dann stieß er sich von der Bar ab und steuerte entschlossen auf das Mädchen im Engelskostüm zu.

Also gut. Der arme Emil war tatsächlich verrückt, wahrscheinlich sogar gemeingefährlich. Vielleicht sollte Constantin ihn von hinten anspringen und zu Boden ringen. Andererseits war sein Freund stärker als er, wenn auch nur ein bisschen. Außerdem konnte Emil dummerweise mit dem Schwert unter seinem Mantel umgehen, denn er trainierte schon seit einigen Jahren mit Wächter zusammen Schwertkampf. Wächters Klinge war wirklich scharf und Constantin hing wirklich an seinem Leben – und natürlich auch an allen seinen Körperteilen. Also musste ein besserer Plan her. Doch die Polizei …? Doch die Polizei! So sehr es ihn schmerzte, seinen Freund dem harten Arm des Gesetzes zu überantworten – in diesem Fall musste er einfach Prioritäten setzten. Bei den Toiletten war doch ein Münzfernsprecher gewesen …

* * *

Das Schicksal hatte seine liegengebliebenen Aufgaben inzwischen vollständig abgearbeitet und konnte sich für den Moment voll und ganz auf diese Geschichte konzentrieren. Es war entschlossen, auf alle sonst so wichtigen Wahrscheinlichkeits-Erwägungen einfach zu verzichten, um es hier und jetzt mal so richtig krachen zu lassen. Dafür mussten allerdings noch weitere Protagonisten auf die Bühne und so kam es, dass nur wenige Augenblicke, nachdem Constantin im WC-Trakt des Clubs verschwunden war, Wächter, Malte und die Dämonenjäger am Ort des Geschehens eintrafen. Die Türsteher stellten für die kleine Gruppe keine ernsthafte Behinderung dar, denn Mai Li befand sich im Besitz gefälschter Polizeiausweise fast jeden Staates der Erde. Während Tatonka die schwere Stahltür aufzog und in die Schwüle des Partyraums eintauchte, wandte sich die kleine Chinesin noch einmal zu Malte um und lobte ihn für seinen Einfall – bestimmt zum hundertsten Mal seit heute Morgen. „Die Idee, unseren Hexenkompass mit dem Dämonenblut auf Wächters Schuhen zu füttern, war wirklich genial!“, grinste sie ihm anerkennend zu.

„Ach was! Das wäre euch auch ohne mich eingefallen“, beschwichtigte der große Blondschopf bescheiden. Innerlich aber strahlte Malte von einem Ohr zum anderen. Nicht nur, dass er seine Idee eigentlich selbst genial fand, auch das ständige Lob aus dem Mund der hübschen Mai Li erfreute ihn auf das Höchste. Sie schien ihn zu mögen!

* * *

Emil hatte sich inzwischen bis auf wenige Meter an Demmi herangearbeitet. Sein Marsch durch den Partyraum hatte allerdings an Entschlossenheit eingebüßt, desto näher er seinem Ziel gekommen war. Jetzt stand er im Sichtschatten seiner Angebeteten und überlegte angestrengt, wie er sie ansprechen sollte, ohne sich schon wieder bis auf die Knochen zu blamieren. Sie durfte auf keinen Fall merken, dass er immer noch verknallt in sie war. Am besten ließ er es so aussehen, als ob er ganz zufällig hier wäre. Dabei konnte ihm eigentlich Constantin behilflich sein. Der wusste immer, wie man einen Smalltalk anfing – und vor allem, wie man ihn am Laufen hielt. Auf der anderen Seite war sein Freund ein Ladykiller. Nicht, dass Demmi am Ende mit ihm abzog. Aber Emil war selbst viel zu aufgeregt, um sich der Herausforderung eines Gesprächs alleine zu stellen. Und außerdem war Constantin schließlich kein Kameradenschwein. Er würde sich schon zurückhalten, wenn man ihn darum bat. Wo war er eigentlich? Suchend ließ Emil seinen Blick durch die Halle schweifen – und erschrak zu Tode, als er dort, wo eben noch sein Freund gestanden hatte, Tatonka erblickte.

Scheiße! Was wollte der denn hier? Dann sah Emil auch Mai Li, und zwar genau in dem Moment, als diese durch eine Lücke zwischen den Partygästen Demmi ausmachte. Die Augen der Chinesin wurden schmal, wie die einer Katze, die gerade die Maus entdeckt hat. Dann bewegten sich ihre Lippen – in dem Lärm scheinbar lautlos. Tatonka griff sich mit zwei Fingern ans Ohr und wandte seinen Blick in Demmis Richtung.

Panik stieg in Emil auf. Hektisch blickte er zwischen den beiden Jägern und ihrem völlig ahnungslosen Opfer hin und her. Die kleine Dämonin, die übrigens in dem Engelskostüm besonders niedlich aussah, wenn man auch den Schwanz und die Hörner sehen konnte, unterhielt sich gerade angeregt mit einer fast zwei Meter großen, voll aufgetakelten Tunte. Währenddessen begannen die beiden Agenten, sich von zwei Seiten her an sie heranzupirschen. Und da waren ja auch Wächter und Malte in seinem weißen Jogginganzug! Die würden bei so einer Sache ja wohl nicht mitmachen …! Doch. Wie er sie kannte, würden sie genau das tun! Er musste Demmi warnen! Geduckt huschte Emil durch die dichtgedrängten Reihen der Fetischisten. Als er nur noch zwei Meter von dem Teufelchen im Engelskostüm entfernt war, blickte er noch einmal zu Mai Li hinüber. Die griff gerade in ihre Jacke und zog daraus ihre modifizierte Automatikpistole hervor. Sie würde ja wohl nicht hier drinnen eine Schießerei anfangen …! Doch. Sie würde! Denn sie ging in aller Ruhe in Kombatstellung und brachte die schwere Handfeuerwaffe auf Demmi in Anschlag. Emil warf sich vor das Ziel und riss die Arme hoch: „Nicht schießen!"

Seine Reaktion war mehr ein Reflex, denn eine wohlüberlegte Handlung gewesen. Erst jetzt, als er genau zwischen der Mündung von Mai Lis Waffe und der Dämonin stand, ging ihm auf, dass er ja tot wäre, wenn die Agentin trotz seiner Bitte schoss. Zum Glück für alle Beteiligten tat sie das allerdings nicht. Stattdessen stieß sie einen wüsten chinesischen Fluch aus, von dessen Übersetzung wir hier absehen wollen, und spurtete dann auf Emil zu, ebenso wie Tatonka. Der indianische Hüne hatte seine Waffe inzwischen ebenfalls gezogen und pflügte jetzt mit hoch erhobener Klinge durch die Reihen der Gäste, wie ein Bulldozer durch ein Maisfeld. Emil stand wie versteinert da, unfähig sich zu rühren, geschweige denn auszuweichen. Nur seine Augen weiteten sich mehr und mehr, je näher der unaufhaltsame Zusammenprall rückte.

Emil hatte immer geglaubt, zu wissen, warum er kein Football spielte. Aber erst nach Tatonkas Bodycheck wusste er es wirklich. In hohem Bogen flog er durch die Luft und konnte von Glück sagen, dass die gewaltigen Polsterbusen der Tunte seinen Sturz abfingen. Mühsam rappelte er sich aus den weichen Kissen hoch und versuchte, wieder einen Überblick über den Stand der Lage zu bekommen. Seine Schulter war vollkommen taub, was er aber im Augenblick dem Schmerz vorzog, der sich später mit Sicherheit noch einstellen würde. Demmi hatte durch seine Hilfestellung genug Zeit gewonnen, um den Rückzug anzutreten. Mit wippendem Heiligenschein und fliegendem Schwanz floh sie hakenschlagend vor den beiden Dämonenjägern durch die johlende Meute der Gäste, die den Ernst der Situation vollkommen verkannten und das Ganze offenbar für eine gelungene Performance hielten. Emil wandte sich nach Wächter und Malte um und sah erschrocken, dass die beiden durch die Menge hindurch auf ihn zugestürmt kamen. Es war anzunehmen, dass sie momentan nicht auf seiner Seite waren. Also floh er ebenfalls.

Demmi war den beiden Agenten inzwischen so geschickt ausgewichen, dass sie einen freien Korridor zum Hinterausgang vor sich hatte. Also, ihr nach! Stolpernd und rempelnd bahnte Emil sich seinen Weg durch die Reihen der Fetischisten. Dabei kam ihm ausnahmsweise einmal zu Gute, dass er nicht der Größte war, denn seine Freunde hatten es weitaus schwerer als er einen Weg durch die Menge zu finden.

Trotz ihrer zeitlichen Kürze hatte die Verfolgungsjagd einen derart verworrenen Verlauf gehabt, dass Emil tatsächlich als Zweiter in die Nähe des Hinterausgangs kam. Das war allerdings nur scheinbar von Vorteil. Denn Demmi kam schon Augenblicke, nachdem sie durch die hölzerne Schwingtür verschwunden war, Hals über Kopf wieder in den Raum gestürzt und schoss am völlig verdutzten Emil vorbei. Ihr dicht auf den Fersen, brach mit einem gewaltigen Satz der Unhold durch die Tür und zerlegte sie dabei in feuerscheitgroße Einzelteile.

Emils Glück war, dass er im Moment nicht das Primärziel des Monstrums war und deswegen nicht weiter von ihm beachtet wurde. Sein Pech war, dass er sich genau zwischen dem Monstrum und seinem Primärziel befand. Er versuchte noch irgendwie auszuweichen, aber es war schon zu spät.

Tatonkas Check war übel gewesen – der des Unholds war verheerend! Hinzu kam, dass Emil diesmal nicht das Glück hatte, am weichen Busen einer Frau – wenn auch einer falschen – zu landen. Stattdessen wurde er über die nächste Bar hinweg gegen ein Spirituosenregal geschleudert und sank inmitten zerbrochenen Glases benommen zu Boden.

Während das Gejohle der Menge in Kreischen umschlug und Ledermachos, Freaks und Latexköniginnen auseinander stoben wie eine Herde Schafe, in die der Wolf fährt, gelang es Demmi, zwischen Tatonka und Mai Li hindurchzuschlüpfen und so das Unhold-Problem erst einmal auf sie abzuwälzen. Die beiden Agenten waren bis auf wenige Meter an die Tür herangekommen, als das Monstrum sie durchbrach. Dass sie Demmi jetzt so einfach entkommen ließen, erklärt sich aus zwei völlig verschiedenen Gründen: Erstens waren sie beide erfahren genug, um sofort zu erkennen, dass der neue Mitspieler, der da soeben auf der Bildfläche erschienen war, weitaus gefährlicher war als ihr ursprüngliches Ziel. Zweitens waren sie trotz ihrer Erfahrung zu Tode erschrocken, unversehens einem ausgewachsenen Kampfdämon gegenüber zu stehen. Als sie ihren ersten Schock überwunden hatten, war Demmi schon zwischen den flüchtenden Gästen verschwunden.

Die Dämonenjäger waren allerdings nicht die einzigen, die von der Situation erst einmal überfordert waren. Denn die Intelligenz des Unholds stand in keinem Verhältnis zu seiner körperlichen Kraft. Und er hatte wirklich nicht erwartet, hier zwei kampfbereiten Pegasus-Agenten zu begegnen. Dass die beiden solche waren, erkannte er sofort, denn Mai Li riss reflexartig ihre Pistole hoch und Tatonka tat das gleiche mit seinem Schwert. Der gewaltige Dämon stoppte aus vollem Lauf und starrte die beiden blöde an. Einen Moment lang schien sich trotz der sie umgebenden Panik Stille über die Szenerie zu legen. Dann warf sich das Monstrum zur Seite, gerade noch rechtzeitig, um einem Feuerstoß aus der Waffe der Chinesin zu entgehen. Die Kugeln zischten dicht an seinem Ohr vorbei und durchschlugen die ohnehin schon jämmerlichen Reste der Schwingtür.

Auch wenn der Unhold nicht der Hellste war, er war doch ein Kampfdämon – also mit einem gewissen taktischen Verstand begabt. Mit zwei großen Hechtsprüngen war er hinter einer massiven Bar verschwunden, bevor Mai Li ihn wieder ins Visier nehmen konnte. Mit seiner unglaublichen Kraft riss er die gesamte Thekenkonstruktion aus der Verankerung und schleuderte sie in Richtung der beiden Agenten. Tatonka bekam eine Kante des Tresens in die Magengrube und sackte japsend in sich zusammen. Nur seine über alle Maßen ausgeprägte Bauchmuskulatur bewahrte ihn vor einigen üblen inneren Verletzungen. Mai Li wurde im Ausweichen an der Schulter getroffen. Ihre Pistole klapperte über den Boden und verschwand zwischen den Füßen der flüchtenden Partygäste – von denen keiner den Verstand besaß, sie aufzuheben und vielleicht etwas Sinnvolles damit zu tun.

Der Unhold bleckte die Zähne zu seinem wohlbekannten bösen Grinsen. Das klappte ja endlich mal so, wie es sollte! Jetzt musste er nur schnell die beiden verfluchten Krieger des Lichts ausschalten, dann konnte er *sie* schnappen und zurück nach Unten schleifen! Der Meister würde zufrieden mit ihm sein, sehr zufrieden! Zum Takt der immer noch wummernden Bässe stapfte er auf den sich am Boden krümmenden Sioux zu. Kurz bevor er sein Opfer erreicht hatte, warf er allerdings zur Sicherheit noch einen Blick in die Runde. Normalerweise arbeiteten Ordensagenten zwar immer in Zweierteams, aber hier wollte er auf keinen Fall wieder eine so böse Überraschung erleben wie am Morgen.

Am Morgen ....

Das war ja der Kerl aus dem Park! Da stand er! Mitten auf der sich leerenden Tanzfläche! Zusammen mit einem anderen Menschlein stand da der Kerl, der ihm am Morgen im Park die Klaue abgehauen hatte, und starrte ihn entsetzt an. Und diesmal hatte er kein Schwert!

Der Unhold vergaß augenblicklich die fast besiegten Dämonenjäger, er vergaß sogar seinen Auftrag. Alles, woran er noch denken konnte, war Rache! Rache für den Schmerz und die Demütigung, die dieser Sterbliche ihm zugefügt hatte! Ein tiefes, die Bässe übertönendes Knurren stieg in ihm auf und steigerte sich zu einem gewaltigen Schrei: „RRRAAACHEEE!"

Wächter und Malte starrten den Unhold entsetzt an. Das Mark gefror ihnen in den Knochen, und ihre Glieder verwandelten sich in Eiszapfen, während sie hilflos darauf warteten, dass die Bestie auf sie zuspränge, um sie in der Luft zu zerreißen. Das tat sie allerdings erst einmal nicht. Denn der Unhold war zwar wirklich dumm, aber in diesem einen Moment seiner Existenz war er nicht dumm genug. Nachdem er seiner ersten heißen Wut in dem gewaltigen Aufschrei Luft gemacht hatte, schlich sich ein an und für sich schlauer Gedanke in seinen Geist: Rache muss man kalt genießen. Dass man sie aber nur kalt genießen kann, wenn man dazu genügend Zeit hat, so weit dachte er nicht.

„Erinnerst du dich noch an mich?", grollte er drohend und gedehnt zu dem Menschlein hinüber.

„Äh ... Ich ... weiß nicht", stammelte Wächter zitternd, um Zeit zu gewinnen.

„WAAAS?“ Die unglaubliche Unverschämtheit dieses Sterblichen ging über jedes erträgliche Maß weit hinaus!

„Du erinnerst dich nicht einmal? Heute Morgen hast du mir“, dabei hob der Dämon seinen verbundenen Armstumpf hoch und schüttelte ihn anklagend, „die Hand abgeschlagen!“ Mühsam beherrscht schnappte er nach Luft.

Wächters Geist begann zähflüssig, wieder zu arbeiten. Er hatte tatsächlich Zeit gewonnen. Aber was sollte er jetzt damit anfangen? Da wurde ihm von unerwarteter Seite Hilfe bei der Lösung seines Problems zuteil.

„Wächter!“

Der Ruf ließ den Unhold herumfahren und Wächter und Malte endgültig aus ihrer Karnickelstarre erwachen. Emil hatte es geschafft, sich hinter seiner Bar hochzurappeln. Er war zwar immer noch recht wackelig auf den Beinen und sein Rücken schmerzte höllisch, aber es war ihm gelungen, Wächters Klinge aus seinem Mantel zu entwirren. Jetzt hielt er sie über den Kopf erhoben in der Rechten. Dann holte er weit aus: „Fang!“

Der Unhold machte einen hilflosen Schritt auf Emil zu und brüllte entsetzt: „NEEEIIIINNN!“

Aber der Angesprochene war viel zu weit entfernt, als dass man ihn noch hätte aufhalten können. In hohem Bogen rotierte das Schwert propellergleich durch die Luft, über den Kopf des Dämons hinweg, in Wächters Richtung. Also warf sich der Unhold wieder herum, um Wächter zu erreichen, bevor dieser die Waffe aufheben konnte. Sein Gegner hatte indes gar nicht vor, sie überhaupt aufheben zu müssen. Er machte einen hohen Satz, um sie aus der Luft zu fangen. Sein Schwert! Seine Rettung!

Es ist wirklich bedauerlich, dass das echte Leben keine Möglichkeit zu Zeitlupeneinstellungen bietet. Sonst hätte man jetzt das anmutige Schauspiel bewundern können, welches

Wächters Hände und der Schwertgriff boten, als er versuchte, die wirbelnde Masse seiner Waffe unter Kontrolle zu bringen. Es gelang ihm zwar tatsächlich, den Griff und nicht die Klinge des rotierenden Stahls zu fassen zu kriegen, aber die diesen bewegende Fliehkraft war zu groß, als dass Wächter sie so einfach hätte abstoppen können. Also drehte sich das Schwert um seine Hand und entglitt ihr wieder. Er griff mit Links nach. Dann noch mal mit Rechts. Doch der schwere Anderthalbhänder wollte sich einfach nicht richtig fassen lassen.

Ein weiterer Reiz der leider unmöglichen Zeitlupe wäre der Sprung des Unholds gewesen – die Kraft seiner Bewegungen, die Panik auf seinen Zügen, die sich noch steigerte, als er in der Luft schon begriff, dass er zu kurz angesetzt hatte und seinen Gegner nicht erreichen würde …

Tatsächlich sah man nur wirbelndes Metall und einen großen, fliegenden Schatten.

Dann setzte der Dämon auf, genau in dem Moment, da Wächter seinen Kampf gegen die unverrückbaren Gesetze der Physik endgültig verlor. Die Klinge löste sich aus ihrer Kreiselbewegung um seinen Kopf und fuhr mit Wucht in den hölzernen Tanzboden. Um genau zu sein, fuhr sie zuerst durch die Fußklaue des Unholds und erst dann in den Boden.

Wächter, Malte, Emil – und der Unhold – senkten langsam den Blick.

Wächter erfasste die neue Situation deutlich vor dem Dämon. Dabei half ihm natürlich der Umstand, dass das Schwert nicht in seinem Fuß steckte. Dafür war aber der Griff desselben jetzt in bequemer Reichweite. Er brauchte nur zuzugreifen – was er auch tat. Dann machte er einen lockeren Satz zurück und ging in Kampfstellung.

„Heute Morgen? Ja, jetzt erinnere ich mich“, grinste er den Unhold unverschämt an.

Das Monster stierte immer noch angestrengt auf seinen durchstochenen Fuß, aus dem jetzt langsam schwarzes Blut quoll. Wie hatte der Mensch das gemacht? Er musste ein wirklicher Meister des Schwertes sein! Wie die meisten seiner Art war der Unhold nur so lange mutig, wie die Dinge gut für ihn standen. Und das taten sie jetzt eindeutig nicht mehr. Also entschied er sich dafür, unter schmerzerfülltem Geheul den Rückzug anzutreten. Keinen Moment zu früh übrigens, denn Mai Li war die ganze Zeit über nicht K. o. gewesen. Sie hatte sich robbender Weise langsam aber sicher zu ihrer Pistole vorgearbeitet – die inzwischen nicht mehr zwischen den Füßen flüchtender Partygäste lag, weil die schon alle weg waren. Als der Dämon nun zur Küchentür entfloh, kam die Agentin, die Waffe im Anschlag, hoch. Auch die Küchentür war eine Schwingtür. Und als der Unhold sie durchbrach, ereilte sie das gleiche tragische Schicksal, wie vorher die des Hinterausgangs: Sie zerbarst in tausend Stücke. Mai Li gab dem Fliehenden zum Abschied noch eine Garbe Freikugeln mit auf den Weg, traf aber nicht mehr. Aus der Küche ertönten noch ein lautes Scheppern und ein Zischen wie von heißem Wasser, das sich über eine Herdplatte ergießt, gefolgt von einem letzten schmerzerfüllten Aufheulen des Dämons. Dann war alles still.

Erst jetzt bemerkten die Anwesenden, dass das letzte Lied wohl vor kurzem zu Ende gegangen war, und der DJ es offensichtlich nicht als seine Aufgabe erachtet hatte, hier auszuharren, um ein Neues aufzulegen. Mai Li kniete neben Tatonka nieder, der sich gerade wieder zu regen begann, und legte ihm sanft die Hand auf die Schulter: „Alles in Ordnung, Partner?“

Er gab ein leises Knurren von sich, das wohl Zustimmung bedeuten sollte.

Malte wandte sich währenddessen Wächter zu: „Ich wusste gar nicht, dass du so gut bist! Aber wieso hast du ihm gerade in den Fuß gestochen?“

Wächter schenkte seinem Freund ein schiefes Lächeln: „Eigentlich wollte ich ihm auf den Kopf schlagen.“

Als Malte begriff, dass Wächter sie alle quasi versehentlich gerettet hatte, bekam er weiche Knie.

Mai Li analysierte unterdessen die Situation: „Also gut: Die beiden Dämonen scheinen verfeindeten Häusern anzugehören. Der Große jagt die Kleine. Wenn wir ihn weiter mithilfe des Hexenkompasses verfolgen, führt er uns über kurz oder lang zur Pyramide. Das ist zwar alles leichter gesagt als getan, aber eine andere Möglichkeit, das Ding aufzuspüren, haben wir momentan nicht. Wir werden jetzt erst einmal euren Freund aus seiner Verzauberung erlösen. Dann machen wir Meldung an die Zentrale. Dann sehen wir weiter.“

Damit wandte sie sich zu der Stelle um, wo Emil eben noch gestanden hatte …

* * *

Constantin hatte sein Telefonat mit der Polizei gerade beendet. Er war zuversichtlich: Man hatte ihm zugesagt, einen Wagen vorbeizuschicken. Mit ein wenig Glück wäre die Sache bald ausgestanden. Hoffentlich war Emils Anfall nur von vorübergehender Natur!

Gerade, als er wieder in den Haupttrakt zurückkehren wollte, fiel Constantin allerdings eine beunruhigende Veränderung auf. Die Musik hatte aufgehört, zu spielen. Und nicht nur das. Es waren auch sonst keine Geräusche mehr zu hören, ausgenommen des leisen Summens der Neonröhre über seinem Kopf. Eine so große Ansammlung von Menschen, wie er sie da draußen vermutete, konnte doch unmöglich so leise sein! Mit angehaltenem Atem nährte er sich der Tür zum Partyraum. Als er sie vorsichtig aufzog, wurde sein Verdacht bestätigt: Keine Menschenseele war zu sehen. Dafür war der Boden aber übersät mit zerbrochenem Glas und verlorenen Fetischartikeln, Handtaschen und Schuhen. Das alles sah verdammt nach einer Massenpanik aus.

Hatte Emil etwa mit Wächters Schwert ...?

In diesem Augenblick hämmerten mehrere Schüsse durch die Disko. Sie kamen von irgendwo her aus dem hinteren Teil des Haupttraktes. Oh Gott! Emil! Constantin stürmte nach draußen, während in ihm die Schreckensvision seines von der Polizei erschossenen Freundes aufflammte. Was hatte er bloß getan?

Natürlich fand er statt der erwarteten Szenerie nur die Dämonenjäger, Wächter und Malte in den lädierten Resten der Clubeinrichtung vor. Er konnte sich nicht den geringsten Reim darauf machen, was hier in den letzten Minuten passiert war.

Mai Li half gerade ihrem Partner wieder auf die Beine und gab dabei Anweisungen an den Rest der Gruppe: „Tatonka, du suchst Emil mit Wächter zusammen vor dem Haus. Malte und ich nehmen den Hinterausgang. Schnell! Er kann noch nicht weit sein!"

Dann fiel ihr Blick auf den Neuankömmling: „Hast du Emil gesehen?"

„Ja, eben auf der Party. Was ist denn passiert?"

„Wie siehst du denn aus?", fragten Malte und Wächter im Chor zurück.

„Das ist doch jetzt egal", erwiderte Constantin unbehaglich und wischte sich mit dem Handrücken über die Lippen, um den Lippenstift loszuwerden.

Mai Li schien Constantins Outfit völlig egal zu sein. Sie trat auf ihn zu und befahl in einem Ton, der keinen Widerspruch duldete: „Du kommst mit mir und Malte!"

8.

Wie gewonnen, so zerronnen

Besonders weit entfernt war Emil in der Tat noch nicht. Er hatte sich aus dem Hinterausgang heraus gemogelt und rannte nun durch die dunklen Straßen, wobei er sich bemühte, seine diversen Schmerzen so weit wie möglich zu ignorieren. Jetzt hatte er Demmi schon wieder verloren! Dabei brauchte sie unbedingt seine Hilfe. Denn offensichtlich waren nicht nur die Dämonenjäger, sondern auch dieses Monstrum hinter ihr her. Wächter hatte indes schon zweimal bewiesen, dass man es mit einem Schwert bewaffnet mit dem Untier aufnehmen konnte, und Emil hatte zu Hause ein japanisches Offiziers-Katana aus dem Zweiten Weltkrieg. Es hatte ihn vor zwei Jahren fast seinen gesamten Anteil an der Erbschaft seiner Großmutter gekostet. Aber jetzt konnte sich diese Ausgabe wirklich bezahlt machen. Er musste Demmi nur wiederfinden und sich dann seine Waffe organisieren. Dann könnte er sie vielleicht vor diesem Monstrum beschützten – und so ihr Herz gewinnen! An der nächsten Ecke hielt er inne, unsicher, in welche Richtung er sich nun wenden sollte. Suchend blickte er sich um: „Na komm schon, Schicksal: nur ein Tipp!“

Eigentlich war eine Seite so gut wie die andere. Es gab keine besonderen Hinweise darauf, in welche Richtung sich eine flüchtende Dämonin eher gewandt haben könnte. Aber Moment mal! Lag da nicht einige Meter entfernt etwas auf der Straße? Emil machte ein paar Schritte auf den Gegenstand zu. Das war doch – ja! Demmis Heiligenschein! Sie musste ihn hier verloren haben. Ein Stoßgebet zum Himmel sendend lief Emil wieder los: „Danke! Danke! Danke! Ich finde sie, ich finde sie!"

Er fand sie tatsächlich. Etwa hundert Meter weiter kreuzte eine größere Straße seinen Weg. Dort stand an einer roten Ampel ein Taxi, und hinter den Fondscheiben leuchtete der platinblonde Schopf seiner Angebeteten. Emil stürzte auf die Limousine zu und riss die Hintertür auf, als das Verkehrslicht gerade auf Gelb umsprang.

„Hallo, Schatz! Schön, dass du schon einen Wagen gefunden hast!" Damit drängte er sich neben die Dämonin auf den Rücksitz. Demmi hatte gerade in die andere Richtung geschaut und erschrak gehörig. Sie fuhr zusammen und riss ihre Pistole aus dem Handtäschchen hervor, in dem sie während der Party verstaut gewesen war. Dann erkannte sie Emil. Schnell ließ sie die Waffe wieder verschwinden, während Emil sich an den Fahrer wandte: „Zollstock, Neuenahrer Straße." Der Angesprochene warf seinem ersten Fahrgast einen fragenden Blick zu: „Gehören Sie zusammen?"

Demmi zögerte einen Moment, dann nickte sie resignierend: „Ist schon in Ordnung."

Emil triumphierte. Er hatte sie wirklich wiedergefunden, und nicht nur das: Es war ihm zur Abwechslung mal gelungen, sie zu überrumpeln!

Während der schwere Benz sich in Bewegung setzte und in die Nacht entschwand, löste sich aus einer dunklen Nische zwischen zwei großen Gebäuden ein hagerer Schatten. Er war in einen langen, schwarzen Duster gehüllt und trug einen ebenfalls schwarzen, breitkrempigen Hut. Leise klirrten die Sporen an seinen Stiefeln, und die Finger seiner rechten Hand zuckten nervös, als er dem Wagen nachsah …

* * *

Im Inneren des Taxis hatte sich Demmi derweil von ihrem Schock erholt. Verächtlich musterte sie den neben ihr sitzenden Menschen: „Du bist echt eine Nervensäge! Was suchst du hier?“

Emil lehnte sich selbstzufrieden auf der weichen Sitzbank zurück. Dann erklärte er souverän: „Dir helfen, was sonst?“

„Vielleicht brauche ich deine Hilfe ja gar nicht.“

„Hat man gesehen!“

„Ja, gut, eben hast du mir geholfen.“

„Heute Morgen auch schon.“

„Da warst du ja auch noch bezaubert.“

Während der Taxifahrer einen irritierten Blick in den Rückspiegel warf, sagte Emil ernst: „Demmi, diese Pyramide geht auch mich etwas an! Ich war nie ein abergläubischer Mensch. Aber als ich sie gestern Abend gefunden habe, habe ich gespürt, dass sie irgendeine Verbindung mit mir hat – und bei dir spüre ich, dass du nicht böse bist.“

Sie schüttelte energisch den Kopf: „Das kannst du gar nicht wissen! Ich bin eine …“, sie senkte die Stimme und fuhr dann gedämpft fort: „Ich bin eine Dämonin.“

„Bist du auch böse?“

Demmi verdrehte gequält ihre Augen: „Selbst wenn ich jetzt nein sagen würde, könntest du mir nicht trauen. Wir arbeiten mit Lüge und Verrat!“

„Schwör mir, dass du böse bist, und ich steige an der nächsten Ecke aus.“

Sie stöhnte auf: „Das geht nicht!“

„Warum nicht?"

„Weil ... Scheiße, du kannst mir nicht helfen!"

„Ich habe ein scharfes Schwert zu Hause, und ich kann damit umgehen!"

Jetzt warf der Taxifahrer einen wirklich irritierten Blick in den Rückspiegel. Demmi fing ihn auf und hielt ihn gleichsam fest. Ihre Hände formten wieder die anmutigen Muster in die Luft, die Emil schon vom Morgen kannte. Dann legte sie dem Chauffeur ihre Rechte auf die Schulter. Augenblicklich verschwand sämtliche Regung aus seinem Gesicht und er blickte für den Rest der Fahrt unbewegt nach vorne.

Demmi schien einen Moment lang selbst verwundert darüber zu sein, dass ihr Zauber auf Anhieb funktioniert hatte, dann wandte sie sich wieder ihrem Sitznachbarn zu: „Emil! Das war doch dein Name, oder? Wenn du darauf bestehst, dann bitte! Hilf mir. Es scheint fast, als könnte ich dich sowieso nicht daran hindern. Aber ich warne dich: Du weißt nicht, worauf du dich da einlässt!"

„Ich werd's schon rausfinden!"

Emil hatte Mühe, sich ein freudiges Grinsen zu verkneifen. Er durfte bei ihr bleiben! Endlich entwickelte sich dieses Abenteuer in die richtige Richtung!

Demmi war mit ihren Gedanken unterdessen schon wieder bei ganz anderen Problemen: „Wir holen jetzt dein Schwert. Aber übernachten werden wir woanders. Am besten in einem Hotel."

„Du bist die Chefin!"

* * *

Nachdem sie das Katana geholt hatten, fanden die beiden in einem kleinen Hotel am Stadtrand eine sichere Herberge für die Nacht. Der Portier war ein älterer Herr, der sehr diskret über ihr fehlendes Gepäck und Demmis inzwischen arg mitgenommenes Engelskostüm hinwegsah, und auch sonst keine weiteren Fragen stellte. Auf dem Zimmer angekommen, rollte Emil sich vollkommen erschöpft auf dem Hotelbett zusammen und war bereits nach wenigen Augenblicken eingeschlafen. Demmi brauchte keinen Schlaf, also nutzte sie die Zeit zum Nachdenken. Sie ließ sich auf der Fensterbank nieder und blickte durch die regennassen Scheiben hinauf zum Mond, der immer wieder von den schnell treibenden Wolken verdeckt wurde, nur noch einen schwachen Schimmer über ihre Ränder warf, dann ganz verschwand, um im nächsten Moment wieder hell und erhaben hervorzutreten. Der wütende Herbststurm fauchte und pfiff um das Haus und ließ die großen Bäume vor dem Fenster gespenstisch rauschen.

Dämonenwetter.

Und da draußen war tatsächlich noch ein anderer Dämon. Der Unhold! Er war von Asmodin geschickt worden, und das bedeutete, dass dieser ihren Verrat durchschaut hatte. Viel zu früh! Wie sollte sie jetzt die verbleibenden zwei Tage bis zum Vollmond überstehen? Schon diesem einen Gegenspieler war sie alleine nicht gewachsen, und sie musste damit rechnen, dass Asmodin noch weitere Schergen an die Oberfläche entsenden würde. Dieses Menschlein hatte zwar ein Schwert, aber …

Demmi warf einen abschätzigen Blick hinüber zum friedlich schlummernden Emil. Eigentlich wollte sie sich schon wieder dem Fenster zuwenden, aber stattdessen betrachtete sie den Sterblichen genauer. Eigentlich war er ja ein hübscher Kerl. Schon bei ihrer ersten Begegnung waren ihr seine Augen aufgefallen: so freundlich und sanft! Da, wo Demmi herkam, waren sanfte Augen nicht gerade häufig anzutreffen. Ein trauriges Lächeln huschte über ihr Gesicht. Das arme Menschenkind ahnte wirklich nicht, wo es sich da in seiner Abenteuerlust eingemischt hatte.

Draußen brach der Sturm einen morschen Ast aus der Krone einer alten Kastanie. Krachend ging er zu Boden und ließ Demmi erschreckt hochfahren. Ihr Herz pochte wild, als sie sich wieder auf der Fensterbank niederließ.

„Beruhig dich, Demmi! Nur ein Ast!"

Ja, diesmal war es nur ein Ast gewesen, aber Asmodins Schergen würden sie früher oder später aufspüren. Was war mit den Pegasus-Agenten? Sie könnten etwas ausrichten, gegen ihre Verfolger. Dennoch: Sich mit Pegasus verbünden? Gerade mit denen? Demmi hatte von jeher eingetrichtert bekommen, dass diese Organisation der schlimmste Feind der Dunklen war. Aber galt das für sie überhaupt noch? Hatte sich nicht alles geändert, mit ihrem Entschluss?

Wieder blickte sie zu Emil hinüber: „Schlaf nur, Menschenkind. Du weißt gar nicht, wie gut du es hast."

* * *

Rrrring!

Rrrring!

Rrrring!

„*Klick.* Hallo! Dies ist der Anschluss von Katrin Schröder. Ich scheine nicht da zu sein, aber wenn sie Ihren Namen und Ihre Telefonnummer hinterlassen, rufe ich bestimmt zurück. Tschüss! *Piep*!"

„Schröder! Gehen Sie ran! Hier ist Kommissar Jäger. Schröder! Nun machen Sie schon! Es ist wichtig!"

„Hallo?"

„Hallo Schröder. Jäger hier."

„Kommissar Jäger? Ich hatte schon geschlafen."

„Kein Kunststück! Wir haben halb drei nachts. Ich dachte nur, es würde Sie vielleicht interessieren, dass Ihr Monster wieder zugeschlagen hat."

„Was? Wo?"

„In einem Club in der Innenstadt. Können Sie zum Tatort kommen?"

„Ist meine Suspendierung aufgehoben?"

„Sie sind nicht suspendiert. Nur beurlaubt."

„Ha!"

„Wir reden später darüber. Kommen Sie jetzt oder nicht?"

„Geben Sie mir die Adresse. Ich bin in einer Viertelstunde da!"

* * *

Vierzehneinhalb Minuten später passierte der metallicblaue Fiesta der Hauptwachtmeisterin die Polizeiabsperrung vor der wohlbekannten Diskothek. In Jeans, Sweatshirt und Windjacke entstieg Katrin dem Wagen – und obwohl die Kleidungsstücke weder besonders formbetont noch farblich wirklich gut aufeinander abgestimmt waren, warf ihr mehr als ein Kollege bewundernde Blicke hinterher, als sie jetzt mit schnellen Schritten auf den Haupteingang des Tatorts zusteuerte.

Im Eingangstrakt sah das Ganze noch aus wie die Spuren einer normalen Massenpanik: in der Hast verlorene und weggeworfene Gegenstände vom Lippenstift bis zum Schuhabsatz, zerbrochenes Glas, umgestoßene Hocker, abgerissene Plakate. Erst weiter hinten wurde das ganze Ausmaß der Verwüstung sichtbar. Am augenfälligsten waren die beiden zerschroteten Hintertüren und der vier Meter lange Bartresen, der mitten auf der Tanzfläche lag. Vor Katrins geistigem Auge erschien der gewaltige, gorillaartige Dämon, dem sie im Park begegnet war. Ein kalter Schauer lief ihr über den Rücken bei der Vorstellung, wie er mit Leichtigkeit die schwere Holzkonstruktion aus der Verankerung gerissen und durch den Raum geschleudert hatte. Unwillkürlich ertastete ihre Hand die Dienstpistole an ihrem Gürtel. Doch statt eines Gefühls der Sicherheit stellte sich nur die Erinnerung an ihre vergeblichen Schüsse vom Morgen ein.

„Schröder! Hier drüben!"

Kommissar Jäger erschien in einem der Durchgänge nach hinten. Er hatte wie immer, wenn sie ihn sah, ein abgetragenes Jackett an und einen abgekauten Zigarrenstumpen im Mundwinkel. Während er sich mit einem blümchengemusterten Stofftaschentuch über die Glatze wischte, winkte er sie mit der anderen Hand zu sich herüber. Sie marschierte zwischen den Spurenermittlern, die überall am Boden knieten, um Zigarettenstummel und Kaugummis aufzusammeln, hindurch auf ihn zu.

Im Näherkommen deutete sie auf den Tresen: „Wer auch immer das getan hat, muss Kräfte gehabt haben wie ein Gorilla, was?"

Jäger kratzte sich widerwillig hinter dem Ohr: „Dieser Fall weist zugegebenermaßen einige Sonderbarkeiten auf."

„Was sagen denn die Zeugen? Die muss es doch massenhaft geben."

„Theoretisch schon. Praktisch stehen leider alle 124 Tatzeugen, die wir bisher haben auftreiben können, unter Schock. Die meisten haben wir ziellos durch die Straßen irrend aufgegriffen."

„124 Zeugen, und alle unter Schock?"

„Leider. Aber was bisher aus ihnen herauszubringen war, bewegt sich zwischen Kampfhund und King Kong."

Katrin konnte sich ein spöttisches Grinsen nicht verkneifen: „Aber mich beurlauben!"

„Jetzt reiten Sie nicht darauf herum! Schauen Sie sich lieber unsere sonderbarste Spur an." Mit diesen Worten wies Jäger ihr den Weg durch den Türsturz. Dahinter befand sich die Küche.

Sie sah aus, als wäre eine Meute Jagdhunde auf der Suche nach dem Fuchs durchgekommen – oder vielleicht auch eine Horde Hooligans nach einem verlorenen Fußballspiel.

Wo genau sich die „sonderbarste Spur“ befand, konnte man nur erahnen, denn die Stelle war umlagert von einem ganzen Haufen Spurenermittler, die alle aufgeregt durcheinander quasselten. Jäger drängte sich zwischen ihnen hindurch, und Katrin folgte im Schatten der Rauchfahne, die sein ekelhaft stinkender Zigarrenstumpen hinterließ.

„Na, Schröder, passt das zu Ihren Beobachtungen von heute Morgen?“

Sie schob sich neben ihn und starrte auf die Herdplatte, um die sich die Menschentraube gebildet hatte. Darauf war der geschwärzte Abdruck einer gewaltigen, krallenbewehrten Klaue eingebrannt! Wieder zuckte ihre Hand zur Pistole.

„Oh, Gott! Das war er! Das muss er gewesen sein!“

* * *

Der Unhold kühlte derweil seine Pfote im Rhein. Mit der anderen hätte er sich gerne seinen höllisch schmerzenden Fuß gehalten, aber das ging ja leider nicht mehr, weil dieser – dieser – dieser – MENSCH sie ihm abgehauen hatte! Dieser – MENSCH! Das würde er noch bereuen, so bitter würde er das noch bereuen, er würde sich noch wünschen, nie geboren worden zu sein! Dieser gemeine Mistkerl!

Gerade als er das dachte, bemerkte der Dämon etwas Nasses auf seiner Wange. Hatte es wieder angefangen zu regnen? Vorsichtig wischte er mit dem verbunden Armstumpf den Tropfen ab und führte ihn an die Lippen. Schmeckte salzig … oh, nein! Seit ihm sein Lehrer auf der Schwarzen Schule für die ständigen Sechsen in arkaner Mathematik die Neunschwänzige gegeben hatte, hatte er nicht mehr geweint, und jetzt – wegen dieser Kinder! Welch Schmach! Er holte vor Wut zitternd mit seinem Armstumpf aus, um einen Stein der Hafenmauer zu Staub zu zermalmen. Gerade noch rechtzeitig fiel ihm ein, wie weh das tun würde. Also riss er stattdessen seine rotgeschwollene Klaue aus den Wassern des Rheins, um … nein, auch schlecht.

Am Ende zerbiss er nur in ohnmächtiger Wut einige Schiffstaue in der Nähe, bevor er wimmernd in sich zusammensank.

* * *

Katrin hatte sich inzwischen vom ersten Schock erholt, der ihr beim Anblick der Herdplatte in die Glieder gefahren war. Sie hatte sich, als sie am Abend ins Bett gekrochen war, schon fast an den Gedanken gewöhnt, dass sie wohl am Morgen im Park einen Nervenzusammenbruch und Halluzinationen gehabt hatte. Irgendwie war diese Version ja auch tröstlich gewesen – bedeutete sie doch, dass es das grauenhafte Monstrum gar nicht wirklich gegeben hatte. Damit, dass ihr Geisteszustand nun endgültig rehabilitiert war, wurde leider auch dieses Untier wieder real.

Während sie sich mit Jäger aus der Menschentraube zurückzog, warf Katrin ihm einen fast flehenden Blick zu: „Haben Sie eine Erklärung dafür? Ich meine, eine normale?"

Jäger schaute griesgrämig drein: „Nein, noch nicht. Aber ich werde eine finden! Ich weigere mich zu glauben, dass hier ein behaartes Monster herein getrampelt ist."

„Kommissar?"

Jäger und Katrin wandten sich zur Küchentür beziehungsweise deren Resten um. Dort stand ein schmächtiger junger Mann mit Brille und Seitenscheitel. Er erinnerte ein wenig an einen Priesterschüler oder wenigstens den Organisten eines Kirchenchors. Hastig winkte er sie zu sich herüber.

„Meier von der Spurenermittlung“, kommentierte der Kommissar. „Scheint was Neues gefunden zu haben.“

Meier von der Spurenermittlung bekam immer größere Augen, je näher Katrin kam, und als sie vor ihm stand, waren sie mindesten so groß wie die Brillengläser davor. Sie schenkte ihm ein freundliches Lächeln, während Jäger ungeduldig die Augenbraue hochzog.

„Nun, Meier, was gibt's denn? Meier!“

„Äh, ja? Ach so, ja, also ... Wir haben noch etwas gefunden.“

„Das habe ich mir fast gedacht, dass Sie nichts verloren haben.“

„Verloren?“

„Mensch Meier! Was?“

„Was?“

„... Sie gefunden haben, will ich wissen!“

„Ach so, äh, also – schwer zu erklären. So etwas habe ich noch nie gesehen.“

* * *

„Neeeeein!“

Emil fuhr erschrocken aus dem Schlaf hoch. Er war sofort hellwach. Reflexartig griff er nach seinem Katana, riss sich die Decke vom Leib und sprang in den Stand. Dabei blickte er sich hastig nach vermeintlichen Gegnern um. Von denen fehlte allerdings jede Spur. Stattdessen sah er nur Demmi, die in der Mitte des Zimmers hockte und in zunehmender Panik ihre Handtasche durchwühlte. Dabei stammelte sie in einem fort: „Bittebittebittebitte!“ Jetzt drehte sie die Tasche sogar um und schüttete den gesamten Inhalt auf den Boden, nur um ihn dann ungläubig anzustarren: „NEEEIIIIN! SIIIEEE IIIST WEEEG!“

Emil war echt erleichtert, dass er nicht schon vor dem Frühstück gegen einen Dämon kämpfen musste. Aber Demmi schien ziemlich schlecht drauf zu sein. Also fragte er teilnahmsvoll: „Wer ist weg?“

Ihr Kopf ruckte zu ihm herüber. Ihre Augen schienen Funken zu sprühen, als sie losbrüllte: „Seid ihr Menschen eigentlich wirklich so blöd, oder tut ihr nur so? Die Pyramide! Die Pyramide ist weg! Sie IIIST WEEEG!“ Damit brach sie in sich zusammen und schluchzte heillos.

Emil stand da wie vom Donner gerührt. Vielleicht sollte er jetzt etwas Tröstliches sagen: „Ups.“

9.

Fragen über Fragen

Demmis Aussage, die Pyramide sei „weeeg“, war natürlich aus ihrer subjektiven Perspektive nicht falsch. Sie war allerdings ein wenig unpräzise. Tatsächlich befand sich das Artefakt nämlich gerade in diesem Augenblick im Keller des Polizeipräsidiums, auf dem Schreibtisch des Spurenermittlers Meier. Der hatte die letzten Stunden damit zugebracht, dieses sonderbare Beweisstück, das er vorige Nacht in unmittelbarer Nähe des Tatorts gefunden hatte, einer ausgiebigen Überprüfung zu unterziehen. Zuerst hatte er sie auf Fingerabdrücke hin untersucht, was zur ersten ernsthaften Verblüffung des Morgens geführt hatte. Denn neben einigen ganz normalen Abdrücken hatte er auch solche gefunden, die – also – die so aussahen, als bestünden sie nur aus Sechsen. Keine normalen Linien, sondern viele ineinander verschlungen Kringel, in Dreiergruppen zusammengestellt: 666 – oder 999, je nachdem, wie herum man sie betrachtete. Nachdem Meier in seinen Akten und seinem Computer ausgiebig nach Handschuhen mit einem solchen Muster gefahndet hatte – ohne Erfolg – beschloss er, die Sache auf sich beruhen zu lassen. Stattdessen versuchte er nun, dem Leuchten, das von diesem sonderbaren Ding ausging, auf die Spur zu kommen. Nachdem er geraume Zeit nach irgendeiner verstecken Klappe für Batterien gesucht hatte – ohne Erfolg – entschied er, dass es sich wohl um so eine Art fluoreszierendes Gestein handeln musste und ließ auch diese Sache auf sich beruhen. Dann wandte er sich den Zeichen zu, welche in feinen Linien in die Pyramide eingraviert waren. Nachdem er festgestellt hatte, dass es sich dabei nicht um verfassungsfeindliche Symbole handelte, auch nicht um irgendeine der polizeibekannten Geheimschriften, kam er nach einem ganz kurzen Moment der Verzweiflung auf die richtige Fährte: Es konnte ja schließlich sein, dass die Pyramide antik war. Dann waren natürlich auch die Schriftzeichen darauf antik. Gerade näherte er sich mittels diverser Suchroutinen der Lösung wenigstens dieses Rätsels, als Hauptwachtmeisterin Schröder den Raum betrat: „Na, schon was herausgefunden?"

„Äh, Fräulein Schröder! Äh, also – nein!"

Katrin musste sich ein Grinsen verkneifen. War dieser Meier immer so konfus, oder verwirrte ihn einfach weibliche Gesellschaft? Während sie näher an den Schreibtisch herantrat, um die Pyramide noch einmal genauer in Augenschein zu nehmen, bemerkte sie: „Schade! Mich würde wirklich interessieren, wofür dieses Ding gut ist."

* * *

„Das geht dich überhaupt nichts an!" Mit diesen Worten warf Demmi die Zimmertür hinter sich zu und ließ Emil allein im Raum zurück. Hui! Für was auch immer dieses Ding gut war, sie schien es ihm nicht sagen zu wollen. Auf jeden Fall lag ihr eine Menge daran. Und da ihm eine Menge an ihr lag, musste er jetzt wohl oder übel ohne Frühstück oder auch nur einen Morgenkaffee in den Tag starten – und zwar schnell, sonst hatte er sie schon wieder verloren!

Seine Füße machten ein quatschendes Geräusch, als er sie in die immer noch nassen Stiefel zwängte, und er fragte sich einen ganz kurzen Augenblick lang, warum er sich das alles eigentlich antat. Doch dann erinnerte er sich wieder an Demmis Augen. Manchmal konnte er wirklich dumme Fragen stellen!

* * *

Während Emil die Treppen des Hotels herunter hastete, um zu der kleinen Dämonin aufzuschließen, saßen seine Freunde und die Pegasus-Agenten gerade in einer bieder eingerichteten, aber dennoch urgemütlichen Küche um einen großen, gut gedeckten Frühstückstisch herum. Draußen vor den mit Spitzengardienen verzierten Fenstern hob sich durch dichte Regenschleier der Turm der nahen Kirche undeutlich vom bleigrauen Himmel ab. Drinnen erklang klassische Musik aus einem kleinen, zweifellos antiken Kofferradio, das auf der Anrichte stand, umgeben von einem Toaster, einem Mixer und einigen Dosen mit Zucker, Mehl und Nudeln. Die etwas abseits stehende Kaffeemaschine gurgelte und zischte leise vor sich hin und auf dem Herd kochten ein paar Eier in einem kleinen Emailletopf mit Blumendekor. Über allem lag der Duft frisch gemahlener Bohnen und frisch aufgebackener Brötchen. Dennoch war die Stimmung unter den Anwesenden nicht sonderlich anheimelnd. Tatonka rührte missmutig in seiner Kaffeetasse herum. Malte verputzte gerade seine dritte Portion Früchtemüsli mit Quark. Wächter und Constantin, der seinen Fetischlook inzwischen gegen ein geliehenes, schrecklich unmodernes Hemd vertauscht hatte, sahen ihm müde dabei zu. Mai Li brütete schweigend vor sich hin.

Nachdem in der vorigen Nacht ihre Suche nach Emil und den Dämonen erfolglos geblieben war, hatten die um den Tisch Versammelten die nähere Umgebung des Clubs kurz vor dem Eintreffen der Polizei verlassen und waren in ihr vorläufiges Hauptquartier eingekehrt: das Haus eines Kölner Gemeindepfarrers – dessen echter Name hier aus Gründen seiner Sicherheit nicht genannt werden kann. Im Folgenden soll er einfach „Pfarrer Krause“ heißen. Er war ein Kontaktmann von Pegasus, der auf der Durchreise befindlichen Agenten oftmals Unterschlupf gewährte. Da sich sein Domizil direkt neben der Pfarrkirche auf geweihtem Boden befand, war hier die Gefahr dämonischer Überfälle geringer als an anderen Orten. Schließlich gab es noch immer eine stattliche Anzahl von Dunklen, die sich von christlicher Liturgie beeindrucken ließen.

Pfarrer Krause war ein wohlgenährter und freundlicher älterer Herr, den der liebe Gott schon in jungen Jahren mit einer natürlichen Tonsur gesegnet hatte. Inzwischen wand sich nur noch ein schmaler Kranz ergrauter Haare um seinen ansonsten blankpolierten Schädel. Gerade kam er zur Tür herein, in der Hand eine kleine Blechdose, die mit einem orientalischen Muster verziert war.

„Ich habe doch noch etwas grünen Tee gefunden“, stellte er zu Mai Li gewandt fest. Deren Miene hellte sich ein wenig auf.

„Sie sind ein Engel.“

„Noch nicht! Und ich hoffe auch, der Herrgott lässt mir noch ein wenig Zeit damit“, lächelte der Pfarrer und machte sich daran, Teewasser aufzusetzen.

Nachdem er den aromatisch duftenden Tee aufgebrüht und Mai Li die erste Tasse davon getrunken hatte, schienen ihre Laune und ihr Unternehmungsgeist wieder so weit gesteigert, dass sie den weiteren Verlauf der Operation zu Planen imstande war.

Der Pfarrer hatte sich gerade mit dem Hinweis verabschiedet, es sei für ihn an der Zeit, sich auf die Sonntagsmesse vorzubereiten, als sie sich eine zweite Tasse einschenkte und bestimmt erklärte: „Es bringt nichts, Trübsal zu blasen. Es gibt genug zu tun. Wir haben zwei Prioritäten: Erstens, Emil aus den Klauen des Sukkubus befreien – wir müssen davon ausgehen, dass er sich immer noch in ihrer Gewalt befindet – und ihn dann endlich aus seiner Verzauberung erlösen. Zweitens, die Pyramide in unseren Besitz bringen, und zwar vor dem nächsten Vollmond – sprich: innerhalb von zwei Tagen."

Constantin, der als einziger der Anwesenden nicht bedrückt und niedergeschlagen dreinschaute, sondern eine betont skeptische Miene aufgesetzt hatte, warf jetzt leicht ironisch ein: „Weil bei Vollmond die magische Kraft der Pyramide ihren Höhepunkt erreicht."

Mai Li überging den Unterton in Constantins Stimme, als sie erwiderte: „Genau. Dann werden die Dämonen sie einsetzen. Davon bin ich überzeugt."

Tatonka brummte zustimmend, Wächter und Malte nickten bedeutungsschwer mit den Köpfen. Constantin zündete sich eine Zigarette an und schaute desinteressiert aus dem Fenster, vor dem der Regen gerade mal wieder von langen Fäden in dicke Tropfen umzuschlagen begann.

„Wofür brauchen sie das Ding denn eigentlich?", fragte er dann unvermittelt. „ Davon habt ihr noch gar nicht gesprochen! Wird die Welt untergehen, wenn sie es benutzen? Werden wir alle sterben? Wird das Armageddon ausbrechen, oder was?"

Mai Li warf ihm einen missbilligenden Blick zu: „Nein, Constantin, das nicht. Du persönlich brauchst wahrscheinlich gar keine Angst vor den Folgen zu haben. Es ist unwahrscheinlich, dass sie gerade deine Seele auswählen. Wenn ich ein Dämon wäre, würde ich mir auf jeden Fall etwas Wertvolleres suchen."

Ihre Spitze traf den Angesprochenen jedoch nicht. Constantin nahm nur einen tiefen Zug an seiner Zigarette und raunte dann – diesmal mit geradezu triefender Ironie in der Stimme: „Huh, ein Seelengefängnis! Wie gruselig!“

Tatonka hatte das Gespräch mit zunehmendem Ärger verfolgt. Jetzt langte seine Pranke über den Tisch und fuhr in Constantins Nacken. Während er den Jungen wie eine Katze schüttelte, grollte er: „Wenn's dich nicht interessiert, kannst du ja gehen. Die anderen hier würden gerne die wesentlichen Dinge hören und nicht nur deinen unkonstruktiven Spott!“

Constantin wand sich ärgerlich aus dem Griff des Hünen: „Das wollte ich doch nur hören, dass ich endlich gehen kann. Tschö!“

Damit stand er auf und trat entschlossen zur Tür. Dort drehte er sich noch einmal zu seinen Freunden um: „Wollt ihr den Affenzirkus weiter mitspielen, oder kommt ihr?“

Wächter und Malte warfen einander einen kurzen Blick zu, dann antworteten beide wie aus einem Mund: „Wir bleiben hier.“

„Na gut. Ihr seid ja schon groß. Ihr müsst selbst wissen, was ihr tut.“ Mit diesen Worten war Constantin durch die Tür verschwunden.

„Warum lasst ihr ihn gehen? Ist er denn nicht in Gefahr?“, wandte sich Malte an Mai Li. „Mir habt ihr doch Freitagnacht erzählt, ich wäre nicht mehr sicher vor den Dämonen.“

Die kleine Chinesin nickte bedächtig: „Schon wahr. Aber oftmals ist der beste Schutz gegen die Dunklen, konsequent nicht an sie zu glauben. Constantin besitzt in dieser Hinsicht eine bemerkenswerte Konsequenz. Vielleicht schützt ihn das tatsächlich. Immerhin ist er der Einzige von euch, der noch keinem Dämon begegnet ist. Außerdem können wir ihn schließlich nicht in Handschellen mitschleppen.“

Malte warf einen forschenden Blick zu Wächter herüber und erkannte, dass dieser mit Mai Lis Argumentation voll und ganz einverstanden war. In gewissen Dingen hatte sein Freund eine wirklich rohe Ader! Nach Tatonka brauchte Malte gar nicht erst zu schauen. Dessen Meinung war ohnehin klar. Dennoch machte er noch einen weiteren Anlauf, Constantins Sicherheit zu thematisieren. Er schob seine leere Müslischüssel von sich weg und fixierte die kleine Chinesin herausfordernd: „Ich verstehe nicht, warum er als einziger nicht in Gefahr sein soll. Vielleicht sollte ich ihm nachgehen und noch mal mit ihm reden."

Tatonka setzte zu einer ärgerlichen Erwiderung an, aber Mai Li legte ihm beschwichtigend die Hand auf den Unterarm. Dann sah sie Malte eindringlich an. Dieser stellte nicht zum ersten Mal fest, dass sie wirklich verdammt hübsche Augen hatte, schalt sich jedoch augenblicklich selbst für diesen Gedanken. Schließlich gab es im Moment Wichtigeres als diese – wirklich verdammt hübschen! – Augen.

„Es ehrt dich, dass du dich um deinen Freund sorgst", sagte Mai Li sanft. „Aber wir haben mehr Probleme, als wir bewältigen können. Deshalb bleibt uns gar nichts anderes übrig, als Constantin gehen zu lassen. Pass auf: Ich habe dir doch schon von der Gabe erzählt, oder?"

Malte nickte: „Im Zusammenhang mit Emil. Weil er die Hörner dieses Dämons gesehen hat."

„Genau! Nun, eigentlich gibt es nicht eine Gabe, sondern viele verschiedene. Ihr alle habt zum Beispiel offensichtlich keine Dämonenangst. Normale Menschen verfallen in panischen Schrecken, wenn sich ihnen ein Dämon offenbart. Sie sind dann zu keiner rationalen Handlung mehr fähig. Danach verdrängen sie das Ganze einfach – wenn sie es überlebt haben. Sie suchen sich irgendeine profane Erklärung für ihr Erlebnis, damit sie das, was sie gesehen haben, nicht glauben müssen. Dass euch das nicht passiert ist, bedeutet, ihr habt alle die Gabe der Standhaftigkeit."

„Was hat das mit Constantin zu tun?“, fragte Malte wenig überzeugt.

„Es gibt Menschen, die die Fähigkeit haben, Übersinnliches regelrecht zu negieren. Es ist paradoxerweise so eine Art Zauber, den sie unbewusst weben, um ihre Überzeugung, dass es keine Magie gibt, zu schützen.“

„Aber was ist, wenn Constantin nur durch Zufall noch keinen Dämon gesehen hat? Und was ist mit Dämonen, die nicht gleich zu erkennen sind, so wie der kleine blonde? Kann er sich gegen etwas schützen, das er nicht erkennt?“

Mai Li sah Malte immer noch tief in die Augen, sagte aber nichts, und er erkannte, dass er wohl soeben die Schwachstelle ihrer Argumentation aufgedeckt hatte. Dann vermeinte er, noch etwas anderes, weitaus persönlicheres in ihrem Blick auszumachen, nur um sich im nächsten Moment erneut zu schelten, weil seine Gedanken schon wieder vom eigentlichen Problem abwichen.

Auch der Chinesin schien gerade aufgefallen zu sein, dass zwischen ihnen etwas vor sich ging, das mit dem eigentlichen Gesprächsthema nichts zu tun hatte. Sie schlug hastig die Augen nieder und murmelte: „Äh, vollkommen sicher ist nichts“, dann fügte sie schnell hinzu: „... wenn man es mit Dämonen zu tun hat.“

Tatonka gab ein ärgerliches Schnauben von sich: „Auf jeden Fall schwebt Emil im Moment in weitaus größerer Gefahr als Constantin! Deswegen sollten wir uns vor allem auf seine Rettung konzentrieren!“

Die anderen wechselten betretene Blicke. Der arme Emil! Wie erging es ihm wohl gerade, ganz alleine da draußen mit einem Dämon?

* * *

Derjenige, dem ihre bangen Gedanken galten, war im Moment allerdings wohlauf, wenn auch ziemlich hungrig und durchgefroren. Außerdem war ihm zwischenzeitlich noch die ein oder andere dumme Frage in den Sinn gekommen – etwa, woher Demmi wieder ihre normalen Klamotten hatte, wohin sie jetzt ging, was ihr weiterer Plan war, was der Dämon von gestern von ihr gewollt hatte und warum sie nicht ein bisschen freundlicher zu ihm war.

Da Demmi ihn allerdings seit Verlassen des Hotelzimmers weder eines Blickes noch eines Wortes gewürdigt hatte, verzichtete er darauf, eine dieser Fragen zu stellen. Stattdessen stapfte er hinter ihr her durch den Nieselregen, der sich in langen Fäden vom Himmel zog, und langsam, aber sicher schob sich wieder die Frage von vorhin in sein Bewusstsein: Warum machte er das alles eigentlich? Sie waren jetzt schon an mindestens fünf Bäckereien vorbeimarschiert, und in mindestens dreien davon hatte es auch frischen Kaffee gegeben! Ob Dämonen niemals frühstückten?

Fragen über Fragen.

10.

Dämon zu sein bedarf es wenig ...

Sie waren schon einige Zeit gelaufen und befanden sich gerade in einer breiten, aber ruhigen Allee, in der es an Frühstücksmöglichkeiten immerhin zwei Bäckereien und ein Straßencafé gab, soweit Emil das überblicken konnte. Der Regen hatte sich momentan gnädigerweise zu einem leichten Nieseln abgeschwächt, das sie kaum noch mehr zu durchnässen vermochte, als sie es ohnehin schon waren. Es war fast unangenehmer, unter dem Blätterdach der Alleebäume, die sie in regelmäßigen Abständen passierten, herzulaufen als unter dem trübe-grauen Herbsthimmel. Denn dort tropfte es zwar ebenso stetig, aber leider nicht so feinzerstäubt auf die Straße herab. Das Plitschen und Platschen der in Pfützen und auf dem Blech der geparkten Autos auftreffenden Tropfen bildete zusammen mit dem kaum hörbaren Rauschen der Regenschleier eine trostlose Hintergrundmelodie für ihren nasskalten Marsch. Die wenigen anderen Menschen, die an diesem Sonntagmorgen auf die Straße mussten, waren dick in Regenjacken verpackt und beeilten sich, möglichst schnell wieder in gastlichere Gefilde zu gelangen. Emil warf ihnen neidische Blicke nach, wenn sie in Hauseingängen verschwanden oder hastig Wagentüren aufschlossen, um sich unter den Schutz ihrer Autodächer zu flüchten.

Demmi hatte die ganze Zeit über ein strammes Tempo vorgelegt, aber jetzt wurden ihre Schritte plötzlich langsamer und langsamer. Schließlich blieb sie stehen. Im ersten Moment hoffte Emil, dass sie vielleicht zu guter Letzt doch noch Hunger bekommen hatte und gerade überlegte, ob sie nicht in das einladend erleuchtete Café schräg gegenüber einkehren sollte. Doch dann bemerkte er das leichte, rhythmische Zucken ihrer Schultern und da begriff er, dass sie weinte. Er trat von hinten an sie heran und streckte vorsichtig die Hand aus. Nach einem Moment des Zögerns legte er sie ihr sanft auf die Schulter. Demmi fuhr herum, als habe sie ein Schlag getroffen. Tränen schimmerten in ihren Augen aber dennoch war ihr Blick von Wut und Hass erfüllt. Sie öffnete den Mund, als wolle sie ihn anschreien. Doch dann brachte sie nicht die Kraft dazu auf. Stattdessen sackte ihr Kopf nach vorne gegen Emils Schulter, wo sie wieder in Schluchzer ausbrach. Er legte vorsichtig seine Arme um sie und tätschelte ihr den Rücken.

Erst nach einigen Minuten hatte sie sich soweit beruhigt, dass sie wieder unfreundlich zu ihm sein konnte. Sie löste sich aus seiner Umarmung und knurrte, immer noch schniefend: „Wehe, du erzählst das jemandem."

„Also bitte, so was ist doch menschlich!", entgegnete Emil beschwichtigend, während er sich eine vollkommen durchnässte Haarsträhne aus dem Gesicht fischte. Dann fiel ihm wieder ein, dass sie ja gar kein Mensch war, und er fragte: „Weinen Dämonen nicht?"

Demmi wischte sich mit dem Handrücken unter der Nase entlang. „Doch", brummte sie dann widerwillig, „Aber es ist bei uns die größte vorstellbare Schande." Sie dachte einen Moment lang nach, während sie sich mit einem Zipfel ihres Pullovers die Tränen aus den Augenwinkeln wischte, und korrigierte sich dann: „Die zweitgrößte. Sich zu verlieben ist natürlich noch schlimmer. Aber das kommt sowieso nie vor."

Emils Augenbrauen zogen sich missbilligend zusammen: „Ihr seid ja ganz schön verkrampft da unten."

Sie schien genug von den Vertraulichkeiten zu haben, deswegen wechselte sie abrupt das Thema: „Ich muss diese verfluchte Pyramide wiederfinden, unbedingt! Hast du eine Ahnung, wo sie sein könnte?"

Emil kratzte sich am Kopf: „Wo hast du sie denn verloren?"

„In der Disko hatte ich sie noch in der Handtasche. Dann kamen die Agenten und der Unhold."

„Du meinst, dieses riesige Monster?"

„Genau. Die nennt man bei uns Unholde."

„Wie nennt man denn dich?"

Jetzt hatte er sie wohl gekränkt, denn statt einer Antwort stemmte Demmi ihre Hände in die Taille und reckte ihm herausfordernd ihren Busen entgegen. Dann legte sie den Kopf schräg und warf ihm mit ihren unglaublichen blauen Augen von unten herauf einen Blick zu, der in ihm wieder dieses übermäßige Verlangen weckte, sie zu küssen. Dazu raunte sie mit leicht belegter Stimme: „Sieht man das etwa nicht?"

Emil kramte in seiner Erinnerung herum, während er versuchte, den Blick von ihren Augen und Lippen loszureißen. Er wusste schon genau, in welche Richtung er denken musste, ihm fiel nur der passende Name nicht ein. Er war nämlich nicht gerade ein besonderer Dämonen-Experte. Drachen hatte er immer lieber gemocht. Dann fiel ihm die gesuchte Bezeichnung aber doch noch ein: „Du bist ein ... Sukkubus?"

Ein zufriedenes Lächeln erschien auf ihren Zügen: „Jepp, und im Fach ‚Verführen' hatte ich immer eine Eins!"

Emil musste schief grinsen: „Das glaube ich sofort!"

In diesem Moment fiel ihr auf, dass sie schon wieder vertraulich miteinander redeten, also fauchte sie: „Lenk nicht dauernd vom Thema ab! Entweder du hilfst mir, die Pyramide zu finden, oder du kannst verschwinden!"

Mit einiger Mühe schluckte Emil die verbale Ohrfeige kommentarlos herunter. Demmi war im Moment eben nervlich recht angeschlagen. Außerdem hatte sie als Dämon wahrscheinlich nicht besonders viel Übung im Nettsein. Er musste wohl einfach Geduld mit ihr haben.

Demmi war inzwischen wieder vollkommen in ihre eigenen Gedanken vertieft und murmelte vor sich hin: „Jeder könnte sie haben. Vielleicht einer der Gäste, der sie jetzt in seiner Wohnzimmervitrine stehen hat. Oder die Polizei. Oder der Unhold! Scheiße! Nur das nicht!"

Emil versuchte, einen möglichst besonnenen und ruhigen Tonfall anzuschlagen: „Du hast sie doch schon einmal gefunden – bei mir. Wie hast du das gemacht? Könnte man das nicht einfach wiederholen?"

Sie sah aus großen, schon wieder tränenfeuchten Augen zu ihm auf und brachte um Fassung bemüht hervor: „Das ging nur einmal!"

„Warum?"

„Weil ... Warum interessiert dich das eigentlich? Das geht dich gar nichts an!"

Emil verdrehte genervt die Augen: „Wenn ich dir helfen soll, wirst du mir schon ein wenig vertrauen müssen!"

„Vertrauen? Ha!", stieß Demmi hervor, als habe er ein obszönes Schimpfwort benutzt. Dann stellte sie klar: „Ich vertraue niemandem!"

„Hast du doch schon! Denk mal dran, wie du in meiner Wohnung gestanden hast, ganz allein mit mir, und ich mein Katana von der Wand genommen habe. Da hätte ich mir die

Pyramide ganz leicht wieder zurückholen können. Du weißt schon: Schwerter und Dämonen und so."

Emil grinste sie zufrieden mit seiner Argumentation an. Sie fixierte ihn argwöhnisch und entgegnete: „Da hatte ich sie gar nicht mehr."

„Aber das wusste ich nicht, genauso wenig wie du. Du kannst mir vertrauen! Ich vertraue dir ja auch."

„Was nicht gerade für deine Intelligenz spricht."

Darüber mussten beide lachen. Dann raffte Demmi sich auf und erklärte: „Also gut. Eigentlich kann es nichts schaden, wenn ich es dir erzähle. Aber nicht hier im Regen. Lass uns da drüben ins Café gehen, da ist es gemütlicher."

Emil jubilierte innerlich: endlich Frühstück!

* * *

Während er eine große Portion Rührei mit Speck verputzte, berichtete ihm Demmi, die nur einen Milchkaffee bestellt hatte, wie sie der Pyramide auf die Spur gekommen war: „Also, da wo ich herkomme, gibt es – wie du dir wohl denken kannst – sehr viele magische Dinge. Unter anderem auch einen verzauberten Brunnen. Er ist der Einzige da unten, der klares, frisches, unverdorbenes Wasser führt. Einige sagen, er sei die einzige Gnade, die uns Verdammten zuteilwird. Nicht, dass wir sonst verdursten müssten. Wir trinken sowieso lieber Blut als Wasser. Aber jedes Wesen kann diesem Brunnen einmal – und nur einmal – eine Frage stellen. Die Antwort erscheint dann als Spieglung auf der Wasseroberfläche. Und der Brunnen lügt nie! Das ist an einem Ort, wo sonst eigentlich alle immer lügen, tatsächlich eine nicht zu verachtende Gnade. Als ich mich dazu entschloss, meinem Meister zu entfliehen…", sie hielt erschreckt inne, aber Emils Gesichtsausdruck war so freundlich und harmlos, dass sie nach einem Moment fortfuhr: „da schlich ich mich heimlich dorthin und stellte meine Frage. So habe ich herausgefunden, wann und wo ich die Pyramide am besten in meinen Besitz bringen könnte. Du musst wissen, sie besitzt zwar große magische Macht, ist aber gleichzeitig mit einem mächtigen Tarnzauber belegt, sodass niemand ihre Aura aufspüren kann."

„Aber wenn die Pyramide wirklich so wichtig ist", brachte Emil mit vollem Mund hervor, „warum hat dann dein Meister nicht schon vorher selbst nach ihr gefragt?"

Sie lächelte verschmitzt: „Weil er noch wesentlich älter als die Pyramide ist und seine Frage längst gestellt hatte."

„Warum hat er nicht einen seiner jüngeren Untergebenen zum Brunnen geschickt?"

Demmi zog anerkennend eine Augenbraue hoch: „Du bist ja doch nicht so dumm. Aber die Antwort ist ganz einfach: Man muss am Brunnen eine persönliche Frage stellen. Ich habe gar nicht nach der Pyramide gefragt, sondern nach etwas ganz anderem."

„Wonach denn?", fragte Emil interessiert zwischen zwei Gabeln Rührei.

Ihr Gesichtsausdruck verfinsterte sich schlagartig: „Na, na! Jetzt werden wir aber sehr neugierig!"

„'tschuldigung ...", nuschelte er mit vollem Mund.

Sie winkte ab: „Schon gut."

Dann starrte sie aus dem Fenster und murmelte resigniert: „Könnte man doch nur noch mal eine Frage am Brunnen stellen ..."

Ihr Begleiter widmete sich unterdessen weiter seinem Rührei. So bemerkte er nicht, dass sich ihre Augen plötzlich weiteten, als sei ihr gerade eine Idee gekommen. Ganz langsam wandte sie ihren Blick zu ihm hinüber und fixierte ihn wie die Katze die Sahneschüssel.

„Sag mal ...", begann sie gedehnt.

Emil blickte auf und schluckte den letzten Bissen hinunter. Dann fragte er arglos: „Ja, bitte?“

Sie setzte ein süßes Lächeln auf und flötete: „Hast du nicht gestern Nacht im Taxi gesagt, du hättest das Gefühl, auch eine persönliche Beziehung zur Pyramide zu haben?“

Emil griff nach seinem Saftglas: „Stimmt, hab' ich auch. Warum?“

* * *

Kurze Zeit später standen die beiden im Treppenhaus einer Tiefgarage, irgendwo in der Innenstadt. Emil war sich zwar nicht wirklich sicher, ob er Demmis Idee so richtig gut fand, aber er hatte dem bettelnden Blick ihrer bergseeblauen Augen einfach nicht widerstehen können. Und dann hatte sie ihm auch noch mit flehentlicher Stimme erklärt, dass dies ihre einzige Hoffnung sei, ihrem schrecklichen Meister zu entkommen, und dass er doch bisher so unglaublich mutig gewesen sei, und dass sie ihm auf ewig dankbar wäre, wenn er das für sie täte! Schließlich hatte er also ihrem Plan zugestimmt, auch wenn er dabei ein ziemlich mulmiges Gefühl in der Magengrube gehabt hatte.

Zuerst hatten sie sich zu einem Maskenbildner-Laden in der Nähe des Neumarktes, den Emil kannte, aufgemacht. Da Sonntag war und das Geschäft geschlossen hatte, war Demmi einfach eingebrochen – am helllichten Tag! Nachdem sie die notwendigen Utensilien entwendet hatte, waren sie hierher gekommen. Jetzt klebte sie Emil Hörnchen aus Latex an der Stirn fest, während sie in einem fort herunter ratterte, worauf er unten alles zu achten hätte, was er auf keinen Fall tun dürfe, wie er sich in dieser oder jener Situation zu verhalten hätte, und so weiter und so fort.

Ihre Erklärungen machten ihm alles in allem nicht gerade Mut und langsam, aber sicher, gelangte er zu der Ansicht, dass er Demmis Idee absolut scheiße fand. Aber jetzt konnte er schlecht noch einen Rückzieher machen, zumal sie, seitdem er ihrem Plan zugestimmt hatte, wieder enorm aufgelebt war. Diese Pyramide musste ihr wirklich alles bedeuten!

Sie war gerade fertig mit dem Aufkleben der Hörner geworden. Jetzt strahlte sie ihn an und flötete tatendurstig: „Es kann losgehen!"

Emil rang sich ein halbherziges Lächeln ab: „Schön. Wie kommen wir denn jetzt runter?"

„Du wirst überrascht sein, wie einfach das ist! Eigentlich führt jede Kellertreppe dorthin. Man muss nur, während man die erste Stufe nimmt, wissen, wo die letzte Stufe liegt", erwiderte sie munter.

Er starrte sie entgeistert an: „Jede Kellertreppe führt dahin? Deswegen hatte ich als Kind solche Angst davor, in den Keller zu gehen! Ich habe immer gespürt, dass da unten irgendetwas lauert."

„Ja", entgegnete Demmi aufgeräumt, „Kinder haben in vielen Dingen eine bessere Intuition als Erwachsene! Aber wie gesagt führt die Treppe nur dann nach ganz unten, wenn man weiß, dass sie es tut. Ansonsten ist sie einfach eine stinknormale Kellertreppe." Damit warf sie ihm einen letzten prüfenden Blick zu und stellte fest: „Du siehst halbwegs passabel aus. Der Brunnen liegt zum Glück in einer sehr abgelegenen Höhle. Außerdem wird er nur von Unholden bewacht und ..."

„Was?", fiel ihr Emil erschreckt ins Wort, „Wir müssen da unten an Unholden vorbei? Das hast du mir bisher aber noch nicht gesagt!"

Demmi verschränkte die Arme vor der Brust und musterte den Menschen abschätzig: „Kalte Füße? Ich habe dich für mutiger gehalten. Aber ich kann dich beruhigen: Unholde sind nur dann gefährlich, wenn sie explizit Jagd auf einen machen. Ansonsten sind sie so ziemlich das Harmloseste, was da unten rumläuft. Sie sind nämlich alle unglaublich dumm!"

Emil war nicht sonderlich beruhigt. Er stöhnte gepresst: „Das Harmloseste? Oh, mein Gott!“

„Würdest du bitte diesen Namen nicht in meinem Beisein erwähnen? Oder im Beisein irgendwelcher anderen Dunklen? Da stehen wir gar nicht drauf“, bat Demmi höflich, dann schenkte sie Emil ein aufmunterndes Lächeln: „Du schaffst das schon!“

Er nickte resigniert. Worauf hatte er sich da nur eingelassen? Aber er wusste ja mittlerweile, dass seine neue Liebe nicht gerade ungefährlich war, und wenn das der Preis war, den er dafür zu zahlen hatte, ihr Lächeln noch öfter zu sehen, dann musste es wohl so sein! Also straffte er die Schultern und bemühte sich, seiner Stimme einen zuversichtlichen Klang zu geben, als er sagte: „Dann mal los. Auf zur Treppe.“

Doch der kleine Sukkubus schüttelte den Kopf: „Wir nehmen lieber den Aufzug. Das geht schneller.“

* * *

Während Demmi den Knopf nach ganz unten drückte, von dem sie behauptete, er befinde sich in jedem Aufzug, man müsse nur wissen wo, betrachtete Emil sich zweifelnd im großen Spiegel an der Rückwand der Kabine. Wirklich dämonisch sah er nicht gerade aus. Eher lächerlich. Wie ein müder, ängstlicher Mensch in einem blauen Marinemantel mit aufgeklebten Latexhörnern. Die Fahrstuhlkabine setzte sich nun mit einem leichten Ruck in Bewegung und glitt dann zügig in die Tiefe.

Demmi drehte sich zu Emil um und musterte ihn kritisch. Nach einigen Augenblicken sagte sie: „In Ordnung, jetzt zum Feinschliff. Mach deinen Zopf auf.“

Emil tat, wie ihm geheißen. Seine nassen Locken fielen ihm jetzt bis auf die Schultern herab. Demmi zupfte ein wenig daran herum, um die Hornansätze zwischen einigen Strähnen zu verbergen, und trat dann wieder zur Musterung zurück.

„Der Kopf ist schon ganz gut so", stellte sie fest, „wenn du ein wenig selbstsicherer dreinschauen würdest, wäre es allerdings noch besser. An deinem restlichen Outfit werden wir noch etwas feilen. Aber zuerst bin ich an der Reihe!"

Damit wandte sie sich der Spiegelfront zu und webte einen Zauber. Sie wisperte einige Formeln in einer fremden, kehligen Sprache und ließ ihre Hände in anmutigen Bewegungen durch die Luft fahren, wie Emil es nun schon öfter beobachtet hatte, wenn sie Magie wirkte. Dann drehte sie sich schwungvoll um die eigene Achse. Ihre Züge verschwammen, als habe jemand eine Fotolinse unscharf gestellt. Als sie wieder scharf wurden, trug sie nicht mehr Lederjacke, Jeans und Pulli, sondern einen schwarzen Lack-Catsuit mit einem atemberaubend tiefen Ausschnitt und breiten Schlitzen an Hüften und Oberschenkeln, unter denen Streifen ihrer samtenen Haut zum Vorschein kamen. Um ihren Hals schmiegte sich ein blutrotes Samtband, an dem ein kleines, silbernes Pentagramm mit nach unten zeigender Spitze baumelte. Schwarze, überkniehohe Lackstiefel mit hohen Absätzen und ein breiter Nietengürtel, der locker auf ihren Hüftknochen saß und an dem ein ebenfalls nietenverziertes Pistolenhalfter befestigt war, komplettierten ihr neues Outfit.

Für einen Augenblick vergaß Emil seine Angst vor dem Kommenden. Bewundernd bestaunte er die kleine Dämonin von oben bis unten. Demmi inspizierte derweil das Ergebnis ihrer Bemühungen im Spiegel.

„Zugegebenermaßen ein bisschen prüde für einen Sukkubus, aber ich finde es besser, wenn der Vorstellungskraft auch noch was überlassen bleibt", stellte sie mit einem selbstzufriedenen Lächeln fest. „Jetzt zu dir, Menschlein: Wie hättest du's denn gerne?"

„Prüde!“, beeilte sich Emil zu antworten.

„Schauen wir mal“, entgegnete sie mit einem Unterton, der nichts Gutes versprach. Dann setzte sie zu einem zweiten Zauber an. Emil spürte ein leichtes Kribbeln am ganzen Körper, als sie ihre Formeln murmelte. Er schielte in den Spiegel und tatsächlich verschwamm dort nun seine eigene Silhouette.

„Jetzt dreh dich um dich selbst, wie ich es getan habe“, befahl Demmi. Emil folgte der Aufforderung und erstarrte, als er sich nach Vollendung der Pirouette selber im Spiegel sah: Er trug ein plüschiges rosa Osterhasenkostüm!

„Sehr witzig!“, kommentierte er ungehalten.

Doch Demmi schien die komische Seite an der Sache nicht wahrzunehmen. Sie machte ein ärgerliches Gesicht und schimpfte: „Warum klappt das denn bei anderen nie?“

Dann webte sie erneut Muster in die Luft und befahl ärgerlich: „Stillhalten!“

Es folgten noch einige Versuche, bis Emils Outfit endlich ihren Vorstellungen entsprach. Vorher hatte sie ihm noch einen hellblauen Strampelanzug, ein Elvis-Kostüm und einige andere unsägliche Verkleidungen verpasst. Schließlich stand er in einer für seinen Geschmack viel zu freizügigen Ledercombo, die ihn stark an die Fetischparty vom Vorabend erinnerte, vor dem Spiegel. Der einzige Trost dabei war, dass sein Katana in einer recht praktischen Art und Weise an seinem Rücken befestigt war und bereits der erste Versuch, es zu ziehen, zu seiner Zufriedenheit gelang.

Demmi indes schien recht angetan vom Endergebnis ihrer Bemühungen zu sein. Sie grinste: „Du gibst gar keinen schlechten Inkubus ab. Ein wenig schmächtig zwar, aber was soll’s.“

„Schmächtig?“, echote Emil ärgerlich und betrachtete sich noch einmal genauer im Spiegel. Na gut, Schwarzenegger war er nicht gerade, aber wenn er seinen Bizeps anspannte ...

Plötzlich trat Demmi nah an die Türschlitze heran, schnupperte und sah dann ernst zu ihm herüber: „Wir haben die Grenze passiert. Gleich sind wir da."

Auch Emil nahm jetzt einen schwachen Geruch wahr, der vorher noch nicht da gewesen war und ein wenig an faule Eier erinnerte. Sein Herz begann schneller zu pochen. Jetzt gab es wirklich kein Zurück mehr! Er hatte sich früher zwar immer gewünscht, mal ein richtiges Abenteuer zu erleben, aber jetzt dachte er wehmütig an seine langweiligen Juralesungen zurück. Langweilig – aber sicher.

„Was ist, wenn wir da unten doch auf deinen Ex-Meister oder einen seiner Schergen stoßen?", fragte er bang.

Demmi erklärte betont gelassen: „Sein Herrschaftsgebiet liegt in einem ganz anderen Teil der Grotten. Die Brunnenhöhle ist neutrales Gebiet, und er würde mich mit Sicherheit nirgendwo weniger vermuten als hier unten."

Emil machte ein niedergeschlagenes Gesicht: „Dein Wort in ..."

„Nicht *der* Name!", fuhr ihm Demmi dazwischen. „Denk dran: keine Redensarten, die irgendwas mit der Konkurrenz zu tun haben!"

„Ja, ja! Ich denke schon dran. Aber noch sind wir ja nicht ganz unten", brummte Emil verschnupft. Dann fiel ihm plötzlich noch ein Detail ein, das er bisher gar nicht bedacht hatte: „Welche Sprache sprecht ihr eigentlich, wenn ihr unter euch seid?"

„Oh, wir sind international", erklärte Demmi, „Wir sprechen alle Sprachen. Aber seit den dreißiger Jahren erfreut sich Deutsch einer gewissen Beliebtheit. Ist sozusagen eine Modesprache. Damit sollten wir durchkommen. Außerdem habe ich dir doch sowieso gesagt, dass du nur sprechen sollst, wenn es gar nicht anders geht – und immer schön gemein sein!"

11.

Ganz unten

Während Emil und Demmi in ihrer Fahrstuhlkabine immer weiter in die Tiefe hinabrasten, hatte die Stimmung in Pfarrer Krauses Küche bereits ihren Tiefpunkt erreicht. Die Anwesenden hatten ausgiebig erörtert, wie man nun weiter vorgehen könne. Aber es schien im Moment einfach keine Möglichkeit zu geben, Emil und die kleine Dämonin ausfindig zu machen. Und der Kampfdämon, der sie offensichtlich jagte, würde erst am Abend wieder aktiv werden, wie Mai Li und Tatonka fachmännisch versicherten. Man konnte also nichts tun, als bis zum Einbruch der Dämmerung zu warten, um sich dann erneut auf seine Fährte zu setzen, in der Hoffnung, dass er sie noch einmal zu dem Sukkubus und seiner Geisel führen würde. Die Wartezeit wollten die beiden Agenten nutzen, um Malte und Wächter so viel Wissen wie möglich über Dämonen einzutrichtern. Zäh flossen die Stunden bis zur Dämmerung dahin ...

* * *

Zeitempfinden ist ja bekanntlich eine äußerst subjektive Angelegenheit. Emil jedenfalls hatte nicht das Gefühl, dass irgendetwas zäh floss. Ihm war eher, als rase die Zeit. Obwohl Demmi ihm versichert hatte, dass sie mindestens eine halbe Stunde für ihren Weg nach ganz unten gebraucht hatten, schienen es ihm höchstens wenige Minuten gewesen zu sein. Im Inneren der Fahrstuhlkabine war es stetig wärmer geworden und inzwischen dampften seine nassen Haare und der Schweiß lief ihm unter seiner Ledermontur in Rinnsalen am Leib herab und bildete Perlen auf seiner Stirn. Auch der Schwefelgestank hatte immer mehr zugenommen. Als Emil wahrnahm, dass der Aufzug langsamer wurde, spürte er einen unangenehmen Würgereiz in seiner ausgetrockneten Kehle aufsteigen – was allerdings nur teilweise von dem widerwärtigen Dunst, der die Kabine jetzt erfüllte, herrührte. Auch Demmi schien nervös zu sein. Aber sie wusste wenigstens, was sie da draußen erwarten würde. Er hingegen wollte sich gar nicht vorstellen, was in den nächsten Minuten auf ihn zukam.

Dann kam der Aufzug endgültig zum Stehen, und der letzte Ruck vor dem Halt drehte Emil noch einmal ordentlich den Magen um. Durch die Türschlitze drangen jetzt dünne Rauchfäden, und ein bedrohliches Brummen und Pochen erfüllte die stickige Luft. Die beiden polierten Metallflügel der Fahrstuhlkabine glitten zur Seite und gaben den Blick auf den namenlos schrecklichen Ort preis, an dem sie sich nun befanden. Vor Emil lag ein langer, dunkler, leicht abwärts führender Gang. Nur einige wenige Fackeln, die ihren feurigen Widerschein flackernd an die rohen Wände warfen, erhellten die Szenerie. In einer Entfernung von etwa dreißig Metern war undeutlich ein gotischer Torbogen auszumachen, hinter dem vollkommene Schwärze herrschte. Der Boden ihrer Kabine füllte sich in Sekundenschnelle mit dem wabernden Nebel, der draußen kniehoch im Gang stand. Als er Emils Beine umschloss, spürte dieser eine eisige Kälte an seinen Waden hinaufkriechen, die sich in geradezu absurder Weise von der sonst allgegenwärtigen Hitze abhob.

Demmi warf ihm einen kurzen Seitenblick zu und trat dann aus dem Fahrstuhl. Ihre Augen richteten sich nach oben und erst jetzt, da er ihrem Blick folgte, bemerkte Emil, dass sich die Decke des Schachtes in Dunkelheit verlor; einer bedrohlichen Dunkelheit, in der hier und da die Ahnung gieriger, rotglühender Augenpaare auszumachen war.

Demmi wandte sich zu ihm um: „Komm schon! Je schneller wir reingehen, desto schneller sind wir auch wieder draußen."

Emil nickte unwohl und gab seinen widerstrebenden Beinen den Befehl loszugehen, um der Dämonin in die Dunkelheit des Ganges hinab zu folgen. Er hatte das Gefühl, bei jedem Schritt auf Käfer und Gewürm zu treten, das unter seinen Stiefeln knackte und glitschte. Der Gestank war jetzt schier unerträglich und das dunkle Pochen und Trommeln, das aus allen Richtungen zu kommen schien, löste eine bleischwere Beklemmung in ihm aus – nicht weniger als die Schattenspiele an den Wänden, die immer wieder die Gestalt schemenhafter Kreaturen annahmen, welche über den Stein tanzten, als seien sie von bösem Leben erfüllt. Hin und wieder gellten schwach die Schreie gequälter Seelen aus noch tieferen Regionen dieses unsagbaren Ortes zu ihnen herauf.

Demmi und Emil passierten das gotische Portal und folgten dann einem weiteren Gang, dunkler und bedrohlicher noch als der erste. Auch er führte stetig abwärts. In seine Wände waren Dutzende und Aberdutzende von Löchern geschlagen, vor denen schwere, rostige Gitterstäbe prangten. Dahinter war hier und da ein zerfetztes, zusammengekauertes Bündel auszumachen, manchmal hing auch ein Arm oder Bein, oft schon mumifiziert, durch die Gitter in den Gang hinaus. Ein paarmal glaubte Emil sogar, aus den Augenwinkeln eine Bewegung in der Dunkelheit der Verliese auszumachen. Doch ansonsten begegneten sie zum Glück niemandem – in diesem

Gang nicht und auch nicht in den folgenden, die sie immer tiefer und tiefer hinab in die Eingeweide der Erde führten. Irgendwann wusste Emil nicht mehr, wie lange er gegangen war, wie viele Torbögen und Durchgänge er passiert und über wie viele schwankende Hängebrücken er sich über bodenlose Abgründe vorangetastet hatte. Demmi war sehr schweigsam geworden. Nur hin und wieder warf sie einen Blick über die Schulter, um zu sehen, ob der Mensch ihr noch folgte.

Dann endlich, nach einer schieren Ewigkeit, tauchte am Ende eines weiteren düsteren Ganges ein schwaches, azurblaues Leuchten auf. Es war – von Demmis Rückenansicht einmal abgesehen – der erste angenehme Eindruck, den Emils Augen seit dem Verlassen des Aufzugs wahrgenommen hatten. Jetzt verstand er besser, warum die kleine Dämonin den Brunnen als „Gnade" bezeichnet hatte. Inmitten dieses Ortes schien ihm alleine der Anblick des sanften Widerscheins, den das reine Wasser des Brunnens an die Höhlenwände warf, schon als Balsam für seine gequälten Sinne.

Als sie allerdings näher auf den Schimmer zugingen, bemerkte Emil zwei große Schatten im Durchgang zur Brunnenkammer, die sämtliche guten Gefühle in ihm wieder abwürgten. Demmi warf von einer Sekunde zur nächsten einen ausladenden Hüftschwung an, als habe sie innerlich einen Schalter umgelegt, dann blickte sie ein letztes Mal über die Schulter und zog auffordernd eine Augenbraue hoch. Da Emil keinen auch nur annähernd erotischen Hüftschwung beherrschte, entschied er sich für eine breitbeinige Macho-Gang-Variante, von der er hoffte, dass sie halbwegs angemessen sei. Das Herz hämmerte ihm dabei in der Brust, und sein Atem ging flach und hektisch, wie bei einem Fisch, der auf dem Trockenen gelandet ist. Langsam schälte sich ein mit einem Arrangement von Schädeln verzierter Torbogen aus dem Dämmerlicht. Darin standen zwei gedrungene, muskelbepackte Kreaturen von mindestens zweieinhalb Metern Größe. Sie hielten gewaltige, zweischneidige Äxte in den Pranken und stierten ihnen unter niedrigen, hörnerbewehrten Stirnen aus böse glühenden Kohleaugen entgegen. Emil wollte nach Hause! Oder in eine Verwaltungsrechtvorlesung! Ganz egal wohin – solange es nur irgendwo anders war! Nur mit Mühe widerstand er der Versuchung, einfach kehrt zu machen und um sein Leben zu rennen. Im Film starben auch immer die Akteure, die die Nerven verloren, zuerst. Also musste er seine Nerven behalten. Nerven behalten, Emil, Nerven behalten!

Demmi und er waren jetzt bis auf wenige Meter an die Unholde herangekommen. Erst als einer von ihnen mit einem drohenden Grunzen die Axt hob, blieb die kleine Dämonin stehen, und Emil beeilte sich, es ihr gleichzutun.

Demmi flötete in einem Tonfall, als spräche sie zu einem kleinen, niedlichen Hund „Ja, wen haben wir denn da?“ zu den Wächtern hinüber.

„Zugang nur für Befugte!“, knurrte der Unhold zurück.

„Hui! Es kann sprechen!“, wandte sie sich zu Emil um, der sie erschreckt anstarrte. Wie konnte sie dieses Monstrum auch noch provozieren?

Demmi fuhr indes zum Unhold gewandt fort: „Wer hat dir denn diesen hübschen Satz beigebracht?“

Jetzt trat der zweite Unhold neben den ersten und kläffte: „Ich kann dir auch mit meiner Axt einen Scheitel ziehen, Sukkubus-Schlampe!“

Sie verdrehte genervt die Augen: „Ach bitte! Komm mir doch nicht so! Das würdest du dich schon deswegen nicht trauen, weil du dann hinterher einen Bericht darüber schreiben müsstest!“

Damit zog sie aus ihrem Dekolleté ein gefaltetes Pergament und schnippte es lässig zu den großen Kampfdämonen hinüber. Der eine von ihnen hieb seine Axt so fest ins Gestein, dass sie zitternd darin steckenblieb und fing dann das Schreiben geschickt aus der Luft. Emil, der sich halb hinter Demmi versteckt hatte, zuckte erschreckt zusammen, als das Eisen krachend in die Felswand fuhr. Der Unhold öffnete das gefaltete Pergament und überflog es.

„Siegel der Schwarzen Schule, hä?", grunzte er misstrauisch.

„Genau! Der Dekan wünscht, dass der Idiot hier", dabei deutete Demmi auf Emil, „seine Frage stellt."

Der zweite Unhold sog unterdessen witternd Luft in seine Nüstern und knurrte: „Irgendwie riecht's hier aber ziemlich nach … MENSCH!"

Emil starrte schreckensbleich zu dem gewaltigen Untier hinüber. Jetzt hatten sie ihn erwischt! Er würde seine Jura-Lesungen niemals wiedersehen ...

Demmi indes gab nur ein abschätziges Schnauben von sich und erklärte dann: „Mann, ihr Unholde seid so blöd! Wir stehen halt nicht den ganzen Tag nur Wache und zählen Fledermäuse. Unsere Arbeit ist ein wenig anspruchsvoller, und wir kommen den Menschen dabei ziemlich nah."

Die Unholde wechselten einen süffisanten Blick, dann grunzte der erste: „Ja, was man so hört, nimmt euch eure Arbeit wirklich VOLL in Anspruch!" Damit brachen die beiden in grölendes Gelächter aus.

Nachdem sie sich beruhigt hatten, trat wieder ein misstrauischer Ausdruck in die kleinen, rotglühenden Augen des ersten: „Riecht aber wirklich ziemlich stark nach Mensch."

Der andere schielte an Demmi vorbei zu Emil hinüber, dem inzwischen nicht nur wegen der Hitze Schweißperlen auf der Stirn standen, und grunzte dann: „Dein Kumpel hat ja gar keinen Schwanz!"

Emil spürte nackte Panik in sich aufsteigen! Nerven behalten, Emil, Nerven behalten!

Seine Begleiterin schien die Situation allerdings vollkommen im Griff zu haben. Sie warf ihm über die Schulter einen gespielt mitleidigen Blick zu und erklärte: „Deswegen sind wir ja hier! Der Blödmann hat sich gleich bei seinem ersten Oberflächenpraktikum von einer Menschenfrau im Liebesrausch sein bestes Stück abbeißen lassen, und dann kamen auch noch Pegasus-Agenten, und er musste Hals über Kopf fliehen! Deshalb hat der Dekan der Schwarzen Schule ihn ja hierher geschickt. Damit er herausfindet, wo er einen passenden Ersatz findet."

Die Unholde wechselten einen weiteren belustigten Blick. „Sozusagen VOLL in Anspruch genommen, sein Schwanz!", grölte dann der erste, und beide brachen erneut in hämisches Gelächter aus.

Demmi verschränkte gelangweilt die Arme vor der Brust: „Wenn ihr Komiker fertig seid, könnt ihr den schwanzlosen Deppen vielleicht endlich durchlassen. Ich hab' nämlich noch Besseres vor, als mir eure lahmen Pointen anzuhören. Oder muss erst noch jemand kommen, der euch das Befugnisschreiben vorliest?"

Der Unhold, der das Pergament in der Hand hielt, warf einen mürrischen Blick darauf. Dann knurrte er: „Schon gut. Der Blödmann kann passieren!"

Irgendwie fühlte sich Emil an die Türsteher vom vorigen Abend erinnert, als er an den beiden Riesen vorbei in den Brunnenraum trat.

Der Innenausstatter dieser Kammer hatte offensichtlich wesentlich mehr Geschmack besessen, als derjenige, der den Rest der Grotten designt hatte. Eine angenehme Kühle erfüllte den Raum, an dessen Boden auch nicht der sonst allgegenwärtige eisige Dunst lag. Stattdessen war er mit einem kunstvollen

Mosaik ausgelegt, das verworrene geometrische Formen und Muster zeigte. Wände und Decke der Kammer waren über und über mit feuchten Moosen und Flechten bewachsen. In den abertausend Tautropfen brach sich glitzernd das bläuliche Licht, welches von dem großen, ebenfalls mosaikverzierten Steinbecken ausging, das sich in der Mitte des Raumes befand. Auch das dumpfe Pochen war von einer Sekunde auf die nächste verschwunden und hatte einer friedlichen Stille Platz gemacht, die nur hin und wieder vom leisen Plitschen eines zu Boden fallenden Tautropfens durchbrochen wurde. Langsam trat Emil an das kreisrunde Bassin heran. Das kristallklare Wasser war von einem wunderschönen blaugrünen Leuchten erfüllt, das aus der Tiefe herauf zu strahlen schien. Seine Oberfläche war spiegelglatt. Vorsichtig legte Emil die Hände auf das steinerne Sims und beugte sich über das Becken. Er konnte den Grund nicht ausmachen; die auch innen mosaikbelegten Wände schienen sich im klaren Wasser bis in die Unendlichkeit zu verlieren. Emil beugte sich weiter vor, um sein Spiegelbild sehen zu können. Als er sein Antlitz auf der Wasseroberfläche ausmachte, erschrak er allerdings erst einmal. Es war jedoch kein unangenehmes Erschrecken, denn sein Gegenüber sah wesentlich besser aus, als er sich momentan fühlte. Es war, als betrachte er ein idealisiertes Bild seiner selbst. Sein Gesicht schien rein und strahlend, seine Haare hatten einen seidigen Glanz, seine ganze Erscheinung war irgendwie stattlicher – edler – schöner –, als er es sonst, wenn er sich im Spiegel betrachtete, gewohnt war. Auch die aufgeklebten Hörner auf seiner Stirn fehlten. Nachdem er einige Augenblicke lang versonnen aufs Wasser geblickt hatte, fiel ihm wieder der Grund seines Hierseins ein: Er musste eine Frage stellen, eine persönliche Frage, die Demmi half, die Pyramide wiederzufinden. Nach ihrem Einfall vorhin, weit oben, in dem kleinen Straßencafé, das nun in einer anderen Wirklichkeit zu liegen schien, hatten sich die Ereignisse derart überschlagen, dass er nicht die Zeit gefunden hatte, sich ernsthaft Gedanken darüber zu machen, was er eigentlich fragen wollte.

Er schaute durch sein Spiegelbild hindurch hinab in die unergründlichen Tiefen des Brunnens und suchte nach Worten, um das, was er empfand, auszudrücken. Minutenlang stand er so da und überlegte. Er war sich ziemlich sicher, dass diese Pyramide etwas mit ihm zu tun hatte, dass sie in irgendeiner Weise schicksalhaft mit ihm verbunden war. Aber wie sollte er danach fragen? Auch Demmi musste irgendeine Verbindung mit dem Artefakt haben, sonst hätte der Brunnen es ihr nicht gezeigt. Was sie wohl für eine Frage gestellt hatte? Wenn sie es ihm gesagt hätte, könnte er jetzt vielleicht leichter seine eigene Frage formulieren. Aber aus irgendeinem Grunde war sie nicht dazu bereit gewesen, ihr Geheimnis mit ihm zu teilen. Was verbarg sie? Er spürte mit der Sicherheit des Liebenden, dass sie nichts Böses mit der Pyramide im Schilde führte. Aber sie war ihr unglaublich wichtig, das hatte er spätestens begriffen, als sie nach ihrem Verlust so zusammengebrochen war. Was wollte sie damit? Und wie konnte er ihr dabei helfen, ihr Ziel zu erreichen? Wie konnte er ihr helfen? *Wie konnte er ihr helfen?*

In diesem Moment fiel ein Tautropfen von der Höhlendecke genau in die Mitte des Brunnens herab. Mit einem leisen Plitschen traf er auf die glatte Wasseroberfläche, auf der sich nun die Schwingungen kreisrund bis zu den Rändern des Beckens ausbreiteten. Emils Spiegelbild verschwamm. Dann erschien ein anderes Bild auf dem Wasser. Er sah einen Gang: grauer Linoleumboden, links und rechts mit Nummern beschriftete Türen, an der Decke eine Neonröhre. Sein Blick blieb an einer Tür mit der Beschriftung „K 015“ hängen. In diesem Moment wusste Emil, dass sich das Artefakt genau dort befand. Er konnte nicht sagen, wie es dazu gekommen war, aber er hatte das Gefühl, dass er von jedem Punkt der Welt aus direkt auf diese Tür hätte zugehen können, immer den kürzesten Weg nehmend.

Er richtete sich auf und stieß ein triumphierendes „Ja!" aus. Dann wandte er sich um und verließ ohne ein weiteres Zögern die Brunnengrotte.

12.

Trau schau wem

Draußen standen immer noch die beiden Unholde Wache. Ihre gewaltigen Rücken versperrten Emil die Sicht auf den Rest des Ganges. Aber es schien inzwischen noch jemand dort zu sein, denn er hörte eine raue Stimme „Lasst ihr mich nun freiwillig durch oder nicht?“ brummen.

Emil schob sich vorsichtig zwischen den beiden Kampfdämonen hindurch, um einen Blick auf den Neuankömmling zu erhaschen. Der Kerl sah eigentlich recht menschlich aus. Er war schon etwas älter und trug einen langen, abgetragenen Mantel und einen Schlapphut. Der untere Teil seines Gesichts war von einem ergrauten, filzigen Bart überwuchert. Darüber stachen stahlblaue Augen aus dem Schatten des Hutes hervor. In seiner rechten Hand ruhte eine aufgerollte Bullenpeitsche. Er warf Emil einen kurzen, forschenden Blick zu, als dieser zwischen den Rücken der Unholde auftauchte. Dann wandte er seine Aufmerksamkeit wieder den beiden Wachen zu.

Demmi stand einige Meter abseits und fixierte den Neuankömmling misstrauisch. Ihre Rechte lag auf dem Griff ihrer Pistole. Als sie Emil zwischen den Kampfdämonen entdeckte, bedeutete sie ihm mit einer Bewegung ihres Kopfes, zu ihr herüber zu kommen. Also huschte er so unauffällig wie möglich an dem Schlapphut vorbei. In seinem Rücken ging das Gespräch zwischen den Unholden und dem Alten weiter.

„Du hast aber keinen Passierschein ...“

„Als Jäger habe ich freien Zugang zu sämtlichen Grotten, das müsstet eigentlich selbst ihr Schwachköpfe wissen.“

Emil war inzwischen bei Demmi angelangt. Sie neigte sich nahe zu ihm herüber und flüsterte: „Und – wo ist sie?“

„Im Polizeihauptpräsidium am Waidmarkt. Irgendwo im Keller“, flüsterte er zurück und schielte dabei furchtsam zu dem Alten hinüber: „Wer ist das?“

„Ein Kopfjäger im Auftrag des Großjustiziars.“

„Sucht der nach dir?“

„Glaube ich nicht. Sonst hätte er mich schon ergriffen. Verlier jetzt bloß nicht die Nerven! Wir werden uns einfach unauffällig absetzen.“

In diesem Moment ertönte hinter ihnen eine schnarrende Stimme: „Was geht hier vor?“

Emil und Demmi fuhren erschrocken herum. Im Gang stand ein hagerer, ausgemergelter, ziemlich hässlicher Typ mit kleinen Hörnern und einem mickrigen Ziegenbart am Kinn. Er war in eine lange, dunkelrote Robe gekleidet und trug eine Art Richterkappe auf dem Kopf. Zu seinen Füßen hockte ein kleines, noch hässlicheres Kerlchen, mit überproportional großen Augen, Ohren und Extremitäten, das Emil stark an einen Kobold erinnerte. Es hielt ein gewaltiges, in Leder eingeschlagenes und mit einem ehernen Schloss versehenes Buch in beiden Händen und schien unter dessen Gewicht fast zusammenzubrechen.

Emil warf Demmi einen kurzen Seitenblick zu. Er kannte sie inzwischen gut genug, um ihren Gesichtsausdruck als panisch einstufen zu können, auch wenn sie sich jetzt ein falsches, unterwürfiges Lächeln abrang. Emil hatte früher gar nicht gewusst, wie viele Abstufungen von Panik es gab. Dass er jetzt diese Emotion selbst bei Demmi ausmachte, steigerte auf jeden Fall seine eigene Panik in bisher ungeahnte Dimensionen.

Der hagere Kerl schnarrte mit tonloser Stimme: „Quem habemus?"

Demmi machte einen sehr tiefen, anmutigen Knicks und säuselte: „Oh großmächtiger Advokat, Verkünder des Gesetzes, weiser Wächter über Brauchtum und Herkommen, Bewahrer von Ruhe und ..."

„Ja, ja", unterbrach sie der Advokat schnarrend, „Ich weiß selbst, wer ich bin. Ich habe gefragt, wer ihr seid." Dabei warf er einen missgünstigen Seitenblick zu Emil, dem erst jetzt einfiel, eine hastige Verbeugung zu machen.

„Äh, ja, also ich bin Desdemona, ein Sukkubus dritter Klasse aus dem Hause Achariel, und mein Begleiter ist Mephisto, ein Inkubus fünfter Klasse, ebenfalls aus dem Hause Achariel."

Der Advokat rümpfte verächtlich die Nase und schnarrte: „Immer diese Modenamen! Bald heißt jeder zweitklassige Verwaltungsdämon Beelzebub oder Luzifer."

Der Alte war derweil neben Emil getreten. Er tippte sich an den Hut und brummte: „Argor, Jäger im Auftrage seiner Exzellenz, des Großjustiziars."

Der Advokat warf ihm einen kurzen, desinteressierten Seitenblick zu und schnarrte: „Guter Mann. Arbeitet für die richtigen Leute."

Dann wandte er sich wieder Emil und Demmi zu und ein scharfer Ausdruck trat in seine wässrigen Augen: „Was treibt ihr beiden hier, wenn ihr aus dem Hause Achariel seid? Dieser Teil der Grotten ist für Unbefugte gesperrt! Habt ihr ein Erlaubnisschreiben, ordentlich gesiegelt und beeidet?"

Demmi warf einen hilfesuchenden Blick zu Emil herüber. Aber der begriff gar nicht, worum es überhaupt ging. Nur so viel hatte er verstanden, dass sie wohl gerade im Begriff waren, mit dem Gesetz in Konflikt zu geraten.

„Sprecht!", bellte der Advokat.

Demmi machte reflexartig noch einen Knicks und begann dann: „Also, eigentlich haben wir ..."

„Sie hat ein Schreiben vom Dekan der Schwarzen Schule!", mischte sich von hinten ungefragt einer der Unholde ein.

„Ach ja … richtig …", stotterte Demmi unbehaglich und begann mit der Hand in ihrem Ausschnitt herumzuwühlen. Dann blickte sie zu Emil herüber: „Habe ich das Pergament nicht dir gegeben?"

Der Angesprochene zuckte zusammen. Sie wusste doch, dass er es nicht hatte! Dennoch begann auch er jetzt hektisch in seiner Kleidung herumzukramen.

Auf den ausgetrockneten Zügen des Advokaten erschien ein zufriedenes Lächeln. „Dann habt ihr also kein Berechtigungsdokument?", stellte er sichtlich erfreut fest.

Demmi stammelte: „Wir … hatten … keine Ahnung ..."

„Unwissen schützt vor Strafe nicht!", unterbrach sie der Advokat mit erhobenem Zeigefinger. Dann klatschte er zweimal in die Hände, und der mickrige Dämon zu seinen Füßen fummelte dienstbeflissen am Schloss des Buches herum. Als er es offen hatte, schlug er den Folianten auf und stemmte ihn dann mit aller Kraft über seinen Kopf. Während der Advokat versonnen darin herumblätterte, erklärte er: „Also, was haben wir denn da? Ah, ja! Verstoß gegen § 111.904, Absatz 3 der Höllenverkehrsordnung. Und dann ist da noch ... Richtig! Artikel 36.002, 1. Halbsatz der interdämonalen Pakte über diplomatischen Verkehr, Grenzüberschreitungen und Oberflächenaufenthalte. Da wird einiges zusammenkommen!"

Demmi machte ein betretenes Gesicht: „Wir sind bereit, jede Strafe zu zahlen."

Der Advokat blickte von seinem Buch auf. „Zahlen?“, fragte er leicht belustigt und stellte dann, während er sich schon wieder ins Lesen vertieft hatte, klar: „Ich rede von Peitschenhieben.“

Emil entfuhr ein halblautes: „Oh, mein Gott!“

Er hätte ebenso gut eine Leuchtrakete zünden können. Demmis Kopf ruckte erschrocken zu ihm herum. Der Advokat hob ungläubig seinen Blick von den Seiten des Gesetzbuches und auch der Jäger heftete unvermittelt seine stahlblauen Augen auf ihn. Ganz langsam begriff Emil das ganze Ausmaß seines Fehltrittes, während er von hinten die schweren Schritte der Unholde auf sich zukommen hörte.

Der Advokat starrte ihn aus seinen hässlichen, wässrigen Augen an und schnarrte langsam und drohend: „Wie bitte?“

Emil überlegte noch panisch, wie er irgendwie seinen Kopf aus der Schlinge ziehen konnte, als ihn ein Fausthieb am Kinn traf und er benommen zu Boden ging.

„Ich habe ihn gefangen! Er gehört mir!“, kreischte es über ihm schrill. Emil hob schwerfällig den Kopf. Da stand Demmi, die Rechte immer noch zur Faust geballt, und zeigte mit der Linken auf ihn hinab: „Ich habe den Menschen hier herunter gelockt! In die Falle! Ich wollte ihn gerade zu meinem Meister bringen!“

Der Advokat blickte misstrauisch zwischen ihr und Emil hin und her. Dann schnarrte er: „Was sucht ihr dann hier am Schicksalsbrunnen?“

„Ich suche für meinen Meister nach einem magischen Artefakt! Ich habe die Spur verloren, aber der Mensch hat eine persönliche Beziehung zu dem Ding und deswegen wollte ich ihn noch seine Frage stellen lassen, bevor ich die Belohnung für ihn einsacke! Es hat alles super geklappt! Der Idiot hat mir meine ganze Geschichte abgekauft“, berichtete Demmi hektisch, aber dennoch mit hämischem Unterton.

„Ich wusste doch, dass es hier nach Mensch riecht!“, knurrte einer der Unholde in Emils Rücken, während der Advokat gierig fragte: „Um was für eine Art von Artefakt handelt es sich denn?“

„Ihr wisst, dass mein Meister mich in den Kessel steckt, wenn ich euch das verrate“, konterte Demmi prompt. „Aber wenn ihr mich gehen lasst, könnt ihr den Menschen behalten! Hat eine ganz reine, weiße Seele, soweit ich das sagen kann!“

Der hagere Dämon verzog sein hässliches Gesicht zu einem schmallippigen Lächeln: „So sei es! Da dieser Mensch ja jetzt wahrscheinlich weiß, wo sich das Artefakt befindet – und natürlich auch, worum es sich dabei handelt –, werde ich es auch bald wissen. Du kannst dich entfernen.“

Das schien Demmi nicht bedacht zu haben. Ein unzufriedener Ausdruck erschien auf ihren Zügen. Dann begann sie: „So besonders ist dieses Artefakt auch wieder nicht! Für einen Dämon eures Kalibers …“

„Du kannst dich entfernen!“, wiederholte der Advokat herablassend, „oder willst du, dass ich in meinen Gesetzen nachschaue, ob ich nicht doch noch was Passendes für dich finde?“

Demmi wandte sich ärgerlich dem Ausgang des Ganges zu. Als sie Emil im Gehen einen letzten Blick zuwarf, presste dieser fassungslos hervor: „Du hast mich echt verarscht?“

Für einen ganz kurzen Moment erschien ein Anflug von Mitleid auf ihren Zügen. Dann zuckte sie die Schultern und antwortete: „Ich hatte dich gewarnt: Ich bin eine Dämonin. Wir machen so was!“

Ein gehässiges Gelächter brach in der Runde aus und ließ Emils Fassungslosigkeit in Zorn umschlagen, der wuchs und wuchs, bis er seine Panik vollkommen verdrängt hatte. Vor allem war er zornig auf sich selbst: Sich mit einer Dämonin einlassen! Wie hatte er nur so dämlich sein können? Jetzt war alles aus! Alles vorbei! Aber wenn er schon sterben musste, dann würde er wenigstens noch so viele dieser Höllenkreaturen mitnehmen, wie möglich! Und als erstes würde dieser hässliche Rechtsverdreher dran glauben müssen!

Mit einem wütenden Schrei kam Emil hoch. Dabei riss er seine Klinge aus der Rückenscheide, um dann mit einem wuchtigen, beidhändig geführten Hieb nach dem Kopf des Advokaten zu zielen. Der stieß ein erschrecktes Quieken aus, stolperte rückwärts und fiel in den Nebel hinein. Die Spitze des Katanas verfehlte ihn nur um Millimeter.

Danach ging alles sehr schnell. Der Schlapphut reagierte als erster. Er riss mit der Linken eine abgesägte doppelläufige Schrotflinte unter seinem Mantel hervor und schob sie dem Unhold, der direkt hinter ihm stand, unter die Schnauze. Gleichzeitig fuhr seine Peitsche mit einem schnalzenden Schlag quer über die hässliche Fratze des zweiten Unholds. Der taumelte mit einem Schmerzensschrei zurück und schlug sich die Pranken vors Gesicht. Dann zog der Alte die Peitsche in einem Rückhandschwung herum. Demmi versuchte noch auszuweichen, aber das schwere Leder traf sie am Hals und schlang sich mehrfach darum. Die kleine Dämonin ging mit einem heiseren Röcheln in die Knie und griff sich mit beiden Händen an den Hals.

Emil, der einen Angriff von hinten erwartet hatte, war herumgefahren und stand jetzt mit erhobener Klinge und offenem Mund vor dem Alten.

Dieser fixierte den Unhold, der seine Schrotflinte in den Nasenlöchern stecken hatte, und knurrte: „Flintenlaufgeschosse, und um deiner Frage vorzugreifen: Natürlich Freikugeln."

Mit einem resignierten Schnaufen ließ der Kampfdämon die Axt fallen.

Ohne den Unhold aus den Augen zu lassen fuhr der Schlapphut zu Emil gewandt fort: „Kümmere du dich um den Advokaten, Junge." Dann fügte er noch leise hinzu: „Aber töte ihn nicht! Das würde seinen Meister alarmieren."

Emil begriff zwar nicht so genau, was vor sich ging, aber er begriff, dass er – warum auch immer – einen Verbündeten hatte. Ein kaltes Grinsen lag auf seinen Zügen, als er sich zu dem immer noch am Boden liegenden Advokaten umwandte. Mit einem Schritt war er bei ihm und hielt ihm die Spitze seiner Klinge unter das Kinn.

Der hagere Dämon schielte auf das scharfgeschliffene Metall an seiner Kehle und schnarrte: „Bedrohung eines Rechtsvertreters, § 7.522 DStGB, 500 Jahre Kesselhaft, unbefugtes Mitführen einer scharfen Klinge, § 1 a DStGB, 30.000 Jahre Kesselhaft …"

„Schnauze, Arschloch!", knurrte Emil drohend, und der Advokat verstummte.

Nachdem er seine Geißel ruhiggestellt hatte, versuchte Emil, sich einen umfassenden Überblick über den Stand der Dinge zu verschaffen. Demmi kauerte immer noch am Boden, ihre Hände krampften sich um den um ihren Hals geschlungenen Lederriemen. Schmerzen standen ihr ins Gesicht geschrieben. Die Peitsche des Alten musste in irgendeiner Form magisch behandelt sein, denn ein leichtes Zittern durchlief den Sukkubus und sie schien nicht in der Lage zu sein, ihre Waffe zu ziehen oder sonst irgendetwas zu unternehmen. Für einen ganz kurzen Augenblick stieg Mitleid in Emil auf, aber er drückte dieses Gefühl mit Gewalt fort. Dann wandte er sich nach der anderen Seite des Ganges um. Der Schlapphut hatte den Unhold, der seine Schrotflinte unter der Nase gehabt hatte, inzwischen in Richtung der Brunnenkammer zurückgestoßen, wo sein Kumpan, immer noch die Klauen vor dem Gesicht, an einer Wand zusammengesunken war. Den Advokaten hatte Emil selber unter Kontrolle. Aber da war doch noch ein Dämon gewesen …

Emils Augen wanderten nach unten: Der kleine, hässliche Kobold stand auf den ersten Blick noch genauso da wie zuvor. Erst bei genauerem Hinsehen erkannte Emil, dass er das Buch mit nur noch einer, vor Anstrengung zitternder Hand über seinen Kopf stemmte. Mit der anderen hatte er ein langes, rostiges Messer hinter dem Rücken hervorgezogen, das er nun im Begriff war, dem Alten, der den Blick immer noch auf die Unholde geheftet hatte, von hinten in den Oberschenkel zu rammen.

Emil zischte dem Kerlchen ein leises „Heda!“ zu. Der Dämon sah erschrocken auf, dann verzog sich seine hässliche Fratze zu einem scheinheiligen, devoten Grinsen. Emil grinste zurück und trat ihm mit einem kurzen Sidekick gegen den tragenden Arm. Dieser knickte ein, und der schwere Foliant krachte – seiner letzten Stütze beraubt – zu Boden, wobei er den Zwerg unter sich begrub.

Nachdem auch dieses letzte Widerstandsnest beseitigt war, wandte Emil sich an den Alten: „Wer sind Sie?“

„Nenn mich Arthur. Ich bin – ich war Pegasus-Agent“, gab dieser ruhig zurück, dann fuhr er fort: „Dieses Artefakt, ist das zufällig eine kleine, schwarze Pyramide?“

„Ja!“, antwortete Emil verdutzt, „woher wissen Sie ...?“

„Später!“, unterbrach ihn der Alte. „Du weißt, wo sie ist?“

„Ja.“

„Gut. Wir werden jetzt diese Dämonenbrut im Brunnenraum einsperren. Dann müssen wir hier schnellstens weg!“

Der Ex-Agent drängte die beiden Unholde mit seiner Schrotflinte vor sich her bis in die Grotte. Demmi wurde wohl oder übel mitgeschleift, da sie ja immer noch von seiner Peitsche umschlungen war. Emil trieb den Advokaten und dessen Gehilfen, der sich inzwischen mühselig wieder unter dem Buch hervor gerappelt hatte, mit drohend erhobenem Schwert hinter den anderen her.

„Wie wollen wir sie denn einsperren? Der Raum hat doch gar keine Tür", fragte er, nachdem sich bis auf Demmi alle Dämonen in der Brunnengrotte drängten.

„Überlass das mir", brummte der Alte, dann zog er der immer noch von Zittern geschüttelten Demmi die Pistole aus dem Halfter und warf sie Emil zu: „Fang!"

Nachdem dieser die Waffe in seinen Gürtel gesteckt hatte, fiel sein Blick zum ersten Mal seit dem Kampf wieder länger auf den kleinen Sukkubus. Sein Herz krampfte sich schmerzhaft in der Brust zusammen. Er fand Demmi immer noch schön wie einen Engel. Und jetzt konnte er auch sein Mitleid nicht mehr unterdrücken, als sie qualvoll das Gesicht verzog, während der Alte ihr unsanft die Peitsche vom Hals nahm. Aber sie hatte ihn verraten! Sie war doch böse und hatte ihn nur benutzt! Nur sein unglaubliches Glück hatte ihn davor bewahrt, in den Kesseln der Hölle zu schmoren. Aber der Preis, den er jetzt für seine Rettung zu zahlen hatte, war hoch. Es musste ihm irgendwie gelingen, sie sich aus dem Herzen herauszureißen. Viel besser als die Kessel war das eigentlich auch nicht ...

Demmi war inzwischen wieder frei und hatte aufgehört zu zittern. Sie suchte und fand Emils Blick, und Flehen stand in ihren Augen, als sie ihn ansprach: „Bitte ...!"

„Nein!", fuhr er sie lauter, als er es eigentlich vorgehabt hatte, an.

Sie versuchte es noch einmal: „Nach allem, was zwischen uns war!"

„Was zwischen uns war? Nichts war da! Du hast mich nur betrogen!"

„Das stimmt nicht!"

„Ich will nichts hören! Sei froh, dass wir euch nicht allesamt umgebracht haben!"

„Mein Meister wird viel schlimmere Dinge mit mir machen, wenn …"

„Erzähl mir keine Lügen!"

Jetzt waren es Emils Augen, die Eiskristallen glichen, und Demmi hielt seinem Blick nicht länger stand und senkte betreten ihre Lider.

Arthur hatte das Gespräch bisher schweigend mit angehört, die Schrotflinte immer in die Brunnenkammer gerichtet. Jetzt mischte er sich ein: „Sie hat dich behext, Junge. Hier, iss das, dann wird's gleich besser."

Damit warf er Emil eine Art Wurzel zu, die dieser aus der Luft fing. Als er sie in den Mund schob, schmeckte sie bitter wie Galle.

„Teufelswurz. Hebt Bezauberungen auf", erklärte Arthur, „ihre Bitterkeit vertreibt die falsche Süße dämonischer Versprechungen."

Emil kaute auf dem widerwärtigen Ding herum, während er weiterhin wütend auf Demmi herabstarrte. „Wann wirkt das Zeug?", fragte er nach einigen Sekunden.

„Sofort."

Emil kaute weiter und tiefe Resignation machte sich in ihm breit. Er hatte ja gewusst, dass es kein Zauber gewesen war, der seine Gefühle für Demmi bestimmt hatte.

Der ehemalige Pegasus-Agent packte sie unterdessen im Nacken und zerrte sie auf die Füße, um sie zu den anderen Dämonen in die Brunnenkammer zu werfen.

Demmi schrie erschreckt auf: „Nein! Emil! Gib mir noch eine Chance! Ich schwöre dir, dass ich nicht gelogen habe! Hörst du! Ich schwöre, ich will nichts Böses mit der Pyramide! Ich schwöre, ich wollte dich nicht verraten! Ich dachte nur, es sei sowieso alles zu spät und wollte wenigstens mich selbst retten! Es tut mir so leid! Es tat mir auch eben schon leid, als ich dachte, du stirbst hier unten! Ich schwöre es!"

Damit brach sie schluchzend auf die Knie. Sie hatte alles gesagt, was sie zu ihrer Verteidigung vorzubringen hatte. Jetzt konnte sie nur noch das Urteil abwarten. Von hinten hörte sie den Advokaten leise und angewidert „Abtrünnige!“ schnarren, aber das war jetzt auch egal. Im Zuge der justiziaren Ermittlungen zu diesen Vorkommnissen würde sowieso ihre wahre Identität herauskommen.

Der Alte hatte den Sukkubus losgelassen und sah skeptisch zu Emil hinüber. Der stand mit um den Schwertgriff geballten Fäusten und zusammengebissenen Zähnen da und starrte auf Demmi herab. Nach einigen Sekunden stieß er einen tiefen Seufzer aus, während die Anspannung aus seinen Gliedern wich. Den Blick immer noch auf die kleine Dämonin gerichtet stellte er fest: „Wenn sie schwört, muss es die Wahrheit sein. Dann können wir sie nicht hier unten lassen.“

Der Ex-Agent sah Emil ernst an: „Du glaubst an das Gute in einem Dämon, Junge?“

„Wer ohne Sünde ist, der werfe den ersten Stein“, antwortete Emil schwermütig.

Arthur schaute nachdenklich zwischen ihm und dem Sukkubus hin und her. Dann nickte er bedächtig: „Das werde dann wohl nicht gerade ich sein.“

Nur langsam begriff Demmi, dass sie gerettet war.

13.

Glück auf!

Nachdem Arthur die restlichen Dämonen mittels Bannrunen in der Brunnengrotte eingeschlossen hatte, rannten die drei los. Demmi musste vorneweg laufen. Hinter ihr kam der alte Ex-Agent mit immer noch gezückter Schrotflinte. Er schien ihr keinen Millimeter weit über den Weg zu trauen, trotz ihres Schwurs. Den Schluss machte Emil, der alle paar Sekunden gehetzte Blicke nach hinten warf. Dabei ging es stetig bergab. Als Emil nach einiger Zeit fragte, ob das denn nicht die falsche Richtung sei, erklärte Arthur über die Schulter hinweg, dass hier alle Wege immer nur nach unten führten, egal von welcher Seite aus man sie betrat. Dies war wirklich kein Ort, den Emil je wiedersehen wollte.

Sie waren noch nicht sonderlich weit gelaufen, als der Sukkubus in einen Gang einbog, der dem Ex-Agenten nicht zu passen schien, denn er blaffte „Stehenbleiben!“ hinter ihr her.

Demmi machte abrupt halt und wandte sich unsicher um. „Hier geht's aber lang …“, begann sie dann vorsichtig.

„Verkauf mich nicht für blöd, Dämonin. Der nächste Aufstieg liegt in der anderen Richtung“, knurrte Arthur bestimmt.

Demmi warf Emil einen hilfesuchenden Blick zu: „Sag doch auch was!“

Der Angesprochene zuckte jedoch nur ratlos mit den Schultern: „Keine Ahnung, wo's langgeht ..."

„Hier lang!", befahl Arthur und zeigte in den anderen Gang hinein.

Aber Demmi verschränkte die Arme vor der Brust und sagte störrisch: „Da sind wir aber nicht hergekommen!"

„Ist doch scheißegal, wo wir hergekommen sind. Hauptsache, wir kommen schnell hier raus!", drängelte Emil von hinten.

Demmi jedoch schüttelte energisch den Kopf: „Man muss den gleichen Weg zurückgehen, den man gekommen ist. Sonst kommt man nicht wieder hoch."

„Da hat die Dämonin leider recht", bestätigte Arthur mürrisch. Dann wandte er sich an Emil: „Lag euer Aufgang in einer großen Kaverne?"

„Nein. Da war nur so ein Gang mit einem steinernen Torbogen am Ende."

„Mist! Dann seid ihr tatsächlich an einem anderen Punkt runtergekommen als ich. Das heißt, wir müssen uns hier trennen. In Ordnung, Emil, kennst du die Tiefgarage an der Philharmonie?"

„Ja."

„Gut, wenn du gleich im Aufzug den Knopf für „wieder hoch" drückst, denk an dieses Parkhaus. Wir treffen uns dann dort – und lass um Himmels Willen die Dämonin keine Sekunde aus den Augen, hörst du!"

„Schon klar."

„Gut, viel Glück!"

Mit einem letzten drohenden Blick zu Demmi verschwand Arthur im anderen Gang. Der Sukkubus setzte eine unschuldige Miene auf: „Schade, dass er weg ist."

Emil bemühte sich, ebenfalls bedrohlich zu wirken, als er knurrte: „Los! Weiter! Und keine Mätzchen, Dämonin!"

Sie waren bereits ein gutes Stück weiter gelaufen, immer noch, ohne einer Menschen- oder Dämonenseele zu begegnen, als über dem Brummen und Pochen, an das Emil sich schon fast gewöhnt hatte, auf einmal ein schwaches Rauschen hörbar wurde. Demmi blieb erschreckt stehen und horchte, während das Rauschen immer bedrohlicher anschwoll.

Gerade als Emil sie fragen wollte, was denn los sei, jagte plötzlich aus der Dunkelheit ein riesiger Schwarm Fledermäuse heran. Die beiden duckten sich gerade noch rechtzeitig in den Bodennebel ab, bevor der ganze Gang erfüllt war von Abertausenden der geflügelten Wesen, die flatternd und fiepend über ihre Köpfe hinweg jagten. Dann war der Schwarm vorbei, so plötzlich, wie er gekommen war. Demmi machte ein bestürztes Gesicht.

„Das ist der Alarm! Sie sind uns auf den Fersen!“, stieß sie mit schreckgeweiteten Augen hervor, sprang auf und rannte los. Emil hastete ihr hinterher, ebenfalls von Schrecken getrieben.

Sie rannten und rannten – beunruhigenderweise immer weiter hinab in die Tiefe – durch ungezählte Gänge, Grotten und Torbögen. Bald brannten Emils Lungen wie Feuer und er schwor sich, niemals wieder eine Zigarette anzufassen, wenn er hier herauskäme. Und mit dem Kiffen würde er auch aufhören! Und nett zu seinen Eltern sein! Während ihrer weiteren Flucht vertrieb er sich die Zeit mit dem Versuch, sämtliche Götter und Heilige, die er kannte, mit Versprechungen über seinen künftigen Lebenswandel zu bestechen. Früher hatte er die Vorstellung, höhere Wesen zu einem Tauschhandel bewegen zu können – Ziege gegen gutes Seewetter oder zehnmal Rosenkranz gegen drei Jahre weniger Fegefeuer – immer ziemlich albern gefunden. Aber das war auch zu einem Zeitpunkt gewesen, als er den Glauben an Götter und Dämonen noch prinzipiell ziemlich albern gefunden hatte.

Schließlich bogen sie um eine letzte Ecke und Emil wusste endlich wieder, wo er war. Vor ihm lag am Ende des Ganges die blankpolierte Fahrstuhltür. Sie hatten es also doch noch geschafft!

Bei diesem Gedanken musste er wohl vor Erleichterung kurz die Augen geschlossen haben. Denn als er sie jetzt wieder öffnete, sah er – viel zu spät – dass Demmi soeben eine Vollbremsung hingelegt hatte. Dabei war sie zur Seite gesprungen, hatte aber ein Bein stehen lassen. Emil gab zwar seinen Beinen ebenfalls noch den Stoppbefehl, der kam aber nicht mehr rechtzeitig an. Also stolperte er aus vollem Lauf über ihren Fuß und purzelte in den eisigen Bodennebel hinein. Erst nach einigen Augenblicken war sein Gleichgewichtssinn wieder so weit hergestellt, dass er ihm seine genauen Koordinaten im Raum mitteilen konnte – etwa im gleichen Moment, in dem er auch des Gekrabbels in seinem Nacken gewahr wurde. Er lag auf dem Rücken inmitten des widerwärtigen Gewürms! Mit einem Satz war er auf den Beinen und schüttelte sich wie ein nasser Hund. Vor ihm stand Demmi – ein breites, triumphierendes Grinsen im Gesicht und ihre Pistole in der Hand. Sie musste sie ihm, während er an ihr vorbeigestürzt war, aus dem Gürtel gezogen haben.

Emil griff nach seinem Schwert, aber als Demmi die Pistole auf ihn richtete und den Hahn spannte, ließ er die Hand resigniert wieder sinken.

„So schnell können sich die Dinge ändern!“, lächelte die kleine Dämonin. „Sei so gut und mach ein wenig Platz, damit ich zum Aufzug durchkomme.“

In Emils Kopf hämmerte es, wie in einem Stanzwerk. Das konnte nicht wahr sein! Er war SO blöd! Warum hatte er sie nicht einfach bei den anderen Dämonen in der Brunnenkammer zurückgelassen? Dann hätte er zwar Probleme gehabt, den Weg hierher zurück zu finden, aber wenigstens stünde er jetzt nicht da wie der absolute Volltrottel!

Demmi war derweil bei der Aufzugtür angelangt und hatte den Rufknopf gedrückt. Die Kabine war noch immer unten, und so glitten bereits nach einem Augenblick die polierten Metallflügel zur Seite. Sie machte einen Schritt ins Innere des Fahrstuhls, und ihr Lächeln wurde noch breiter, als sie grinste: „Du musst wohl hier unten bleiben, Menschlein."

„Das kannst du nicht ernst meinen!", knurrte Emil, immer noch fassungslos über seine eigene Blödheit.

„Natürlich nicht!", lachte Demmi und schob ihre Waffe in den Gürtel. „Komm schon, wir haben's eilig."

* * *

Inzwischen brach weit oben erneut die Abenddämmerung an. Im Haus des Pfarrers Krause wurden die letzten Vorbereitungen für eine lange Nacht getroffen. Tatonka und Wächter fachsimpelten gerade darüber, wie man ein Schwert am besten an der Innenseite eines Mantels befestigen konnte, um maximale Unauffälligkeit mit schnellstmöglichem Zugriff zu vereinen. Mai Li ging noch einmal ihre Ausrüstung durch. Sie hatte einen ganzen Berg von Krempel auf dem Küchentisch ausgebreitet, den sie jetzt der Reihe nach in ihren Jackentaschen verstaute. Pfarrer Krause hatte es sich nicht nehmen lassen, Kaffee in einer Thermoskanne und ein gutes Dutzend belegter Brötchen vorzubereiten, damit für das leibliche Wohl seiner Gäste während der nächtlichen Jagd gesorgt war. Malte überprüfte gerade die Qualität der Verpflegung, indem er schon mal ein Brötchen aß.

Nachdem Mai Li endlich auch den letzten Gegenstand, ein halb abgebranntes Räucherstäbchen, in ihrer Jacke verstaut hatte, sah sie bedeutungsvoll in die Runde: „Alle bereit?"

Die anderen nickten.

„Dann los!"

Kurz darauf saßen die vier im Einsatzwagen: Tatonka am Lenkrad, Mai Li auf dem Beifahrersitz, die beiden Freunde im Fond. Die Chinesin hatte eine kleine Apparatur auf einer eigens dafür vorgesehenen Einbuchtung in der offenen Klappe des Handschuhfachs platziert. Sie erinnerte stark an ein frühneuzeitliches astronomisches Instrument. In der Hauptsache bestand sie aus mehreren ineinander verschachtelten Kupferreifen, die über Achsstangen miteinander verbunden waren und sich so in die verschiedensten Positionen zueinander bringen ließen. Im Zentrum der Apparatur befand sich eine am innersten Ring befestigte Halterung, in die man eine kleine Glasampulle einführen konnte – was Mai Li auch gerade eben tat. Nachdem das Behältnis mit dem geronnen Blut des Unholds an seinem Platz war, aktivierte die Agentin den Hexenkompass, indem sie die Sperre an dessen Sockel, welche die Ringe bisher fixiert hatte, löste. Langsam erst, dann schneller und schneller begannen sich die Reifen zu drehen. Nach wenigen Sekunden erfüllte ein leises Surren den Innenraum des Wagens und noch einige Sekunden später rotierten die Reifen so schnell, dass sie schon wieder bewegungslos im Raum zu stehen schienen. Wächter und Malte beugten sich vor, um das Schauspiel zu bewundern. Sie kannten es zwar schon vom vorigen Abend, aber das änderte nichts an dessen Faszination. Mai Li betrachtete derweil aufmerksam die Winkel, in denen sich die einzelnen Reifen jetzt zueinander befanden. Dann wandte sie sich an Tatonka: „Nord-Nord-Ost. Etwa drei Meilen Luftlinie, würde ich sagen."

Der Sioux ließ den Wagen an. Mai Li warf noch einen letzten Blick aus dem geöffneten Beifahrerfenster, vor dem Pfarrer Krause stand: „Wünschen Sie uns Glück!"

Tatonka drückte aufs Gaspedal, und der Wagen rollte in die Dämmerung. Der Pfarrer trat auf die Straße und sah ihm nach. „Viel Glück!", murmelte er. „Ihr werdet es sicherlich brauchen."

14.

Französische Bekanntschaft

Tief unten, an jenem grauenerregenden Ort, den Emil und Demmi soeben endlich wieder verlassen hatten, saß auf seinem Knochenthron der Dunkelherr und starrte in die kristallene Kugel. Weder dem Unhold noch dem Schattenmann war es in der vergangenen Nacht gelungen, diese kleine, abtrünnige Schlampe zu fangen und ihr seinen Schatz abzujagen. Und diese Menschlein, die sich in seine Angelegenheiten eingemischt hatten, waren hartnäckigere Gegner, als er vermutet hatte. Mit brutaler Gewalt allein war ihnen nicht beizukommen. Er würde sensiblere Waffen einsetzen müssen, und er wusste auch schon, welcher seiner Widersacher dafür die beste Angriffsfläche bot.

Gerade hatte er seine diesbezüglichen Instruktionen gegeben, da betrat ein gewaltiger, geflügelter Flammendämon die Thronhalle. Ein geschwungenes Symbol, das auf seiner muskulösen Brust prangte, identifizierte ihn als Herold des Justiziarenpalastes. Er machte eine unhöflich knappe Verbeugung vor dem Thron des Dunkelherrn und sprach dann mit Donnerstimme: „Ihr, Asmodin Mephistopheles Noriél Hektat III., Fürst der Siebten Hölle, habt beim Großjustiziaren Anzeige erstattet, wegen der Flucht einer Eurer Kreaturen?“

Asmodin lehnte sich in seinem Knochenthron zurück: „So ist es. Warum? Ihr wollt mir doch nicht erzählen, dass Euer Herr es für nötig befunden hätte, mich in meiner Suche zu unterstützen?“

Die Mundwinkel des Flammendämons umspielte ein leichtes Lächeln. „Warum sollte er?“, gab er süffisant zurück und fuhr dann wieder ernst fort: „Allerdings ist ein Sukkubus, auf den Eure Beschreibung zutrifft, in der zweiundvierzigsten Hölle einem Advokaten seiner Exzellenz auffällig geworden. Zwei Menschen waren auch noch dabei.“

Auf den Zügen des Dunkelherrn breitete sich ein böses Grinsen aus: „Sieh mal einer an! Dann sind diese haarspaltenden, kleinkarierten Rechtsverdreher ja doch manchmal zu etwas nutze. Ich verlange ihre Auslieferung – und die aller Gegenstände, die sie bei sich hatte!“

Der Herold antwortete ein wenig kleinlaut: „Leider ist uns das nicht möglich.“

Der Anblick eines mehrere Meter großen, geflügelten, flammenumzüngelten, muskelbepackten, schreckenerregenden, aber dennoch peinlich berührt dreinblickenden Dämons entbehrte nicht einer gewissen Komik. Asmodin hatte allerdings momentan überhaupt keinen Sinn für Humor. Er war von seinem Thron aufgesprungen und hatte drohend seine Faust erhoben, um die jetzt bläuliche Funken tanzten.

„Ich verlange mein Recht!“, brüllte er. „Nach den interdämonalen Pakten sind alle Abtrünnigen mitsamt ihrer Habe bei Ergreifen unverzüglich ihrem rechtmäßigen Herren auszuliefern. Auch der Großjustiziar hat diese Pakte beschworen. Er kann sie gar nicht brechen!“

Der Flammendämon trat ungemütlich von einem Huf auf den anderen und brachte zögernd hervor: „Nun, wenn seine Exzellenz den Sukkubus in seiner Gewalt hätte, würde er ihn sicherlich ausliefern, nur …“

„Er hat sie gar nicht?“, brüllte der Dunkelherr mit sich überschlagender Stimme. „Wer hat sie dann?“

„Niemand. Sie konnte entkommen.“

„Entkommen? Einem Advokaten?“

„Der war privat unterwegs – ohne Büttel. Außerdem war einer der Menschen ein Pegasus-Mann und der andere hatte ein Schwert. Abgesehen davon konnte der Advokat schließlich nicht damit rechnen, dass die Würde seines Amtes in solch infamer Weise mit Füßen ...“

„Schweigt!“, donnerte der Dunkelherr. Dann atmete er einige Male tief durch, um danach in ruhigerem Ton fortzufahren: „Ich habe genug gehört. Wenn es nicht um mein Eigentum ginge, wäre dies ein gelungener Scherz auf Kosten des Justiziarenpalastes! Eure Advokaten sind offensichtlich auch nicht mehr das, was sie mal waren ...“

Während der gewaltige Flammendämon den dämlichen Advokaten tausendmal dafür verfluchte, dass er ihm diese demütigende Szene zu verdanken hatte, fixierte ihn der Dunkelherr von der Höhe seines Thronpodests herab und versetzte zum Abschluss des Gespräches schneidend: „Ihr dürft euch entfernen!“ Dann fügte er noch mit einem kalten Lächeln hinzu: „Zum Glück verfüge ich über qualifiziertere Arbeitskräfte als der Großjustiziar und bin deswegen nicht auf seine Hilfe angewiesen.“

* * *

Der Unhold hatte sich den Tag über in ein großes Abwasserrohr zurückgezogen, um seine Wunden zu lecken. Voller Selbstmitleid stellte er fest, dass dies wirklich nicht sein Jahrhundert gewesen war: Zuerst diese dreimal höllenverdammte Fliegerbombe, die ihm anno ’44 direkt auf den Kopf gefallen war! Danach hatte er über drei Jahre gebraucht, um alle seine Einzelteile im Astralraum wiederzufinden. Dann in den Sechzigern diese unsägliche Affäre mit der kleinen russischen Werwölfin, die sich im Nachhinein als KGB-Agentin entpuppt hatte – und jetzt diese Kinderjagd! Nicht dass er im Allgemeinen etwas gegen Kinderjagen einzuwenden hatte. Aber diese Kinder raubten ihm den letzten Nerv!

Auf einmal schreckte der Unhold aus seinen Gedanken hoch. Sein Kampfinstinkt war angesprungen und sagte ihm, dass irgendetwas in der Nähe war – etwas, dass vorher noch nicht da gewesen war. Er spähte vorsichtig aus dem Ende des Rohrs hinaus. Aber draußen war nichts zu sehen, außer Gestrüpp und Abfällen. Mit einem dunklen Vorgefühl in der Magengrube wandte er sich um und versuchte mit den Augen die Finsternis zu durchdringen, in der sich das Innere der Betonröhre verlor. Seine Nackenhaare stellten sich auf und ein Schaudern durchlief seinen Körper, als er vermeinte, in der ohnehin schon rabenschwarzen Dunkelheit einen noch viel, viel dunkleren Schatten auszumachen, der sich lautlos auf ihn zubewegte. Dann trat eine düstere, hagere Gestalt in den vagen Schimmer trüben Tageslichtes, der den Eingang der Röhre erhellte.

„Ach, du bist's!“, schnaubte der Unhold und entspannte sich wieder.

Der Schattenmann blieb mit wallendem Mantel stehen und tippte sich an den Hut. Dann sagte er mit trockener, tonloser Grabesstimme: „Der Meister ist nicht zufrieden.“

Der Unhold winkte resigniert mit der verbrannten Pranke ab: „Das weiß ich selbst. Für wie dumm hältst du mich?“

„Für unglaublich dumm. So wie jeder, der dich kennt“, entgegnete der Schattenmann ungerührt.

Der Unhold richtete sich auf, um zu widersprechen, ließ sich dann aber doch wieder resigniert seufzend niedersinken, ohne ein Wort gesagt zu haben.

„Die Kleine und den Schatz übernehme ab jetzt ich“, bestimmte der Schattenmann in einem Ton, der keinen Widerspruch duldete. „Du kannst dich um die Menschlein kümmern, die sich eingemischt haben.“

Der Unhold nickte schwach: „Ich versuch's, aber ...“

„Deine Ausflüchte interessieren weder mich noch den Meister!“, unterbrach ihn der Schattenmann barsch. „Du tust, was man dir sagt – und da das Bürschlein mit dem Schwert offensichtlich schon zu viel für dich ist, wirst du erst mal einen der Unbewaffneten erledigen. Hier, ich habe herausgefunden, wo er wohnt.“

Damit schnippte er dem Kampfdämon ein Streichholzbriefchen, auf das eine Adresse gekritzelt war, an den Kopf.

Der Unhold besah sich das Ding von allen Seiten. Dann räusperte er sich vorsichtig.

„Was denn noch?“, knurrte der Schattenmann, der sich schon zum Gehen gewandt hatte, über die Schulter.

Der Unhold räusperte sich noch einmal und murmelte dann kleinlaut: „Ich kann nicht lesen.“

* * *

Tief unten, an jenem namenlos schrecklichen Ort, der weder Glück noch Fröhlichkeit kannte, saß auf seinem Knochenthron der Dunkelherr. Nachdem er den Herold achtkantig rausgeworfen und mehrere seiner Diener ausgepeitscht hatte, war seine Laune so weit wieder hergestellt gewesen, dass er sich imstande gefühlt hatte, in der Beobachtung der Ereignisse auf der Oberfläche fortzufahren.

Jetzt starrte er ungläubig in die kristallene Kugel in seinen Fingern. Während er sich mit der freien Hand die Stirn hielt, ächzte er: „Bin ich denn nur von Schwachköpfen umgeben?“

Ihm über die Schulter schaute das Schicksal und in Erwartung des Kommenden hätte ein schadenfroher Ausdruck auf dessen Gesichtszügen gelegen, wenn es so etwas wie Gesichtszüge besessen hätte …

* * *

Constantin hatte sich gerade eine Tiefkühlpizza in den Ofen geschoben, als es an der Tür klingelte. Er entsorgte die Pizzaverpackung in den überquellenden Altpapierkarton und machte sich auf den Weg zur Diele. Dann erinnerte er sich an den gestrigen Morgen und hielt inne. Aller Ärger hatte damit angefangen, dass er Wächter die Tür geöffnet hatte. Was, wenn da draußen wieder einer seiner bekloppten Freunde wartete. Leider hatte er keine Sprechanlage, um ungebetene Gäste im Vorfeld erkennen und aussondern zu können.

Es klingelte zum zweiten Mal.

Gut möglich, dass da draußen einer seiner bekloppten Freunde war. Es konnte aber auch die süße Kleine von nebenan sein, die er vor Kurzem eingeladen hatte, doch mal auf einen Rotwein vorbeizuschauen.

Es klingelte erneut.

Constantin machte einen Schritt auf die Tür zu, blieb unentschlossen wieder stehen, dann fiel sein Blick auf den Spion. Er hatte ihn noch nie benutzt. Bisher hatte er das immer für unter seiner Würde erachtet. Schließlich war er weder ein altes Ömchen noch ein Blockwart. Aber besondere Situationen erforderten besondere Maßnahmen. Also drückte er auf und schielte dann durch das kleine Guckloch, wer wohl die Treppe heraufkäme. Draußen herrschte schon fortgeschrittene Dämmerung und sein Besuch hatte sich offensichtlich nicht die Mühe gemacht, das Licht im Treppenhaus anzuknipsen. Also sah Constantin nichts. Na gut. Dann eben Horchen. Er presste sein Ohr gegen die Tür und zuckte erschreckt zusammen, als es im nächsten Moment laut klopfte. Mit einem resignierten Schulterzucken griff er nach der Klinke. Wenn da draußen tatsächlich seine bekloppten Freunde stünden, würde er sich herausreden, er hätte Damenbesuch und hoffen, dass sie sich abwimmeln ließen. Als Constantin die Tür öffnete, fiel er in zwei tiefe grüne Waldseen.

„Monsieur Richter?", fragte die junge Frau, der die Waldsee-Augen gehörten, mit einem leichten, umwerfend erotischen französischen Akzent. Constantin brauchte einige Sekunden, bis er begriff, dass sie tatsächlich ihn meinte. Auch danach brachte er nur ein mechanisches Kopfnicken zustande, während er weiter wie ein Karnickel in ihre unglaublich grünen Augen starrte.

Sie zauberte jetzt ein strahlend weißes Lächeln auf ihre Züge und fuhr fort: „Gestatten Sie, dass ich mich vorstelle? DeVille. Céleste deVille ist mein Name." Dabei spielte ihre Zunge so verführerisch über ihre vollen, roten Lippen, dass Constantin für einen Moment sogar von ihren Augen abgelenkt wurde.

„Ich arbeite für die IWSS und würde mich gerne mit Ihnen über Ihre Freunde unter'alten."

Langsam begriff Constantin. Dieses umwerfende, grünäugige, rotlippige Wesen hatte sich gar nicht in der Tür geirrt! Sie war von der IWSS und wollte sich mit ihm über seine Freunde unterhalten!

„IWSS?"

„Oh, Pardon! Das ist die ‚International Watch of Satanic Sects'. Wir arbeiten in insgesamt 113 Ländern der Erde. 'auptsächlich versuchen wir, uns mit Betroffenen in Verbindung zu setzen und Aufklärungsarbeit zu leisten. Natürlich arbeiten wir aber auch eng mit den örtlichen Be'örden zusammen.", erklärte sie mit ihrem makellosen, volllippigen Lächeln.

„Ah, ja ... Ich glaube, ich habe schon von Ihrer Organisation gehört", lächelte Constantin zurück. ‚International Watch of

Satanic Sects'! Er hatte doch geahnt, dass seine Freunde in ernsthafte Schwierigkeiten geraten waren! Aber er würde sich dieser Sache jetzt annehmen und sie retten, und zwar an der Seite dieser – wow! – Frau!

„Kommen Sie doch herein, Mademoiselle deVille! Ich habe gerade eine Flasche Rotwein aufgemacht. Französischen Rotwein!"

* * *

Constantin und Mademoiselle deVille verstanden sich auf Anhieb prächtig. Bereits nach zehn Minuten waren sie auf Du-und-Du miteinander. Weitere zehn Minuten später gestand sie ihm, dass sie deutsche Männer schon immer so männlich gefunden habe, und nach einer halben Stunde war Constantin sich sicher, noch niemals im Leben einer solchen Frau begegnet zu sein – womit er der Wahrheit in der Tat wesentlich näher kam, als er ahnen konnte. Gleichzeitig erfuhr er von der Arbeit der IWSS, während seine Pizza vollkommen unbeachtet im Backofen verkohlte. Seine Freunde waren da echt in Schwierigkeiten geraten. Vielleicht hatten sie alle schon eine Gehirnwäsche hinter sich.

Dann klingelte es schon wieder. Constantin sah genervt zur Tür und dann wieder zu seiner charmanten Gesprächspartnerin. Céleste schenkte ihm ein aufforderndes Lächeln: „Vielleicht ist es ja einer deiner Freunde."

„Genau das befürchte ich", entgegnete Constantin ehrlich und machte keine Anstalten aufzustehen.

„Aber es ist wichtig, dass du sie in ihrer momentanen Lage nicht zurückweist", sagte sie mit einem typisch sozialarbeiterischen Unterton – und natürlich mit ihrem umwerfenden französischen Akzent. „Mach schon auf!"

Gequält erhob Constantin sich.

* * *

Der Unhold klingelte indes zum zweiten Mal, wobei er langsam anfing, sich dumm vorzukommen. Es wäre natürlich kein Problem für ihn gewesen, die Tür einfach aus den Angeln zu boxen. Aber er hatte sich einen so schönen Plan zurechtgelegt: Erst schellen und dann freundlich sagen „Hallo Constantin. Darf ich reinkommen?“ und sich dann an der Panik und Verwirrung des Menschleins weiden, bevor man es fraß!

Allerdings gehörte zu dem Plan zwingenderweise, dass der doofe Mensch auch öffnete, wenn man schon klingelte. Gerade war der Unhold im Begriff, die Tür doch einzuschlagen, als sie aufschwang und dahinter das Menschlein sichtbar wurde.

Constantin traute seinen Augen nicht: Anstelle einer seiner bekloppten Freunde stand da das Monster aus seinem Traum! Er schlug dem Unhold die Tür vor der Nase zu, bevor dieser Zeit hatte, irgendwas zu sagen. Dann wandte er sich mit klopfendem Herzen um und keuchte in Richtung Küche: „Céleste! Ich glaube, ich werde auch schon verrückt!“

Sie erschien im Rahmen der Dielentür: „Warum?“

„Ich habe da draußen“, dabei deutete er wild mit dem Finger in Richtung Treppenhaus, „einen Dämon gesehen!“

Céleste setzte einen ungehaltenen Blick auf: „Aber Constantin! Es gibt keine Dämonen!“

„Ja, ja, das weiß ich ja eigentlich auch, aber ...“, japste der Gescholtene geschockt.

„Dann mach die Tür auf, und wenn dort immer noch einer steht, sag ihm, dass es ihn nicht gibt und dass er ge’en soll.“

Constantin starrte sie erschrocken an. Dann allerdings gewannen sein aufgeklärter Geist und der Wunsch, sie zu beeindrucken, die Oberhand. Er nickte knapp und wandte sich entschlossen der Tür zu.

Als er sie öffnete, stand der Unhold tatsächlich immer noch genauso da wie zuvor. Er war von Constantins Reaktion derart überrascht worden, dass er erst einmal hatte nachdenken müssen, wie er jetzt weitermachen sollte. Und da Denken bekanntlich nicht seine Stärke war, hatte es etwas länger gedauert, bis er sich dazu entschieden hatte, endgültig die Tür einzurammen und den Kerl dahinter einfach ohne weitere Mätzchen zu fressen.

Gerade wollte er zum Schlag ausholen, als sie aufgerissen wurde und der Mensch ihn unvermittelt anblaffte: „Du bist nur ein Konstrukt meiner Fantasie! Dich gibt's nicht! Verpiss dich und geh mir nicht mehr auf den Keks!"

Der Unhold blickte ungläubig auf das Menschlein herab. Wer konnte denn so bescheuert sein? Gerade wollte er Constantin den Kopf abbeißen, als er der Frau gewahr wurde, die hinter ihm in der Diele stand. Seine Augen weiteten sich ungläubig: Was machte die denn hier?

Céleste formte hinter Constantins Rücken mit den Lippen tonlos die Worte: „Hau ab!" und begleitete diese mit eindeutigen Handbewegungen.

Wieder sah der Unhold auf das Menschlein hinab. Da stand es, vollkommen wehrlos, und starrte ihn herausfordernd an. Dann blickte er nochmal zu Céleste hinüber, deren Augen drohend funkelten.

„Hau endlich ab!", hörte er den Menschen sagen, während genau im gleichen Augenblick ihre Lippen dieselben Worte formten.

Langsam – sehr langsam – wandte der gewaltige Dämon sich um und schlurfte gesenkten Hauptes zur Treppe davon. In seinen Augen brannten Tränen des Zorns und der Schmach. Warum musste er immer Pech haben? Warum immer er?

Constantin schloss derweil die Tür und wandte sich triumphierend zu Céleste um. Die strahlte ihn begeistert an: „Das war wirklich toll! Ich bin stolz auf dich!"

„Ach, was! Das war doch gar nicht so schwer“, lächelte er zutiefst geschmeichelt. „Aber jetzt verstehe ich, was du vorhin mit ‚halluzinatorischen Konstrukten‘ gemeint hast.“

Céleste setzte eine ernste Miene auf: „Erscheinen erschreckend real, nicht wahr? Und nicht jeder kann damit so gut umge’n wie du.“

15.

Polizei – viel Geschrei!

Während das Schicksal sich ob der Ereignisse rund um Constantins Wohnung vor Lachen auf die Schenkel geklopft hätte, wenn es so etwas wie Schenkel besessen hätte, verstand Emil immer noch nicht, was Demmis Aktion mit dem Beinchen-Stellen und der Pistole sollte.

„Ich habe einfach einen Scherz gemacht. Außerdem wollte ich dir beweisen, dass du mir wirklich vertrauen kannst. Ich habe nämlich eben beim Brunnen festgestellt, dass Vertrauen manchmal schon ganz praktisch ist."

„Das sollte ein Beweis sein?", fragte Emil kopfschüttelnd.

„Logisch. Ich hatte alle Möglichkeiten, dich fertigzumachen und hab's nicht getan. Wenn das kein Beweis ist, was dann?"

Demmi grinste Emil gutgelaunt an. Der erwiderte ihren Blick skeptisch: „Warum habe ich das blöde Gefühl, dass du trotzdem noch irgendeinen anderen Hintergedanken dabei hattest?"

Ihr Grinsen wurde breiter: „Manchmal bist du ja wirklich nicht so ganz blöd."

„Soll das heißen, du hattest wirklich noch einen Hintergedanken?"

„Klar. Wer von uns hat den Fahrstuhlknopf gedrückt?"

Emil starrte sie überrumpelt an. Dann seufzte er resigniert: „Du."

„Glaubst du, ich habe an die Tiefgarage gedacht, in der du dich mit dem alten Pegasus-Sack treffen wolltest?"

Natürlich nicht. Das war Emil schon klar.

„Woran denn?"

„Ans Polizeihauptpräsidium. Die haben da was, das mir gehört!"

Damit hob Demmi die Hände, um einen Zauber zu weben, der ihr Outfit den zu erwartenden Verhältnissen außerhalb des Fahrstuhls anpassen sollte. Emil wandte sich ab und starrte wütend die Fahrstuhltür an. Er war sich nicht sicher, ob er sich mehr über Demmi oder über seine eigene Blödheit ärgern sollte. Sie tanzte ihm ständig auf der Nase rum und er hatte einfach keine Idee, wie er sie davon abhalten konnte. Die kleine Dämonin vollendete unterdessen ihre Abschluss-Pirouette: „Na? Wie sehe ich aus?"

„Super", antwortete Emil, ohne hinzusehen.

„Na gut. Wenn dich die Dessous nicht interessieren, kann ich ja auch gleich die restliche Kleidung drüber zaubern", flötete Demmi schelmisch.

„Guter Versuch!", knurrte Emil zurück. Aber aus irgendeinem Grunde gelang es ihm trotzdem nicht, nicht den Kopf nach ihr umzuwenden, obwohl er genau wusste, dass ...

„Ha, ha! Reingelegt!", quietschte Demmi vergnügt. Sie trug, wie Emil jetzt sah, eine Polizeiuniform. Er überlegte, wie er mit einer passenden, möglichst gemeinen Erwiderung seine Ehre retten konnte, aber ihm fiel nichts ein. Also entschied er sich für Schweigen und weiter wütend Dreinschauen.

Sie grinste ihn aufmunternd an: „Du solltest dich ein wenig locker machen! Immerhin hast du es geschafft, da unten", dabei zeigte sie auf den Fahrstuhlboden, „rein und heil wieder rauszukommen. Das kann nicht jeder von sich ..."

„Es ist nicht dein Verdienst, dass mir das gelungen ist!", unterbrach Emil sie unwirsch.

Demmi setzte eine versöhnliche Miene auf: „Ach komm schon! Ich finde, wir sind gar kein schlechtes Team. Möchtest du auch wieder normale Klamotten?"

Statt einer Antwort gab Emil nur ein missmutiges Brummen von sich, trat aber in die Mitte der Kabine, damit Demmi ihren Zauber weben konnte. Die gute Laune schien sie zu beflügeln, denn bereits beim zweiten Versuch hatte Emil wieder die Kleidung am Leib, die er vor inzwischen weit über fünfzig Stunden aus seinem Kleiderschrank genommen hatte – wenn er auch seit diesem Tag das Schweizer Taschenmesser vermisste, das er zu seiner Einschulung geschenkt bekommen hatte und das er eigentlich immer in der Hosentasche bei sich trug. Er riss sich die Hörner von der Stirn und ließ sie in seinem Mantel verschwinden. Dann fragte er unvermittelt: „Warum hast du dem Advokaten eigentlich nicht einfach das Schreiben gezeigt, das vorher die Unholde ..."

„Weil er mit Sicherheit bemerkt hätte, dass das nur ein Abschlusszeugnis war, und nicht mal ein besonders gutes", unterbrach Demmi ihn kichernd. „Ich hab's dir doch gesagt: Unholde sind unglaublich dumm!"

* * *

Spurenermittler Meier hatte den ganzen Tag über an der Pyramide geforscht. Es war ihm gelungen, die Hieroglyphen wenigstens teilweise zu entschlüsseln und er überlegte gerade mit einem leichten Anflug von Stolz, ob er nicht eine zweite Karriere als Ägyptologe ins Auge fassen sollte, als Kommissar Jäger und Hauptwachtmeisterin Schröder den Raum betraten.

Meier blickte von seinen Aufzeichnungen auf und schob sich verlegen die Brille auf der Nase zurecht: „Kommissar! Fräulein Schröder! Schön, dass Sie … Ich wollte gerade … Ich habe nämlich ..."

Jäger kramte aus seiner Tasche einen angekauten Zigarrenstumpen hervor – Katrin fragte sich, ob es die so zu kaufen gab – und steckte ihn in den Mundwinkel. Während er aus einer anderen Tasche ein Streichholzbriefchen fischte, brummte er: „Tief durchatmen, Meier: Es ist nur eine Frau."

„Ja, äh, also …", versuchte Meier, einen passenden Einstieg in einen zusammenhängenden Satz aufzubauen.

Katrin lächelte aufmunternd. Sie trug inzwischen nicht mehr die Kleidung der vorigen Nacht, sondern einen grauen Hosenanzug, der ihr vorzüglich stand.

„Was haben Sie denn rausgefunden?", fragte sie jetzt mit einem ermutigenden Unterton. Dieser Meier war wirklich der schüchternste Mensch, dem sie jemals begegnet war.

Dem Spurenermittler war es unterdessen gelungen, seine Aufmerksamkeit wieder seinen Papieren und der Pyramide zuzuwenden, was ihn ausgesprochen beruhigte. Er griff nach der an einem Schwenkarm über dem Tisch schwebenden Vergrößerungslinse und justierte sie über dem Artefakt: „Ja, also – sehen Sie mal hier."

Der Kommissar und Katrin beugten sich über das Glas.

„Sehen Sie dieses Zeichen da?", fragte Meier und deutete mit der Spitzte seines Kugelschreibers auf eines der Symbole.

„Sieht aus wie ein Anch", sagte Katrin.

„Genau! Im Alten Ägypten stand dieses Zeichen für … äh ...", Meier machte eine Pause und kramte in seinen Papieren herum. „Ah, ja: *Leben*", vervollständigte er dann seine Erklärung. Die Spitze seines Kugelschreibers wanderte weiter: „Das hier, was aussieht wie ein Hirtenstab, steht für ... *Herrscher* oder auch *herrschen*, *beherrschen* … und hier“, dabei kippte Meier die Pyramide auf eine andere Seite, „haben wir … hier, diesen Käfer … der steht für … *Verwandlung* … Ja, genau: *Verwandlung*!“

Meier war jetzt vollkommen in seinem Element. Mit wachsender Begeisterung kippte er die Pyramide auf noch eine andere Seite und kommentierte, mehr zu sich selbst, als an seine Zuhörer gewandt: „Wenn man noch dieses Symbol dazunimmt, dann ...“

„Meier!“, unterbrach Kommissar Jäger ihn scharf und blies dabei einen Schwall übelriechenden Zigarrenqualms in den Raum, „Wir sind hier nicht im Museum! Mich interessiert nicht, was irgendein Ägypter vor 3000 Jahren auf dieses Ding gekritzelt hat …“

„3500“, warf Meier kleinlaut ein, doch Jäger ignorierte diesen fachlichen Einwand einfach: „Ich will wissen, wo es herkommt – und sagen Sie jetzt nicht aus Ägypten! –, was es wert ist und was es mit unserem Fall zu tun hat!“

„Tja, also, das ist schwer zu sagen“, antwortete Meier, ohne seine Aufmerksamkeit von dem Artefakt zu abzuwenden. „Es taucht auf jeden Fall in keiner Diebstahlsanzeige auf, weder von Kunstsammlungen oder Museen, noch von einem privaten Sammler. Auch Interpol liegt nichts vor. Den genauen Wert müsste ein Archäologe schätzen, aber da es anscheinend sehr alt ist …“

„Gut, in Ordnung. Sonst noch irgendwas von Belang?“, knurrte Jäger.

Meier zuckte entschuldigend mit den Schultern und sah dann von der Pyramide auf: „Nichts Konkretes.“

Der Kommissar ließ seinen Stumpen von einem Mundwinkel in den anderen wandern und brummte griesgrämig: „Grauenhafter Fall! Keine brauchbaren Zeugen, keine brauchbaren

Beweisstücke, und der Polizeipräsident sitzt mir im Nacken und will Resultate sehen! Ich brauch jetzt erst mal einen Kaffee! Schröder, erzählen Sie Meier von den Projektilen."

Damit machte er verdrießlich auf dem Absatz kehrt und verließ den Raum. Meier wandte sich verlegen wieder seiner Pyramide zu und tat so, als studiere er die Hieroglyphen, während Katrin zu sprechen begann: „Wir haben in den Wänden der Disko mehrere Projektile gefunden, alle aus ein und derselben Waffe abgefeuert. Sind ziemlich dicke Dinger, kein handelsübliches Kaliber. Aber das ist noch nicht das eigentlich Sonderbare an ihnen: Sie bestehen aus einer Silberlegierung und haben allesamt eingeätzte Symbole."

Meier wurde hellhörig. „So wie diese hier?", fragte er und klopfte mit seinem Kugelschreiber gegen die Pyramide.

„Ich habe sie persönlich nicht gesehen", gab Katrin zur Antwort. Dann beugte sie sich über das Vergrößerungsglas: *„Leben, beherrschen, Verwandlung* ... Wozu dient dieses Ding nur?"

* * *

„Später!"

„Nicht später! Ich will es jetzt wissen! Wozu ist das Ding gut? Was hast du damit vor?"

„Ich sag's dir später. Versprochen! Erst mal müssen wir es wiederkriegen."

Kommissar Jäger warf den beiden, die da eben den Gang entlang am Kaffeeautomaten vorbeigekommen waren, einen beiläufigen Blick nach. Das Mädchen war eine ausnehmend gutaussehende Streifenpolizistin, ziemlich jung noch, der Kerl konnte seinem Äußeren nach nur ein verdeckter Ermittler sein. Während Jägers Blick dem hübschen Po der vermeintlichen Kollegin folgte, nippte er gedankenverloren an dem Plastikbecher, den er soeben aus dem Automaten gezogen hatte. Dann wandte er sich wieder seinem Fall zu: Gut möglich, dass diese ganze Geschichte im Okkultisten- oder Satanisten-Milieu beheimatet war. Ein Typ mit Schwert, eine Fetisch-Disko, sonderbare Schriftzeichen und Symbole ... und immer wieder das ominöse Monstrum! Wie konnte man dieses Phänomen nur erklären? Vielleicht ein abgerichtetes, eventuell sogar verkleidetes Tier? Er musste unbedingt noch einmal den „Hund von Baskerville" lesen.

* * *

Inzwischen waren Demmi und Emil in den nächsten Gang eingebogen und vor einer Tür stehen geblieben, von der Emil behauptete, sie führe in den Raum mit der Pyramide. Demmi bedeutete ihm zu warten, klopfte und trat dann ein.

Katrin und Meier hatten sich zur Tür umgewandt und sahen die kleine Dämonin erwartungsvoll an. Genaugenommen schaute nur Katrin erwartungsvoll – Meier ertrank in Demmis bergseeblauen Augen. Diese warf einen ganz kurzen Blick auf das Artefakt, dann erschien ein freundliches Lächeln auf ihrem Gesicht. Zu Katrin gewandt erklärte sie: „Da draußen am Kaffeeautomaten steht ein Herr, der mit Ihnen sprechen möchte."

Die Hauptwachtmeisterin verdrehte genervt die Augen zur Decke und seufzte: „Was will er denn jetzt schon wieder?"

Dennoch stieß sie sich vom Tisch ab und machte sich pflichtbewusst auf den Weg zu Jäger. Als sie Demmi passiert hatte, erschien für den Bruchteil einer Sekunde ein hinterhältiges Grinsen auf den Zügen des Sukkubus. Dann wechselte ihr Gesichtsausdruck zur perfekten Imitation von ‚jung – schüchtern – neugierig' und sie trat auf den Tisch zu, an dem immer noch Spurenermittler Meier saß und sie wenigstens ebenso sehnsuchtsvoll anstarrte, wie ein Kind die Weihnachtsauslage im örtlichen Spielwarenladen.

„Was haben Sie denn da?“, hauchte sie, den Blick ehrfurchtsvoll auf die Pyramide gerichtet.

Meier nahm all seinen Mut zusammen und brachte unter gewaltiger Anstrengung schon beim ersten Versuch einen passablen Antwortsatz zustande: „Einen … einen Kultgegenstand aus dem Alten Ägypten.“

Sie machte große Augen und hauchte: „Oooh!“

Ermutigt durch den guten Anfang fuhr er ein wenig selbstsicherer fort: „Wenn meine Interpretation richtig ist, sollte er der Seele des Toten auf ihrer Fahrt ins Jenseits Geleit geben.“

Da wechselte die Miene der vermeintlichen Kollegin erneut von einem Augenblick zum nächsten – diesmal zu einem äußerst herablassenden Ausdruck. Meier versuchte verzweifelt zu begreifen, was er nun schon wieder falsch gemacht hatte, als er sie sagen hörte: „Knapp vorbei. Wirklich ganz knapp!“

* * *

Katrin war derweil beim Kaffeeautomaten angelangt und fragte den tief in Gedanken versunkenen Jäger: „Worum geht's?“

Der sah von seinem Plastikbecher auf und sah sie fragend an: „Wie bitte?“

„Sie wollten mich doch sprechen.“

Der Kommissar machte ein verwundertes Gesicht: „Wer sagt das?“

„Na, die blonde Kollegin.“ Dabei deutete Katrin über die Schulter hinweg in Richtung der Ecke, hinter der sich der Arbeitsraum des Spurenermittlers Meier befand.

In Jägers Augen trat ein wachsamer Zug: „Ich habe nichts dergleichen gesagt.“

Auch Katrin bekam jetzt einen misstrauischen Gesichtsausdruck: „Aber dann …“

Im nächsten Moment hasteten die beiden los. Als sie um die Ecke bogen, sahen sie gerade noch Emils flatternde Mantelaufschläge im Treppenhaus am anderen Ende des Ganges verschwinden. Katrin startete jetzt richtig durch. Sie war nicht umsonst Kölner Jugendmeisterin über 800 Meter gewesen. Die würden ihr nicht entkommen!

Da dem Kommissar klar war, dass er bei dieser Verfolgungsjagd sowieso keine Chance hatte mitzuhalten, bog er in den Raum K 015 ein, in dem sich Meier und die Pyramide befunden hatten. Jäger sah auf den ersten Blick, dass letztere nicht mehr da war. Der Spurenermittler lag inmitten seiner Papiere reglos auf dem Boden neben dem leeren Schreibtisch. Jäger hastete zu ihm hinüber und tastete nach seinem Puls. Na, wenigstens war Meier noch am Leben. Man hatte ihn wohl nur bewusstlos geschlagen.

Der Kommissar griff nach dem Telefon und wählte den Hausnotruf. Sobald sich am anderen Ende eine Stimme meldete, brüllte er in den Hörer: „Alarm! Flucht! Blonde Frau in Polizeiuniform, dunkelhaariger Mann mit Zopf in Marinemantel! Nicht entkommen lassen! Alles abriegeln!“ Der arme Mensch am anderen Ende der Leitung schüttete sich vor Schreck seinen heißen Kaffee über die Hose und gab deswegen nur ein unartikuliertes, aber nicht weniger lautes „WUUAAAH!“ zur Antwort.

* * *

Emil und Demmi waren inzwischen die Treppe hinaufgehastet und hatten es durch eine Panzerglastür ins Freie geschafft. Jetzt rannten sie über einen Hof, auf dem diverse geparkte Polizeifahrzeuge herumstanden. Katrin war ihnen dicht auf den Fersen. Im Laufen riss sie ihre Dienstpistole aus dem Halfter und brüllte „Stehenbleiben, oder ich schieße!“ hinter ihnen her.

Emil sah sich erschrocken um. Demmi jedoch hatte ihre eigene Waffe bereits unten im Keller gezogen, um mit deren Griff den Spurenermittler Meier ins Land der Träume zu schicken. Jetzt riss sie die schwere Automatik im Laufen nach hinten und feuerte mehrere Schüsse aufs Geratewohl in Richtung ihrer Verfolgerin ab. Katrin sprang erschrocken hinter einem Mannschaftswagen in Deckung, während um sie herum mehrere Autoscheiben zerbarsten. Als sie vorsichtig hinter dem Transporter hervorlugte, waren die beiden Flüchtigen bereits zwischen den parkenden Fahrzeugen verschwunden. Dafür kamen jetzt aber die ersten Kollegen auf den Hof gelaufen.

„Wir müssen alles abriegeln! Den ganzen Bezirk! Die sind bewaffnet und gemeingefährlich!", keuchte Katrin ihnen zu. Wenige Minuten später wimmelte es in allen Straßen rund um den Waidmarkt von nervösen Polizisten.

16.

Schlammpackung gefällig?

An einem anderen Ort der Domstadt hatte sich der Unhold derweil wieder mehr oder weniger von seinem mentalen Zwischentief erholt. Er hockte in der Krone einer alten Buche hoch über einem kleinen, menschenleeren Spielplatz. Während der auffrischende Wind durch Blätter und Geäst des Baumes fuhr und das zottige Fell des Dämons zauste, dachte dieser über seine letzten Erlebnisse nach.

Offensichtlich – so viel verstand sogar er – war ein Fehler in der Koordination zwischen dem Schattenmann und dem Meister aufgetreten. Wie sonst ließ sich erklären, dass der eine ihn genau zu dem Menschlein schickte, auf das der andere schon Céleste angesetzt hatte. Wenn dieser Teil des Auftrags, den der alte Schlapphut ihm gegeben hatte, aber gar nicht im Sinne Asmodins gewesen war, wer sagte dann, dass es sich mit dem Rest anders verhielt? Dieser Rest aber war die Weisung, sich von *ihr* und dem Schatz fernzuhalten. Je länger der Unhold darüber nachdachte, desto logischer erschien ihm die Überlegung, dass der Schattenmann ihm hinter dem Rücken des Meisters die Pyramide vor der Nase wegschnappen wollte, um dann selbst den Lohn dafür einzuheimsen. Aber da hatte dieser falsche Hund seine Rechnung ohne die Kombinationsgabe eines erfahrenen Kampfdämons gemacht! Solange der Meister ihn nicht persönlich von seinem Auftrag entbunden hatte, gab es keinen Grund, ihn nicht weiter zu verfolgen!

Das böse Grinsen kehrte auf die hässlichen Züge des Unholds zurück. Na gut, bisher hatte er vielleicht ein wenig Pech gehabt. Aber er hatte schon weitaus größere Schwierigkeiten gemeistert. Zum Beispiel diesen Hexenmeister im 15. Jahrhundert, der geglaubt hatte, ihn unter seine Macht zwingen zu können! Bei der Erinnerung daran, wie er den schlampig gezogenen Ritualkreis durchbrochen und den Hexer in seinen eigenen kochenden Zauberkessel geworfen hatte, entrang sich ein heiseres Lachen der Kehle des Dämons.

Jaaaa …! Er hatte schon so viele Gegner besiegt, warum sollte er gerade an dieser kleinen Schlampe und ihren menschlichen Helferlein scheitern? Alles in allem war er noch voll einsatzfähig. Er würde sie jetzt suchen, finden und töten! Zur Bekräftigung seines Entschlusses legte er den Kopf in den Nacken und stieß ein triumphierendes Kriegsgeheul aus.

Einige Straßen entfernt fiel ein kleiner Rauhaardackel, der gerade unter den wachsamen Augen seines Frauchens an einen Autoreifen urinierte, vor Schreck in Ohnmacht.

* * *

Wieder anderswo eskalierte zur selben Zeit die Situation innerhalb des Pegasus-Einsatzfahrzeugs. Tatonka war nämlich soeben zum zweiten Mal versehentlich auf eine Auffahrt der Severinsbrücke geraten und nun blieb ihnen nichts anderes übrig, als den Rhein schon wieder zu überqueren, obwohl der Hexenkompass in eine vollkommen andere Richtung wies.

„Du stellst dich an wie ein Ochse!“, fluchte Mai Li zornig und ausgesprochen unsachlich, „passt ja auch: Tatonka – Ochse!“

„Jetzt reicht's aber gleich! Tatonka heißt ‚Büffel', und eigentlich ist der Beifahrer für die Navigation verantwortlich, Reisschale!", motzte der Sioux zurück, während er wütend das Gaspedal durchdrückte und den Wagen auf Tempo 90 beschleunigte.

Die Nerven der beiden schienen wirklich blank zu liegen. Malte hatte bisher noch keinen solchen Streit zwischen ihnen miterlebt. Vom Rücksitz aus versuchte er zu schlichten: „Hört mal ..."

„Halt du dich raus! Eigentlich müsstet ihr als Ortskundige ...", schnauzte Tatonka über die Schulter, aber seine Partnerin fiel ihm ins Wort: „Lass den Jungen in Frieden! Malte kann wirklich nichts für deine fahrerischen ..." In diesem Moment blitzte es. Tatonka trat erschreckt auf die Bremse, und Mai Li verstummte.

„Na, wenigstens haben wir jetzt ein hübsches Erinnerungsfoto", grinste Wächter in die Runde.

* * *

An noch einem anderen Ort in Köln hatten Constantin und Mademoiselle deVille inzwischen der Rotweinflasche den Garaus gemacht. Dabei hatten sie einen Plan entworfen, wie man Constantins Freunde aus den Klauen der satanistischen Pegasus-Organisation befreien konnte. Leider würde das aber noch eine Weile warten müssen, denn der Medizinstudent hatte für heute Abend einen Nebenjob auf seinem Terminkalender stehen. Céleste hatte es sich nicht nehmen lassen, ihm dabei ihre Begleitung anzubieten. Sie war es nicht gewohnt, etwas, das sie einmal in den Klauen hatte, wieder loszulassen ...

* * *

Nachdem das Schicksal einen kurzen Rundumblick auf die anderen Akteure geworfen und befriedigt festgestellt hatte, dass alles noch in etwa so verlief wie geplant, wandte es seine Aufmerksamkeit wieder der näheren Umgebung des Waidmarktes zu. Dort flohen Emil und Demmi immer noch vor der Polizei, Demmi in leichten, beschwingten Sätzen, den herrlichen kalten Stein der Pyramide in ihrer Hand spürend, Emil mit schmerzenden Beinen, schwitzend und übellaunig.

„Die haben hier in zwei Minuten alles abgeriegelt!", keuchte er hinter der kleinen Dämonin her. „Die kriegen uns auf jeden Fall!"

„Nur, wenn wir an der Oberfläche bleiben!", warf sie über die Schulter zurück.

„Ich komme bestimmt nicht noch mal mit zu dir nach Hause!"

„So tief müssen wir gar nicht! Wir benutzen die Kanalisation!"

Damit steuerte sie auf den nächsten Gullideckel zu, bei dem sie haltmachte: „Na los! Hoch mit dem Ding!"

Emil kam keuchend neben ihr zum Stehen. „Das ist viel zu schwer!", japste er vornübergebeugt und stützte sich mit den Händen auf den Oberschenkeln ab.

Sie warf ihm einen abschätzigen Seitenblick zu: „Alles muss man selber machen!"

Damit begann sie, einen Zauber zu weben. Ihre Hände formten Muster, ihr Schwanz peitschte, ihre Lippen bewegten sich fast lautlos, der Gullideckel blieb ungerührt in seiner Fassung liegen. Demmi warf Emil einen kurzen, unsicheren Seitenblick zu, während der Abendwind den Klang von näherkommenden Polizeisirenen zu ihnen herübertrug.

„Könntest du nicht vielleicht doch versuchen …", begann sie, verstummte aber, als sie seinen Blick sah.

Mit noch größerer Konzentration – sprich: noch wilder peitschendem Schwanz – als beim ersten Versuch machte sie sich erneut daran, einen Zauber zu wirken, der den Gullideckel entfernen sollte. Nach einigen Sekunden ruckte die runde Betonplatte tatsächlich aus ihrer Fassung heraus und schob sich mit einem schleifenden Geräusch ein Stückchen zur Seite. Dann blieb sie in ihrer neuen Position unbeeindruckt liegen, obwohl Demmi weiter Muster in die Luft zeichnete und Zauberformeln murmelte. Nach einigen weiteren Sekunden brach die kleine Dämonin resigniert ab.

„Den Rest schaffst du ja wohl“, warf sie dem immer noch mit Keuchen beschäftigten Emil auffordernd zu.

„Was man begonnen hat, soll man auch zu Ende führen“, gab der unwirsch zurück.

„Ich könnte dich in einen Frosch verwandeln!“, zischte Demmi drohend.

Emil gab ein kurzes, heiseres Lachen von sich und konterte: „Ja! Aber erst beim zehnten Versuch!“ Dann fügte er hinzu: „Ich würde mich beeilen, sonst ist die Pyramide schon wieder weg!“

Unter wüstesten Flüchen in allen Sprachen dieser Welt krallte Demmi die Finger um den Rand des Gullideckels und wuchtete ihn stückchenweise so weit zur Seite, dass er den Schacht darunter freigab.

Emil fragte sich indessen, während er nach näherkommenden Polizisten Ausschau hielt, warum die beiden sich immer nur stritten. Jetzt begann er auch schon, gemein zu Demmi zu werden, obwohl er sie doch eigentlich mochte. Und sie mochte ihn auch, da war er sich inzwischen ziemlich sicher. Immerhin hatte es ihr leid getan, ihn unten in der Hölle zu verraten. Das hatte sie geschworen, also musste es die Wahrheit sein. Und nach allem, was er in den letzten zwei Tagen über Dämonen gelernt hatte, war in ihrer Welt Mitleid ein geradezu übergroßer Sympathiebeweis. Wahrscheinlich brauchte Demmi einfach nur noch mehr Zeit, um sich daran zu gewöhnen, dass man auch nett zueinander sein konnte …

* * *

Katrin war inzwischen nicht untätig geblieben. Sie hatte sich aus einem der geparkten Dienstfahrzeuge eine kugelsichere Weste mit der Aufschrift *Polizei* und ein Funkgerät organisiert. Dann hatte sie zu Fuß die Verfolgung der Flüchtigen aufgenommen. Nachdem sie die Nord-Süd-Fahrt, die direkt am Hauptpräsidium vorbeiführte, passiert hatte, war sie in die kleineren Gassen rund um das Hotel im Wasserturm gelaufen.

Von allen Seiten waren Polizeisirenen zu hören. Die wichtigen Ausfallstraßen waren wahrscheinlich schon gesperrt, und bald würden Kollegen das ganze Gebiet systematisch durchkämmen. Aber aus irgendeinem Grund war Katrin dennoch überzeugt, dass die beiden Gesuchten sich ihren Verfolgern irgendwie entziehen würden. Bei diesem Fall ging es definitiv nicht mit rechten Dingen zu. Hoffentlich waren wenigstens ihre momentanen Zielpersonen durch normale Kugeln zu verletzen, fuhr es ihr durch den Kopf, während sie mit gezückter Dienstwaffe vorsichtig durch eine enge, für Kölner Verhältnisse steil bergan führende Gasse schlich.

Plötzlich hielt sie inne und richtete den Blick auf die Gehwegplatten zu ihren Füßen. Dort war ein Gullideckel eingelassen und an seinem Rand befanden sich Kratz- und Schleifspuren auf den Steinkacheln – frische Kratz- und Schleifspuren!

Katrin griff zum Funkgerät. Wenn die beiden dachten, sie seien ihr entkommen, dann hatten sie sich aber gewaltig getäuscht!

* * *

Die Gesuchten wanderten unterdessen durch die übelriechende Dunkelheit der Kölner Kanalisation. Nachdem sie in den finsteren Kanalschacht hinabgestiegen waren, hatte Demmi sich wieder ihr ziviles Outfit – Jeans, *Devil*-Pulli und Lederjacke – herbeigezaubert. Dann waren sie losmarschiert. Eigentlich marschierte allerdings nur Demmi, die im Dunkeln scheinbar genauso gut sehen konnte, wie im Hellen. Emil stolperte unsicher hinter ihr her. Gnädigerweise hatte sie ihm erlaubt, sich an einer Schlaufe ihrer Lederjacke festzuhalten, damit er nicht in die Brühe hineinfiel, an deren Rand sie sich bewegten.

Nachdem sie eine Weile gelaufen waren, unternahm Emil einen weiteren Versuch, wenigstens in das Gesamtszenario ein wenig Licht zu bringen, wenn es hier unten schon keins gab: „In Ordnung: Wozu ist das Ding jetzt gut?"

„Später!", entgegnete Demmi hinhaltend. „Wenn wir mal zur Ruhe kommen."

„Du glaubst doch selbst nicht, dass das in diesem Leben noch der Fall sein wird", gab Emil resigniert zurück. Er wusste schon seit längerem nicht mehr so genau, woher er eigentlich die Kraft für ihre ständigen Kämpfe, Fluchten und sonstigen Rumhetzereien nahm, und das Frühstück war auch schon wieder Ewigkeiten her. Oh Gott, war er müde! Und seine Füße taten weh! Ach – was sagte er? Seine Beine! Sein ganzer Körper! Er war so arm! Was er nicht alles für die Liebe tat! Er war so ...!

In diesem Moment lief er gegen Demmi, die plötzlich stehengeblieben war.

„Pass doch auf, Trottel!", zischte sie ärgerlich, und dann, bevor er erwidern konnte, dass er nun mal nichts sah: „Da war ein Geräusch! Schritte!"

Sofort war Emil wieder hellwach. Schließlich konnte hier unten alles rumschleichen: Polizisten ... Dämonen ... Agenten ...

Auf einmal sah auch er wieder etwas. Zuerst war es nur ein leichter Schimmer, der die gewölbte Decke ihres Kanals schemenhaft sichtbar werden ließ. Sie befanden sich wohl in einem Hauptarm des Kanalisationssystems, auf einem steinernen Sims am Rande einer breiten, träge dahinfließenden Kloake. Die Lichtquelle musste sich in einem der Nebenarme vor ihnen befinden. Und sie näherte sich ihrer Position, denn es wurde immer heller im Kanal. Dann wurden ein – zwei – drei Lichtkegel an die gegenüberliegende Wand geworfen – eindeutig von Taschenlampen. Und jetzt konnte auch Emil Schritte hören, und dann Hundeknurren!

Emil hatte ziemliche Angst vor großen Hunden, und die Polizei hatte eigentlich nur große Hunde! Er wollte panisch zurückweichen, aber Demmi hielt ihn fest und flüsterte mit Frohlocken in der Stimme: „Hunde! Toll! Die können mich hier unten bestimmt nicht riechen."

„Ja, aber sehen können sie uns bald, wenn wir nicht verschwinden!", zischte Emil hektisch zurück.

Demmi gluckste: „Das wird lustig!"

Im nächsten Moment kamen tatsächlich zwei große Schäferhunde aus einem Seitengang nur wenige Meter vor ihnen heraus gehechelt. Der Schein der Taschenlampen warf ihre Schatten ins Riesenhafte verzerrt an die gegenüberliegende Tunnelwand. Emil starrte mit schreckgeweiteten Augen auf das grausige Schauspiel, Demmi grinste von einem Ohr zum anderen. Als die Tiere der beiden gewahr wurden, schlugen sie sofort an und begannen an ihren Leinen zu zerren. Hinter ihnen bogen zwei Hundeführer und eine dunkelhaarige Zivilpolizistin in kugelsicherer Weste um die Ecke.

„Halt, keine Bewegung, oder wir lassen die Hunde los!", brüllte einer der Beamten.

Emil war sowieso schon starr vor Schreck. Demmi allerdings machte einen Schritt auf die Hunde zu und in ihren

Augen erschien ein gefährliches, bläuliches Feuer. In diesem Augenblick erkannten die Tiere, mit wem – oder besser mit was – sie es zu tun hatten. Das Kläffen blieb ihnen im Halse stecken und alle Haare sträubten sich ihnen. Dann fuhren sie winselnd und mit eingezogenen Schwänzen herum und versuchten, sich hastig zwischen den Beinen ihrer Führer hindurch in Sicherheit zu bringen. Da es ziemlich eng auf dem Sims war, die Hunde aber tatsächlich sehr groß und außerdem angeleint, brach jetzt ein ordentliches Durcheinander unter den völlig überraschten Polizisten aus. Demmi brauchte nur noch ein halblautes „Buh!“ von sich zu geben, um das Gleichgewicht dort drüben vollkommen aus dem Lot zu bringen. Die Hunde entschieden sich von Panik getrieben für den schnellsten Fluchtweg und sprangen in den Kanal. Dabei rissen sie ihre Führer am anderen Ende der Leinen einfach mit. Unter wildem Gefluche und Gejaule trieben Mensch und Tier davon.

Die brünette Polizistin stand allerdings noch immer auf dem Sims. Sie hielt in der linken Hand eine große Stablampe, mit der sie ihnen ins Gesicht leuchtete. Mit der Rechten hatte sie ihre Dienstpistole auf sie gerichtet.

„Na schön! Ich weiß nicht, wie du das angestellt hast! Aber wenn du jetzt noch eine falsche Bewegung machst, schieße ich!“, keuchte sie drohend.

Demmi wandte sich zu Emil um und sagte gelassen: „Zieh den Kopf ein.“

Dann griff sie in aller Seelenruhe in die Jacke und zog ihre eigene Pistole.

„Letzte Warnung! Zwing mich nicht ...!“

Peng!

Infernalisch laut hallte der Schuss durch den Kanal und ließ Emil erschreckt zusammenzucken. Er hatte ganz vergessen, was ihm die Pegasus-Agenten am gestrigen Morgen über Dämonen und Schusswaffen erzählt hatten und erwartete nun schreckensbleich, eine schwer getroffene Demmi in seine Arme sinken zu spüren. Stattdessen hörte er aber nur das hämische Lachen des Sukkubus: „Guter Versuch, Menschlein! Bist ja eine richtig Mutige!"

Peng!

Peng! Peng!

Inzwischen war Emil wieder eingefallen, wie das mit Dämonen und Kugeln funktionierte, und so konzentrierte er sich darauf, hinter Demmi in Deckung zu bleiben – auch wenn das seinem männlichen Stolz einen leichten Knacks versetzte.

Katrin hatte ebenfalls begriffen, dass sie es hier mit dem gleichen Phänomen zu tun hatte wie tags zuvor im Park. Sie ließ in ohnmächtiger Wut ihre Waffe sinken, während Demmi jetzt ihrerseits die Pistole auf sie in Anschlag brachte und flötete: „Deine Kollegen warten auf dich, Bulette!"

Damit schoss sie. Katrin wurde wie von einem Faustschlag vor die Brust getroffen und nach hinten in den Kanal geschleudert.

Emil traute seinen Augen nicht: „Du hast sie …!"

„Mach dich locker! Sie hat eine kugelsichere Weste an. Das gibt nicht mehr als einen blauen Fleck", gab Demmi selbstzufrieden zurück. „Oh, sieh mal, die Bullen haben uns eine Taschenlampe dagelassen. Wie aufmerksam."

* * *

Die beiden waren schon in einem anderen Gang verschwunden, als Katrin über und über mit stinkender Jauche besudelt aus dem Kanalbecken herausgekrochen kam, immer noch Stablampe und Pistole in den verkrampften Händen haltend. Ihre Kollegen waren wohl schon in einen anderen Teil der

Kanalisation getrieben worden. Nur aus weiter Ferne erklang noch das schwache Echo unglücklichen Hundegejaules.

Die Polizistin war erfüllt von schrecklichem Ekelempfinden und dem nicht minder schrecklichen Schmerzen in ihrem Brustkorb. Eine dritte Empfindung übertraf diese beiden jedoch um Längen: der unglaubliche Zorn, der in ihr kochte! Während sie sich mit dem Handrücken die nassen, verdreckten Locken aus der Stirn wischte, keuchte sie: „Ich kriege dich, du Schlampe, und wenn ich dich niederboxen muss!"

17.

Ein Abend in der Oper

Constantin und seine charmante Begleiterin waren derweil am Haupteingang der städtischen Oper angelangt.

„'ier arbeitest du?“, hauchte Céleste ehrfürchtig und ließ ihren Blick an der wuchtigen Nachkriegsfassade hinauf wandern.

„Ich bin nur Statist“, gab Constantin bescheiden zur Antwort.

„Sag nicht ‚nur‘! Viele große Schauspieler 'aben so angefangen.“

Es fiel Constantin schwer, sich ein geschmeicheltes Lächeln zu verkneifen.

Er wechselte schnell das Thema: „Ich werde gleich in die Garderobe gehen. Bin schon ziemlich spät dran. Aber vorher schaue ich noch zu, dass du einen guten Platz im Publikum bekommst.“

Damit hielt er Céleste galant die Tür auf und steuerte dann mit ihr zielstrebig auf eine der Kassen zu. Dort arbeitete heute Abend eine Kollegin, mit der er gut konnte, und so standen seine Chancen, eines der überzähligen Tickets für die Vorstellung zu ergattern, nicht schlecht. Tatsächlich gelang es ihm ohne größere Schwierigkeiten, für Céleste noch einen Platz in der zehnten Reihe zu organisieren.

An den Aufgängen trennten sie sich. Die meisten anderen Gäste waren schon im Opernsaal, und gerade ertönte der letzte Gong, bevor sich die Türen schlossen.

„Aber nach der Vorführung nehmen wir Kontakt zu deinen Freunden auf, ja?“, fragte sie zum Abschied.

„Versprochen!“

Beide gingen mit einem Lächeln auseinander. Constantins war dabei allerdings wesentlich weniger berechnend als das Mademoiselle deVilles.

Céleste musste sich an diversen bereits sitzenden Operngästen vorbei zu ihrem Platz durchdrängeln. Sie schien eine der Letzten zu sein, die noch Einlass in den großen, bereits abgedunkelten Saal gefunden hatten. Da Céleste in den nächsten drei bis vier Stunden öde Langweilige erwartete, gönnte sie sich das Vergnügen, mit ihren hohen Absätzen auf so viele Füße wie möglich zu treten. Außerdem ließ sie ihr verführerisch duftendes Haar sämtlichen Männern, die in Damenbegleitung da waren, im Vorbeigehen durchs Gesicht streifen. Als sie endlich ihren Sitzplatz erreicht hatte, hassten sieben Frauen sie aus vollem Herzen. Sieben Männer hingegen hingen Phantasien nach, die an dieser Stelle aus Jugendschutzgründen nicht näher beschrieben werden sollen. Nur so viel sei verraten: Mademoiselle deVille spielte darin jeweils eine der beiden Hauptrollen.

Direkt vor Céleste saß eine ältere Dame in Begleitung eines jungen, geschniegelt aussehenden Mannes, der offensichtlich ihr Sohn war, denn zwischen den beiden war keinerlei erotische Schwingung wahrzunehmen. Die Dame wandte sich jetzt nach hinten um und fragte mit einem derartig liebenswürdigen Unterton, dass Céleste einen unangenehmen Würgereiz in der Kehle verspürte: „Ich hoffe, Sie können gut sehen? Ich kann mich auch ein wenig kleiner machen.“

„Nein, nein, schon gut“, gab die Dämonin hastig zurück, um dieses widerwärtig herzensgute Wesen möglichst schnell loszuwerden, und vergaß dabei sogar den französischen Akzent.

Einige Momente später schlug der Komponist mit seinem Taktstock auf das Notenpult und auf sein Zeichen hin stimmte das Orchester die Ouvertüre an. Das Gemurmel im Zuschauerraum verstummte, und das gesamte Auditorium lauschte schweigend den klassischen Klängen.

Fast das ganze Auditorium ...

Die Dame vor Céleste wandte sich ihrem Sohn zu und fragte flüsternd „Ist das jetzt die Ouvertüre, Schatz?“, woraufhin dieser tonlos zurückgab: „Ja, Mama.“

Viktor Schaffmann studierte Betriebswirtschaftslehre. Er liebte frisch gebügelte Hemden, was einer der Gründe war, warum er mit fünfundzwanzig Jahren noch bei seinen Eltern wohnte. Außerdem liebte er sinnlose Besäufnisse mit seinen Kumpels und seine Kommilitonin Nora, die aber mit einem Sportstudenten liiert war. Er hasste schnorrende Punks, die Gewerkschaften und Opernbesuche mit seiner Mutter.

Leider wünschte diese sich aber jedes Jahr zu ihrem Geburtstag mit gnadenloser Regelmäßigkeit, in die Oper ausgeführt zu werden. Und da Viktors Vater Opernbesuche genauso hasste wie sein Sohn, wälzte er die unangenehme Begleitpflicht einfach jedes Mal auf diesen ab, mit dem zwar vollkommen unsachlichen, dafür aber umso erpresserischeren Argument, dass er ihm schließlich sein Studium finanziere.

Deswegen – und nur deswegen – saß Viktor nun in der neunten Reihe des großen Saals des städtischen Opernhauses, um sich von irgendeiner grauenhaften postmodernen Interpretation irgendeines langatmigen klassischen Stücks zu Tode langweilen zu lassen. Er wusste genau, dass seine Mutter sich mindestens zehntausendmal zu ihm herüber beugen würde, um irgendwelche nichtigen Fragen zu stellen oder unqualifizierten Bemerkungen zu machen. Genau wie jedes Jahr!

* * *

Der erste Aufzug des ersten Aktes begann gerade, und hinter der Bühne herrschte ein aufgeregtes Durcheinander. Constantin stand in einer geschmacklosen postmodernen Interpretation eines antiken Sklavenkostüms an einen Pfeiler gelehnt da und rauchte in aller Heimlichkeit noch eine letzte Zigarette. Seine Laune war prächtig. Endlich hatte dieses sonderbare Abenteuer mal eine Wendung genommen, die ihm gefiel. Er würde direkt im Anschluss an die Vorführung zusammen mit Céleste seine Freunde aus den Klauen einer gefährlichen Sekte erretten. Das war doch mal eine wirkliche Heldentat! Und so selbstlos! Constantin war wirklich begeistert von sich – und natürlich auch von der Vorstellung, mit Mademoiselle deVille nach dem Abenteuer eine weitere Flasche Rotwein auf den Sieg des Guten zu leeren.

Er war so in Gedanken versunken, dass er fast seinen Auftritt verpasst hätte. Natürlich war es nicht wirklich „sein" Auftritt. Er hatte bloß die Aufgabe, zusammen mit etwa dreißig anderen Statisten einen Styroporsteinblock auf die Bühne zu ziehen und dabei so auszusehen, als habe die Requisite das Gewicht eines echten Steinblocks. Jetzt erwachte er allerdings erst, als seine Kollegen schon losmarschierten, aus seinen süßen Tagträumen und die vordersten Statisten waren schon auf der Bühne, als er seinen Platz an den Haltetauen endlich erreicht hatte.

* * *

Emil und Demmi hatten in der Zwischenzeit die Kanalisation verlassen. Durch eine verrostete Feuertür und über eine glitschige Nottreppe waren sie in eine Art Maschinenkeller gelangt, in dem große Aggregate brummten. Diesen Raum hatten sie durch einen anderen Ausgang wieder verlassen und standen nun am Ende eines Betonschachtes vor einer verschlossenen Stahltür.

Emil warf der kleinen Dämonin einen vorwurfsvollen Blick zu: „Na prima! Sackgasse!"

Die Angesprochene erwiderte seinen Blick genervt: „Ihr Menschen seid so vergesslich! Erinnerst du dich noch an die Tür im U-Bahnschacht?"

Damit trat sie einen Schritt zurück und hob ihre Pistole.

„Extrem unauffällig!", stieß Emil ärgerlich hervor.

„Wen juckt's?", gab Demmi gleichgültig zurück. „Ohren zuhalten!"

Na, wenigstens dachte sie diesmal daran, ihn zu warnen, bevor sie seine Trommelfelle malträtierte.

Nachdem sie mit mehreren Schüssen das Schloss gesprengt hatte, stieß Demmi die Tür mit der Hand auf: „*Voilà*!"

Emil musterte kopfschüttelnd das zerbeulte Metall und fragte: „Sag mal, warum zauberst du Türen eigentlich nicht auf? Das muss doch auch gehen."

„Ich kann mich nicht mehr so genau an die Formel erinnern", gab sie schulterzuckend zur Antwort.

Er hob eine Braue und stellte abschätzig fest: „Mit dem Zaubern scheinst du ja so allgemein deine Probleme zu haben."

Sie warf ihm einen giftigen Blick zu: „Vorsicht, Menschlein! Mach mich nicht ärgerlich – und jetzt komm endlich, sonst schnappen sie uns wirklich noch."

Damit trat sie durch die Tür und warf sie dann hinterhältig vor Emils Nase wieder zu, sodass sie ihm fast vor den Kopf schlug. Während er sie erneut aufstieß, warf er der schon einige

Meter entfernten Demmi noch hinterher: „Scheint ja nicht besonders kritikfähig zu sein, ihr Dämonen!"

Aber sie ignorierte das einfach und ging weiter, vorbei an den diversen im Gang gelagerten Pappmaschee-Säulen, Stoffballen und Styropor-Steinen. Offensichtlich befanden sie sich im Keller eines Theaters ...

* * *

Nur wenige Augenblicke später fuhr das schwarze Pegasus-Einsatzfahrzeug an der Rückseite der Oper vor und kam im absoluten Halteverbot zum Stehen. Alle Wagentüren schwangen gleichzeitig auf und heraus stiegen drei dunkelgekleidete Gestalten und ein großer Blondschopf im weißen Jogginganzug.

Während der Trupp die wenigen Treppenstufen hinauf zum Personaleingang nahm, brummte Tatonka: „Unsere Dämonen scheinen ja echte Kulturliebhaber zu sein."

* * *

Céleste fand das Stück grauenhaft langweilig. Nach der Ouvertüre hatte ein dicker Tenor – oder war es ein Bass oder Bariton? – in einem postmodernen Pharaonenkostüm die Bühne betreten. Jetzt schmetterte er irgendeine italienische Arie, die außer ihr wahrscheinlich höchstens noch drei Prozent des Publikums verstanden, alleine schon wegen des grässlichen deutschen Akzents des Sängers! Auf der anderen Seite: Selbst wenn man wusste, was der Fettwanst sang, machte das die Sache auch nicht viel interessanter.

Inzwischen zog ein Haufen Statisten in postmodernen Sklavenkostümen einen Styroporblock auf die Bühne. Da war ja auch der Kerl, an den sie sich rangeschmissen hatte! Sie setzte ein begeistertes Strahlen auf und winkte ihm pseudoverstohlen zu, als er einen unauffälligen Blick in den dunklen Zuschauerraum warf. Es war zwar unwahrscheinlich, dass er sie im Dunkeln der Ränge erkennen konnte, aber ein Profi achtete eben auf jedes Detail.

Vor ihr neigte sich Mutter Schaffmann zu ihrem Sohn hinüber und fragte flüsternd: „Glaubst du, der Stein ist echt?"

„Nein, Mama."

Céleste wäre mit Sicherheit nicht so entspannt der Opernaufführung gefolgt, wenn sie geahnt hätte, dass sich inzwischen nicht nur die kleine abtrünnige Schlampe und der Schatz des Meisters im gleichen Gebäude befanden wie sie selbst, sondern auch zwei Pegasus-Agenten, der Unhold und der Schattenmann.

* * *

Auch Emil und Demmi wären – hätten sie gewusst, wer sich noch so alles hier herumtrieb – wohl etwas vorsichtiger zu Werke gegangen. So fühlten sie sich allerdings ziemlich sicher. Wahrscheinlich würde es noch eine ganze Weile dauern, bis die Polizei ihre Spur von der Kanalisation bis hierher verfolgt hätte. Nachdem sie den Keller verlassen hatten, war Emil auch darauf gekommen, wo sie sich befanden. Da er Constantin schon einmal bei einer Probe begleitet hatte, kannte er sich ein wenig im Haus aus. Jetzt kam er auf die geniale Idee, einfach durch den Hinterausgang zu entwischen und dann an der nahegelegenen Haltestelle Appellhofplatz in der U-Bahn zu verschwinden.

Zum Unglück für unsere beiden Helden war der Hinter- oder Personalausgang, durch den sie sich elegant abzusetzen gedachten, allerdings eben jener Zugang zum Operngebäude, den das Pegasus-Team soeben benutzt hatte, um hereinzukommen. Zwar hatte sich das Einsatzteam in zwei Gruppen geteilt und Mai Li und Malte waren in den Keller hinabgestiegen, um sich dort umzusehen. Tatonka und Wächter jedoch waren im Erdgeschoss geblieben und so liefen Emil und Demmi den beiden jetzt genau in die Arme, als sie nichts Böses ahnend einen Gang des Personaltraktes entlanggeschlendert kamen.

Doch eins nach dem anderen ...

* * *

Mai Li und Malte schlichen durch von Neonröhren erleuchtete Kellergänge, unter deren Decken dicke Rohre entlang liefen. Die kleine Chinesin hatte ihre Pistole gezogen, Malte hatte sich von Pfarrer Krause ein großes Küchenmesser ausgeliehen. Nicht, dass er es ernsthaft darauf anlegte, damit einen Dämon zum Zweikampf herauszufordern. Aber der Pfarrer hatte leider keine brauchbareren Waffen besessen, und das Messer in der Hand war besser als das Schwert beim Schmied.

Der Hexenkompass war im Wagen zurückgeblieben. Nachdem man das Gebäude, in dem sich der Unhold aller Wahrscheinlichkeit nach befand, geortet hatte, war die erste Priorität, die kleine Dämonin und die Pyramide, vor allem aber Emil, vor ihm aufzuspüren. Dabei konnte das diffizile Instrument nur stören.

Nachdem sie schon einige Gänge abgesucht hatten, kamen Mai Li und Malte zu einem T-Stück. Der Gang, auf den der ihre stieß, lag in tiefer Dunkelheit. Nur hin und wieder wurde er vom fahlen Flackern einer offensichtlich defekten Neonröhre erhellt. Die Agentin bedeutete Malte, leise zu sein, und näherte sich vorsichtig der weißgekalkten Mauerkante. Plötzlich drang aus dem dunklen Gang das Geräusch schwerer Schritte. Dann waren Stimmen zu vernehmen, die ganz und gar nicht menschlich klangen!

Die erste sagte mit trocken hallendem Grabeston: „Was machst du denn hier?“

Eine andere antwortete dunkel grollend: „Die Schlampe suchen, was sonst?"

„Habe ich dir nicht verboten ...?", hallte wieder die erste, nur um von der zweiten erregt unterbrochen zu werden: „Du kannst mir gar nichts verbieten! Ab sofort nehme ich Befehle nur noch vom Meister persönlich entgegen!"

Mai Li spannte vorsichtig den Hahn ihrer Waffe und pirschte sich weiter an die Mauerkante heran, die Augen zu katzenhaften Schlitzen verengt. Wenn das wirklich Dämonen waren, dann hatte sie jetzt die einmalige Chance, zwei auf einen Streich zu erledigen. Gerade, als sie mit der Vorsicht und Eleganz einer Schneeleopardin ihren Kopf an die Ecke heranschob, hinter der sie die Dunklen vermutete, klingelte plötzlich in ihrem Rücken ein Handy. Natürlich klingelte es nicht einfach langweilig vor sich hin. Es gab eine dieser originellen und musikalisch wertvollen Melodien von sich, die um die Jahrtausendwende herum gerade richtig in Mode waren. In unserem Fall handelte es sich um eine Nachvertonung der Titelmelodie des Westernklassikers *Spiel mir das Lied vom Tod.* Mai Li fuhr erschrocken zusammen und riss ihre Pistole herum, als die elektronische Imitation einer jaulenden Mundharmonika die Stille hinter ihr durchschnitt.

Die beiden Stimmen sagten noch: „Da kommt jemand!", und: „Wir unterhalten uns später noch!" Dann entfernten sich schnelle Schritte.

Als die Chinesin begriffen hatte, was da eben passiert war, war es auch schon zu spät. Wer auch immer hinter der Ecke gestanden hatte – jetzt war er weg.

Da Mai Li als Profi wusste, dass sie keine Zeit für längere Gardinenpredigten hatte, hielt sie ihre Ausführungen kurz. Dafür wählte sie aber sehr prägnante Formulierungen. Malte versank innerlich im Boden, während er sich beeilte, sein

Handy aus der Gürtelhalterung am Bund seiner Jogginghose zu ziehen und auszuschalten.

Zum ersten Mal, seit er sich ein Mobiltelefon zugelegt hatte, ärgerte er sich schrecklich darüber, nicht auf die bissigen Vorhaltungen seiner Freunde gehört zu haben. Diese gehörten nämlich dem elitären Kreis der Handy-Boykotteure an – Emil, weil er der Meinung war, man dürfe nicht der blinden Technologiegläubigkeit Vorschub leisten; Constantin, weil er die These vertrat, im Informationszeitalter sei es ein Luxus, nicht ständig erreichbar zu sein; und Wächter ohne besonderen Grund. Nur Malte selbst hatte sich dem Gruppenzwang entzogen und boykottierte als einziger den Handyboykott seiner Freunde. Und nun hatte er deswegen einen schlechten Eindruck bei Mai Li hinterlassen! Nur, weil er immer sein Scheiß-Handy dabei haben musste! Dabei hatte er sich doch in den letzten zwei Tagen so viel Mühe gegeben, ihre Anerkennung zu gewinnen!

Dass sich sein Handy schon bald als geradezu schicksalhafter Glücksfall für ihn erweisen sollte, konnte er zu diesem Zeitpunkt noch nicht ahnen …

18.

Pharaonen und Dämonen

Ziemlich genau in dem Augenblick, da sich die immer noch wutschnaubende Mai Li und der tief betretene Malte auf die Fährte der vermutlichen Dämonen setzten, gesellte sich einige Stockwerke höher eine Sopranistin im postmodernen Pharaoninnen-Kostüm zu dem Tenor und trug nun ihrerseits eine Arie vor. Constantin stand an seinem Halteseil inmitten der anderen Statisten und träumte von Céleste. Diese gab ein geräuschvolles Gähnen von sich und freute sich darüber, dass ihre Nachbarin ihr einen empörten Seitenblick zuwarf. In der Reihe vor ihr fragte Mutter Schaffmann ihren Sohn leise: „Ist das jetzt immer noch der gleiche Akt?", und dieser antwortete tonlos: „Ja, Mama."

Außerdem fand in einem Gang im Personaltrakt die bereits erwähnte Begegnung zwischen Emil, Demmi, Tatonka und Wächter statt.

Nach einem Moment des allgemeinen Erstaunens warfen sich der kleine Sukkubus und ihr Begleiter herum und hasteten in wilder Flucht den Gang, den sie soeben hinauf gekommen waren, wieder herunter. Die beiden anderen rissen ihre Klingen unter den Mänteln hervor und stürmten ihnen nach. Eine diensteifrige Verwaltungsangestellte der städtischen Bühnen, die am Sonntagabend noch arbeitete, öffnete ihre Bürotür just in dem Augenblick, als die beiden schwertschwingend daran vorbeipreschten. Sie warf ihnen einen tadelnden Blick nach und rief: „Jetzt aber schnell! Die Aufführung hat schon angefangen!"

Emil konnte es einfach nicht fassen. Schon wieder laufen! Schon wieder fliehen! Diesmal vor seinem eigenen Freund! Großartig! Konnte nicht wenigstens mal eine Stunde lang nichts Unvorhergesehenes geschehen? Gerade als er das dachte, schwang eine Tür am Ende des Ganges, durch den sie gerade hetzten, auf und hindurch traten Mai Li und Malte, die soeben aus dem Keller zurückkehrten. Die kleine Chinesin stieß einen überraschten Schrei aus und riss ihre Pistole hoch.

Demmi bremste abrupt ab, bekam die erste Klinke zu ihrer Linken zu fassen, riss die Tür auf und war darin verschwunden. Emil gelang es nur knapp, ebenfalls rechtzeitig den Richtungswechsel zu vollziehen. Schlitternd und stolpernd hastete er durch die Tür und bemühte sich, wieder zu Demmi aufzuschließen. Im ersten Moment glaubte er, in einem Fundusraum gelandet zu sein, denn er musste kurz hinter dem Eingang über mehrere im Weg stehende Diwane und einen niedrigen Ebenholztisch flanken. Dann aber öffnete sich der Raum und auf einmal begriff Emil, wo er war! Er wandte im Laufen den Blick nach links. Dort schwangen sich riesige, mit einer Pyramidenlandschaft bemalte Leinwände meterhoch empor in die Dunkelheit des Bühnenbodens. Er wandte den Blick nach rechts. Dort sah er zuerst einen gewaltigen, graugesprayten Styropor-Steinblock, dann die Rücken von mindestens dreißig Statisten im gleißenden Scheinwerferlicht. Sekundenbruchteile später hatte er auch diese passiert und vor ihm öffnete sich der dunkle, fast vollbesetzte Zuschauerraum. Gerade noch rechtzeitig blickte er wieder nach vorne ...

Céleste sprang von ihrem Platz auf. Da war sie! Die kleine abtrünnige Schlampe! Mitten auf der Bühne! Unter rüdem Einsatz ihrer Ellbogen und Knie bahnte sich Mademoiselle deVille den Weg zum Mittelgang. Hier bot sich die einmalige Chance, das Miststück ohne den langwierigen Umweg über diesen Constantin und seine Freunde zu erwischen!

Mutter Schaffmann neigte sich derweil zu ihrem Sohn hinüber und flüsterte verwundert: „Sind das die Palastwachen?"

„Ich glaube nicht, Mama."

Demmi war unterdessen gerade auf ein vollkommen neues Problem getroffen, oder besser: davon getroffen worden! Denn auch Katrin hatte ihren Weg ins Opernhaus gefunden, und wie es der Zufall – beziehungsweise das Schicksal – wollte, war sie Zeugin der Verfolgungsjagd draußen auf den Gängen geworden. Jetzt war es ihr gelungen, Demmi und Emil den Weg abzuschneiden, indem sie durch einen anderen Zugang auf die gegenüberliegende Seite der Bühne gelangt war. Die kleine Dämonin hatte den Weg durchs Scheinwerferlicht fast hinter sich gebracht, als aus dem Schatten des Seitenvorhangs plötzlich – einer Mischung aus Sumpfmonster und Racheengel gleich – die Polizistin auf sie zugesprungen kam und sie *tackelte*.

Während Emil einen hohen Satz über die am Boden ringenden Kontrahentinnen machen musste, um nicht über sie zu stolpern, ging ein gutgelauntes Lachen durchs Publikum. Selbst Viktor Schaffmann konnte sich angesichts des Slapsticks da unten auf der Bühne ein amüsiertes Schmunzeln nicht verkneifen. Erst als seine Mutter ihn am Ärmel zupfte und aufgeregt fragte: „Sind das die Nilgötter?", erinnerte er sich wieder daran, dass er Opernvorführungen ja hasste.

Die arme Sopranistin, die gerade bei einer Stelle angelangt war, an der sie den Tod ihrer geliebten Schwester beklagte, warf unterdessen dem Tenor einen verunsicherten Blick zu, den dieser ebenso verunsichert erwiderte. Da die beiden an der Vorderkante der Bühne standen, mit dem Blick zum Publikum, hatten sie natürlich keine Ahnung, was in ihrem Rücken vorging – beziehungsweise, dass da überhaupt etwas vorging.

Auch Constantin wunderte sich über die Zuschauerreaktion. Jetzt hatte er schon siebenmal bei diesem Stück mitgespielt, aber an der Stelle hatte nun wirklich noch nie jemand gelacht!

Katrin und Demmi schenkten einander nichts. Sie bissen, kratzten, zogen sich an den Haaren, und die Dämonin versuchte sogar, die Polizistin mit dem Schwanz zu würgen. Emil hatte inzwischen kehrt gemacht und stand jetzt unschlüssig vor den beiden. Was tun? Jeden Augenblick mussten die Pegasus-Leute und seine Freunde hier auftauchen. Dann war es wahrscheinlich aus für Demmi! Auf der anderen Seite wurde ihm bei dem Gedanken, diesen beiden Furien in ihrem Kampf zwischen die Fronten zu geraten, bange um seine eigene Haut. Unschlüssig blickte er sich um. Vorne am Bühnenrand standen immer noch Pharao und Pharaonin und begannen gerade ein Duett anzustimmen, nur noch von vereinzelten Glucksern aus dem Publikum unterbrochen. Auch die Sklavenkomparsen standen noch genauso da wie zuvor. Aber in ihrem Rücken tauchte ein massiger Schatten im Dämmerlicht des hinteren Bühnenraums auf: Tatonka! Entweder Emil handelte jetzt, oder es war zu spät.

Beherzt griff er in das Knäuel unter sich hinein und bekam Katrins Schutzweste am Nackenstück zu fassen. Mit aller Kraft riss er daran und zog die Polizistin so weit von ihrer Gegnerin hoch, dass diese ihren Fuß vor den Bauch der anderen bekam. Mit einem kräftigen Tritt befreite sich Demmi ganz von ihrer Kontrahentin. Katrin wurde nach hinten auf die Bühnenbretter geschleudert, kam aber mit erschreckender Schnelligkeit wieder auf die Beine und hieb Emil noch im Hochkommen die Faust in die Magengrube, woraufhin dieser japsend auf die Knie sackte.

Im Publikum war das Gelächter inzwischen wieder lauter geworden, und die beiden Künstler an der Bühnenkante mussten ihre ganze Professionalität aufbieten, um davon unberührt ihre wechselseitige Klage über diverse verstorbene Verwandte und Bekannte vorzutragen.

In Constantin stieg indes langsam aber mächtig der Impuls auf, sich nur einmal ganz kurz umzudrehen, um zu schauen, ob nicht vielleicht irgendetwas weiter hinten auf der Bühne vorging, über das gelacht wurde. Aber er wollte auf keinen Fall unprofessionell wirken – schon gar nicht, wenn Céleste ihm zuschaute. Regel Nummer Eins war nun mal: *The show must go on*! Also blickte er weiter stoisch nach vorne, während in seinem Rücken Tatonka und Wächter auf die Bühne geprescht kamen.

Mutter Schaffmann in der neunten Reihe hatte vor Aufregung die Hand ihres Sohnes ergriffen, was diesem unglaublich peinlich war, obwohl sowieso niemand darauf achtete. Gebannt die Ereignisse auf der Bühne verfolgend, flüsterte sie: „Das sind jetzt aber die Palastwachen, oder?"

„Ich weiß nicht, Mama."

* * *

Auch wenn unser Unhold weder sonderlich helle noch wirklich vom Glück geküsst war, muss man ihm doch lassen, dass er es verstand, seine Auftritte wirkungsvoll in Szene zu setzen. Nachdem er von Mai Li und Malte in seiner Unterredung mit dem Schattenmann gestört worden war, hatte er sich ins Gestänge des Bühnenbodens begeben. Zwischen Scheinwerfern und hochgezogenen Requisiten hockend, hatte er aus den dunklen Höhen lauernd ins Publikum hinab geschielt, in der Hoffnung, dort die kleine blonde Schlampe auszumachen. Stattdessen hatte er aber nur die etwas größere rothaarige Schlampe, die ihm vorhin die Tour vermasselt hatte, entdeckt. Gerade, als er in einem anderen Teil des Gebäudes die Suche hatte fortsetzen wollen, waren die blonde Schlampe und ihr Menschlein plötzlich unten auf die Bühne gelaufen.

Jaaaa ...! Endlich! Jetzt war sie aber wirklich dran!

Mit für seine Körpermaße erstaunlichem Geschick hatte sich der Unhold durch die Gerüstkonstruktion geschwungen, um einen optimalen Angriffswinkel zu finden, und den hatte er just in diesem Augenblick erreicht. Er stürzte sich mit einem waghalsigen Sprung kopfüber vom Eisengestänge in den schweren Stoff des Vorhangs. Darin krallte er sich fest und rutschte, immer noch kopfüber, abwärts, wobei er den teuren Samt mit seinen Klauen total zerfetzte. Sein Plan war, sich wenige Meter über dem Boden abzustoßen, um dann senkrecht auf sein Opfer einzustürzen und ihm aus dem Sprung heraus den Kopf abzubeißen.

Ein Raunen ging durchs Publikum, als der gewaltige Dämon ins Blickfeld der Zuschauer gerutscht kam. Mutter Schaffmann drückte die Hand ihres Sohnes und hauchte verzückt: „Schau mal, Viktor! Ein echter Gorilla!"

Der schüttelte ärgerlich den Kopf und erklärte überlegen: „Das ist kein Gorilla, Mama. Das ist ein Orang-Utan!"

Doch wir waren beim Plan des Unholds, sich abzustoßen. Dieser setzte natürlich voraus, dass da auch etwas zum Abstoßen war – sprich: irgendetwas Festes; eine Wand, ein Pfeiler, irgendetwas eben. Der Vorhang hing aber genau so weit von der Wand entfernt, dass der Dämon jetzt ins Leere trat, als er den richtigen Zeitpunkt zum Sprung für gekommen hielt. Während sich seine Augen erschrocken weiteten, versuchte er noch mal und noch mal, doch noch irgendetwas Festes zum Abstoßen unter seine Krallen zu bekommen. Also trat er, während er weiter dem Boden entgegen rauschte, immer wieder in den bauschigen Vorhangstoff, sodass es fast so aussah, als liefe er daran herunter.

Demmi traute ihren Augen nicht, als sie den gewaltigen Kampfdämon hilflos strampelnd in ihr Blickfeld rauschen sah. Nach der ersten Schrecksekunde reagierte sie blitzschnell. Sie versetzte ihrer Gegnerin, die Emil gerade noch geboxt hatte, einen Tritt in die Seite, griff sich ihren nach Luft schnappenden Begleiter und zog ihn am Kragen mit sich fort. Noch bevor sich der Unhold nach seinem Aufprall auf den Bühnenbrettern wieder halbwegs hochgerappelt hatte, waren die beiden zwischen den Requisiten verschwunden.

Katrin hingegen hatte Demmis Tritt direkt vor die Füße des Kampfdämons geschleudert. Sämtliche Farbe wich aus ihrem Gesicht, als sie das Monster aus dem Park erkannte, das sich jetzt langsam über ihr aufrichtete und den Blick seiner bösen, rotglühenden Augen auf sie richtete.

Der Unhold brauchte einen Augenblick, um zu realisieren, dass das gar nicht die kleine blonde Schlampe war, die da zu seinen Füßen kauerte. Aber irgendwoher kannte er dieses Menschlein ...

Ach was. Egal.

Er wollte sich schon wieder auf Demmis Fersen heften und Katrin im Vorübergehen beiläufig mit seinen Klauen aufschlitzen. Davor warf er allerdings vorsichtshalber noch einen Blick in die Runde, wie er es sich seit der unangenehmen Begegnung im Park zur Gewohnheit gemacht hatte. Dabei sah er auf der anderen Seite der Bühne Wächter, der zusammen mit Tatonka erschreckt abgebremst hatte und jetzt zu ihm herüber starrte. Natürlich erkannte der Unhold seinen Gegenspieler sofort! Ein zorniges Grollen entrang sich seiner Kehle. *Der* schon wieder, und schon wieder mit Schwert! Und diesmal auch noch in Begleitung eines zweiten Bewaffneten! Der Unhold führte innerlich einen wilden Kampf mit sich selbst. Eigentlich musste er ja die Schlampe verfolgen, und gegen zwei geübte Schwertkämpfer standen seine Chancen in einer direkten Konfrontation auch nicht so unglaublich gut. Aber was war mit seiner RRRAAACHEEE!?

Dann auf einmal stutzte der Dämon. Denn plötzlich erinnerte er sich wieder, wo er das schlammige Etwas zu seinen Füßen schon mal gesehen hatte: im Park! Der –MENSCH! – da drüben hatte sie gerettet! Vor ihm gerettet! Das war's!

Das Grinsen, das nun auf den Zügen des Unholds erschien, war wirklich böse. Er suchte und fand Wächters Blick. Dann senkte er demonstrativ die Kohleaugen hinab zur immer noch schreckgelähmten Katrin. Wächter hatte die Polizistin auch erkannt und begriff jetzt sofort, was der Dämon vorhatte. Er machte einen hilflosen Schritt auf das Monstrum und Katrin zu, aber es war ganz klar, dass er keine Chance hatte, sie rechtzeitig zu erreichen. Der Unhold hob betont langsam seine Klaue und bleckte dabei sein gewaltiges Gebiss zu einem triumphierenden Grinsen. Wächter warf einen panischen Blick über die Schulter. Wo blieb denn Mai Li? Die hatte eine Pistole, mit der man vielleicht noch etwas ausrichten könnte! Doch weder von der Chinesin, noch von Malte war irgendeine Spur zu sehen. Stattdessen fiel Wächters Blick aber auf etwas anderes. Hinter dem Vorhang, in dessen direkter Nähe er stand, liefen drei straff gespannte Seile in die Dunkelheit des Bühnenbodens hinauf. Die Chance war winzig, aber da es das Einzige war, was er tun konnte, machte er einen großen Rückwärtsschritt und durchtrennte die Taue mit einem wuchtigen Streich.

Der Unhold hielt verwundert inne. Dann begriff er, was der Mensch vorhatte, und warf erschrocken den Kopf in den Nacken. Tatsächlich sauste irgendetwas aus der Dunkelheit des Bühnenbodens herab auf ihn zu. Während er schützend die Hände über den Kopf riss, zerplatzten nur wenige Zentimeter links und rechts von ihm schwere Sandsäcke auf den Brettern. Vorsichtig lugte der Unhold zwischen seinen Klauen hervor. Das war knapp gewesen! Gerade, als der Dämon wieder sein böses Grinsen aufsetzen wollte, fiel ihm plötzlich etwas auf: Hatte der Mensch nicht drei Seile durchgehauen? In diesem Moment schlug noch ein dritter Sandsack so haarscharf hinter dem Dämon auf, dass dieser den Windzug im Nacken spürte.

Beide Kontrahenten brauchten einen Augenblick, um zu begreifen, wie knapp Wächters Versuch, den Unhold aufzuhalten, gescheitert war.

Das Publikum amüsierte sich indessen großartig. Es kicherte und gluckste, als fände auf der Bühne gerade eine gelungene Komödie statt. Die Vorführung wurde dadurch noch amüsanter, dass sie aus dem Zuschauerraum betrachtet wie eine Pantomime wirkte. Denn das Orchester war gerade an einer Passage angekommen, die so laut war, dass alle Kampfgeräusche davon effektiv übertönt wurden. Und auch Tenor und Sopran waren bei einem Höhepunkt ihrer Gesangsdarbietung angelangt und holten trotzig alles aus ihren Stimmbändern heraus. Dieses grauenhafte Publikum würde sie nicht fertigmachen!

Währenddessen widerstand Constantin nur mit größter Mühe und einer Selbstbeherrschung, die er sich selbst gar nicht zugetraut hätte, dem Versuch, sich doch umzusehen.

Der Unhold aber ballte die Faust und reckte sie im Triumph empor! Dies war sein Sieg, und nichts konnte ihm diesen jetzt noch nehmen! Aber vielleicht konnte man ihn sogar noch ein wenig glänzender machen, als ursprünglich geplant. Der

Kampfdämon warf einen hinterhältigen Blick hinter die Reste des Vorhangs auf seiner Seite der Bühne. Dort verliefen auch Seile. Im Hochgefühl seines unerwarteten Glücks folgte er der spontanen Eingebung, sie mit seinen messerscharfen Krallen zu durchtrennen. Dann blickte er gespannt zu den Menschlein auf der anderen Seite der Bühne hinüber. Jetzt waren es Wächter und Tatonka, die entsetzt ihre Köpfe in den Nacken rissen. Und tatsächlich fiel nun auch aus der Dunkelheit über ihnen etwas herab. Wächter machte einen Satz zur Seite und entging knapp einem Sandsack, nur um dafür fast von einem zweiten erschlagen zu werden, dem Tatonka gerade noch rechtzeitig ausgewichen war.

Der Unhold, der die Szene gespannt beobachtet hatte, gab ein ärgerliches Knurren von sich: Schade! Wäre ja auch zu schön gewesen!

Dann fiel ihm wieder etwas auf: Er hatte ja auch drei Seile durchtrennt ...

Ganz plötzlich stieg aus den lichtlosen Tiefen seines Verstandes eine geradezu grauenhafte Vorahnung in ihm auf. Langsam hob er den Blick zur Decke und ließ dann ein tief deprimiertes „Och nö“ verlauten.

Während jetzt ein wirklich ohrenbetäubendes Gelächter durch den Opernsaal dröhnte, flüsterte Mutter Schaffmann verwundert: „Warum ist denn jetzt das Klavier auf den Gorilla gefallen, Schatz?“

„Konzertflügel, Mama. Es war ein Konzertflügel.“

* * *

Doch wo waren bei dem ganzen Durcheinander auf der Bühne eigentlich Mai Li und Malte geblieben?

Natürlich hatte vor allem die kleine Chinesin keineswegs vorgehabt, die Verfolgung der Flüchtenden den anderen zu überlassen, ohne selbst dabei mitzumischen. Dummerweise war sie aber dazu gezwungen worden. Denn just in dem Moment, da ihr Partner und Wächter durch den Bühneneingang gestürmt waren, hatten die Lichter im Gang begonnen, der Reihe nach zu verlöschen. Es hatte fast so ausgesehen, als flute eine Welle der Dunkelheit auf sie und Malte zu. Mai Li, die sich mit solchen Dingen auskannte, hatte ihren Begleiter gerade noch rechtzeitig in einen Fenstererker zu ihrer Linken geschubst und war dann auch selbst darin in Deckung gegangen.

In der nächsten Sekunde hatte sich ein dunkler Schemen aus den Schatten des Ganges geschält. Mai Li war, die Waffe im Anschlag, hinter ihrer Mauerkante hervorgekommen, nur um im nächsten Moment von einem wahren Kugelhagel wieder in Deckung gezwungen zu werden. Danach hatte sich ein formidables Feuergefecht im finsteren Gang entwickelt. Der Schattenmann stand mit gespenstisch wehendem Mantel in dessen Mitte und feuerte fast ohne Unterlass aus seinem Revolver. Das Problem mit dem Nachladen schien er auf irgendeine gespenstische Art und Weise gelöst zu haben. Mai Li kam nur wesentlich seltener dazu, auch mal einen Schuss abzugeben. Dabei hütete sie sich jedoch davor, ihre Nase hinter der Deckung hervorzustrecken, sondern hielt den Lauf ihrer Waffe einfach blindlings in den Gang hinein. In den Feuerpausen versuchte sie über ihr am Jackenkragen befestigtes Funkmikrofon Kontakt mit Tatonka aufzunehmen. Da es jedoch im Opernsaal – wie schon erwähnt – gerade unerhört laut war, hörte dieser trotz Ohrstöpsel nichts. Malte kauerte unterdessen hinter der kleinen Chinesin an die Heizung gedrückt in der Ecke und fragte sich, warum er nur ein doofes Messer zur Schießerei mitgebracht hatte.

Zum Glück für die Menschen war der Platz draußen vor dem Fenster, unter dem sie jetzt hockten, ziemlich hell erleuchtet und so fiel ein breiter Lichtstreifen in den Gang hinein und hinderte den Schattenmann daran, näher zu kommen. Und dann wurde ihnen plötzlich von unerwarteter Seite Hilfe zuteil. Die Tür, durch die sie gekommen waren, als sie Emil und den Dämon entdeckt hatten, öffnete sich nämlich mit einem vernehmlichen Quietschen und ein heller Lichtstrahl fiel in ihren Gang hinein. Mai Li sprang, die Waffe im Anschlag, augenblicklich aus der Deckung hervor, doch sie kam schon zu spät. Während jetzt der Reihe nach die Lichter wieder aufflackerten, sah sie gerade noch einen dunklen Umriss mit den letzten Schatten am Ende des Ganges verschmelzen. Dann waren die Schatten fort, und mit ihnen auch ihr Widersacher.

Die Agentin ließ die Pistole in ihrer Jacke verschwinden und wandte sich zu ihrem versehentlichen Retter um. In der Tür stand eine hübsche, rothaarige Frau und blickte verwundert zu ihr und dem immer noch in Deckung kauernden Malte herüber.

„Pardon? Ich ’offe, ich störe nicht“, begann sie unsicher.

„Im Gegenteil!“, versicherte Mai Li erleichtert.

Céleste schenkte den beiden ein strahlendes Lächeln. Dann hauchte sie: „Vielleicht können sie mir ’elfen? Ich suche einen Freund: Constantin Richter. Er ist Statist.“

Während Malte verzweifelt darum kämpfte, nicht in Célestes Waldseeaugen zu fallen, griff sich Mai Li ans Kinn. Wie konnte sie jetzt möglichst schnell und elegant diese Unbeteiligte wieder loswerden, ohne unhöflich zu wirken? Gerade als sie zu einer passenden Antwort ansetzen wollte, wurde schon wieder eine Tür aufgerissen, diesmal am gegenüberliegenden Ende des Ganges. Heraus kam Demmi, den immer noch nach Luft schnappenden Emil im Schlepptau.

Mai Li fuhr herum und riss ihre Pistole wieder aus der Jacke hervor, aber der kleine Sukkubus ging rechtzeitig hinter

Emil in Deckung. Das hatte in der Disko gestern Abend gut funktioniert, warum sollte es jetzt nicht wieder klappen? Dann erkannte Demmi Céleste, und deren Hände formten bereits einen Zauber.

Demmi stieß einen erschreckten Schrei aus. Die hier? Mit einer schnellen Bewegung zog auch sie ihre Pistole. Die war zwar nicht mit Freikugeln geladen, konnte Céleste also nicht verwunden, aber vielleicht konnte man wenigstens ihre Konzentration stören. Mai Li, die aus Furcht, Emil zu treffen, tatsächlich nicht auf Demmi geschossen hatte, dachte natürlich, die kleine Dämonin würde auf sie zielen. Also sprang sie wieder in den Fenstererker in Deckung, wobei sie Malte, der sich gerade aufgerappelt hatte, in seine Heizungsecke zurückstieß.

Um Célestes Hände erschienen schon die ersten Funken, als Demmis Schüsse sie trafen. Leider hatte das allerdings nicht den gewünschten Effekt, denn die Funken flackerten höher und höher um die manikürten Finger der vollkommen unbeeindruckten rothaarigen Dämonin. Panik erschien auf Demmis Zügen, während sie verzweifelt in ihrer Erinnerung nach der Formel eines passablen Gegenzaubers zu kramen begann.

Malte in seiner Ecke hatte unterdessen ebenfalls gerade erkannt, was Céleste da tat. Er starrte erschreckt auf das schaurig-schöne Schauspiel, das sie mit ihren smaragdglühenden Augen und den funkenumtanzten Fingern bot. Ein kurzer Seitenblick auf Mai Li bestätigte ihn in der Annahme, dass diese im Moment nur Augen für Demmi und Emil hatte – den die rothaarige Hexe in wenigen Sekunden rösten würde! Schon vereinigten sich in ihren Händen die Funken zu einem gleißenden Feuerball, als Malte endlich sein Messer hinter dem Rücken hervorgezogen hatte. Mit einem kurzen Stoßgebet an den himmlischen Schutzpatron der Treffsicherheit wog er es noch einmal in den Fingern. Dann schleuderte er es mit aller

Kraft in Richtung der Dämonin. Der scharfe Stahl ritzte leicht Célestes Unterarm, bevor er zitternd ins Holz des Türrahmens fuhr. Dadurch verzog diese mit einem schmerzerfüllten Aufschrei den Feuerball, der sich gerade in diesem Moment aus ihren Handflächen löste. Er explodierte einige Meter vor Demmi und Emil an der Decke des Ganges. Sofort sprang die Sprinkleranlage an, und irgendwo bimmelte eine schrille Alarmklingel los.

Céleste griff sich an den blutenden Arm und schaute zornig zu Malte und Mai Li hinüber. Ihr Blick traf sich mit dem der Pegasus-Agentin, die sich nach der Explosion des Feuerballs erschreckt zu ihr umgewandt hatte. Der rothaarige Sukkubus erkannte am Gesichtsausdruck der anderen, dass diese gerade begriff, mit wem sie es zu tun hatte. Mit einem Satz war Céleste durch die Tür verschwunden, noch bevor die Chinesin ihre Waffe in Anschlag bringen konnte.

Mai Lis Blick verharrte einige Augenblicke auf dem immer noch vibrierenden Küchenmesser. Dann wandte sie sich zu Malte hinüber. Der wusste noch nicht so recht, ob er sich nun freuen sollte, weil er seinen Freund gerettet, oder ärgern, weil er die rothaarige Dämonin nicht richtig getroffen hatte. Als er jedoch das leichte, aber durchaus anerkennende Lächeln der Chinesin sah, entschied er sich fürs Freuen.

Mai Li riss sich von Maltes Anblick los, als ihr plötzlich wieder einfiel, dass sich ja immer noch ein weiterer Dämon im Gang befand. Sie wandte sich wieder Emil und Demmi zu. Die beiden hatten sich mittlerweile schon fast bis ans Ende des Ganges zurückgezogen.

Vorsichtig verließ Mai Li ihre Deckung, die Pistole drohend auf Demmi gerichtet. Diese benutzte Emil immer noch als Schutzschild, hielt die Mündung ihrer Waffe aber passiv in Richtung Decke. Durch das Plätschern der Sprinkleranlage und das Bimmeln der Alarmklingel hindurch rief sie der Dämonenjägerin jetzt zu: „Emil geht es gut! Ich will nur sicher wegkommen! Die anderen sind die Bösen!“

Doch die Agentin fixierte die kleine Dämonin weiter drohend und misstrauisch und machte keine Anstalten, auf Demmis Gesprächsangebot einzugehen. Malte, der hinter ihr aus der Deckung des Fenstererkers trat, suchte und fand Emils Blick.

„Geht's dir wirklich gut?“, rief er seinem Freund besorgt zu.

Der Angesprochene überlegte einen Moment: Sollte er erklären, dass er am Ende seiner Kräfte war, hungrig, nass und total überfordert – und dass es ihm deswegen natürlich *nicht* gut ging? Dafür war jetzt wohl keine Zeit, also antwortete er stattdessen: „Ja, ja, alles in Ordnung! Aber da drinnen“, dabei deutete er auf den Bühnenzugang, „ist der Unhold! Wächter und der Sioux stehen ihm wahrscheinlich gerade gegenüber!“

Mai Lis Kopf ruckte zur Tür, auf die Emil gezeigt hatte, dann wieder zurück zu den beiden. Log er? Sagte er die Wahrheit? Auf jeden Fall würde eine Kampfsituation erklären, warum sich Tatonka eben nicht auf ihren Funkruf gemeldet hatte.

„Wenn ich dich töten wollte, hätte ich doch schon längst geschossen!“, rief Demmi jetzt fast flehend zu der Agentin hinüber. „Ich will nur weg! Ich *schwöre*, dass ich Emil nichts zuleide tun werde!“

Das gab den Ausschlag. Nach einem weiteren Moment des Zögerns entschloss sich Mai Li endlich, erst einmal nach ihrem Partner zu sehen. Wenn dieser wirklich da drinnen gegen einen Unhold kämpfte, war nicht nur er, sondern die gesamte Schar der Operngäste in Gefahr. Die Pistole weiter auf Demmi gerichtet ging sie vorsichtig auf die Bühnentür zu, zog sie auf und verschwand mit einem letzten bösen Blick darin. Malte, der soeben wieder sein Messer an sich genommen hatte, folgte ihr, wobei er ein letztes Mal fragend zu seinem Freund hinüberblickte: „Später erklärst du mir das alles aber mal, ja?"

„Mach dir keine Sorgen! Ich weiß, was ich tue!", gab Emil in aufmunterndem Tonfall zurück, auch wenn er sich heimlich fragte, ob diese Behauptung nicht etwas übertrieben war.

Malte nickte ernst: „Na, hoffentlich!"

Der große Blondschopf war schon halb durch die Tür zum Bühnenraum verschwunden, als er noch einmal innehielt: „Übrigens, hier draußen war eben noch ein anderer Dämon. So eine Art Geistercowboy. Lasst euch von dem bloß nicht erwischen!"

Emil und Demmi schauten einander erschrocken an. *Noch* ein Dämon? Ohne weitere Absprachen entschlossen sich die beiden übereinstimmend zur schnellstmöglichen Flucht. Darin hatten sie ja inzwischen Übung.

* * *

Als Mai Li den hinteren Teil der Bühne erreichte, kamen ihr schon die ersten Statisten entgegen gestolpert. Auch hier schrillte die Feuerklingel, die Vorführung war abgebrochen worden, und im Zuschauerraum wie auch unter den Darstellern herrschte ein ziemliches Durcheinander. Nachdem sie über einige Diwane und einen niedrigen Ebenholztisch geflankt war, erkannte Mai Li die große Silhouette Tatonkas im grellen Scheinwerferlicht. Er bahnte sich gerade durch weitere Statisten seinen Weg auf sie zu.

„Wo bleibt ihr denn?", knurrte er ärgerlich, als sie sich gegenüberstanden. „Was hat euch denn bitte aufgehalten?"

„Später!", beschied Mai Li ihn bestimmt. „Was ist mit dem Kampfdämon?"

„Er hat was abbekommen, konnte aber fliehen."

„Ist noch unmittelbare Gefahr im Verzug?"

„Ich denke nicht."

Mai Li warf einen Blick zurück zu der Tür, durch die sie soeben gekommen war. Malte hatte es gerade noch geschafft, ihr zu folgen, bevor ein ganzer Pulk von Statisten den Durchgang verstopft hatte. Es wurde geschoben, gedrückt und gerempelt, und weil alle gleichzeitig durch die Tür dem vermeintlichen Feuer zu entkommen suchten, kam letzten Endes kein einziger hindurch. Emil und die kleine Dämonin waren unter diesen Umständen wohl nicht mehr einzuholen. Mit einem ärgerlichen Kopfschütteln wandte sich die Dämonenjägerin wieder ihrem Partner zu: „Wo ist Wächter?"

„Kümmert sich um eine Polizistin, die in die Sache reingeraten ist."

„Gut. Schnappen wir ihn uns und treten dann einen taktischen Rückzug an. Es haben sich da noch einige Dinge ergeben, die wir in Ruhe klären müssen."

„Was ist mit Constantin?", fragte Malte von hinten.

Die beiden Agenten wandten sich irritiert zu ihm um, und Mai Li entglitt ein verständnisloses: „Wieso?"

„Na, weil er hier arbeitet und weil die rothaarige Dämonin von ihm gesprochen hat!", bemerkte Malte ungehalten. „Das kann ja wohl nur bedeuten, dass er inzwischen ebenfalls in die Sache reingeraten ist. Von wegen Schutzaura!"

Im Gesicht der Chinesin erschien ein betroffener Ausdruck: „Du hast recht! Dann müssen wir ihn wohl oder übel doch in Gewahrsam nehmen. Malte, geh du rüber zu Wächter und hol ihn. Tatonka, schau dich schon mal nach einem freien Ausgang um. Ich suche Constantin. Beeilt euch! Wir müssen hier weg sein, bevor die Polizei eintrifft!"

Mai Li fand den Medizinstudenten am vorderen Bühnenrand. Er stand dort und schaute suchend ins Publikum, das in vollkommener Unordnung versuchte, sich geordnet durch die Notausgänge in Sicherheit zu bringen. Céleste war jedoch nirgends zu sehen. Stattdessen erschien jetzt aber die kleine asiatische Sektenwerberin neben ihm und befahl: „Mitkommen!“

„Wie bitte?“, entgegnete Constantin verärgert über ihren unverschämten Tonfall.

Da Mai Li weder Zeit noch Lust zu Erklärungen hatte, schob sie ihm die Mündung ihrer Pistole in den Bauch und knurrte noch einmal: „Mitkommen!“

Constantin traute seinen Augen nicht.

„Soll das eine Entführung werden?“, fragte er in einer Mischung aus Ärger und Erschrecken.

„Zu deiner eigenen Sicherheit“, gab die Chinesin knapp zur Antwort und versetzte ihm einen leichten Stoß mit ihrer Waffe: „Na los! Vorwärts! Oder muss ich erst ungemütlich werden?“

Constantin hob stolz das Kinn, verschränkte die Arme vor der Brust und erklärte von oben herab: „Nun gut. Ich beuge mich der Gewalt. Jedoch nur unter Protest!“

Damit stolzierte er los, bedacht darauf, einen möglichst empörten Blick zur Schau zu tragen.

Wächter war, nachdem der Unhold sich selbst außer Gefecht gesetzt hatte, zu Katrin hinübergelaufen. Diese hockte immer noch vor den Trümmern des Konzertflügels, der den Bühnenboden halb durchschlagen hatte. Nachdem Wächter sich davon überzeugt hatte, dass der Unhold fort war – wohl unter der Bühne davon gekrochen – wandte er sich der Polizistin zu.

Diese schaute mit rehbraunen Augen zu ihm auf und hauchte: „Du ... du hast mich ...“

„Gerettet. Ich weiß. Langsam bekomme ich Übung darin. Mein Name ist übrigens Wächter, und deiner?“

„Katrin“, gab sie zaghaft lächelnd zurück. „Was geht hier eigentlich vor?“

Wächter streckte ihr die Hand entgegen, so dass sie sich daran hochziehen konnte. Dabei erklärte er: „Das ist kompliziert. Aber dass wir es mit Dämonen zu tun haben, hast du ja wahrscheinlich schon selbst gemerkt."

„Irgendwie schon ...", erwiderte sie zögernd.

In diesem Moment trat Malte zu den beiden: „Wächter! Wir müssen verschwinden! Die anderen packen gerade Constantin ein! Komm schon, bald wimmelt es hier sicher von Bullen!"

Da bemerkte er Katrin, und sein Blick blieb auf dem großen „Polizei"-Schriftzug auf ihrer Panzerweste hängen.

Sie schaute zwischen Wächter und Malte hin und her. Nach einem Moment allgemeinen Schweigens stellte sie bestimmt fest: „Entweder ihr nehmt mich mit, oder ich verhafte euch hier an Ort und Stelle!"

Wächter setzte ein erfreutes Grinsen auf: „Willkommen im Team!"

* * *

Der Unhold robbte derweil durch den Hohlraum unterhalb des Bühnenbodens. Sein Kopf schmerzte höllisch, und er hatte das üble Gefühl, eines seiner Hörner sei abgebrochen. Aber das war jetzt egal. Er roch immer noch *ihren* Schwefelduft. Das hieß, *sie* war noch nicht weit!

19.

Das Taxi und die Eisenbahn

Emil und Demmi hetzten über den Offenbachplatz vor der Oper, als sei der Teufel hinter ihnen her – was ja auch irgendwie nicht ganz falsch war.

Als sie die Nord-Süd-Fahrt erreichten, rannte Emil auf die Fahrbahn und stoppte das erste vorbeikommende Taxi, indem er einfach vor dessen Motorhaube sprang und „Halt! Anhalten!" brüllte. Der Wagen machte eine Vollbremsung, und der Fahrer – ein kleiner, dicklicher Mann mit Schnauzbart, Halbglatze und einem deutlichen Bauchansatz unter seinem Pullunder – ließ die Scheibe der Fahrertür runtersurren und lehnte sich heraus. Dann polterte er mit deutlichem Dialekt los: „Saach ens, spinnst dä, Jungsche? Mir sin doch nit im Krimi!"

Demmi war derweil schon beim Taxi und riss die Beifahrertür auf. Während sie in den Wagen glitt, keuchte sie: „Es ist wichtig! Bitte fahren Sie sofort los!"

Der Taxifahrer wandte sich ihr zu. Etwas besänftigt brummte er: „Wat kann denn schon so wichtig sinn, dat ma sisch dafür üvverfahre lässt?"

Demmi setzte einen verzweifelten Gesichtsausdruck auf, was ihr angesichts ihrer momentanen Lage nicht viel schauspielerisches Talent abverlangte: „Bitte! Wir müssen weg hier!"

„Sid ihr dä Räuber, die dä Schupos üvverall söke?“, fragte der Fahrer belustigt. Glücklicherweise schöpfte er aber keinen wirklichen Verdacht. Offensichtlich hatte sich die Täterbeschreibung noch nicht allzu weit herumgesprochen – und Emil und Demmi sahen für einen Unwissenden zwar etwas mitgenommen, aber alles in allem doch ausgesprochen harmlos aus.

Emil schaltete sich jetzt in das Gespräch ein, während er sich auf die Rückbank schob: „Wir werden von ihrem Ex verfolgt! Der kann Karate und will mich platthauen!“

Dabei spähte er mit angstgeweiteten Augen in Richtung Oper, wofür auch er nicht allzu viel Darstellungskraft benötigte.

Der Fahrer gab ein amüsiertes, aber gutmütiges Lachen von sich: „Jo, jo, dä Eifersucht!“

Damit trat er aufs Gas und der Wagen rollte endlich an und zog dann mit steigendem Tempo auf die linke Spur: „Wo sull et denn hinjonn?“

„Weit weg!“, stießen Demmi und Emil gleichzeitig hervor.

Der Fahrer stellte das Taxameter an und grinste: „Mir sull et recht sin. Isch han hüg nix mih vür.“

Während aus den Lautsprecherboxen Schlagermusik beruhigend auf sie einrieselte, kamen seine beiden sonderbaren Fahrgäste langsam wieder zu Atem.

Demmi hatte sich auf den Beifahrersitz gekauert und zermarterte sich angestrengt das Gehirn, wie es nun weitergehen sollte. Jetzt waren schon drei Schergen des Meisters hinter ihr her! Das war doch alles ganz anders geplant gewesen! Nur, leider gab es jetzt kein Zurück mehr. Entweder sie würde bis zum Vollmond durchhalten und dann die Pyramide benutzen können, oder ... Darüber wollte sie gar nicht nachdenken! Wenigstens war sie nicht alleine. Bei diesem Gedanken stutzte sie. Aus irgendeinem Grund half dieser Mensch ihr, obwohl er sich dabei ständig selbst in Gefahr brachte. Dabei hatte er eigentlich gar keinen Grund dafür. Warum er das wohl tat? Normalerweise waren die Sterblichen doch gar nicht so selbstlos. Ob es das war, was die Menschen „Freundschaft" nannten? Auf der Schwarzen Schule hatte sie gelernt, dass „Freundschaft", „Liebe", „Vertrauen" und „Treue" eigentlich nur Pseudonyme für „Dummheit" und „Schwäche" waren. Aber jetzt empfand sie dennoch eine gewisse Dankbarkeit. „Dankbarkeit – Krankbarkeit!" kam ihr ein bekannter dämonischer Lehrreim in den Sinn. Ärgerlich schüttelte sie den Kopf, um die Erinnerung an die Schwarze Schule zu vertreiben. Warum auch immer Emil ihr half – und wenn es tatsächlich aus Dummheit war – Hauptsache er war da!

Auch ihr im Fond sitzender Begleiter war derweil in Überlegungen betreffs der Gestaltung ihrer näheren Zukunft vertieft. Emil hatte irgendwie nicht das Gefühl, dass Demmi die Lage wirklich im Griff hatte. Eigentlich hetzten sie, seitdem er sie getroffen hatte, nur von einem Desaster ins nächste. Und jedes Mal war ihr Entkommen knapper gewesen als zuvor. Er musste endlich wissen, worum es bei diesem ganzen Spiel eigentlich ging. Sobald sie ein wenig zur Ruhe gekommen wären, würde er ihr Versprechen einlösen und sich haarklein erklären lassen, was es mit der Pyramide auf sich hatte. Vielleicht könnte man dann ja endlich ein wenig Planung in ihre Aktionen bringen.

Inzwischen fuhren sie schon eine ganze Weile schweigend durch die dunklen, wenig belebten Straßen Kölns in Richtung Stadtrand. Glücklicherweise passierten sie keine Polizeisperren. Die Ordnungsmacht hatte sich offensichtlich auf die Kanalisation eingeschossen. Außerdem waren wohl auch die Vorkommnisse in der Oper inzwischen von offizieller Seite zur Kenntnis genommen worden – was die allgemeine Verwirrung mit Sicherheit noch weiter steigerte. Während der ganzen Fahrt sprach niemand im Auto einen Ton. Selbst der Taxifahrer, der eigentlich nichts gegen ein kleines Schwätzchen einzuwenden gehabt hätte und brennend an weiteren Details des Eifersuchtsdramas interessiert war, blieb stumm, weil er merkte, dass seine Gäste nicht im geringsten an einer Konversation interessiert waren. Doch irgendwann hielt er es nicht mehr aus. Er musste einfach irgendetwas sagen! Nach einem Blick in den Rückspiegel stellte er mit einem Kopfschütteln fest: „Dat jit et jarnit! Da läuf uns schon dä janze Zig ene Hungk hingerher."

Emil und Demmi fuhren aus ihren Gedanken aufgeschreckt herum. Durch die Heckscheibe sahen sie den großen Schatten des Unholds, der dem Wagen mit gewaltigen Sätzen auf allen Vieren – beziehungsweise auf seinen verbliebenen Dreien – nachsetzte. Dabei holte er langsam, aber sicher auf! Sie brachen gemeinsam in Panik aus.

„Fahren Sie schneller!", kreischte Demmi ihrem Chauffeur entsetzt ins Ohr, während Emil auf dem Rücksitz hin und her zu hüpfen begann, als könne er damit ihr Gefährt in irgendeiner Weise beschleunigen.

Der Fahrer sah seine Gäste ungnädig an: „Dat is doch nur ene Hungk!"

Emil japste ungläubig: „Ein Hund? Sind Sie blind?"

Demmi hatte sich währenddessen entschieden, die weitere Organisation ihrer Flucht selbst in die Hand zu nehmen. Sie fing den verständnislosen Seitenblick des Fahrers mit eisblauen Augen auf und drang – begleitet von einigen magischen Gesten – direkt in seinen Geist ein.

Der Blick ihres Opfers wurde einen Moment lang glasig, dann erschien ein lüsternes Lächeln auf seinen Zügen: „Saach ens, Leckersche, sulle ma dä Doofkopp da hinge nit ruswerfe un uns noch ene schöne Ovend maache?"

Emils Miene verdüsterte sich schlagartig. „Du Drecksack lässt die Finger von meiner Freundin, oder ich hacke sie dir ab!", drohte er zornig, wenn auch vollkommen unbeachtet vom Rücksitz her.

Demmi verdrehte nur gestresst die Augen zur Wagendecke und fluchte: „Scheiße! Wieder danebengegangen! Ich hasse zaubern!"

Dann griff sie nach dem Kinn des Fahrers und versenkte ihren Blick noch tiefer in seinen Augen als zuvor. Da ihr ein weiterer Zauberversuch nicht sinnvoll erschien, entschied sie sich für ein konventionelleres Vorgehen. Mit leicht belegter Stimme raunte sie: „Okay, Süßer. Du wirst uns jetzt so schnell wie möglich so weit wie möglich von hier wegbringen. Dann überleg ich mir, ob's später nicht eine angemessene Belohnung gibt."

Zur Untermauerung ihrer Aussage zwinkerte sie ihm aufreizend zu, was Emil auf dem Rücksitz dazu brachte, vor Eifersucht in seinen Ärmel zu beißen. Doch der Erfolg gab ihr recht, denn der Angesprochene trat das Gaspedal bis zum Anschlag durch und schaltete in den zweiten Gang zurück. Die Maschine heulte auf, während der Wagen einen wahren Satz nach vorne machte und der Abstand zwischen ihnen und dem Unhold sich zwar nicht wirklich vergrößerte, aber wenigstens auch nicht mehr weiter verringerte.

„Allet, wat dä willst, Leckersche! Isch wor früher ma Rennfahrer!", gab ihr Chauffeur dabei angeberisch von sich und jagte über die nächste, schon auf Gelb springende Ampel. Dann machte er noch einen in seinen Augen wichtigen Nachtrag: „Isch bin übrijens dä Jupp, Leckersche!"

Emil hatte sich gerade spontan entschieden, den Kerl zu hassen, als auch er endlich wieder ein wenig Aufmerksamkeit von Demmi erhielt. Sie wandte sich zu ihm um und zischte: „Stör mich nie wieder beim Zaubern, klar? Du kannst gerne versuchen, das Vieh da hinten mit dem Schwert zu erlegen, wenn ich nicht mehr weiterweiß. Bis dahin verhalt dich einfach still!"

Emil sah sie verständnislos an. Dann begann er: „Ich hab' dich doch gar nicht ...", aber Demmi unterbrach ihn immer noch zischend: „Du hast mir dazwischengequakt!"

„Da warst du doch schon fertig!", rechtfertigte sich Emil, entrüstet, dass sie schon wieder ihren Ärger an ihm abreagierte.

Sie zog verächtlich die Oberlippe hoch: „Du scheinst dich ja gut mit Zaubern auszukennen! Hast wahrscheinlich wie ich dreißig Jahre lang praktische und theoretische Magie in der Schule gehabt, was?"

Jetzt wurde auch Emil richtig wütend. „Für dreißig Jahre sind deine Zauber aber ganz schön mickrig!", entgegnete er beißend.

Da schaltete sich Jupp in ihr Gespräch ein: „Pass ens op, Jungsche! So sprich ma nit mit minge Leckersche!"

Der unerwartete Flankenangriff brachte Emil vollends aus der Fassung. Er riss sein Schwert unter dem Mantel hervor und versuchte es aus der Scheide zu ziehen. Leider gelang ihm das aber nicht zur Gänze, weil es auf dem Rücksitz zu eng war. Die Klinge immer noch halb in der Scheide, brüllte er: „Halt du dich da raus, oder ..."

Weiter kam er nicht, weil der Taxifahrer in diesem Moment eine Vollbremsung hinlegte. Mit quietschenden Reifen kam die schwere Limousine schlitternd zum Stehen. Demmi und Emil starrten Jupp fassungslos an, dann fuhren ihre Köpfe herum, um zu sehen, wie weit der Unhold noch entfernt war. Als sie seinen riesigen, dunklen Schatten einige hundert Meter entfernt über eine hell erleuchtete Straßenkreuzung huschen sahen, kreischte Demmi schrill: „Fahr weiter, Schwachkopf! Sofooooorrrttt!"

Jupp wandte sich ihr lässig zu: „Dat wöd isch ja jerne, Leckersche, äver ..."

„Fahr über Rot!“, quiekte Demmi, die immer noch durch die Heckscheibe starrte.

Emil hatte sich derweil nach vorne umgewandt, um zu sehen, was eigentlich vor ihrem Wagen los war. Einen Moment lang spielte er mit dem Gedanken, einfach ohnmächtig zu werden, als er der geschlossenen Bahnschranken gewahr wurde. Dann besann er sich aber eines Besseren und krabbelte stattdessen aus dem Wagen, so schnell er das mit seinem halbgezogenen, im Mantel verhedderten Schwert zustande brachte. Die Beifahrertür aufreißend schrie er Demmi an: „Weg hier! Schnell!“

Dann zerrte er sie aus dem Taxi und schubste sie vor sich her auf die Bahnschienen. Als Jupp das sah, stieg auch er aus und rief „Dat is doch nur ene Hungk!“ hinter den beiden her. Da sie jedoch einfach weiterliefen, setzte auch er sich in Bewegung, um seinem „Leckersche“ auf den Fersen zu bleiben.

Demmi war inzwischen wieder halbwegs bei Sinnen und rannte vor Emil her über die Gleise, so schnell sie ihre Beine trugen. Ihr Begleiter hatte im Laufen sein Katana endgültig aus der Scheide befreit, was aber nicht bedeutete, dass er ernsthaft daran interessiert war, es auch zu benutzen. Panisch warf er immer wieder hektische Blicke über die Schulter. Aber außer dem dicken Taxifahrer, der in einigem Abstand, immer wieder „Nur ene Hungk!“ rufend, hinter ihnen her keuchte, war niemand zu sehen.

Das Laufen auf den Schienen war ausgesprochen anstrengend. Man musste zusehen, dass man mit jedem Schritt auf eine der Schwellen trat, denn im groben Schotter des Gleisbettes fanden die Füße keinen guten Halt. Mehr als einmal verfehlte Emil den sicheren Beton, strauchelte und musste seine nächsten Schritte vorsichtiger bemessen. Im Rennen erst fiel ihm ein, dass sie besser den Bahnübergang überquert hätten, um auf der anderen Seite vielleicht ein entgegenkommendes

Fahrzeug zu kapern. Denn schließlich war nicht damit zu rechnen, dass sie dem Unhold zu Fuß entkommen konnten, wenn selbst das Taxi ihn nicht abgehängt hatte. Die Schienentrasse war dummerweise zu beiden Seiten von dichtem, undurchdringlichem Gestrüpp gesäumt, sodass es unmöglich war, sie jetzt noch zu verlassen, und zum Umkehren war es definitiv auch zu spät. Er hatte sie alle in eine Falle geführt, aus der es kein Entrinnen mehr gab! Während Emil laut seinen eigenen, keuchenden Atem hörte, überkam sein Inneres eine furchtbare Ruhe. Wenn kein Wunder geschähe würde er wohl oder übel kämpfen müssen – gegen das schrecklichste Monstrum, dem er je begegnet war.

Da sprang ein riesiger Schatten direkt vor ihnen auf die Schienen. Emil wäre beinahe in die abrupt abstoppende Demmi hineingerannt, weil er gerade wieder nach hinten geblickt hatte. Mit Mühe stoppte auch er noch rechtzeitig ab. Dann wichen beide langsam vor dem vor ihnen hockenden Unhold zurück. Jupp, der von hinten herangekeucht kam, blieb wie angewurzelt stehen und nuschelte verstört: „Dat is äver ne jroße Hungk!“

Der Unhold richtete sich indessen betont langsam auf, und der Blick seiner dunkel glühenden Kohleaugen heftete sich auf Demmi und ihre beiden Verehrer, während ein böses, selbstzufriedenes Knurren aus den Tiefen seiner Kehle aufstieg. Fast freundlich grinste er: „Ach kommt schon! Ihr glaubt doch nicht im Ernst, dass ihr noch fliehen könnt! Stellt euch eurem Schicksal! Dann mach ich's auch kurz!“

Demmi ging hinter Emil in Deckung und flüsterte ihm zitternd „Tu doch was!“ ins Ohr.

Da ihm gar nichts anderes übrig blieb, straffte Emil sich, umfasste sein Schwert fest mit beiden Händen und ging trotz seiner quälenden Angst in Kampfstellung. Dabei versuchte er sich verzweifelt Mut zu machen. Wächter hatte dem Dämon schließlich auch schon mal mit dem Schwert gegenüber gestanden und lebte noch.

„Okay ...! Okay ...! Komm schon!“, brachte er bemüht entschlossen hervor.

Der Unhold setzte nun allerdings, durch seine Erfahrungen mit Wächter vorsichtiger geworden, eine misstrauische Miene auf und knurrte: „So, du hast also auch ein Schwert, ja? Da scheint's wohl irgendwo ein Nest zu geben.“

Dann trat wieder das wohlbekannte böse Grinsen auf seine Züge: „Da werde ich mich wohl auch bewaffnen müssen.“

Damit griff der Unhold nach der unter ihm liegenden Bahnschiene, um sie aus ihrem Bett zu reißen. In diesem Moment erklang ein singender Ton, der schnell lauter wurde.

„D'r Zoch kütt!“, schrie Jupp panisch, ohne aber dabei Anstalten zu machen, zur Seite zu springen. Auch Emil und Demmi blieben wie gelähmt stehen, als ein helles Licht aus der Dunkelheit auftauchte und in rasendem Tempo größer wurde. Nur dem Unhold gelang es dank seiner kampferprobten Reflexe, einen blitzschnellen Satz zur Seite zu machen. Er landete auf dem Nachbargleis und erwartete – fast bedauernd, dass er leer ausgehen würde – das Ende seiner Gegner.

* * *

Alfred war seit dreiundzwanzig Jahren bei der Bahn. In seiner Freizeit beschäftigte er sich am liebsten mit der halbwissenschaftlichen Fabeltier-Forschung. Der Yeti war dabei sein absoluter Favorit. Alfred war schon zweimal in Nepal gewesen, um selbst nach dem sagenhaften Schneemenschen zu suchen, hatte aber kein Glück gehabt. Dass er allerdings einmal ein ausgewachsenes Exemplar – wenn auch im braunen Sommerfell – auf den Schienen direkt vor seinem ICE zu Gesicht bekommen würde, hatte er nicht einmal im Traum erwartet.

Nur so kurz war das riesige, zottige Wesen im Licht seiner Scheinwerfer aufgetaucht, dass er sich hinterher oft fragte, ob er nicht einer optischen Täuschung erlegen war – zumal auch keiner seiner Freunde vom „Yeti-Club Korschenbroich“ ihm Glauben schenkte, als er beim nächsten Stammtisch von seinem Erlebnis erzählte. Und die Handwerker von der Instandsetzung versicherten ihm, dass die Spuren auf der Schnauze des Triebwagens stark auf ein Wildschwein hindeuteten. Dennoch hätte er schwören können, dass das Wesen aufrecht auf zwei Beinen dagestanden hatte, mit dem Rücken zum Zug, ohne die geringsten Anstalten zu machen, auszuweichen.

Demmi, Emil und Jupp auf dem Nachbargleis waren der Aufmerksamkeit des Bahnführers Alfred natürlich entgangen, ebenso wie der Schnauze seines ICE.

* * *

Oftmals liegen Glück und Pech nur einen Atemzug voneinander entfernt. Und der gewaltige Glücksfall, der unsere Protagonisten ein weiteres Mal vor den tödlichen Fängen des Unholds bewahrt hatte, hinderte das Schicksal nicht daran, ihnen jetzt einen bequemen Heimweg in Jupps Taxi zu verwehren. Denn als sie, immer noch mit zitternden Knien, zurück zur inzwischen geöffneten Bahnschranke kamen, stand dort neben dem cremefarbenen Benz ein Streifenwagen. Dahinter warteten noch einige andere Autos, deren Fahrer teilweise ausgestiegen waren, um zu sehen, wer da mitten auf der Straße geparkt hatte. Da Demmi und Emil ja sowieso noch einige unbereinigte Differenzen mit der Ordnungsmacht hatten, entschieden sie sich dafür, Jupp dieses Problem alleine ausbaden zu lassen. Nachdem Demmi ihn aus ihrem Zauber entlassen hatte, kehrte er arg verworren, immer wieder kopfschüttelnd „Ne jroße Hungk“ murmelnd, zu seinem Arbeitsgerät zurück.

Glücklicherweise kostete dieses Ereignis ihn aber nicht seine Lizenz, sondern nur den ein oder anderen Punkt in einer Stadt, die lustigerweise nach einer Biermarke benannt worden ist.

Emil und Demmi schlichen sich derweil unauffällig an der Polizei vorbei. Nach einigem Suchen fanden sie eine S-Bahnstation, von der aus sie zurück in die Nähe ihres Hotels fahren konnten.

Beide waren still und in sich gekehrt; Demmi, weil sie immer mehr das Gefühl hatte, dass ihr alles aus den Händen glitt, Emil, weil er total erschlagen war. Erst nachdem sie schon einige Minuten in der Bahn gesessen hatten, fiel ihm wieder ein, dass er ja noch nach der Pyramide hatte fragen wollen. Er wandte sich zu seiner Begleiterin, die aus den Fenstern hinaus in die Dunkelheit starrte, hinüber und fragte: „Willst du mir jetzt nicht endlich mal erzählen, wozu du das Ding brauchst?“

Demmi sah weiter aus dem Fenster. „Was für ein Ding?“, fragte sie nach einigen Augenblicken tonlos.

Emil glaubte, seinen Ohren nicht zu trauen. „Was für ein Ding?“, wiederholte er gereizt. „Na das Ding, für das ich heute schon in der Hölle war, bei der Polizei eingebrochen bin und von diversen Dämonen gejagt wurde!“

„Ach, das Ding“, antwortete Demmi müde, ohne ihren Blick von den Scheiben abzuwenden. „Ich erzähl's dir später. Im Hotel.“

„Immer nur Ausflüchte!“, versetzte Emil ärgerlich.

Aber die kleine Dämonin ließ sich nicht aus der Ruhe bringen. „Später, im Hotel. Ich versprech's dir“, erklärte sie noch einmal – in einem Tonfall, der eindeutig darauf abzielte, das Gespräch endlich zu beenden.

Da Emil zu erschöpft zum Streiten war, stieß er nur einen resignierten Seufzer aus und ließ die Sache erst einmal auf sich beruhen. Demmi sah derweil weiter aus dem Fenster in die Nacht hinaus, die draußen am Bahnabteil vorbeirauschte.

* * *

Ein anderer, wesentlich schnellerer Zug hatte sich inzwischen von seinem blinden Passagier getrennt und setzte seine planmäßige Fahrt in den Norden der Republik fort. Der Unhold lag derweil, alle Viere von sich gestreckt, in einem Dornengestrüpp am Rande der Strecke und starrte leeren Blickes ins Firmament. Wieder hatte leichter Nieselregen eingesetzt und benetzte jetzt wohltuend die hässlichen Züge des Dämons. Er fühlte sich unglaublich müde! Während er sich bemühte, die diversen Schmerzen seines inzwischen doch arg zerschundenen Körpers zu ignorieren, kreiste sein Geist immer wieder um die eine Frage, die er sich seit Beginn dieses Abenteuers schon so oft gestellt hatte: Warum konnte nicht *ein Mal* etwas klappen? Was hatte er denn getan? Na gut, er war ein Dämon. Er war böse und niederträchtig, grausam und brutal. Aber das war nun mal seine Bestimmung! Er konnte doch nichts dafür, dass er als alptraumhaftes Monstrum erschaffen worden war. Wenn man ihn vorher gefragt hätte, hätte er sich ja vielleicht dazu entschieden, etwas anderes zu werden. Ein friedfertiger Bauer zum Beispiel, oder ein Gärtner – ein Kräutergärtner! Welch ein angenehmes Dasein müsste das sein, ruhig und beschaulich: Jeden Tag Unkraut jäten, die Pflanzen gießen und zurechtschneiden und sich an ihrem Gedeihen erfreuen. Und abends, nach getanem Tagwerk, in seiner Stube sitzen, ein Pfeifchen schmauchen und ein gutes Buch lesen. Bei diesem Gedanken erschien ein seliges Lächeln auf den raubtierhaften Zügen des Dämons. *Jaaaa ...!* In seinem nächsten Leben würde er Kräutergärtner werden! Er fand, das hatte er sich redlich verdient.

Das Schicksal hätte hierzu einen freundlichen Eintrag in sein Notizbuch gemacht, wenn es so etwas wie ein Notizbuch besessen hätte.

20.

Vom Seelenstein

Die Ordensagenten waren mittlerweile zusammen mit Wächter, Malte, Constantin und Katrin wieder in der Pfarrklause angelangt. Der Pfarrer schien schon zu schlafen, und man hatte ihn nicht extra wecken wollen, zumal er den Agenten einen Zweitschlüssel ausgehändigt hatte. So war man leise an der Treppe zum oberen Stockwerk vorbeigeschlichen, um sich dann im Wohnzimmer zur Lagebesprechung zu versammeln. Tatonka entfachte ein Feuer im steinernen Kamin, während Mai Li in der Küche einen Kessel kochenden Wassers aufsetzte. Die anderen ließen sich müde in die drei großen Ledersofas fallen, die in einem offenen Rechteck zur Feuerstelle hin aufgestellt waren, mit einem niedrigen Couchtisch in der Mitte. Alle saßen schweigend und in sich gekehrt da, jeder schien seinen eigenen Gedanken nachzuhängen und die Gesichter der Versammelten waren ernst und bedrückt. Nur Constantin hatte noch immer seine „Ich-werde-zu-Unrecht-festgehalten"-Miene aufgesetzt. Dennoch schwieg auch er. Er hatte nämlich beschlossen, seine Geiselhaft mit größter Würde zu tragen.

Eine ganze Weile war nur das leise Knacken der Holzscheite und das Klappern aus der Küche zu hören. Dann kam Mai Li mit einem großen Tablett in den Händen zurück ins Wohnzimmer. Darauf standen eine Kanne voll dampfenden Tees, sechs Becher, Milch und Zucker. Sie stellte alles auf dem Couchtisch ab und ließ sich neben Malte nieder.

Dann brach sie das Schweigen: „Wir sollten nicht zu frustriert sein. Alles hätte viel schlimmer kommen können. Wir haben die Dämonen ein weiteres Mal in die Flucht geschlagen." Dabei warf sie einen aufmunternden Blick zu Wächter hinüber, der sein Schwert über die Knie gelegt hatte. „Niemand ist zu Schaden gekommen, weder von uns, noch von den Gästen. Auch Emil scheint immer noch wohlauf zu sein. Nichts ist entschieden."

Tatonka, der sich inzwischen ebenfalls gesetzt hatte, ließ ein leises Brummen vernehmen. Es war nicht klar, ob es Zustimmung oder Ablehnung bedeuten sollte.

Katrin warf einen vorsichtigen Blick in die Runde und fragte dann: „Worum geht es denn eigentlich? Was ist nicht entschieden? Ich meine, was wollen diese …", sie zögerte einen Atemzug lang, „Dämonen? Sie haben doch bestimmt einen Grund, hier zu sein."

Mai Li griff nach der Teekanne und einer Tasse.

„Natürlich. Er ist klein und schwarz", entgegnete sie ruhig, während sie sich das dampfende Gebräu einschenkte.

Katrin runzelte die Stirn, dann begriff sie: „Die Pyramide!"

„Genau, die Pyramide!", knurrte eine dunkle Stimme vom Wohnzimmereingang her.

Alle sechs fuhren herum. Im Türrahmen stand eine finstere Gestalt. Sie trug einen langen Mantel und einen verbeulten Schlapphut.

Im ersten Moment dachte Mai Li, dort stünde der Schattenmann. Sie hatte ihre Waffe schon halb gezogen, als sie erkannte, dass der Fremde wohl doch nur ein Mensch war. Er machte jetzt einen Schritt in den Raum hinein und zog dabei seinen Hut ab. Darunter kam ein wettergegerbtes, raues Gesicht zum Vorschein, das von einem bereits ergrauten Bart umwuchert wurde.

Nachdem die Chinesin sich gefangen hatte, fragte sie zögernd: „Wie sind Sie hier hereingekommen?“

Der Alte trat noch einen Schritt näher an die Sofas heran und erwiderte ruhig: „Pfarrer Krause hat mich reingelassen.“

Tatonka gab erneut ein kurzes Brummen von sich. Dann fragte er misstrauisch: „Agent?“

„Früher mal. Aber das ist lange her. Dennoch bin ich auf eurer Seite“, antwortete der Angesprochene. „Vielleicht sagt euch mein Name noch etwas: Ich heiße Arthur Chomsky.“

Tatonka und die übrigen warfen fragende Blicke zu Mai Li herüber. Diese schaute einen Moment lang nachdenklich in ihre Teetasse. Dann sagte sie: „Sie haben mit Frédéric Dubois zusammengearbeitet, richtig? Muss in den Sechzigern gewesen sein ...“

„So ist es.“

„Wir dachten, Sie seien tot.“

„Es hat nicht viel gefehlt.“

Während der Rest der Gruppe gespannt zwischen Mai Li und dem Alten hin- und herblickte, warf dieser seinen Hut auf den Couchtisch.

„Darf ich mich setzen? Dann erkläre ich euch alles.“

Die kleine Chinesin machte eine einladende Handbewegung: „Bitte.“

Er ließ sich schwer in die Sofakissen fallen und griff nach einer Teetasse: „Also, Pegasus hatte uns damals beauftragt, nach der Pyramide zu fahnden.“

Damit schenkte er sich vom dampfenden Tee ein und lehnte sich dann zurück. Nachdem er an seiner Tasse genippt hatte, fuhr er fort: „Einige von euch werden mit der Geschichte des Artefaktes vertraut sein. Dennoch erzähle ich sie vielleicht am besten noch einmal für die anderen."

Mai Li nickte zustimmend.

Der Alte nippte noch einmal an seiner Tasse, dann erklärte er: „Also: Diese kleine, geheimnisvolle Pyramide ist nichts anderes als ein Seelenstein. Die alten Ägypter haben tatsächlich mit der Unsterblichkeit experimentiert. Dabei haben sie nicht nur Mittel und Wege gesucht, den Körper über den Tod hinaus zu konservieren, sondern auch die Seele. Diese Pyramide ist eines der wenigen Meisterwerke, welche bei diesen Versuchen entstanden sind. Der Plan der ägyptischen Priester war, den Körper des Toten durch Mumifizierung vor dem Verfall zu bewahren. Seine Seele aber sollte in einem magischen Stein gefangen und so daran gehindert werden, ins Jenseits zu reisen. Dann sollte dieser Seelenstein in den Kopf des Toten eingesetzt werden. Soweit alles klar?"

Die Anwesenden nickten. Selbst Constantin war von der Geschichte gefangengenommen, auch wenn er sich sicher war, dass bald der Punkt käme, an dem sie in einen grauenhaften Esoterik-Hokuspokus abgleiten würde.

Der Alte trank einen weiteren Schluck Tee, dann fuhr er fort: „Gut gedacht, eigentlich. Allerdings stellten sich in der Praxis diverse Probleme ein, wie es scheint. Denn obwohl es tatsächlich möglich war, Seelen in die Artefakte zu bannen, hatten sie doch keine Verbindung mehr zu ihrem Körper. Die Toten blieben also tot, nur mit dem Unterschied, dass ihre Seele nicht im Jenseits, sondern in einem Stein weilte.

Die Ägypter brachen ihre Versuche ab, als sie erkannten, dass es ihnen nicht möglich war, dem Tod auf diese Art ein Schnippchen zu schlagen. Allerdings ...", dabei warf der Alte einen eindringlichen Blick in die Runde, „erschienen nun neue Akteure auf dem Plan, die aus ganz anderen Gründen Interesse an den Seelensteinen hatten. Die Dämonen hatten erkannt, dass sich für sie durchaus Einsatzmöglichkeiten für diese Artefakte boten. Denn Seelen sind für sie das wertvollste, was wir Menschen zu bieten haben. Ihre Kraft steigt mit jeder Seele, die sie fangen und quälen können. Normalerweise ist es ihnen allerdings nur möglich, verderbte Seelen zu erlangen. Ein guter Mensch kann zwar vielleicht von ihnen getötet werden, aber sein ewiges Leben können sie sich nicht aneignen. Mit so einer Pyramide aber könnte auch die Seele eines durch und durch guten Menschen – nehmen wir zum Beispiel mal Gandhi – in ihre Gefangenschaft gelangen. Diese würde dann die Macht des betreffenden Dämons enorm steigern. Denn gute Seelen sind in der Regel stärker als schlechte, und außerdem ist es natürlich viel böser, eine gute Seele gefangen zu halten als eine verderbte. Dämonen aber gewinnen Macht aus bösen Taten. Soweit alles klar?"

Wieder nickten alle Anwesenden. Constantin war zwar schon lange an dem Punkt angelangt, an dem die Geschichte für ihn in einen grauenhaften Esoterik-Hokuspokus abgeglitten war, aber spannend war sie dennoch. Also verzichtete er vorerst auf abfällige Zwischenbemerkungen.

Der Alte fuhr in seinen Erklärungen fort: „Das Problem für die Dämonen war allerdings, dass jeder Seelenstein nur ein Mal verwendet werden kann. Die meisten sind bereits im Alten Ägypten verbraucht worden, um die Seelen verschiedener Pharaonen in sich aufzunehmen. Diese Pyramiden zieren inzwischen ausnahmslos die Regale irgendwelcher Höllenfürsten. Allerdings waren zu allen Zeiten die wenigsten Herrscher durch und durch gute Menschen. Deswegen ist auch der Wert der benutzten Seelensteine eher gering. Wir wissen jedoch von *einer* Pyramide, die noch nicht benutzt wurde – deren magische Ladung noch erhalten ist."

Jetzt konnte Constantin nicht mehr an sich halten. „Klar, und das ist zufällig genau diejenige, die wir gefunden haben!“, stellte er fest und ärgerte sich im nächsten Moment, dass er das nicht so abfällig gesagt hatte, wie beabsichtigt. Die Geschichte hatte ihn zu sehr in ihren Bann gezogen.

Der Alte nickte: „Richtig. Sie war lange verschollen. Im Mittelalter taucht sie das erste Mal wieder in den Annalen von Pegasus auf.“

„Wie alt ist Pegasus eigentlich?“, fragte Malte in die Runde, während auch er sich jetzt Tee einschenkte.

Mai Li antwortete für den Alten: „Wir haben verschiedene Wurzeln. Aber unser jetzt gebräuchlicher Name stammt aus dem antiken Griechenland.“

„Wow!“, entfuhr es Wächter halblaut.

Der Alte hatte inzwischen noch einen Schluck Tee getrunken. Jetzt hob er wieder an: „Ja, Pegasus ist nicht so alt wie die Dämonen, aber seine Wurzeln reichen bis tief in die Menschheitsgeschichte zurück.“

„War die Inquisition auch Teil von Pegasus?“, wollte Katrin wissen.

Der Alte schüttelte den Kopf und erklärte trocken: „Nein, die gehörten zur Gegenseite. Wo war ich stehen geblieben? Ach ja – im Mittelalter. Also: Um das Jahr 1200 brachte ein nordfranzösischer Kreuzritter die Pyramide aus dem Heiligen Land mit nach Köln. Kurz darauf war er allerdings tot und das Artefakt schon wieder verschollen. Pegasus dachte lange Zeit, die Dunklen hätten es bereits in ihrer Gewalt. Denn sie ließen einige Jahrzehnte später einen geheimen Ritualplatz unterhalb des neuerrichteten Doms anlegen, um es dort einsetzen zu können.“

Malte, der die Geschichte schon kannte, nickte eifrig. Dann kam ihm ein Gedanke und er fragte: „Warum hat Pegasus den Ritualplatz eigentlich nicht zerstört?“

Mai Li warf ihm wieder einen ihrer anerkennenden Blicke zu und erklärte: „Weil wir ihn genauso gut benutzen können wie die Dunklen. Wenn wir die Pyramide erst einmal haben, können wir sie dort zerstören.“

Der Alte nickte bedächtig: „*Wenn* … Auf jeden Fall tauchte das Artefakt erst zu Beginn des 20. Jahrhunderts wieder auf. Hier in Köln. Ein Agent war durch Zufall im Nachlass eines reichen Kaufmanns darauf gestoßen. Die Dunklen schickten Schergen an die Oberfläche, um es ihm abzujagen. Aber es gelang ihm die Pyramide zu verstecken.“

„Im Pfeiler der Südbrücke!“, entfuhr es Constantin, der sich gleich darauf noch mehr ärgerte, das schon wieder nicht abfällig genug gesagt zu haben.

Der Alte warf einen fragenden Blick zu Mai Li und Tatonka herüber. Die beiden nickten zustimmend. Also fuhr er fort: „Auf jeden Fall war sie schon wieder verschollen. Der Agent, der sie damals versteckte, hieß übrigens Armand Dubois. Kurz nachdem er sie in Sicherheit gebracht hatte, spürten die Dunklen ihn auf und töteten ihn. Er hinterließ eine schwangere Ehefrau. Sie brachte kurz darauf einen Sohn zur Welt. Dieser wurde ebenfalls Pegasus-Agent, und auch er zeugte später einen Sohn: Frédéric.“

Mai Li warf erklärend in die Runde: „Die meisten Pegasus-Mitarbeiter vererben ihr Wissen und ihre Aufgabe von Generation zu Generation.“

Jetzt hatte Constantin endlich die passende Vorlage für eine abfällige Bemerkung gefunden. Er lächelte Mai Li müde an: „Jetzt willst du uns als Nächstes bestimmt erzählen, dass du einer alten Familie von Kampfmönchen entstammst …“

Die Chinesin warf ihm einen giftigen Blick zu: „Gibt es damit ein Problem?“

Constantin lehnte sich zufrieden über seine gelungene Provokation zurück und lächelte: „Nein, gar nicht. Und unser

Tatonka hier? Entstammt der einer Familie von Indianer-Schamanen?“

„Ich bin kein Indianer! Ich bin ein Sioux!“, bellte Tatonka.

„Mann, Leute! Ihr lasst echt kein Klischee aus, oder?“, grinste Constantin kopfschüttelnd.

Während Tatonka und Mai Li einen verärgerten Blick wechselten, erklärte Arthur mit gutmütiger Überlegenheit: „Selig sind die Unwissenden.“

Noch bevor Constantin einen Konter anbringen konnte, fuhr der Alte in seiner eigentlichen Erzählung fort: „An diesem Punkt verbindet sich die Geschichte der Pyramide mit meiner eigenen: Frédéric und ich sollten das Artefakt für Pegasus wiederfinden. Sein Großvater hatte nicht mehr die Zeit gehabt, der Organisation ihr Versteck mitzuteilen. Aber Frédéric hatte einige Anhaltspunkte, denen wir nachgehen wollten. Wir waren beide jung und ungestüm; außerdem vom Ehrgeiz beseelt, Großes zu vollbringen. Als es uns nicht gelang, die Pyramide mithilfe der Hinweise, die uns zur Verfügung standen, aufzuspüren, verfielen wir auf einen geradezu wahnwitzigen Plan, der überdies nach den Pegasus-Vorschriften streng verboten war: Wir versuchten, ins Reich der Dämonen hinabzusteigen. Dort sollte es, wie wir aus geheimen Schriften erfahren hatten, ein Brunnen-Orakel geben, an dem jedes Wesen ein Mal eine persönliche Frage stellen kann. Da Frédéric über seinen Großvater eine persönliche Beziehung zur besagten Pyramide hatte, wollte er versuchen, ihr Versteck auf diese Weise ausfindig zu machen. Ich begleitete ihn.“

Mai Li und Tatonka wechselten einen unbehaglichen Blick, Constantin suchte krampfhaft nach einem Ansatzpunkt für eine weitere abfällige Zwischenbemerkung, die anderen lauschten gespannt.

Der Alte schaute in seine Teetasse, als könne er an ihrem Grund die Vergangenheit wieder lebendig werden sehen. Nach einem kurzen Seufzer fuhr er fort – leiser diesmal, mit einem wehmütigen Ton in der Stimme: „Wir schafften es tatsächlich bis zum Brunnen. Während Frédéric in der Orakel-Kammer war, erschienen allerdings Dämonen. Sie enttarnten mich, es kam zum Kampf, ich floh ... Bis heute weiß ich nicht, ob Frédéric es geschafft hätte, wenn ich ihn nicht im Stich gelassen hätte."

Er nahm einen weiteren Schluck und blickte dann wieder trübsinnig in die fast leere Tasse. Die anderen schwiegen bedrückt. Constantin hielt die Geschichte zwar für frei erfunden, aber weil er gerade keine wirklich gute Idee für eine spitze Bemerkung hatte, hielt auch er den Mund und begnügte sich damit, müde zu lächeln.

Nach Sekunden der Stille, die nur vom Prasseln der Kaminscheite durchbrochen wurde, fuhr der Alte fort: „Natürlich marterte mich später mein schlechtes Gewissen. Ich zögerte, mich bei Pegasus zurückzumelden. Die Schande erschien mir zu groß. Nach einer Weile hatte ich meine Entscheidung getroffen. Ich kehrte alleine zurück ins Reich der Dämonen und stellte am Brunnen meine Frage: *‚Wie kann ich meine Schuld wieder gutmachen?'* Zur Antwort erblickte ich den Dom. Dann erklang das schaurige Heulen eines Unholds. Schließlich sah ich einen Menschen, einen jungen Menschen, an meiner statt über den Brunnen gebeugt. Da wusste ich, dass ich diesen Menschen retten musste, aus genau jener Situation, in der ich Frédéric im Stich gelassen hatte, und ich wusste, dass das Heulen des Dämons das Zeichen war, das mir den Zeitpunkt dafür bestimmte. Ich beschloss, so lange in der Nähe des Doms zu bleiben, bis dieses Zeichen einträfe. Um mich zu tarnen, führte ich das Leben eines Obdachlosen. Bei Pegasus habe ich mich nicht wieder gemeldet. Dreißig lange Jahre vegetierte ich so vor mich hin, bis gestern Morgen endlich ..."

Er brach ab. Malte fragte in das Schweigen hinein: „Emil?"

Der Alte nickte: „Ja, Emil war sein Name. Er war zusammen mit einem Sukkubus dort unten. Es gelang mir tatsächlich, ihn vor einem Advocatus Diaboli zu retten. Aber danach verlor ich ihn wieder. Da er nicht am ausgemachten Treffpunk erschien, kam ich hierher, in der Hoffnung, der Pfarrer könnte mir weiterhelfen. Jetzt gab es keinen Grund mehr, Pegasus nicht über alles zu informieren. Krause erzählte mir von euch. Ich beschloss zu warten, bis ihr hier eintrefft. Wisst ihr, wie es dem Jungen geht?"

Mai Li lächelte den Alten warm an: „Aus dem Dämonenreich ist er jedenfalls mit Ihrer Hilfe entkommen. Wir sind ihm gerade erst begegnet." Dann trat ein unglücklicher Ausdruck in ihre Augen: „Allerdings befindet er sich noch immer in der Gewalt des Sukkubus. Ich habe es nicht geschafft, ihn zu befreien."

„Aber der Dämon hat doch geschworen, ihm nichts zu tun", warf Malte aufmunternd ein.

Während Mai Li ihm einen dankbaren Blick schenkte, brummte der Alte: „Das ist eigenartig. Unten am Brunnen hat der Sukkubus ebenfalls einen Schwur geleistet: Sie hat geschworen, dass sie die Pyramide nicht für eine böse Tat benutzen will."

Tatonka knurrte: „Wofür denn sonst?"

„Oh, es gibt verschiedene Möglichkeiten, sie einzusetzen", erklärte der Alte. „Wir wissen nicht genau, was man tatsächlich alles mit ihr bewirken kann. Aber soweit bekannt ist, haben die Ägypter selbst nicht begriffen, was für Wunderdinger sie da erschaffen haben."

„Dennoch ist es nun einmal so, dass Dämonen mit allem, was sie tun, einen bösen Plan verfolgen", gab Mai Li zurück. „Dieser Sukkubus ist allerdings zugegebener Maßen eine Unbekannte in unserem Spiel. Sie hat Emil schon einige Male ohne erkennbaren Grund verschont. Außerdem besteht vielleicht irgendeine tiefere, schicksalhafte Verbindung zwischen den beiden. Er hat sie bereits bei ihrer ersten Begegnung als Dämon erkannt."

Der Alte beugte sich vor, um sich eine weitere Tasse Tee einzuschenken. Dabei bemerkte er: „Der Junge ist offensichtlich bis über beide Ohren in sie verliebt."

„Liebeszauber!", knurrte Tatonka abfällig.

Doch der Alte schüttelte den Kopf: „Da muss ich widersprechen. Ich gab ihm Teufelswurz. Das änderte nichts an seinem Verhalten ihr gegenüber. Seine Liebe muss echt sein."

„Der arme Junge", seufzte Mai Li mitleidig. „Da ist er wirklich an die Falsche geraten. Auf jeden Fall erklärt das, warum er ihre Hörner sehen konnte."

„Hattest du nicht gesagt, das sei eine besondere Gabe?", erkundigte sich Malte.

„Nicht unbedingt. Manche Menschen vermögen in allen Wesen und Dingen deren verborgene Natur zu erkennen. Sie spüren, ob ein Mensch oder Tier gut oder böse, krank oder gesund, zufrieden oder unglücklich ist. Dementsprechend erkennen sie auch Geister und Dämonen als das, was sie in Wirklichkeit sind, egal, ob diese sich tarnen. Den meisten Menschen geht diese Gabe allerdings fast vollkommen ab. Wenn sie jedoch wirklich lieben, schauen sie in die Seele des anderen. Es kommt eigentlich nur ziemlich selten vor, dass Menschen wirklich wahre Liebe füreinander empfinden, von Mutter- und Vaterliebe vielleicht einmal abgesehen. Meistens ist das, was sie für Liebe halten, in Wirklichkeit nur sexuelle Anziehung oder allgemeine Sympathie, oder sie fühlen sich durch das Interesse des anderen geschmeichelt – oder aber sie lieben eigentlich nur sich selbst im Gegenüber, ihr Spiegelbild in seinen Augen. Hin und wieder kommt allerdings tatsächlich die vielgerühmte ‚wahre' Liebe vor. Ganz selten gibt es sogar Liebe auf den ersten Blick. Und der arme Emil scheint sich dafür ausgerechnet eine Dämonin ausgesucht zu haben. Deswegen hat er sie sofort erkannt."

Während Mai Li so über die Liebe dozierte, ertappte Malte sich bei der Frage, ob sie wohl irgendwo irgendjemanden hatte, den sie liebte. Und dann ertappte er sich dabei, dass er hoffte, dem sei nicht so. Eine beunruhigende Entwicklung ...

Bald nach Beendigung der Lagebesprechung war im Haus des Pfarrers Krause Stille eingekehrt. Arthur hatte erklärt, dass er es kaum erwarten könne, endlich wieder in einem echten Bett zu schlafen. Dann hatte er sich als erster für die Nacht verabschiedet. Kurz darauf waren auch die anderen zu Bett gegangen.

* * *

Mai Li hatte die erste Wache übernommen. Ihr war sowieso nicht nach Schlafen zumute. Sie musste über die neuesten Entwicklungen und Informationen nachdenken: Warum verschonte der Sukkubus Emil so lange? Wollte sie ihn als Faustpfand benutzen – als Geisel? Und warum hatte sie geschworen, nichts Böses mit der Pyramide im Sinn zu haben? Wäre es möglich, dass sie ...? Aber nein! Diese Option war Pegasus nur theoretisch bekannt. In den Archiven gab es nicht einen einzigen verbürgten Fall dieser Art. Und außerdem: Vielleicht war der Schwur ja wieder mal eine dämonische Auslegungssache gewesen. Wenn die Kleine das Artefakt beispielsweise für ihren Meister suchte, dann konnte sie durchaus schwören, selbst nichts Böses damit anfangen zu wollen.

Mai Li war während des Nachdenkens im Wohnzimmer auf- und abgelaufen wie eine gefangene Raubkatze im Käfig. Jetzt war sie vor dem großen Fenster stehen geblieben und blickte hinaus auf die mondbeschienene Straße. Zwar nieselte es draußen schon wieder und ein geschlossener Wolkenteppich bedeckte den Himmel über Köln, aber dort, wo der fast volle Mond stand, war dieser Teppich nur dünn und die Helligkeit des Nachtgestirns durchdrang ihn mit Leichtigkeit.

Plötzlich war es der Chinesin, als habe sie eine Bewegung hinter sich wahrgenommen. Sie wandte sich um und sah Malte in der Wohnzimmertür stehen.

„Störe ich?“, erkundigte er sich unsicher, als sich ihre Blicke trafen.

„Nein, gar nicht!“, lächelte Mai Li zurück. „Wie lange stehst du denn schon da?“

„Ein paar Minuten“, gab Malte zur Antwort, und als er den erschreckten Ausdruck auf ihrem Gesicht sah, korrigierte er grinsend: „Stimmt gar nicht! Bin gerade erst gekommen.“

Dann wurden seine Züge wieder ernst: „Eigentlich wollte ich mich nur noch mal entschuldigen. Wegen dem Handy, heute in der Oper ...“

„Ach was!“, entgegnete Mai Li und hob abwehrend die Hände. „Schon vergessen! War ja auch meine Schuld. Ich hätte euch auf solche Details einfach aufmerksam machen müssen.“

Malte stieß sich vom Türrahmen ab und kam durch den Raum auf sie zu. Dabei fiel ihr auf, dass er seine Rechte hinter dem Rücken versteckt hielt. Als er am Fenster angelangt war, holte er umständlich eine Tasse mit dampfendem Tee hervor und streckte sie ihr entgegen.

„Ich dachte – als kleine Wiedergutmachung. Außerdem gehört sich das doch so, auf Wache, oder?“

Mai Li schenkte ihm ein für sie ungewohnt schüchternes Lächeln, während sie zaghaft nach der Tasse griff: „Das ist aber nett ...“

Er kratzte sich hinter dem Ohr und sah verlegen aus dem Fenster: „Es regnet noch immer."

Auch die Chinesin wandte sich jetzt wieder der Straße zu: „Ja. Es regnet noch immer."

Sie standen noch eine ganze Weile beieinander, ohne ein weiteres Wort zu sprechen.

21.

Versprochen ist versprochen

Auch Emil und Demmi hatten in der Zwischenzeit ihr Hotel erreicht. Sobald sie auf dem Zimmer angelangt waren, ging die kleine Dämonin zum Fernseher und schaltete den Musikkanal ein. Dann holte sie sich ein Bier aus dem Kühlschrank, ließ sich in den einzigen Sessel fallen und legte die Füße hoch. Ihr Schwanz schlängelte sich lässig über die Seitenlehne und strich träge auf dem Boden umher. Offensichtlich hatte Demmi vor, den Abend ruhig und vor allem ohne weitere Gespräche ausklingen zu lassen. Dabei hatte sie allerdings ihre Rechnung ohne Emil gemacht. Der schlenderte nämlich zum Fernseher hinüber und schaltete ihn wieder aus. Danach lehnte er sich an die Wand zurück: „Ich hätte da noch ein paar Fragen."

Demmi griff derweil schon nach der Fernbedienung.

„Morgen", erklärte sie und schaltete den Apparat wieder ein.

Emil warf einen genervten Seitenblick auf die Spice Girls, die unbekümmert trällernd über den Bildschirm hüpften. Dann bückte er sich und zog den Stecker.

Sie sah ihn böse an: „Ich bin müde und erschöpft. Würdest du Nervensäge mich bitte in Ruhe fernsehen lassen?"

Betont langsam zog Emil die Packung Zigaretten, die er eben noch in der Hotellobby erstanden hatte, aus seiner Manteltasche.

Er entnahm ihr eine Kippe und steckte sie sich in den Mundwinkel. Während er sie anzündete, nuschelte er zwischen den Zähnen hervor: „Du hast da noch ein Versprechen ausstehen."

Ihre Augen wurden schmal: „Ach ja?"

„Jepp!"

„Ich kann mich nicht daran erinnern, dir etwas geschworen zu haben."

Emil holte tief Luft. Dann entgegnete er beherrscht: „Ich will mich mit dir nicht um Feinheiten streiten. Du hast es versprochen!"

Demmi warf ihm einen hinterhältigen Blick zu: „He, du weißt doch: Ich bin eine Dämonin. Wir machen so was!"

„Scheiße! Ich habe ein Recht darauf, endlich zu erfahren, was es mit dieser blöden Pyramide auf sich hat, wegen der ich seit zwei Tagen durch die Gegend hetze – und von Dämonen und Dämonenjägern und der Polizei und meinen Freunden verfolgt werde!"

„Darf ich dich daran erinnern, dass du derjenige warst, der sich unbedingt an meine Fersen heften wollte?"

Mit diesem Argument hatte Demmi ausnahmsweise einmal Recht. Gerade deswegen kochte Emils Wut jetzt aber schier über. Er schrie: „Ach ja? Dann darf ich dich vielleicht daran erinnern, dass du mir die Pyramide gestohlen hast!"

Sie warf ihm einen gespielt mitleidigen Blick zu: „Du kannst damit doch sowieso nichts anfangen! Du bist doch nur ein Mensch."

Emil schnappte vor Empörung nach Luft. Dann brüllte er: „*Nur* ein Mensch? Ach ja? Was bist du denn? Du bist im engeren Sinne des Wortes ja nicht mal ein Lebewesen! Ich hingegen gehöre zur Krone der Schöpfung!"

Demmi sah ihn mit großen Augen an. Dann brach sie in schallendes Gelächter aus. Das hatte er wirklich nicht erwartet und es brachte ihn vollkommen aus dem Konzept.

„Was ist daran so komisch?“, fragte er säuerlich, während sie aus dem Sessel plumpste und sich auf dem Boden hin und her warf.

„Krone der Schöpfung!“, japste sie begeistert und wurde von einem neuerlichen Lachanfall geschüttelt. „Das ist gut! Krone der Schöpfung!“

Irgendwie hatte Emil das dumme Gefühl, dass ihm die Kontrolle über die Diskussion wieder mal entglitten war. Während er noch nach einer halbwegs passenden Antwort auf Demmis Unverschämtheit suchte, kam sie hoch und erklärte, immer noch von gelegentlichem Kichern unterbrochen: „Ihr Menschen seid wirklich die einzigen – *hihi* – die das so sehen. Weißt du, im Jenseits gab es vor ein paar Jahren mal eine – *hihihi* – eine Abstimmung über die beliebtesten Spezies. In der Kategorie Wirbeltiere landeten die Menschen – *hihi* – auf dem drittletzten Platz, knapp vor Haien und Hyänen, und selbst dabei hatten sie noch gemogelt!“

Emil rutschte gegen seinen Willen „Warum gemogelt?“ heraus.

„Na ja“, dozierte Demmi schulmeisterlich, wobei sie sich die Tränen aus den Augen wischte, „Also erstens hielt Cicero die Verteidigungsrede der Menschen und konnte so wenigstens noch einige Enthaltungen rausholen.“ Sie machte eine bedeutungsvolle Pause.

„Und zweitens?“, fragte Emil resigniert. Da er nun sowieso schon ausgebremst war, wollte er wenigstens die Pointe nicht verpassen.

Demmi schenkte ihm eins ihrer hinterhältigsten Lächeln. „Die Hunde konnten durchsetzen, dass jede ihrer Rassen eine eigene Stimme bekam. Dann haben sie natürlich alle für die Menschen gestimmt – als einzige übrigens“, schloss sie dann zufrieden mit ihrer eigenen Ausführung.

Emil suchte verzweifelt nach einer halbwegs schlagfertigen Entgegnung. Ihm fiel aber nichts wirklich Gutes ein, also begnügte er sich mit einem trockenen: „Ich gehöre also zur drittunbeliebtesten Spezies des Planeten?“

Die kleine Dämonin hob beschwichtigend die Hände: „Ich sagte doch: nur in der Kategorie Wirbeltiere. Es gab einige besonders aggressive Bakterienstämme, die bekamen nur Gegenstimmen.“ Sie überlegte einen Moment. „Allerdings hatten die auch keinen so guten Verteidiger – und keine Haustiere.“

* * *

Der Streit im Hotelzimmer war noch einige Zeit weitergegangen. Schließlich hatte Demmi Emil hoch und unheilig versprochen, ihn am nächsten Morgen endlich aufzuklären. Etwas zu Schwören hatte sie sich allerdings standhaft geweigert, mit dem Hinweis, dass sie in der letzten Zeit sowieso schon viel zu viele Schwüre geleistet habe. Da Emil inzwischen tatsächlich am Ende seiner Kräfte gewesen war, hatte er sich dazu entschlossen, es für den Moment gut sein zu lassen. Aber für den nächsten Morgen hatte er sich fest vorgenommen, endgültig die Wahrheit aus ihr heraus zu quetschen, und wenn er dazu sein Schwert würde ziehen müssen! Wieder hatte er sich auf dem Bett zusammengerollt, diesmal sogar, ohne vorher seine Stiefel auszuziehen, und war augenblicklich eingeschlafen.

Jetzt saß Demmi wieder allein im Fensterrahmen, blickte hinaus in den Nieselregen und kämpfte mit ihrer Furcht. Es war schon sonderbar, aber mehr noch als die Schergen des Meisters fürchtete sie den Moment, da sie dem Menschen die Wahrheit würde sagen müssen. Die Wahrheit machte so unglaublich – verletzlich! Was war, wenn er sie auslachte? Oder sie für verrückt erklärte? Oder ihr einfach nicht glaubte?

Demmi ließ sich von der Fensterbank gleiten und fing an, im Raum umherzulaufen. Warum interessierte sie überhaupt, was er über sie dachte? Er war nur ein Mensch! Und ein ziemlich naiver obendrein! Warum schleppte sie ihn überhaupt seit gestern Abend mit? Okay, er hatte ihr einige Male geholfen. Aber wozu war er jetzt noch gut? Warum ließ sie ihn nicht einfach verschwinden? Dann müsste sie ihm auch nichts erzählen. Erst jetzt fiel ihr wieder ein, dass sie ja der Pegasus-Agentin geschworen hatte, ihm nichts anzutun. Seltsamerweise war sie irgendwie dankbar für diesen Schwur. Warum das? Warum *wollte* sie den blöden Kerl nicht töten? Seit ihrem Entschluss war alles so furchtbar kompliziert geworden – und dieser Emil machte es nur noch viel komplizierter! Was wollte er überhaupt von ihr? Warum half er ihr? An ihrem Zauber vom Freitagabend konnte es schon lange nicht mehr liegen, dass er bei ihr blieb. Wahrscheinlich war er einfach auf ein Abenteuer aus! Er langweilte sich vermutlich in seinem normalen Leben und suchte jetzt den Kick. Der Mistkerl missbrauchte sie und ihre Situation, um seinem öden Menschenleben ein wenig Spannung zu verleihen. Wie es ihr dabei ging, interessierte ihn dabei wahrscheinlich gar nicht wirklich! Menschen waren so – ätzend! Auch nicht viel besser als Dämonen!

Sie warf einen bösen Blick zum friedlich schlummernden Emil hinüber. Er sah so unschuldig aus, und er war wirklich ein hübscher Kerl. Das ärgerte sie noch mehr. Sie, ein Sukkubus, sollte sich von einem Menschen einlullen lassen? Oh nein! Er wollte unbedingt bei ihr bleiben? Das würde er noch bereuen! Na gut, sie hatte geschworen, ihm nichts anzutun. Aber ärgern dürfte sie ihn! Langsam ging sie wieder zurück zum Fenster. Dort ließ sie sich nieder und begann einen teuflischen

Plan auszuhecken, wie man ihn am besten seiner Nachtruhe berauben konnte …

* * *

Emil wurde davon wach, dass etwas auf sein Gesicht tropfte. Er wälzte sich im Halbschlaf herum und zog seinen Mantelaufschlag höher. Doch das Tropfen hörte nicht auf. Mühsam kam er hoch und öffnete die Augen. Über ihm stand Demmi, in den Händen ein Stück Wassermelone – Gott wusste, wo sie es herhaben mochte. Sie kaute mit vollen Backen, während von ihrem Snack Fruchtwasser aufs Bett tropfte. Dann spuckte sie ihm einen Kern gegen den Kopf. Jetzt war er endgültig wach.

„Was soll denn der Scheiß?“, brummte er ärgerlich.

Sie nuschelte schmatzend zurück: „Was für'n Scheiß?“

„Warum weckst du mich?“ Er warf einen Blick zum Fenster hinüber. „Es ist ja noch dunkel!“

„Ich hatte Hunger!“, gab Demmi grinsend zurück und biss ein weiteres Stück von der Melone ab.

Emil schob sich zur Bettkante vor, wischte sich den klebrigen Melonensaft von der Wange und knurrte: „Kannst du nicht woanders essen?“

„Können schon!“, erwiderte sie gutgelaunt. „Aber ich will nicht!“

Er erhob sich, und sein Ärger verwandelte sich langsam in ausgewachsenen Zorn.

„Warum tust du das?“, stieß er hervor und baute sich drohend vor ihr auf.

Sie nahm noch einen Bissen und kaute genüsslich. Dann spuckte sie ihm einen weiteren Kern gegen den Kopf: „Warum nicht?“

Er versuchte, ihr die Melone aus der Hand zu schlagen, aber sie machte einen behänden Satz rückwärts und lachte: „Ihr Menschen seid so unfähig!“

Endlich hatte sie ihr Ziel erreicht! Der Kerl war unglaublich wütend. Alle Farbe wich aus seinem Gesicht, und er zischte zwischen zusammengepressten Lippen hervor: „Du bist echt ein … Arschloch!“

Oh, ja! Er war richtig wütend. Gut! Dann sah er mal, wie das war, wenn man benutzt wurde, nur um anderen zum Gaudi zu dienen. Sie warf die Melone achtlos aufs Bett und korrigierte überheblich: „Eine Dämonin! Du weißt doch: Wir machen so was!“

„Aber nicht mehr mit mir!“, schrie Emil zurück, machte auf dem Absatz kehrt und stürmte hinaus. Hinter ihm knallte die Zimmertür zu.

Demmi stutzte. Er war einfach abgehauen. Was jetzt? Na gut, sie hatte ihn ärgern wollen. Und das war ihr ja auch prima gelungen. Aber sie hatte nicht damit gerechnet, dass er einfach so, ohne „Auf Wiedersehen“ zu sagen, verschwinden würde. Bisher hatte er doch auch alle ihre Gemeinheiten geschluckt. Hatte sie es etwa übertrieben und ihn echt vergrault? Sie machte einen zögernden Schritt auf die Tür zu …

* * *

Emil war immer noch erfüllt von flammendem Zorn, als er auf die Straße trat. Der Regen fiel jetzt in langen, dünnen Fäden aus der Dunkelheit herab. Dort, wo die Lichtkegel der Laternen die Straße erhellten, schien er wie ein feingewebter Vorhang aus silbernen Spinnweben im kalten Licht zu stehen. Emil sog die frische, kühle Nachtluft tief in seine Lunge und spürte die Wut in seinen Schläfen pochen.

Dann rannte er einer spontanen Eingebung folgend los, rannte einfach ohne ein Ziel die Straße hinunter und die nächste hinauf, um die Ecke und immer weiter.

Als Demmi aus dem Ausgang des kleinen Hotels trat, war er schon lange fort. Sie machte einige Schritte in den Regen hinaus und blickte sich um, aber er war nirgends mehr zu sehen. Ein seltsames, bisher nicht gekanntes Gefühl stieg in der kleinen Dämonin auf: ein Ziehen irgendwo in der Brust. Sie stand einige Augenblicke einfach da und spürte in sich hinein. Ob das Trauer war? Trauer darüber, dass das Menschlein gegangen war – sie verlassen hatte? Warum sollte sie denn darüber traurig sein? Er war doch nur ein Mensch … Aber warum eigentlich „nur"? War es nicht wunderbar, ein Mensch zu sein. Ein Mensch aus Fleisch und Blut, der zwar schwach und sterblich war, dafür aber Freude und Glück empfinden konnte, Liebe und – Trauer.

Abrupt wandte sie sich um und machte auf dem Absatz kehrt. Sie hatte über viel nachzudenken, vor allem darüber, wie sie morgen Abend ihren Plan vollenden konnte, ohne dem Meister und seinen Schergen in die Arme zu laufen.

Dummerweise war es Demmi allerdings, bis sie wieder im Hotelzimmer angelangt war, nicht gelungen, an etwas anderes als den kleinen Sterblichen zu denken, der jetzt da draußen ganz alleine im Regen herumlief. Sie ging zum Fenster, um noch einmal nachzusehen, ob er nicht vielleicht doch noch in der Nähe war. Dabei fiel ihr Blick aufs Bett. Dort lag in seiner lackierten Holzscheide das Katana. Er hatte also noch nicht einmal eine Waffe dabei!

* * *

Emil rannte und rannte. Erst als seine Lunge brannte wie Feuer und ihm der Schweiß trotz der Kälte in Strömen den Leib hinabrann, blieb er stehen. Schwer atmend stützte er sich an einer Ampel ab und sah sich zum ersten Mal um, wo er eigentlich war. Er kannte die Ecke. Von hier aus war es ein ganzes Stück zurück zum Hotel. Aber er wollte eigentlich gar nicht zurück. Zwar zog es ihn natürlich immer noch zu Demmi hin, aber sie war so furchtbar – verächtlich – mit ihm umgegangen! Warum war sie so? Hatte er sich in ihr getäuscht? War sie doch nur ein Dämon? Ein böses Wesen, das sein Herz mit einem Zauber belegt hatte, um ihn nun zu quälen? Aber wie konnten sich seine Gefühle dann so wahr anfühlen? Konnte das wirklich ein böser Zauber sein? Waren Dämonen dazu in der Lage, solche Gefühle vorzugaukeln? Nein! Nein, das war nicht möglich. Das durfte es nicht sein! Außerdem hatte der alte Agent ihm doch ein Gegenmittel verabreicht.

Dennoch: Seine Selbstachtung verbot ihm, einfach kehrtzumachen und zu ihr zurück zu kriechen. Aber was sollte er stattdessen tun? Wie sollte es überhaupt weitergehen?

Während des Denkens hatte Emil wieder angefangen, zu gehen. Und während er dachte, ging er immer weiter. Er spürte den Regen kaum, der sich auf seine Haare legte, seine Kleidung durchnässte und langsam den Schweiß von seinem Gesicht wusch. Mit langsamen Schritten, die Hände tief in den Manteltaschen vergraben, wanderte er durch das nächtliche Köln und einzig das Schicksal, das aus sphärischen Höhen auf ihn hinabblickte, war sein Begleiter auf diesem langen, einsamen Marsch durch Regen und Dunkelheit. Nach einer Dreiviertelstunde stand er am Ufer des Rheins, er wusste selbst nicht, wie er hierher gelangt war. Inzwischen war sein Mantel vollkommen durchnässt. Er machte die letzten Schritte zum nächtlichen Strom hinab und setzte sich auf einen Poller. Erst jetzt bemerkte er, wie müde und erschöpft er immer noch war. Er konnte nicht mehr als ein paar Stunden Schlaf gehabt haben. Der Regen hatte nachgelassen und ganz langsam wich die Schwärze der Nacht dem ersten, kaum wahrnehmbaren Schimmer eines neuen Morgens.

Emil saß lange einfach da und blickte auf die dunkel dahinfließenden Wasser des Stroms hinaus. Er fühlte sich leer und trübselig. Da spürte er plötzlich eine Hand sich sanft auf seine Schulter legen. Müde wandte er sich um – und sein Blick versank in den unendlich blauen Tiefen von Demmis Bergseeaugen.

Sie war ebenso durchnässt, wie er selbst. Eine blonde Haarsträhne klebte auf ihrer Wange, und ihr nasses Gesicht glänzte im ersten Morgenlicht. Sanft sagte sie: „War gar nicht leicht, dich zu finden. Obwohl ich deine Aura eigentlich schon ganz gut kenne."

„Du hast nach mir gesucht?", fragte Emil in einer Mischung aus Hoffnung und Zweifel.

Der kleine Sukkubus setzte ein schiefes Lächeln auf: „Ich konnte dich doch nicht allein ohne Schwert in der Nacht rumlaufen lassen, wo gerade so viele Dämonen in Köln unterwegs sind. Hier! Ich hab's dir mitgebracht."

Damit hielt sie ihm sein Katana hin und als Emil zögerte, es zu ergreifen, schüttelte sie es auffordernd: „Nimm schon! Du kannst besser damit umgehen als ich."

Also nahm er die Waffe, und Demmi setzte sich neben ihn, wobei sie ihn ein wenig zur Seite stupste. Sie blickte auf den Fluss hinaus und ein leichtes Lächeln umspielte ihre Mundwinkel.

„Ihr Menschen seid wirklich leicht zu ärgern."

Sie sagte das mit ihrem typischen, hauchfein überlegenen Unterton, der Emil tatsächlich schon wieder ärgerte. Dann musste er lachen: „Ja, du hast wohl recht! Wie machen wir jetzt weiter?"

Demmi schaute immer noch auf den Rhein hinaus. Der Himmel über dem östlichen Ufer färbte sich langsam rot, und genau über dem Horizont zeichnete sich ein großes Wolkenloch ab und gab den Blick auf ein Stück verblassenden Sternenhimmels frei.

„Vielleicht wird es endgültig Zeit, dir zu sagen, wofür ich die Pyramide brauche“, sagte sie auf einmal unvermittelt.

Emil wandte sich erstaunt zu ihr um. Sie wollte tatsächlich ihr Geheimnis mit ihm teilen? Er ahnte, welch großer Vertrauensbeweis das war, und all die Hoffnungen, die in der letzten Stunde vor seinem inneren Auge zu Asche zerfallen waren, schwangen sich nun wieder phönixgleich empor und ließen sein Herz schneller schlagen.

Demmi hatte sich über ihre letzte Eröffnung allerdings so erschrocken, dass sie erst einmal nicht den Mut fand, weiter zu sprechen. Emil wartete mit steigender Ungeduld, aber sie schien nicht von selbst wieder in Gang zu kommen. Also fragte er sanft auffordernd: „Ja?“

Sie sah aufgeschreckt zu ihm herüber. Dann bekam ihr Gesicht einen vorwurfsvollen Ausdruck: „Du bist aber ungeduldig!“

„Bin halt nur ein Mensch!“, gab er schlagfertig zurück. Die Aussicht auf ihre Eröffnung hatte neue Kräfte in ihm geweckt.

Demmi aber zuckte bei seinem letzten, besonders betonten Wort erschreckt zusammen: „Emil, das ist nicht leicht für mich. Du bist der Erste, mit dem ich überhaupt darüber rede!“

Dabei sah sie ihn so unsicher an, dass ein tiefempfundenes Mitgefühl in ihm aufstieg. Was auch immer sie ihm sagen wollte, es musste ihr unglaublich wichtig sein.

Also erwiderte er beruhigend: „Sorry. Ich wollte nicht drängen. Lass dir Zeit!“

Sie schenkte ihm ein scheues Lächeln und wandte ihren Blick dann wieder auf den Rhein hinaus. Nach einiger Zeit setzte sie an: „Du hast gar keine Ahnung, wie ...“, brach dann aber wieder ab, weil sie erneut der Mut verließ.

Diesmal machte Emil nicht den gleichen Fehler wie zuvor. Er wartete geduldig, bis sie die nächsten Worte mit sich ausgemacht hatte. Erst nach einer geraumen Weile war sie so weit und sagte ernst: „Du musst mir versprechen, nicht zu lachen."

Er nickte bedächtig. „Versprochen."

Nachdem sie ein letztes Mal tief Luft geholt hatte, begann sie: „Gut. Also … also, ich … ich ... möchte …", dabei wurde sie immer langsamer, „ich … möchte … ein …" Emil hielt die Luft an, während sie sich langsam durch den alles entscheidenden Satz vorarbeitete. „Ich … möchte … ein … Mensch werden!"

Die letzten Worte hatte sie nur noch gehaucht. Jetzt blickte sie ihn hilfesuchend aus großen, himmelblauen Augen an und Emils Herz setzte für einen Augenblick zu schlagen aus. Erst nach einigen Sekunden dachte er daran, weiter zu atmen. Sie wollte ...? Er hatte es gewusst! Wenn sie erst ein Mensch war, dann stand einer Heirat und einem langen, glücklichen Leben zu zweit nichts mehr im Wege! Nur mit Mühe verkniff er sich einen Freudenschrei.

Demmi sah ihn indes erwartungsvoll an. Er sollte jetzt wohl eine dieser Situation wirklich angemessene Antwort finden. Er musste irgendetwas sagen, das zeigte, dass er den Ernst der Lage voll erfasste und fähig war, ihre Gefühle nachzuempfinden: „Äh, warum denn das?"

Na prima, das hatte ja mal wieder super geklappt! Demmi schien allerdings die mangelnde Tiefsinnigkeit seiner Reaktion nicht wahrzunehmen.

„Wenn du wüsstet, wie es da unten ist!", antwortete sie impulsiv. „Es ist die Hölle!" Als sie ihren Wortwitz begriff, gab sie ein trockenes, unamüsiertes Lachen von sich, bevor sie wieder ernst und eindringlich fortfuhr: „Sie sind alle so böse da! Sie sind alle so gemein! Sie können nur gemein sein! Und dabei sind sie alle so unglücklich! Es ist grauenhaft!" Sie sah ihn beschwörend an: „Ich will so nicht enden! Ich will nicht den Rest der Ewigkeit dazu verdammt sein, dahinzuvegetieren, ohne Hoffnung darauf, dass sich jemals irgendwas zum Besseren ändert! Ich will glücklich sein, und wenn auch nur für einen einzigen Augenblick, bevor ich sterben muss!“

Emil starrte gebannt zu ihr hinüber. Sie war unglaublich schön, wie sie da neben ihm saß und die Worte aus ihr hervorquollen, schnell und leidenschaftlich, begleitet von eindringlichen Gesten.

„Dann bist du wirklich nicht böse“, murmelte er, als sie ausgesprochen hatte.

Sie schaute traurig auf den Rhein hinaus: „Ich weiß es nicht. Ich kenne ja nichts anderes. Aber irgendwo muss es doch etwas Besseres geben als all dieses Elend!“

„Das gibt es!“, erwiderte Emil bestimmt. „Ich werde dir helfen, es zu finden. Versprochen!“

22.

Schuld und Sühne

Der Unhold hatte sich, nachdem er sich aus dem Dornengestrüpp aufgerappelt hatte, auf Schleichwegen zu seinem Abwasserrohr durchgeschlagen. Dort hockte er jetzt und starrte lethargisch in den Nieselregen. Sein ganzer gewaltiger Körper war erfüllt von Schmerzen. In den letzten Stunden musste er sich mindestens tausend Prellungen und Schürfwunden zugezogen haben. In seinem Armstumpf verspürte er ein dumpfes Pochen. An seiner verbliebenen Klaue war eine große Brandblase aufgeplatzt, sodass dort jetzt eine nässende Wunde klaffte. Sein durchstochener Fuß schmerzte auch wieder, und der herabgefallene Konzertflügel hatte ihm tatsächlich das rechte Horn abgebrochen. Am allerschlimmsten aber war die Sache mit seinem Schwanz. Beim Zusammenstoß mit dem ICE war dessen Quaste wohl unter die Räder geraten. Jetzt mussten ihre Überreste, zu Asche zerfallen, irgendwo am Bahndamm herumliegen. Alles, was er sich wünschte, war Ruhe!

Die war ihm allerdings nicht vergönnt. Denn gerade, als der Regen nachließ und die ersten Vögel draußen fröhlich den neuen Tag zu grüßen begannen, hörte er hinter sich das Klacken hochhackiger Schuhe. Müde wandte er sich dem dunklen Tunnelschlund zu. Dort erschien der wohlproportionierte

Schatten einer jungen Frau, gefolgt von einem weiteren Schattenriss, der sich von der Finsternis im Inneren des Rohres nur dadurch abhob, dass er noch viel finsterer war.

Die Kollegen! Die würden jetzt sicherlich versuchen, die ganze Schuld am misslungenen Zugriffsversuch auf ihn abzuwälzen. Der Unhold war zwar, wie inzwischen ja schon hinlänglich bekannt, ausgesprochen dämlich, aber diesmal hatte er ausnahmsweise einmal recht mit seiner Vermutung.

Céleste giftete als erste los: „Da bist du ja, du Superidiot! Hast du ja toll hinbekommen! Deinetwegen ist meine Tarnung aufgeflogen!"

„Meinetwegen? Aber ich hab' doch gar nicht ...", versuchte der Unhold ihren ungestümen Angriff abzuwehren, doch der Schattenmann unterbrach ihn: „Du hast in der Oper alles versaut."

„Moment mal! Ich hätte sie fast ..."

„FAST?", kreischte Céleste hysterisch, „FAST? Fast ist scheiße! Fast bringt überhaupt nichts! Du hast nur Mist gebaut, seitdem du hier oben bist! Deinetwegen rennt diese verfluchte, kleine Schlampe immer noch frei in der Gegend herum! Nur deinetwegen! Du bist bereits seit zwei Nächten auf ihren Fersen und ..."

Dann brach sie mitten im Satz ab und warf einen angewiderten Blick auf ihn: „Wie siehst du eigentlich aus?"

„Ich hatte Pech! Da war dieses Klavier, und dann kam die Eisenbahn, und außerdem ..."

„Deine Ausflüchte sind jämmerlich", knirschte der Schattenmann. „Der Meister wird dich für dein Versagen zur Rechenschaft ziehen."

„Mein Versagen? Was habt ihr denn auf die Reihe gekriegt, hä?", bellte der Unhold wütend zurück. „Ich hab' wenigstens Einsatz gezeigt, ihr dreht doch die ganze Zeit nur Däumchen – und schiebt dann alles auf mich! Das ist unfair!"

Céleste und der Schattenmann blickten einander erstaunt an und brachen dann in höhnisches Gelächter aus.

„Unfair!", äffte ihn der rothaarige Sukkubus nach. „Wir sind also unfair? Du Armer! Das ist aber auch gemein von uns!"

Der Unhold sprang auf und stieß sich den Kopf am oberen Rand des Abwasserrohrs. Mit einem lauten Fluchen duckte er sich wieder, während die anderen Dämonen noch lauter lachten. Ein drohendes Knurren entrang sich der Kehle des gedemütigten Monstrums. Es machte einen Schritt auf die beiden zu und fletschte die Zähne: „Passt bloß auf! Sonst beiße ich euch die Köpfe ab!"

Der Schattenmann schlug zur Antwort mit einer schnellen Bewegung seinen Mantel zurück und ließ die Rechte nervös über dem Griff seines Revolvers zucken. Céleste machte zwar sicherheitshalber einen Schritt rückwärts, aber um ihre Hände erschien ein gefährliches bläuliches Funkeln, und sie zischte gereizt: „Versuchs doch!"

In diesem Moment erklang von draußen ein Geräusch wie von verdampfendem Wasser. Die Vögel verstummten auf einen Schlag, und ein dunkler Schatten legte sich über die Mulde vor dem Abwasserrohr. Der Unhold fuhr herum und auch die anderen blickten erschreckt zum Tunnelausgang.

Draußen stieg aus den Pfützen und dem nassen Gras ein dichter, weißer Nebel auf. Dann formte sich dieser Nebel zu den Umrissen einer Gestalt. Majestätisch schwebte sie in der kalten Morgenluft und blickte zornig auf die drei hernieder. Der Unhold fiel so hastig aufs Knie, dass er es sich dabei aufschlug. Céleste machte einen tiefen Knicks, der allerdings ebenfalls zu hastig war, um wirklich elegant zu wirken. Nur der Schattenmann bewahrte die Ruhe. Er tippte sich höflich an den Hut und ließ seinen Mantel wieder über das Pistolenhalfter zurückfallen.

Mit geisterhafter, aber dennoch herrischer Stimme begann die Nebelgestalt zu sprechen: „So, jetzt wollt ihr drei euch also gegenseitig umbringen? Gut! Da erspart ihr mir Arbeit."

„Ich – äh – öh …", begann der Unhold.

Gleichzeitig säuselte Céleste: „Großmächtiger Meister! Gewaltiger Fürst! Welche Freude …!"

Auch der Schattenmann hob mit seiner hohlen Grabesstimme zu sprechen an: „Ich wollte mich gerade mit Euch in Verbindung ..."

„MAUL HALTEN!", donnerte die Erscheinung mit immer noch geisterhafter, deswegen aber nicht weniger lauter Stimme in die Runde.

Alle drei verstummten und senkten betreten den Blick.

Die Nebelgestalt fuhr fort: „Ihr habt mich ernsthaft enttäuscht! Alle drei! Und ihr wisst, dass ich es hasse, enttäuscht zu werden!"

„Aber ich …", begann Céleste in scheinheiligem Tonfall, während der Schattenmann es mit einem „Schuld ist alleine der Unhold!" versuchte und dieser nur ein verkrampftes „Äääh ..." zustande brachte.

„MAUL HALTEN! ALLE MITEINANDER!", brüllte die Erscheinung noch einmal.

Tief unten, wo der echte Asmodin vor seinem Knochenthron stand, umgeben von einem silbrigen Schleier, drückten sich die gewaltigen Wächterdämonen ob der ohrenbetäubenden Lautstärke seines Wutschreis die Pranken aufs Trommelfell, und sämtliche Diener versuchten möglichst unauffällig den Thronsaal zu verlassen, um nicht als Frustventil herhalten zu müssen.

Oben im Abwasserrohr verstummten die drei Schergen abermals und schauten noch betretener zu Boden als zuvor.

„Der erste von euch, der redet, ohne gefragt worden zu sein, kommt in den Kessel!", knurrte die Nebelgestalt in einem

Tonfall, der nicht die geringste Unklarheit darüber ließ, dass dies keine leere Drohung war.

Céleste biss sich auf die Lippen und der Schattenmann versuchte durch einen unbewegten Gesichtsausdruck seine Würde zu wahren. Der Unhold war als einziger eigentlich ganz dankbar dafür, dass er nicht zu weiteren Rededuellen antreten musste und betrachtete stattdessen interessiert seine durchstochene Fußklaue.

„Ab jetzt läuft alles nur noch nach meinem Befehl", erklärte der Dunkelherr bestimmt, und die drei beeilten sich, untertänig zu nicken.

„Céleste: Du versuchst noch einmal irgendwie Kontakt zu diesem Constantin aufzunehmen und ihn auf unsere Seite zu ziehen. Mir ganz gleich, wie du das anstellst."

Der rothaarige Sukkubus machte einen tiefen Knicks und verkniff sich eine Erwiderung.

„Nachtschatten", fuhr die Nebelgestalt fort, „du kannst bei Tage sowieso nichts ausrichten. Halte dich aber in Bereitschaft, falls einer unserer Feinde den Fehler begeht, irgendeinen lichtlosen Raum zu betreten. Dann schalte ihn einfach aus – ohne irgendwelche Mätzchen!"

Der Schattenmann tippte sich an den Hut und trat einen Schritt zurück.

„Jetzt zu dir, Unhold!", knurrte der geisterhafte Schemen drohend. „Du hast mich von allen am meisten enttäuscht! Aber ich bin gnädig und gebe dir noch eine letzte Chance, dich zu bewähren: Du hast den ganzen Tag Zeit, dir zu überlegen, wie du nächste Nacht noch von Nutzen sein kannst – und mit letzter Chance meine ich auch letzte Chance! Verstanden?"

„Ja, Meister! Danke, Meister!", nuschelte der Unhold und bekam dann einen riesigen Schrecken. Hatte der Dunkelherr ihn tatsächlich aufgefordert, zu antworten, oder war sein

„Verstanden?“ nur rhetorisch gemeint gewesen? Der Unhold kannte den Begriff „rhetorisch“ natürlich nicht, aber er hatte schon bemerkt, dass manche Leute Fragen stellten, ohne dass sie darauf eine Antwort haben wollten. Doch da die Nebelgestalt keinen weiteren Wutausbruch bekam, hatte er wohl ausnahmsweise nichts falsch gemacht.

Während sich der Dunst lichtete, ertönte die geisterhafte Stimme ein letztes Mal: „Bei Sonnenuntergang treffen wir uns wieder hier. Dann teile ich euch meine Pläne für die Nacht mit.“

Dann hatte sich der Nebel endgültig aufgelöst und ließ drei ausgesprochen schlechtgelaunte Dämonen im Abwasserrohr zurück.

* * *

Demmi und Emil saßen zur gleichen Zeit immer noch auf ihrem Poller am Ufer des Rheins. Die kleine Dämonin hatte dem Menschen inzwischen erklärt, von wem und wozu die Pyramide erschaffen worden war. Neben ihrer eigentlichen Bestimmung, menschliche Seelen in sich aufzunehmen, besaß das Artefakt laut Demmi allerdings noch weitere magische Fähigkeiten. Die Ägypter hatten demnach nicht einmal annähernd das Potential der Seelensteine ausgelotet, weil sie zu sehr auf das eine Ziel fixiert gewesen waren, ihren Pharaonen die Unsterblichkeit zu sichern. Dieses Vorhaben aber hatte nicht glücken können, weil das Schicksal die Menschen nun einmal nicht zum ewigen Leben bestimmt hatte. Auch die Dämonenfürsten, welche später nach den Artefakten gierten, hatten lediglich ihre Funktion als Seelenbehältnis im Auge gehabt und keine weiteren Überlegungen angestellt.

Demmi allerdings hatte – mehr oder weniger durch Zufall – herausgefunden, welche Macht den Pyramiden tatsächlich innewohnte. Ihre Frage am Brunnen-Orakel war gewesen: *'Wie kann ich menschlich werden?'*

Als Antwort war ihr das Bild der Pyramide auf der Wasseroberfläche erschienen: Emil hatte in seinem Schlafzimmer gestanden und sie in den Händen gehalten. Da hatte sie begriffen, dass der Stein ihre Seele transformieren konnte – und sie so zum Menschen machen. Und sie hatte auch genau gewusst, wann und wo sie das Artefakt finden würde.

Emils Zwischenfrage, ob Dämonen denn überhaupt eine Seele besäßen, hatte sie veranlasst, etwas weiter auszuholen und ihm knapp die Grundzüge der dämonischen Existenz darzustellen. Jetzt mühte sie sich damit ab, dem unwissenden Menschen Dinge zu erklären, die sie selbst nie so richtig verstanden hatte.

„Also, letzten Endes sind wir Dunklen wohl nichts anderes als die materialisierten Geister der Sünde. Fast jede menschliche – und übrigens auch nichtmenschliche – Religion kennt so etwas, wie eine selige Zeit vor dem ersten Sündenfall. Was genau dieser Sündenfall gewesen ist, weiß ich auch nicht. Jedenfalls ist es wohl irgendwann dazu gekommen, dass die ursprüngliche Ganzheit des Seins einen Riss bekommen hat. In diesem Riss nisteten sich die Gestalt gewordenen Ängste der lebenden Wesen ein und entwickelten ein eigenes, verdammtes Leben. Alles Existierende ist beseelt, weil es Teil der großen Weltenseele ist. Deswegen besaßen natürlich auch die ersten Dämonen Seelen. Diese waren allerdings verkrüppelt und von der Ganzheit des Seins abgeschnitten. Ihr Schmerz darüber verwandelte sich in Zorn. Der Zorn verwandelte sich in Hass auf die Schöpfung. Dieser Hass treibt die Dämonen seither an, die übrigen Wesen zu verderben und zu sich hinab in die Verdammnis zu ziehen."

Emil lauschte gebannt Demmis Ausführungen. Er war atheistisch erzogen worden, und die Welten, die sich ihm hier eröffneten, waren neu und atemberaubend für ihn. Als der kleine Sukkubus die knappe Einführung in die Entstehung der Dämonen beendet hatte, platzte Emil heraus: „Aber warum bist du anders – und warum nur du? Warum versuchen nicht einfach alle Dämonen, zurück ins Licht zu finden?"

Ein trauriges Lächeln umspielte Demmis Mundwinkel, als sie mit einer Gegenfrage antwortete: „Warum sonnen sich nicht einfach alle Menschen im Lichte ihrer glücklichen Existenz? Warum eifern sie stattdessen ohne Not den Dämonen im Bösesein nach?" Sie gab Emil einen knappen Seitenblick und fügte mit sarkastischem Unterton hinzu: „Oft sogar mit einer Meisterschaft, um die wir Dunklen sie beneiden!"

Natürlich wusste der Mensch keine Antwort auf diese Frage. Also sagte er ausweichend: „Vielleicht ist es ihnen einfach vom Schicksal so vorbestimmt."

„Quatsch!", fuhr Demmi auf. „Das Schicksal ist eine der Mächte, die sich dem Wissen selbst der mächtigsten Dämonenfürsten entziehen, aber eines ist klar: Jedem Wesen ist mit seiner Seele auch die Freiheit geschenkt, seinen Weg selbst zu wählen! Natürlich kann das Schicksal manche Wege schwerer und andere leichter machen, aber an der grundsätzlichen Freiheit der Wahl ändert das nichts! Ihr Menschen sucht euch einfach immer nur Ausflüchte, um nicht die Verantwortung für eure Handlungen übernehmen zu müssen!"

Sie warf ihm einen zornigen Blick zu. Dann jedoch trat ein fast entschuldigender Ausdruck in ihre Augen, und sie erklärte: „Ich ärgere mich einfach, wenn jemand so über das Schicksal redet, weil ... Wenn es so wäre wie du sagst, hätte ich keine Chance, jemals der Hölle zu entrinnen." Damit wurde ihr Blick entschlossen und sie fügte impulsiv hinzu: „Aber die habe ich! Es ist für mich als Dämon natürlich ungleich viel schwerer, als für einen Menschen, meinen Weg zum Licht zu finden. Aber per Definition *muss* es einen Weg geben! Keine Sünde ohne Schuld! Keine Schuld ohne Verantwortung! Keine Verantwortung ohne Wahl! Verstehst du?"

Emil wurde warm ums Herz. Demmi war wirklich die großartigste Frau, der er je begegnet war. Er hatte sich von Anfang an nicht in ihr getäuscht.

„Was gibt es da zu lächeln?", fauchte sie ihn zornig an, und riss ihn so aus seiner Verzückung. „Du glaubst mir nicht, oder? Für dich bin und bleibe ich nur eine Dämonin!"

„Was? Nein, auf keinen Fall!", stotterte Emil erschrocken. „Ich meine, doch. Also, was ich sagen will: Ich glaube dir und ich finde es toll, dass du ein Mensch werden willst. Echt!"

Nur leicht besänftigt wandte Demmi ihren Blick wieder auf den Rhein hinaus.

„Ich werde meinen Weg gehen – bis zuletzt! Ein Zurück gibt es für mich ohnehin nicht mehr."

Emil war es dank Demmis Ausbruch wieder gelungen, seine Gedanken auf die Sachebene zu konzentrieren. Er fragte nachdenklich: „Aber wenn das alles stimmt, wofür brauchst du dann überhaupt noch die Pyramide? Wenn das Schicksal dir die Freiheit gibt, deinen Weg zu wählen, müsste dich dann nicht letztlich deine eigene freie Entscheidung zurück in die Schöpfung führen? Ich meine, müsste nicht der Wunsch, künftig gut zu sein, deine Sünden abwaschen. Von wegen Reue und Vergebung und so?"

Zur Antwort deutete Demmi trübselig auf ihre Hörner. Dann erklärte sie traurig: „Mir kann nun einmal nur die Pyramide den Teil meiner Seele schenken, der mich wieder mit der Weltenseele verbindet. Nur mit ihrer Hilfe kann ich erlöst werden."

Jetzt schaute auch Emil trübselig auf den Rhein hinaus. Dann jedoch wandte er sich zuversichtlich lächelnd der kleinen Dämonin zu: „Ja, aber wir haben sie ja! Wir gehen heute Abend einfach zum Dom, machen das Ritual und dann können wir endlich ... Ich meine, du kannst endlich ... Ich meine, du bist endlich ... ein Mensch!"

„Du glaubst doch nicht wirklich, dass das so einfach wird, oder? Sonst bist du echt noch viiiel naiver, als ich gedacht habe", brummte Demmi ungehalten.

„Wenn wir uns mit den Pegasus-Leuten verbünden würden, hätten wir eine reale Chance! Wenn wir ihnen alles erzählen, werden sie uns bestimmt helfen!", entgegnete Emil zuversichtlich. Doch Demmi zuckte bei der Erwähnung von Pegasus erschrocken zusammen. Als Emil geendet hatte, zischte sie: „Du vergisst nur, dass ich bei dieser Variante ebenso gut ein Schwert oder eine Garbe Freikugeln in den Bauch kriegen kann!"

„Wenn du ihnen schwörst, dass du reuig bist und ein Mensch werden willst, warum sollten sie dich dann noch töten wollen?", argumentierte Emil scharfsinnig.

Sie blickte ihn skeptisch an: „Vielleicht haben sie eigene Pläne mit der Pyramide."

„Du bist viel zu misstrauisch! Pegasus sind die Guten!", entgegnete er überzeugt.

Sie verzog spöttisch das Gesicht: „Ha! Ich habe schon länger mit denen zu tun als du!"

„Ja, aber bisher warst du nun mal auf der Gegenseite. Das hat sich jetzt geändert!"

Einen Moment lang schien es so, als habe sie dieses Argument überzeugt. Doch dann trat wieder Misstrauen in ihren Blick, und sie fragte unsicher: „Woher willst du wissen, dass sie mich wirklich verschonen?"

Emil überlegte einen Augenblick: „Wissen kann ich das nicht."

Demmis Blick wurde noch unsicherer: „Was, wenn nicht?"

„Es wird schon klappen!“

„Was, wenn nicht?“, wiederholte Demmi.

Emil schaute sie ernst an: „Was ist denn die Alternative?“

„Wir könnten es alleine versuchen!“

„Alleine? Wir haben, wenn ich richtig gezählt habe, drei Dämonen gegen uns! Da wäre erst einmal dieses riesige Monstrum – wie hieß das doch gleich?“

„Unhold“, half Demmi trübe aus.

„Genau, dieser Unhold. Dann diese Rothaarige ... Ist das auch ein Sukkubus?“

Demmi nickte müde: „Sogar einer, der mich überhaupt nicht leiden kann, seit ich bei der Ausscheidung zum ‚Sexiest Demon of the Year‘ wesentlich besser abgeschnitten hab’ als sie.“

„Dafür zaubert sie aber wesentlich besser als du“, bemerkte Emil lakonisch, womit er sich einen ungnädigen Seitenblick einhandelte, den er jedoch ignorierte, „und zum Schluss ist da noch dieser Revolvermann, von dem Malte in der Oper gesprochen hat.“

„Das ist ein Nachtschatten. Der böse Geist des Mörders und Posträubers Bartholomäus Snider, um genau zu sein“, bemerkte Demmi noch trüber.

„Was kann der so?“, wollte Emil wissen.

„Durch die Schatten reisen, aus ihnen auftauchen, wo es ihm beliebt, und uns erschießen, bevor wir ‚Piep‘ sagen können. Der einzige Grund, warum er uns nicht schon erwischt hat, ist, dass er nicht über die Sinne des Unholds verfügt und uns deswegen nicht so leicht findet.“

Emils Magen krampfte sich zusammen. Das waren ja tolle Aussichten! Dennoch versuchte er, möglichst gelassen zu wirken, als er entgegnete: „Wie ich das sehe, würde uns jeder der drei alleine schon vollauf beschäftigen, wie?“

„Traurig aber wahr“, seufzte sie resigniert.

Er straffte die Schultern und erklärte entschieden: „Tja, dann müssen wir wohl das Risiko eingehen und die anderen ..."

„Wir?"

Demmi hatte soeben ihren alten Kampfgeist wiederentdeckt, und da außer Emil niemand da war, an dem sie sich austoben konnte, fauchte sie jetzt noch einmal: „Wir? Die einzige, die dabei ein Risiko eingeht, bin ja wohl ich!"

Emil hatte sich immer noch nicht an ihre abrupten Stimmungswechsel gewöhnt. „Also ich wollte doch nur sagen ...", versuchte er seine Verteidigung zu organisieren.

Aber Demmi wurde schon von ihrem eigenen Schwung weitergetragen: „Typisch Mensch! Ihr seid immer dann mutig, wenn es nicht um eure eigene Haut geht! Dir kann bei deinen *Freunden*", sie betonte dieses Wort gedehnt, „ja auch nichts passieren!"

„He, he, he! Jetzt aber mal sachte! Ich hoffe, dir ist klar, was ich schon alles für dich riskiert habe", entgegnete er ärgerlich.

Nun trat ein wirklich misstrauischer Ausdruck in Demmis Augen: „Richtig, das wollte ich dich sowieso schon die ganze Zeit fragen: Warum hilfst du mir eigentlich?"

Mit dieser Frage hatte sie dem Gespräch eine Wendung gegeben, die Emil überhaupt nicht gefiel. Er entgegnete ausweichend: „Aus ... Freundlichkeit."

„Verarschen kann ich mich selber! Du kennst mich doch gar nicht!", versetzte Demmi schroff.

„Na ja", mühte sich der in die Enge getriebene Emil ab, dem Verhör zu entkommen, „inzwischen kenne ich dich ja schon ein bisschen."

„Schön, aber warum hast du mir vorher geholfen? Als wir uns noch nicht kannten?", bohrte Demmi weiter. Dann trat Begreifen auf ihre Züge: „Das Gespräch hatten wir doch schon mal! Im U-Bahntunnel! Du bist scharf auf mich! So ein kleiner Sukkubus fehlt dir noch in deiner Sammlung, was?"

„Quatsch!", entgegnete Emil heftig. „Ich – also, wenn du es genau wissen willst, ich mag dich. Außerdem habe ich doch schon gesagt, ich hab' irgendwie das Gefühl, dass auch mich etwas mit dieser Pyramide verbindet."

Aber sein zweites Argument ignorierte der kleine Sukkubus einfach. Sie quietschte triumphierend: „Du magst mich? *Haha*! Warum bin ich nicht gleich darauf gekommen: Typisch Mensch! Du hast dich in mich verlie-hiebt!"

„NEIN!", entfuhr es Emil ein wenig zu laut, dann stellte er in korrigiertem Tonfall fest: „Ich meine: Nein! Bild dir bloß nichts ein! Ich stehe auf Brünette. Könnt ihr Dämonen nicht akzeptieren, dass man jemanden einfach nur so mögen kann?"

Er hatte schon ein etwas schlechtes Gewissen ob dieser himmelschreienden Lüge, aber es war definitiv noch zu früh, um Demmi die ganze Wahrheit zu sagen.

Diese schaute jetzt ein wenig verlegen drein: „Vielleicht hast du recht. Ich muss mich wohl noch daran gewöhnen, wie ein Mensch zu denken."

„Genau", stellte Emil befriedigt darüber, dass sie endlich Ruhe gab, fest. Dann fuhr er in werbendem Tonfall fort: „Pass auf: Malte hat ein Handy. Ich rufe ihn einfach an, und wir führen die Vorverhandlungen am Telefon. Da kann nun wirklich nichts bei passieren!"

„Na gut", lenkte Demmi ein. Doch dann kam ihr schon wieder ein Einwand in den Sinn und sie schob nach: „Was ist, wenn sie am Telefon lügen?"

Emils strafender Blick ließ sie verstummen.

* * *

Die geplante Kontaktaufnahme wäre fast an der trivialen Tatsache gescheitert, dass Malte ja am Abend zuvor sein Handy ausgeschaltet hatte, nachdem er wegen des blöden Dings leichtfertigerweise Punkte bei Mai Li verspielt hatte.

Glücklicherweise war sich das Schicksal aber seiner Verantwortung bewusst und gab Malte just in diesem Moment ein, dass er ja seiner Mutter versprochen hatte, mit ihr an diesem Montagmorgen in die Stadt zu gehen, um einen Staubsauger zu kaufen. Also schaltete er als pflichtschuldiger Sohn sein Handy ein, um sie anzurufen und ihr unter einem erdachten Vorwand abzusagen. Er tat dies – damit war das Schicksal besonders zufrieden – genau in dem Augenblick, da Emil und Demmi eine Telefonzelle gefunden hatten und seine Rufnummer wählten.

Die fernmündlichen Verhandlungen zogen sich eine Weile hin und als sie zur Zufriedenheit aller beendet waren, hatte Malte wieder vergessen, wozu er sein Handy ursprünglich hatte benutzen wollen. So kassierte er einige Tage später einen bösen Rüffel von seiner Mutter, weil sie eine geschlagene Stunde am Neumarkt auf ihn gewartet hatte. Doch das ist eigentlich nicht Teil dieser Geschichte und soll nur der Vollständigkeit halber erwähnt werden. Wesentlich wichtiger für den weiteren Verlauf der Ereignisse war, dass Malte schon wieder vergaß, sein Handy abzuschalten ...

23.

Flucht aus Pfarrcatraz

Im wohlbekannten Abwasserrohr war inzwischen die dämonische Präsenz wieder stark zurückgegangen. Der Schattenmann war ohne weitere Kommentare mit der Dunkelheit verschmolzen. Céleste hatte noch bemerkt, dass dieser Ort wohl das richtige für einen verlausten Halbaffen sei, nicht jedoch für einen Dämon ihres Formats, und war dann ebenfalls abgegangen. Jetzt saß der Unhold wieder alleine im Rohreingang. Er hatte seine Aufmerksamkeit erneut seinen diversen Schmerzen zugewandt. Nach einiger Zeit wurde es ihm allerdings zu langweilig, abwechselnd seine Fußklaue, seinen Armstumpf und die Reste seines abgebrochenen Horns zu betasten. Also wandte er sich ganz vorsichtig dem Thema zu, das ihm der Meister für diesen Tag bestimmt hatte. Bereits nach einem ersten, kurzen Blick auf das Problemfeld war er allerdings versucht, seine Aufmerksamkeit doch wieder seinen Verletzungen zu widmen. Denn der Auftrag des Meisters erschien ihm wesentlich grauenhafter als selbst die Sache mit seiner Schwanzquaste.

Sich etwas überlegen, das bewies, dass er noch von Nutzen war! Warum gerade überlegen? Warum nicht zerfleischen, zerfetzen, zertrümmern? So ein Mist! Ihm würde sicher nichts einfallen! Aber ihm musste etwas einfallen! Das war seine letzte Chance, hatte der Meister gesagt. Und der pflegte in solchen Angelegenheiten nicht zu scherzen. Also: Nachdenken, Unhold, Nachdenken!

* * *

Während der Kampfdämon begann, sich den Kopf zu zermartern, Emil und Demmi sich zur Pfarrklause aufmachten, Céleste und der Schattenmann neuen bösen Taten entgegenschritten und der Dunkelherr tief unten schlecht gelaunt in seine Kristallkugel stierte, wandte das Schicksal seine Aufmerksamkeit wieder dem ungläubigen Constantin zu. Dieser hatte sich nämlich soeben endlich zu einem Fluchtversuch aus den Fängen der Sektenwerber entschlossen.

Die Nacht über war Constantin in einem abgeschlossenen Raum, der nur eine kleine Dachluke besaß, eingesperrt gewesen. Am Morgen jedoch hatte man ihn wieder herausgelassen. Tatonka hatte ihm erklärt, er werde ihn ständig im Auge behalten, und Constantin dürfe auf keinen Fall die Pfarrklause verlassen. Innerhalb des Hauses aber habe er weitgehende Bewegungsfreiheit. Diese lockere Handhabung seiner Geiselhaft war natürlich ein schwerer Fehler.

Denn als analytischer Mensch hatte Constantin schon seit seinem Eintreffen in diesem Gefängnis systematisch nach Sicherheitslücken und Fluchtmöglichkeiten Ausschau gehalten. So hatte er bei einem Blick durchs Küchenfenster bemerkt, dass es einen Treppenaufgang vom Keller in den Garten gab. Außerdem war ihm wieder eingefallen, dass der Pfarrer bei ihrem Frühstück am Vortag mindestens dreimal die Küche verlassen hatte, um Nachschub an Konfitüre, Saft und Eiern zu holen. Es musste demnach ein größeres Vorratslager geben, und das befand sich mit einiger Wahrscheinlichkeit im Keller.

Wenn er sich nun also als Hilfskraft in der Küche melden würde, so seine weitere Mutmaßung, stünden seine Chancen, dort hinuntergeschickt zu werden, nicht schlecht.

Pfarrer Krause war praktischerweise gerade wieder mit Frühstücksvorbereitungen beschäftigt. Tatonka saß mit Wächter, Malte und Katrin im Wohnzimmer. Sie unterhielten sich über Emil und seine Begleiterin, die sie immer nur den blonden Sukkubus nannten. Das war wirklich alles unglaublich albern! Auch die anderen Sektenmitglieder waren momentan beschäftigt. Arthur lag in der Badewanne, Mai Li saß im Arbeitszimmer vor Krauses Computer und schrieb E-Mails an ihre Vorgesetzten. Alles in allem war der Moment für eine Flucht äußerst günstig.

Also schlenderte Constantin zum Pfarrer in die Küche und fragte, ob er helfen könne. Tatsächlich fiel der Seelsorger arglos auf seine geschickt gelegte Finte herein und schickte ihn in den Keller, um Kartoffeln heraufzuholen. Sollte wohl ein wirklich ausgiebiges Frühstück werden.

Constantin schlenderte am immer noch ins Gespräch vertieften Tatonka vorüber, öffnete geräuschvoll die Kellertür im Flur und als er aus den Augenwinkeln den Kopf des Sioux-Indianers ausmachte, der um die Kante des Wohnzimmereingangs herumkam, rief er laut in Richtung Küche: „Einen Eimer Kartoffeln und was war das noch?“

„Zwiebeln!“, kam es vom Pfarrer zurück.

Tatonkas Kopf verschwand wieder hinter der Türkante und Constantin hörte, wie er erneut den Faden des Gesprächs aufnahm: „Also, wenn ihr mich fragt, da ist was faul. Der blonde Sukkubus führt irgendwas im Schilde. Man darf den Dunklen einfach nicht trauen …“

Die Stimme des Agenten wurde zusehends leiser, während Constantin im schummrigen Licht der Kellerbeleuchtung die knarrende Holztreppe hinabstieg. Unten angekommen, blickte er sich um. Er stand in einem kleinen Flur. Drei Türen gingen davon ab. Nach einem kurzen Moment des Nachdenkens entschied Constantin, dass der Raum mit dem Gartenaufgang geradeaus sein musste. Also ging er auf die entsprechende Tür zu und schielte durch die Glasscheibe, die im oberen Drittel eingelassen war. Dahinter befand sich so eine Art Waschkeller, mit Wäscheleinen, die sich von Wand zu Wand spannten, und einer antik anmutenden Waschtrommel in einer der Ecken. In einer anderen Ecke standen einige sorgsam in Plastikfolie verpackte Gartenmöbel. Doch das interessierte Constantin alles nicht. Das einzig wichtige Detail dieses Raums befand sich an – beziehungsweise in – der gegenüberliegenden Wand: eine grau lackierte Holztür, in deren Schloss ein verrosteter Bartschlüssel steckte. Das war der Weg in die Freiheit!

Noch einmal wandte Constantin sich lauschend der Treppe zu. Tatonkas Stimme war leise von oben zu vernehmen. Es konnte Minuten dauern, bis er bemerkte, dass sein Gefangener immer noch nicht wieder heraufgekommen war. Also: jetzt oder nie!

Constantin öffnete die Tür einen Spalt weit, schob sich hindurch und schloss sie dann leise wieder hinter sich. Licht machte er keins an, denn die fahle Beleuchtung, die aus dem Kellerflur durch das Türfenster hereinfiel, genügte ihm zur Orientierung. Mit vorsichtigen Schritten und pochendem Herzen näherte er sich dem Gartenausgang. Da plötzlich verlosch das Flurlicht und Constantin wurde von totaler Dunkelheit umfangen. Er hielt erschreckt inne. Hatte da etwa jemand oben an der Treppe aus Versehen den falschen Schalter betätigt? Er horchte, konnte aber nichts hören. Vielleicht hatte auch nur die Glühbirne gerade ihren Geist aufgegeben. Aber er würde auch im Dunkeln seinen Weg finden. Gerade wollte er sich wieder in Bewegung setzen, als er hinter sich ein Geräusch vernahm. Klang wie ein Metallhebel, der umgelegt wurde – oder vielleicht auch wie der sich spannende Hahn eines alten Revolvers ... Noch bevor Constantin sich weitere Gedanken über die Ursache des ersten Geräusches machen konnte, erklang von vorne ein weiteres. Das war ganz eindeutig ein auf den Steinboden fallender Metallgegenstand ... der Türschlüssel!

In der nächsten Sekunde flog die Gartentür auf, und ein heller Lichtstrahl fiel in den Raum. Constantin hielt sich geblendet die Hand vor die Augen. Er war allerdings nicht einmal ansatzweise so geblendet, wie die dunkle Gestalt hinter ihm, die mit einem unmenschlichen Aufschrei in den Schatten der Wäschetrommel flüchtete und dort verschwand. Zu Tode erschrocken fuhr Constantin herum, sah den geisterhaften Schemen jedoch nicht mehr. Dafür bemerkte er aber, dass die Flurlampe wieder angegangen war.

„Beeil dich!", hörte er jetzt eine Stimme von der Gartentür her rufen. Diesen Akzent kannte er doch ... Céleste!

Wieder fuhr er herum und da stand vom hellen Tageslicht eingerahmt die Sektenbeauftragte vor ihm. Ihr flammend rotes Haar wallte in herrlichen Locken um ihre zierlichen Schultern. Ihr Gesicht lag zwar im Schatten, aber dennoch ging von ihren waldseegrünen Augen ein geradezu magisches Leuchten aus. Trotz dieses prächtigen Anblicks war Constantin allerdings mit seiner Aufmerksamkeit noch nicht ganz von dem unmenschlichen Aufschrei in seinem Rücken losgekommen. „Äh – was ...? Hast du das auch gehört?", stotterte er ziemlich verwirrt.

„Was denn?", fragte sie verdutzt. Dann trat wieder Ernst und Dringlichkeit in ihre Stimme: „Komm jetzt! Wir müssen fort!"

Von der Kellertreppe her erklang plötzlich das dumpfe Poltern schwerer Schritte. Céleste musste schwerhörig sein, denn Tatonka hatte den Schrei offensichtlich ebenfalls mitbekommen. Die Sektenbeauftragte machte einen Schritt auf den immer noch überforderten Constantin zu, packte ihn am Ärmel und zischte: „Sie kommen! Sie kommen, dich zu 'olen!"

Da endlich rasteten die Rädchen seines Verstandes wieder ein und seine Gedanken konnten den Ereignissen erneut in Echtzeit folgen. Er sah Céleste tief in die Augen und lächelte: „Sie werden mich nicht finden!"

Damit stürmten die beiden los, die Kellertreppe hinauf und weiter durch den gut gepflegten Garten. Hinter ihnen stürzte Tatonka ins Freie und brüllte in sein Funkmikro: „Mai Li! Ich brauche Verstärkung! Constantin flieht, und der rothaarige Sukkubus hilft ihm dabei!"

* * *

Demmi hatte den ganzen Weg über gemault, gezweifelt und getrödelt. Jetzt stand sie neben Emil unter dem Straßenschild, das Pfarrer Krauses Adresse bezeichnete, und sah sich unsicher um. In einer Entfernung von nicht mehr als zwanzig Metern ragte ein wuchtiger, ziemlich hässlicher Kirchturm aus Beton und Ziegel in den immer noch bleigrauen Himmel. Darunter wölbte sich das tiefgezogene Dach der Gebetshalle. Gleich nebenan stand ein kleines, über und über von Efeu umwuchertes Häuschen, vor dem das schwarze Pegasus-Einsatzfahrzeug geparkt war. Emil deutete in Richtung des Geländewagens und kommentierte: „Da drüben muss es sein."

„Der wohnt ja direkt neben der Kirche! Tut mir leid, geweihten Boden betrete ich nicht!", platzte Demmi heraus und machte Anstalten, wieder umzukehren.

Emil allerdings umfasste ihre Schultern und schob sie mit sanfter Gewalt vorwärts: „Du hast mir doch selbst gesagt, dass du persönlich gar nicht an die katholische Interpretation der Himmel-Hölle-Geschichte glaubst."

Während Demmi widerstrebend ihre Beine in den Boden stemmte, knurrte sie: „Ja, aber vielleicht ist ja doch was dran! Ich will nicht zu Staub zerfallen, wenn ich über die Türschwelle …"

„Keine Ausreden!", unterbrach Emil bestimmt. „Jetzt ist die Stunde der Wahrheit!"

„Lass uns vorher noch mal kurz überlegen, ob wir wirklich alles bedacht haben. Was ist, wenn die Pegasus-Leute in Wirklichkeit getarnte Dämonen sind?"

„Sei nicht albern!"

„Oder von der CIA – und die Pyramide benutzen wollen, um ihren Präsidenten ..."

„Ich höre dir gar nicht zu."

„Das solltest du aber! He, kennst du die Theorie, dass der Präsident der Vereinigten Staaten in Wirklichkeit ein Außerirdischer ist?"

In diesem Moment schwang die Haustür der Pfarrklause auf, und heraus trat mit einem Mülleimer in der Hand ein beleibter, freundlich aussehender älterer Herr im schwarzen Jackett.

„Pfarrer Krause?", rief Emil zu ihm hinüber, und der Mann wandte sich zu ihnen um. Er kniff die Augen zusammen. Dann ließ er den Mülleimer stehen und eilte auf die beiden zu. Als er sie erreicht hatte, streckte er ihnen die Hand entgegen und sagte freundlich: „Du bist sicherlich Emil, und das", seine Augen verweilten einige Momente auf Demmis Stirn, so dass Emil sich fragte, ob er ihre Hörner sehen konnte, „muss das reuige Schäflein sein, dass zur Herde zurückkehren will."

Emil schüttelte herzlich die Hand des Pfarrers. In Demmis Augen hingegen erschien ein gefährliches Funkeln. Sie zischte giftig: „Kommen Sie mir jetzt bloß nicht mit Ihrem Pfaffen-Gewäsch!"

Pfarrer Krause lächelte sie freundlich an: „Ich freue mich einfach über deine Entscheidung. Vor allem für dich!"

„Ach! Und woher wollen Sie wissen, dass ich nicht lüge? Ich bin eine *Dämonin*!", dieses Wort betonte sie besonders und rollte dabei wild mit den Augen, „wir machen so was!"

Der Pfarrer lächelte immer noch, als er antwortete: „Ja, du bist sicher furchtbar böse und gefährlich. Ich wollte dich nicht beleidigen. Wollt ihr nicht reinkommen? Das Frühstück ist gleich fertig."

Auf Emils Gesicht machte sich ein freudiges Grinsen breit. Endlich schien Demmi mal jemanden gefunden zu haben, der sich nicht von ihr ärgern ließ – und Frühstück gab es auch noch! Wenn das mal keine positive Wendung der Ereignisse war!

Die kleine Dämonin hingegen schaute ziemlich übellaunig drein. Warum musste gerade hier einer der wenigen Priester hausen, die ihre Profession tatsächlich aus Nächstenliebe gewählt hatten? So richtig gute Menschen waren ihr immer noch nicht geheuer.

Die beiden folgten dem Pfarrer zu seinem Haus. Ein niedriger Zaun aus Holzlatten begrenzte den gepflegten Vorgarten, in dem Blumenbeete sich mit sauber gestutzten Büschen abwechselten. Über einen gefliesten Weg und drei flache Treppenstufen gelangte man schließlich zur Eingangstür. Gerade hob Pfarrer Krause den Mülleimer, den er eben hier stehen gelassen hatte, auf und erklärte: „Ich bring das hier noch eben weg", als Demmi einen Blick durch das Fenster rechts der Tür warf. Dort befand sich ein kleines Arbeitszimmer mit einem Computertisch, an dem die asiatische Agentin saß. Just in dem Moment, als die kleine Dämonin ihr durch die Scheiben einen ängstlich-misstrauischen Blick zuwarf, griff sie sich ans Ohr und brüllte, so laut, dass man es bis auf die Straße hören konnte: „Der Sukkubus? Hier? Den kriegen wir!"

Damit sprang sie auf, riss die Pistole aus dem Schulterhalfter und spurtete zur Tür des Arbeitszimmers.

Demmis Augen weiteten sich vor ungläubigem Schrecken. Sie gab dem Pfarrer einen so heftigen Stoß, dass dieser über den Mülleimer ins Haus fiel, und war mit drei großen Sätzen die Treppe hinunter, durch die Blumenbete und über den Zaun geflankt.

Emil, der gar nicht richtig mitbekommen hatte, was los war, sah ihr vollkommen entgeistert nach. Dann sprintete auch er los und rief ihr dabei verzweifelt „Demmi! Warte doch mal! Was ist denn los?“ hinterher.

* * *

Constantin hetzte derweil auf der anderen Seite des Hauses über Pfarrer Krauses gut gepflegten Rasen auf die etwa zwei Meter hohe Mauer zu, die den Garten auf der Rückseite begrenzte. Hinter sich hörte er das Schnaufen des Sioux-Indianers.

Céleste hatte die Mauer als erste erreicht und überwand sie in einer fließend-eleganten Bewegung. Constantin folgte ihr nicht ganz so elegant, aber immerhin gelang es ihm, sich an dem Hindernis hochzuziehen, dann ein Bein auf die Brüstung zu bringen und sich bäuchlings auf das Sims zu ziehen.

Auf der anderen Seite der Mauer befand sich ein großer Garagenhof, wie er jetzt sah. Einige Meter entfernt stand ein schnittiger roter Sportwagen, hinter dessen Lenkrad sich Céleste gerade hastig schob, ohne dabei allerdings zu vergessen, Constantin ein anspornendes Lächeln zuzuwerfen. Eben wollte dieser sich mit einer letzten Kraftanstrengung vollends zu ihr hinüber wuchten, da spürte er eine schraubstockstarke Hand an seinem Knöchel – dem, der noch auf der Gartenseite der Mauer hing – und wurde mit einem unsanften Ruck zurückgerissen. Das letzte, was er von der Freiheit sah, waren Célestes waldseegrüne Augen, in denen Triumph Erschrecken und Enttäuschung Platz machte. Dann plumpste er schmerzhaft auf den nassen Rasen des Pfarrgartens.

Über ihm erhob sich hünenhaft und unüberwindlich Tatonkas Silhouette, und auf der anderen Seite der Mauer heulte laut der Motor des Sportwagens auf. Offensichtlich war sein Fluchtversuch gescheitert.

* * *

Demmi jagte in wilder Panik die Straße hinunter. Sie hatte ja gewusst, dass man diesen Pegasus-Leuten nicht trauen konnte! Menschen waren wirklich nicht besser als Dämonen!

Ein gutes Stück weiter hinten folgte Emil. Seine Laune hatte sich in den letzten Sekunden schlagartig verschlechtert: Schon wieder Laufen! Schon wieder kein Frühstück! Was war denn nur so plötzlich in seine Begleiterin gefahren?!

Da schoss unversehens, gerade als Demmi die nächste Kreuzung überqueren wollte, ein roter Sportwagen aus der Querstraße hervor und bog mit quietschenden Reifen um die Ecke. Der kleine Sukkubus konnte nicht mehr rechtzeitig ausweichen, purzelte über die Motorhaube und schlug auf der anderen Seite des Wagens hart auf dem Asphalt auf.

Céleste warf einen flüchtigen Blick auf das Opfer ihres Verkehrsrowdytums und wollte schon wieder Gas geben, als sie erkannte, wen sie da angefahren hatte. Abrupt trat sie auf die Bremse und sprang aus ihrem Gefährt. Mit wenigen Schritten war sie um die Motorhaube herum und über der sich immer noch am Boden windenden Demmi.

„So sieht man sich wieder! Kennst du mich noch?", zischte sie triumphierend.

Der dazukommende Emil erkannte sofort, wen er vor sich hatte, und riss sein Katana unter dem Mantel hervor. Im letzten Moment fuhr Célestes Kopf herum und sie machte einen erschreckten Rückwärtssatz, um der Klinge des Sterblichen zu entgehen. Den hatte sie ja gar nicht bemerkt! Und jetzt war der Kerl definitiv zu nahe, um noch einen Zauber anbringen zu können, also entschied sie sich zur Flucht. Da ihr der Weg zu ihrem Wagen vom drohend blitzenden Stahl in Emils Händen versperrt war, flüchtete sie wohl oder übel zu Fuß in den nächsten Vorgarten und dann weiter zwischen zwei Garagen und um eine Ecke davon.

Emil kniete sich neben Demmi und fragte besorgt: „Bist du verletzt?“

Die kleine Dämonin stemmte sich auf den Händen hoch und schüttelte noch immer leicht benommen den Kopf: „Nein, alles in Ordnung.“

In diesem Moment erschienen Mai Li und Tatonka etwa hundert Meter entfernt in einer Toreinfahrt der Straße, aus der soeben Célestes Sportwagen herausgeschossen war. Demmi stieß einen erschrockenen Schrei aus und war mit einem Mal wieder auf den Beinen. Sie spurtete um die Motorhaube des roten Flitzers herum und sprang hinter dessen Lenkrad.

Dabei brüllte sie Emil „Steig ein!“ zu.

Der verstand immer noch nicht, warum sie auf einmal wieder fliehen wollte, aber er wusste, dass ihm für die Entscheidung, sich ihr anzuschließen oder nicht, nur Sekunden blieben. Denn die Agenten kamen jetzt wild rufend und mit den Armen gestikulierend auf den Wagen zugerannt, und Demmi warf panische Blicke durch den Rückspiegel und hatte die Hand schon am Schalthebel. Am Ende entschieden wieder einmal ihre wunderschönen blauen Augen. Emil sprang auf den Beifahrersitz und die kleine Dämonin trat so fest aufs Gaspedal, dass der Sportwagen eine Spur verbrannten Gummis auf der Straße zurückließ, als er losbrauste.

Mai Li und Tatonka verlangsamten ihre Schritte und blieben schließlich stehen. Während sie dem in der Ferne entschwindenden roten Geschoss nachblickten, knurrte der

Sioux: „Ich hab's ja gewusst! Die stecken alle unter einer Decke!"

* * *

Nachdenken, Unhold, Nachdenken!

Man könnte in eine Kaserne einbrechen und einen Panzer klauen. Nein. Den konnte man ja in den engen Gängen gar nicht benutzen. Wie wäre es, eine Horde rechter Skinheads zu engagieren? Nein. Die waren nun wirklich zu dämlich, um hilfreich sein zu können – selbst für seine bescheidenen Ansprüche. Vielleicht ein böses Ritual, mit dem man sich zum Beispiel unsichtbar machen konnte? Nein. Er beherrschte ja gar keine Rituale.

Dennoch: So ein böses Ritual wäre eigentlich genau das Richtige! Gab es hier nicht ...? Aber ja doch! Wenigstens im siebzehnten Jahrhundert hatte es in Köln eine Hexe gegeben. Er hatte nichts davon gehört, dass sie inzwischen umgezogen oder in der Unterwelt angekommen war. Und die Alte schuldete ihm sogar noch einen Gefallen – dafür, dass er ihr damals geholfen hatte, drei Pegasus-Agentinnen der Hexerei anzuklagen und auf den Scheiterhaufen zu bringen.

Wie hatte das Weib noch mal genau gerochen? Der Unhold kramte in seiner Erinnerung, während er seine Schnauze schnuppernd in den Wind hob und sich – zum ersten Mal seit geraumer Zeit – wieder ein böses Grinsen auf seinen Zügen ausbreitete.

Jaaaa ...! Er war wieder im Rennen!

24.

Gepflegte Feindbilder

Demmi steuerte mit düsterer Miene Célestes roten Sportwagen durch Köln. Seitdem sie losgefahren waren, hatte sie nicht ein Wort gesprochen. Emil kannte sie inzwischen gut genug, um ihr erst mal ein wenig Zeit zum Abregen zu lassen. Sie waren schon eine ganze Weile unterwegs, als er vorsichtig fragte: „Sag mal, was war denn eigentlich das Problem?"

Demmi warf ihm einen kurzen Seitenblick zu und erwiderte knapp: „Es war eine Falle!"

„Was?"

„Eine Falle!", versetzte sie ungeduldig. Dann erzählte sie ihm, was sie gesehen und gehört hatte.

Als sie fertig war, schüttelte Emil zweifelnd den Kopf: „Vielleicht haben sie ja gar nicht dich gemeint. Es könnte doch sein ..."

„Nein, Emil!", brauste Demmi auf, dann fügte sie in ruhigerem, aber dennoch kompromisslos bestimmtem Tonfall hinzu: „Wir haben es auf deine Art versucht und es hat nicht funktioniert. Jetzt machen wir es auf meine Art!"

Emil schwieg betreten. Die kleine Dämonin warf ihm einen fast mitleidigen Blick zu und sagte sanfter: „Ich weiß, du bist schnell darin, anderen zu vertrauen. Und ich habe ja auch schon selbst davon profitiert. Aber du musst begreifen, dass die meisten Wesen – Menschen wie Dämonen", damit wurde ihr Tonfall wieder hart und kalt, wie die glitzernde Eisfläche eines gefrorenen Gletschersees, „Vertrauen nicht verdienen!"

Emil räusperte sich ungemütlich, dann erklärte er: „Na schön, die Pegasus-Leute kenne ich nicht gut genug. Vielleicht wollten sie dir ja wirklich eine Falle stellen. Aber meine Freunde würden bei so etwas echt nicht mitmachen!"

„Weißt du denn, was die Agenten ihnen erzählt haben?", entgegnete Demmi impulsiv. „Du bist mein Gefangener, ich habe dich bezaubert, deine Seele geraubt ... Schließlich bin ich ja eine Dämonin! Ein Monster!"

Sie brach ab und Emil sah Tränen in ihren Augen schimmern. Als sie seinen Blick bemerkte, fuhr sie sich ärgerlich mit dem Handrücken über die Lider und knurrte: „Das ist ja echt zum Kotzen! Warum bin ich nur in letzter Zeit so – schwach?!"

„Gefühle sind halt menschlich, und du willst doch …"

„Verschon mich mit dem sentimentalen Gelaber!", fauchte Demmi zornig zurück.

Da Emil nichts zu erwidern wusste, schwiegen beide die nächsten Minuten. Dann fragte der Mensch vorsichtig: „Sollen wir doch noch mal auf Maltes Handy anrufen?"

Demmi bremste so abrupt ab, dass er fast mit der Nase auf das Armaturenbrett aufgeschlagen wäre. Dann brüllte sie: „Wenn du telefonieren willst, kannst du sofort aussteigen und dir eine Telefonzelle suchen!"

„Schon gut, schon gut!", entgegnete Emil erschrocken und fügte dann eingeschnappt hinzu: „War ja nur 'ne Idee."

Demmi trat wieder aufs Gaspedal und ihr Beifahrer wurde zurück in den Sitz geworfen, während sie einfach die nächste rote Ampel überfuhr.

Wieder schwiegen beide einige Minuten, bevor Emil fragte: „Und wie ist jetzt dein Plan?"

„Wir gehen allein rein", erklärte Demmi bestimmt, um dann mit einem forschenden Seitenblick hinzuzufügen: „Wenigstens ich gehe rein! Was du machst, ist deine Sache."

Emil seufzte resigniert: „Ich komme mit. Aber wie willst du denn da unten durchkommen? Die Dämonen werden hundertprozentig auch dort sein – genauso wie die Pegasus-Leute!"

„Na und? Erstens ist das ganze Ding ein großes Labyrinth. Wer weiß, ob sie uns überhaupt finden? Zweitens werden sich die Dämonen und die Agenten gegenseitig umbringen, wenn sie aufeinandertreffen. Vielleicht können wir uns ja zwischen den Fronten durchmogeln."

Emil sah sie zweifelnd von der Seite an und seufzte: „Zwischen den Fronten ist eigentlich immer der ungemütlichste Platz auf einem Schlachtfeld."

* * *

Auch in der Pfarrklause war die freudige Stimmung, die sich nach dem morgendlichen Telefonat eingestellt hatte, inzwischen vollends verflogen.

Wächter, Malte und Katrin waren mit Mai Li in den Garten gelaufen und hatten Constantin dann zurück ins Wohnzimmer eskortiert, wo der Pfarrer sie schon erwartet hatte. Kurz darauf waren auch die Pegasus-Agenten eingetroffen. Jetzt saß man düster dreinblickend auf den Sofas und Mai Li berichtete der Runde, was draußen auf der Straße geschehen war. Constantin stand als Einziger demonstrativ abseits der anderen am Fenster und rauchte. Er hatte, nachdem er den Morgen über etwas nachlässig gewesen war, jetzt wieder seine beste „Ich-werde-zu-Unrecht-festgehalten"-Miene aufgesetzt und würdigte seine verräterischen Freunde keines Blickes.

Nachdem die Agentin ihre Schilderung beendet hatte, erzählte Pfarrer Krause kurz seine Version der Geschehnisse. Zum Abschluss bemerkte er traurig: „Das Mädchen hatte, glaube ich, große Angst. Irgendetwas muss sie erschreckt haben. Da hat sie die Nerven verloren und ist geflohen."

Mai Li schüttelte ärgerlich den Kopf: „Ihre Vertrauensseligkeit in allen Ehren, Hochwürden, aber ich denke eher, die ganze Aktion war von vornherein als Ablenkungsmanöver geplant. Vorne stellt sich der eine Sukkubus vor, hintenherum versucht der andere, Constantin zu entführen."

„Entführen?", kam es empört vom Fenster. „Die Einzigen, die hier jemanden entführt haben, seid ihr!"

„Gib endlich Ruhe, du Querulant", knurrte Tatonka drohend.

Seine Partnerin fuhr unterdessen, ohne auf Constantins Einwand einzugehen, fort: „Wir haben uns viel zu sehr auf die Version versteift, dass die Dämonen gegeneinander arbeiten. Was, wenn das Ganze ein abgekartetes Spiel ist? Dieser Sukkubus will ein Mensch werden? Dass ich nicht lache! Sie will die verfluchte Pyramide benutzen, sonst nichts!"

Der Sioux brummte zustimmend: „Sehe ich auch so, und dieser Emil hilft ihr dabei. Vielleicht hat sie ihm irgendwelche Versprechungen gemacht: Geld – Macht – Sex."

Malte und Wächter wechselten einen kurzen Blick, dann sagte ersterer: „Auf keinen Fall! Für Emil lege ich die Hand ins Feuer!"

„Dito", pflichtete ihm sein Freund bei.

Mai Li warf den beiden einen nachdenklichen Blick zu. Dann erklärte sie: „Ich glaube auch nicht, dass der Junge etwas damit zu tun hat. Er ist einfach ihr Opfer. Selbst wenn er wirklich nicht mehr unter der Bezauberung der Dunklen steht – wie schwer wäre es für sie, ihn um den Finger zu wickeln und ihm weiszumachen, dass sie ja eigentlich gar nicht böse ist? Dass sie die Pyramide nur benutzen will, um ein Mensch zu werden?"

„Dennoch ist das Ganze nicht logisch", ließ sich Arthur jetzt von der Tür vernehmen. Er stand dort in einem geliehenem Bademantel des Pfarrers und kratzte sich am nassen Bart: „Der blonde Sukkubus hat die Pyramide bereits. Constantin ist – Entschuldigung, Junge – eher eine Nebenfigur. Warum sollten sich die Dämonen, wenn sie wirklich zusammen arbeiten, in die Höhle des Löwen wagen, nur um ihn zu entführen?"

„Zugegeben", erwiderte Mai Li unwillig. „Im Moment ist das alles noch ziemlich widersprüchlich. Aber Dämonen verfolgen bei allem, was sie tun, einen Plan, und Lug, Trug, Heimtücke und Niedertracht sind ihre liebsten Mittel, um ihre Ziele zu erreichen! Ich traue keinem von ihnen auch nur einen Millimeter weit!"

* * *

Der Unhold war mittlerweile seinem Plan und seiner Nase gefolgt und diese führte ihn in ein feuchtes Kellergewölbe im Norden der Stadt, das wie die gelungene Filmkulisse einer mittelalterlichen Hexenküche aussah. Die niedrige Decke war rußgeschwärzt. Darunter waberten Rauchschwaden, die von einem offenen Feuer in der Mitte des Raums aufstiegen und nur schwerfällig durch eine vergitterte Luke im oberen Teil der Wand abzogen. Auf dem Feuer stand ein gewaltiger Kessel, in dem es verhalten brodelte und blubberte. An den Wänden befanden sich diverse Pulte und Regale, an denen jeder Antikhändler seine reine Freude gehabt hätte. Auf und in ihnen türmten sich all die Gegenstände, die man in einem zünftigen Zauberlabor so erwarten konnte: Bücher und Manuskripte, die meisten uralt und vergilbt, außerdem die verschiedensten Fläschchen, Dosen,

Gläser und Kübel, in denen Flüssigkeiten in den hässlichsten denkbaren Farben schimmerten, oder getrockneter Krimskrams moderte, der übel an die Überreste von irgendetwas einstmals Lebendigem erinnerte. Natürlich gab es auch Mörser und Destillierkolben, malerisch zerschmolzene Kerzen, seltsam geformte Messer, Zangen und Schöpfkellen, außerdem die Schädel diverser Tiere und auch den obligatorischen menschlichen Schädel, über und über mit Runen verziert. In einem schmiedeeisernen Käfig, der an einer Kette von der Decke herabbaumelte, saß eine daumengroße Fee mit regenbogenfarbenen Flügelchen und blickte trübsinnig vor sich hin.

Einzig der Ghettoblaster, aus dem sphärische Musik erklang, passte nicht so recht ins Bild. Aber ihn bemerkte man erst auf den zweiten Blick, denn er war geschickt unter einem mit Tierkreiszeichen bedruckten Tuch verborgen.

Der Unhold lugte vom Eingang her vorsichtig in den Raum hinein. Er wusste, Hexen waren äußerst eigen, was das Betreten ihrer Küchen anging. Da die alte Schachtel jedoch offensichtlich nicht zu Hause war, machte er sich nach einigem Zögern an die genauere Erkundung ihres Arbeitsplatzes. Er schnüffelte an dem großen Tiegel, der auf dem Feuer stand, dann an einigen Behältnissen mit Ingredienzien. Bei einem Einmachglas mit Froschhoden konnte er sich nicht zurückhalten und naschte ein wenig. Dann wandte er sich dem eisernen Käfig zu. Mit einem bösen Grinsen schob er seine Augen ganz nah an die Gitterstäbe heran und beäugte interessiert die Fee, die sich erschreckt in die andere Ecke ihres Gefängnisses drückte.

„Was haben wir denn da?“, raunte der Unhold gutgelaunt und versuchte, einen seiner dicken Finger zwischen den Stäben hindurch zu stecken.

In diesem Moment erklang ein schrilles „DU?“ in seinem Rücken, und er fuhr erschrocken herum. Dabei blieb sein

Finger zwischen den Käfiggittern hängen und er riss das ganze Ding aus seiner Verankerung an der Decke. Es fiel auf den Boden und sein kleines Türchen sprang auf. Noch bevor der Unhold etwas unternehmen konnte, war die Fee dem Käfig entfleucht und dann, einen Schweif aus kleinen, silbernen Sternchen hinter sich herziehend, durch die Fensterluke in die Freiheit entkommen.

Der Dämon schaute ihr mit schreckgeweiteten Augen nach, dann wandte er betreten seinen massigen Kopf zur Tür um.

Dort stand eine hässliche Alte, die alle Klischees über das Äußere von Märchenhexen erfüllte, starrte zornig zu ihm herüber und keifte noch einmal: „DU? Du hier? Der dämlichste Dämon, der jemals in den sechshundertsechsundsechzig Höllen ausgebrütet wurde? Was hast du hier zu suchen? Warum lässt du meine Blütenfee entwischen? Weißt du eigentlich, wie viel Arbeit es war, sie zu fangen? Natürlich nicht! Wie kann ich das Wort ‚Wissen' im Zusammenhang mit einem so unglaublichen Schwachkopf wie dir benutzen? Du hast wirklich Glück, dass ihr Dämonen nicht atmen müsst, dazu wärst du nämlich mit Sicherheit zu blöde ...!"

Das ging noch eine ganze Weile so weiter. Als die Hexe sich zu guter Letzt doch noch beruhigt hatte, trug ihr der Unhold kleinlaut sein Ansinnen vor. Sie bemerkte während des Trankbrauens mindestens zwei Duzend Mal, dass sie ihm nur helfe, damit er möglichst schnell wieder verschwinde ...

* * *

Kommissar Jäger saß mit einem dunkelgrünen Lodenhut auf dem Kopf am Steuer seines dunkelgrünen Mittelklasse-Dienstwagens und aß Donuts. In einem Pappbecher zwischen seinen Beinen dampfte schwarzer Kaffee und sein obligatorischer Zigarrenstumpen qualmte im Aschenbecher. Während der

Kommissar mit vollem Mund kaute, ging er noch einmal alle ihm bekannten Details der Akte „Parkübergriff/Diskopanik/Beweisstückdiebstahl" durch und kam wieder einmal zu dem Schluss, dass dies wirklich ein grauenhafter Fall war. Sein einziges halbwegs brauchbares Beweisstück war futsch, seine einzige halbwegs brauchbare Zeugin ebenso.

Wenigstens hatten die Polizeitaucher Schröder nicht aus dem Kanal gefischt, was hieß, sie war vielleicht noch am Leben. Aber wo war sie? Entführt? Oder doch schon tot? Oder hatte sie sich einfach dazu entschieden, auf eigene Faust weiter zu ermitteln? Zuzutrauen war ihr das durchaus. Und was war mit diesen Eindringlingen? Die hatten nicht gerade wie Profis ausgesehen. Das Mädchen war höchstens zwanzig Jahre alt gewesen, und auch ihr Begleiter hatte noch ziemlich grün hinter den Ohren gewirkt. Dennoch waren sie recht professionell vorgegangen. Ob sie zum organisierten Verbrechen gehörten? Vielleicht zur Russenmafia?

In diesem Moment wurde Jäger vom lauten Quietschen eines bremsenden Autos aus seinen Gedanken aufgeschreckt. Ein schnittiger roter Sportwagen hatte ohne erkennbaren Grund direkt neben ihm angehalten. Am Steuer saß eine Blondine.

Nein – nicht *eine* Blondine! *Die* Blondine, und neben ihr saß ihr Komplize! Sie schienen einen kurzen Streit zu haben, dann trat die Gesuchte aufs Gas und ihr Wagen startete mit durchdrehenden Reifen wieder durch.

Na warte! Die würde er erwischen! Jäger warf die restlichen Donuts auf den Beifahrersitz und ließ den Motor an. Als er rasant aus seiner Parklücke herauszog, ergoss sich ein Schwall heißen Kaffees auf seinen Schoß und veranlasste ihn zu einem schmerzerfüllten Aufschrei. Dennoch trat er das Gaspedal bis zum Anschlag durch und nahm die Verfolgung auf.

Der Sportwagen vor ihm hatte ordentlich beschleunigt und jagte jetzt einfach über die nächste rote Ampel. Jäger zögerte nicht lange, es ihm gleichzutun. Da kam plötzlich aus der Querstraße ein Taxi herausgefahren. Der Kommissar riss das Steuer herum, um noch auszuweichen, aber er erwischte dennoch den hinteren Kotflügel des cremefarbenen Benz. Mit einem lauten Knall öffnete sich sein Airbag und prallte ihm ins Gesicht, während sein Wagen abrupt zum Stehen kam.

Aus dem Taxi stieg nun ein kleiner, dicklicher Mann mit Schnauzbart, Halbglatze und einem deutlichen Bauchansatz unter seinem Pullunder und ging ärgerlich um sein Fahrzeug herum, um den Schaden zu begutachten. Dabei fluchte er mit deutlichem Akzent: „Nä, wat is denn in dä letze Zick los? Han isch ne Spejel zerschlache, oder wat?"

Nachdem er sich kopfschüttelnd die große Beule in seinem Heckkotflügel angeschaut hatte, trat er neben den Wagen des Kommissars und klopfte an die Scheibe: „Sach ens, häst dä Tomate op dä Auge? Et wor rut!"

Während Jäger noch mit seinem Airbag kämpfte, betrachtete der Taxifahrer ihn genauer und brummte dann kopfschüttelnd: „Typisch! Fahrer met Hot!"

25.

Unterm Dom

Emil und Demmi hatten bald ihr Hotel erreicht. Den Sportwagen hatten sie sicherheitshalber einige U-Bahnstationen entfernt geparkt, um nicht Gefahr zu laufen, Céleste auf ihre Spur zu locken. Ohne es zu wissen, entgingen sie hierdurch auch der Fahndung, die Jäger natürlich eingeleitet hatte, sobald er Jupps Schimpftiraden entronnen war.

Nachdem Emil im Hotelrestaurant ein viel zu teures Schnitzel verputzt hatte, rollte er sich in ihrem Zimmer auf dem Bett zusammen und war wieder einmal nach wenigen Augenblicken eingenickt. Demmi ließ sich auf ihrem Platz am Fenster nieder und betrachtete abwechselnd den wolkenverhangenen Himmel und den schlafenden Menschen. Der geheime Zugang zu den Katakomben ließ sich erst nach Sonnenuntergang öffnen. Bis dahin blieb ihr nichts übrig, als die Zeit mit Warten zu verbringen. Nur quälend langsam verstrichen die Stunden des düsteren Herbsttages. Erst nach Ewigkeiten zog endlich wieder die Dämmerung herauf und eine stürmische Vollmondnacht schickte sich an, Köln mit ihrer Dunkelheit zu umfangen.

Am Ende dieser Nacht würde alles vorbei sein. So oder so.

* * *

Im Haus des Pfarrers Krause stritten und diskutierten die Pegasus-Agenten und ihr Anhang noch eine ganze Weile. Irgendwann raufte man sich dann aber doch zusammen, um einen Plan für den bevorstehenden Nachteinsatz zu schmieden. Da allerdings keiner der Anwesenden zuvor bereits in den Katakomben unterhalb des Doms gewesen war, dementsprechend auch keiner so genau wusste, was sie dort erwarten würde, musste ein beträchtlicher Teil der Planung wohl oder übel flachfallen, um später spontan vor Ort nachgeholt zu werden. Da man ebenfalls nicht wusste, wie die einzelnen Dämonenfraktionen nun tatsächlich zueinander standen, mussten auch die diesbezüglichen Absprachen allgemein ausfallen. Letzten Endes einigte man sich lediglich auf den Rumpfplan, den Ritualplatz zu suchen und den Dämonen dort aufzulauern, denn die Dunklen mussten schließlich irgendwann erscheinen, wenn sie die Pyramide wirklich benutzen wollten. Alles Weitere sollte sich vor Ort ergeben.

Auf Katrins Einwand hin, ein wirklicher Einsatzplan sehe aber anders aus, zitierte Mai Li, die inzwischen schon ziemlich genervt war, ein altes chinesisches Sprichwort, das wörtlich übersetzt so viel besagt wie: „Geh mir nicht auf den Keks, Klugscheißerin!“ Höflicherweise sah sie allerdings davon ab, es zu übersetzten.

Arthur beschloss das Thema mit der weisen Bemerkung, die meisten Pläne überstünden sowieso den ersten Feindkontakt nicht. Von daher sei man ohne Plan eigentlich vorbereiteter auf das Kommende als mit.

Nachdem es den Tag über weitgehend trocken geblieben war, setzte gegen Abend wieder leichter Regen ein, und ein kalter Ostwind fegte über die Stadt hinweg und durch die Bäume der Vorgärten rund um die Pfarrklause herum. Schnell schwand das Licht des Tages und irgendwo im Osten musste bald der nunmehr volle Mond aufgehen.

Wieder stand Pfarrer Krause, als das nachtschwarze Pegasus-Einsatzfahrzeug in die Dämmerung hinein rollte, auf der Straße vor seinem Haus und blickte den ausziehenden Gefährten nach.

Er hob die Hand zum Abschied und rief in feierlichem Tonfall „Gottes Segen mit euch!" hinter dem Wagen her. Dann fügte er gedankenverloren hinzu: „Wenn ich nur zwanzig Jahre jünger wäre!"

* * *

Im Abwasserrohr des Unholds herrschte kurz vor Sonnenuntergang eine ausgesprochen ungemütliche Stimmung. Da keiner der drei Schergen daran interessiert war, durch unpünktliches Erscheinen schlecht aufzufallen, waren alle frühzeitig versammelt und erwarteten die Instruktionen des Meisters.

Céleste und der Schattenmann würdigten einander dabei weder eines Wortes noch eines Blickes, was – wie der Unhold fand – den Vorteil hatte, dass sie nicht gemeinsam auf ihm herumhacken konnten. Dafür war jedoch das Schweigen, das den Raum erfüllte, mit einem Wort „ungemütlich"! Als die unangenehme Stille gar zu drückend wurde, begann der Unhold, der selbst endlich mal wieder gute Laune hatte, ein Liedchen zu pfeifen. Die Blicke, die ihm seine beiden Mitdämonen zuwarfen, ließen ihn jedoch bald verstummen. So hockte man also im Rohreingang, schwieg, starrte auf die grasbewachsene Mulde hinaus und erwartete das Aufsteigen von Dampf und Nebel.

Der Dunkelherr kam dieses Mal allerdings von der anderen Seite. Er stand so plötzlich hinter seinen Dienern im tiefschwarzen Rohrschlund, dass sich sogar der Schattenmann gehörig erschreckte und einen erstickten Kiekser ausstieß. Céleste machte einen nervösen Hopser zum Rohreingang, und der Unhold, der an der Kante gesessen hatte, verlor, als sie dabei gegen ihn stieß, das Gleichgewicht und fiel hinaus in den Matsch.

Während Céleste einen tiefen Knicks machte und „Ihr hier? Persönlich?“ hauchte, und der Schattenmann sich peinlich berührt an den Hut tippte, kletterte der Unhold wieder ins Rohr zurück und hockte sich geduckt in dessen Eingang.

„Da wart ihr ja mal wieder professionell heute Vormittag!“, eröffnete Asmodin in ironischem, aber dennoch schneidendem Tonfall das Gespräch.

„Ich hätte ihn erlegt, wenn sie nicht ...“, hallte der Schattenmann.

„Ich hätte ihn extrahiert, wenn er nicht ...“, keifte Céleste.

„RUHE!“, brüllte Asmodin.

Dann fuhr er grollend fort: „Die Regelung von heute Morgen gilt immer noch: Niemand redet ungefragt!“

Er schaute drohend in die Runde. Nach ihren Gesichtern zu urteilen hatten ihn alle verstanden. Also fuhr er fort: „Ich habe mich zu der riskanten Option entschieden, selbst hier heraufzukommen, weil ihr offensichtlich nicht einmal dann in der Lage wärt, mir meine Pyramide zu beschaffen, wenn sie euch von einem Satanistenzirkel in einer schwarzen Messe als Opfer dargeboten würde! Ebenso offensichtlich hat keiner von euch den blassesten Schimmer, wie *unglaublich viel* dieses Artefakt wert ist.“

Die drei versuchten, noch betretener zu wirken, als sie es schon taten, während der Dunkelherr fortfuhr: „Ihr könnt euch glücklich schätzen, dass ich heute Nacht noch Verwendung für euch habe – und ihr deswegen ein letztes Mal Gelegenheit, euch doch noch zu bewähren.“

Alle drei nickten diensteifrig. Asmodin wandte sich an den Unhold: „Ist dir was eingefallen?“

„Ja, Meister! Mir ist sogar was ganz Tolles eingefallen!", platzte der Kampfdämon stolz heraus.

Asmodin, aber auch Céleste und der Schattenmann musterten ihn zweifelnd.

Der Unhold fuhr eifrig fort: „Ich habe mir bei der Hexe Gertawina einen Zaubertrank besorgt! Eigentlich hatte ich ja an einen Unsichtbarkeitstrank gedacht. Aber die nötigen Ingredi... Ingrinden... Ingidra... Zutaten hatte sie nicht vorrätig. Da sind wir zusammen auf eine noch bessere Idee gekommen!"

Jetzt machte der Unhold eine rhetorische Pause. Er wusste natürlich nicht, dass es eine „rhetorische" Pause war, aber er fand, hier könne ein Moment des Zögerns die Spannung steigern. Das traf auch zu.

„Spuck's schon aus!", fauchte der Dunkelherr gereizt, als sein Diener nicht weitersprach.

„Äh – jawohl!", grunzte der Unhold erschrocken. Dann erhob er sich und trat vorsichtig an seinen Meister heran: „Ich sag's Euch ins Ohr!"

Während Céleste und der Schattenmann böse zu ihrem Kollegen hinüber funkelten, verzogen sich Asmodins Lippen zu einem dünnen Lächeln: „Mistraust du den beiden etwa? Manchmal hast du ja doch einen hellen Moment."

Während der Unhold ihm seinen Plan zuflüsterte, verbreiterte sich das Lächeln auf den Zügen des Dunkelherrn. Als der Kampfdämon geendet hatte, fragte sein Meister: „Du glaubst, du wirst die fehlende Komponente da unten in den Katakomben noch finden?"

Zur Antwort deutete der Unhold mit triumphierendem Grinsen auf seine Nüstern: „Ich weiß genau, wie die Bande riecht!"

Der Dunkelherr nickte sinnierend: „Es scheint, als habe dich der Druck, unter den ich dich gesetzt habe, durchaus beflügelt. Erfolgreiche Personalführung verlässt sich auf bewährte

Konzepte." Damit wandte er seinen Blick in die Runde und fuhr gefährlich leise fort: „Jeder von euch, der heute Nacht wenigstens einen der Sterblichen erledigt, wird mir auch morgen noch dienen dürfen. Ich hoffe, ihr habt verstanden."

Céleste und der Schattenmann nickten beflissentlich mit den Köpfen. Der Unhold hingegen kratzte sich nachdenklich hinter dem verbliebenen Horn.

Während Asmodin in die Dunkelheit des Tunnels schritt und seinen Gefolgsleuten durch ein vernehmliches Zungenschnalzen bedeutete, ihm zu folgen, wandte sich der gewaltige Kampfdämon flüsternd an Céleste: „Hat er gesagt, was passiert, wenn man keinen erwischt?"

Sie warf ihm einen angewiderten Blick zu: „Du bist so dämlich!"

* * *

Nur wenig später trafen die Pegasus-Agenten, Malte, Wächter, Constantin und Katrin am Dom ein. Während die fortgeschrittene Dämmerung in die Dunkelheit der heraufziehenden Nacht überging, stellte man den schwarzen Geländewagen im Parkhaus bei der Philharmonie ab, um die letzten Meter zur Kathedrale zu Fuß zurückzulegen.

Mai Li und Arthur gingen vorneweg. Beide waren sehr schweigsam. Die kleine Chinesin hatte die Hände tief in den Taschen ihrer Marinejacke vergraben. Darunter trug sie nun eine kugelsichere Weste, die ihre Silhouette um einiges breiter wirken ließ, als sie es eigentlich war. Arthur, der ebenfalls eine Kevlarweste trug, hatte sich zum Schutz gegen den Regen die Hutkrempe tief ins Gesicht gezogen und blickte sich wachsam nach allen Seiten um.

Als nächster kam Constantin. Er schritt erhobenen Hauptes hinter den beiden Agenten her, flankiert von Malte und Wächter. Letzterer hatte sein Schwert griffbereit unter dem Mantel und strahlte düstere Entschlossenheit aus. Malte war sich seiner Sache nicht ganz so sicher, denn er hatte nur das poplige Küchenmesser dabei – keine wirklich adäquate Waffe zum Dämonentöten. Außerdem fand er den allgemeinen Frontverlauf inzwischen doch reichlich unübersichtlich: Emil mit dem einen Sukkubus verbündet, Constantin mit dem anderen, die Dämonen gegeneinander, Pegasus gegen alle! Er war immer ein begeisterter Videospieler gewesen. Und jetzt fiel ihm auch auf, was ihm am allerbesten an den computergenerierten Gegnern gefiel, gegen die er dort seine Schlachten schlug (abgesehen von der Tatsache, dass man sie einfach abschalten konnte, wenn es einem zu viel wurde): Die Spieldesigner gaben sich regelmäßig die größte Mühe, sie so zu programmieren, dass sie eindeutig von eventuellen Verbündeten zu unterscheiden waren. Es stimmte schon, dachte Malte sinnierend, Computer vereinfachten das Leben doch ungemein!

Hinter den drei Freunden marschierte mit düsterer Miene Tatonka durch Regen und Dunkelheit – jederzeit bereit, einen etwaigen Ausbruchversuch Constantins zu vereiteln. Er hatte seine Panzerweste Arthur überlassen, mit der Bemerkung, sie böte gegen Zauber und Klauen sowieso keinen effektiven Schutz, und beim Kampf gegen den Nachtschatten würde die Schrotflinte des Alten weitaus nützlicher sein als seine Klinge. Dafür trug er aber ein aufgerolltes Seil über der Schulter, mit dessen Hilfe man eventuell vorhandene Abgründe oder Höhenunterschiede überwinden wollte.

Katrin, die wieder ihre Polizeiweste trug, bildete den Schluss. Ihre Dienstwaffe hatte nicht das gleiche Kaliber, wie die Pistole der Chinesin, so dass sie nicht mit Freikugeln hatte geladen werden können. Dennoch hatte die Polizistin sie mitgenommen und jetzt ruhte ihre Hand auf dem Halfter, während sie sich fest vornahm, im Ernstfall immer ganz nahe bei Wächter zu bleiben.

Die sieben nahmen den Treppenaufgang beim Römisch-Germanischen Museum. Als sie den Roncalliplatz zu Füßen des Doms erreichten, pfiff ihnen ein stürmischer Wind entgegen, der Regenböen in ihre Gesichter peitschte. Vor ihnen erhob sich gegen Sturm und Dämmerung das gewaltige Hauptschiff der Kathedrale, und darüber die beiden himmelhoch aufragenden Glockentürme. Im schnell schwindenden Licht des Tages sah das gotische Bauwerk aus, als sei es aus einem einzigen gewaltigen Felsblock herausgehauen worden. Die aberhundert gezackten Spitzen und Streben stachen wie drohende Lanzen in die Dunkelheit empor und das Wissen um den tief unter den Grundpfeilern der Kathedrale verborgenen dämonischen Ritualplatz ließ sie den Gefährten noch düsterer und unheimlicher erscheinen, als sie es ohnehin schon war.

Zügig schritt die Gruppe an der Vorderfront des Römisch-Germanischen Museums vorbei, dem Dom und ihrem Schicksal entgegen.

Glücklicherweise kannten die Pegasus-Agenten die Position des Eingangs aus ihren Archiven, ebenso wie die Lage des versteckten Öffnungsmechanismus. So stand die Gruppe bald vor einer schmalen Spalte im Mauerwerk des Domsockels. Dahinter erahnte man die ersten Stufen einer steinernen Treppe, die steil hinab in die Dunkelheit führte. Ein modriger Geruch entströmte dem finsteren Schacht und selbst Constantin konnte ihm eine gewisse unheimliche Faszination nicht absprechen.

Alle schalteten nun die starken Taschenlampen ein, die die Agenten bereits am Auto verteilt hatten. Mai Li blickte ernst in die Runde und wiederholte noch einmal in knappen Worten die Sicherheitsbestimmungen, die sie bereits bei der nachmittäglichen Lagebesprechung ausführlich dargelegt hatte: „Wir werden uns auf keinen Fall trennen, egal was geschieht!“

Die anderen nickten verständig: Na klar, das kannte man ja aus jedem schlechten Horrorfilm, dass die Opfergruppe vollkommen hirnlos in alle Himmelsrichtungen ausschwärmte, nur um dann zur Gaudi des unkritischen Publikums einzeln abgeschlachtet zu werden.

„Denkt daran: Da unten ist höchstwahrscheinlich alles voller versteckter Fallen. Deswegen geht immer hintereinander und achtet darauf, wohin ihr tretet. Und nichts anfassen!“, fuhr die Chinesin eindringlich fort.

Wieder nickten alle verständig und auch ein wenig ungeduldig. Das Ganze hatten sie inzwischen schon mindestens fünfmal zu hören bekommen. Langsam konnten sie es auswendig!

Nachdem Mai Li noch ein letztes Mal ernst in die Runde geblickt hatte, wandte sie sich dem Eingang zu und knurrte entschlossen: „Auf in den Kampf!“

Damit trat sie in die dunkle Spalte und begann den Abstieg unter die Fundamente des Doms – in die Katakomben des Dombaumeisters Gerhard. Die anderen folgten ihr der Reihe nach. Tatonka, Wächter und Malte mussten dabei ihre Köpfe einziehen, denn die Decke des Treppenschachtes war recht niedrig. Nach etlichen Stufen erst erreichte die Gruppe das Ende der steilen Stiege und versammelte sich dort. Im Licht der Taschenlampen verlor sich ein roh gemauerter Gang in der Dunkelheit, von dessen Decke Wasser tropfte und Pfützen auf dem matschigen Boden bildete. Einige Meter entfernt lag ein menschliches Skelett, aus dessen aufgeschlagener Schädelplatte nun eine Ratte entfleuchte, um dann mit einem leisen Quieken in die Dunkelheit davonzuhuschen. Der modrige Geruch hatte sich hier unten enorm verstärkt und machte das Atmen zu einer ausgesprochen unangenehmen Angelegenheit.

„Passt auf, wohin ihr tretet – und nichts anfassen!“, flüsterte Mai Li noch ein letztes Mal in die Runde, bevor sie sich in den dunklen Gang hinein wandte.

Arthur stand bereits mit gezogener Schrotflinte einige Schritt weiter vorne und spähte in die Finsternis. Auch die anderen zogen nun ihre Waffen aus Jacken und Mänteln hervor, wobei Katrin mit ihrer gegen Dämonen erwiesenermaßen unwirksamen Dienstpistole und Malte mit Pfarrer Krauses Küchenmesser sich verständlicherweise mit Abstand am unwohlsten fühlten.

Constantin, der als einziger keine Waffe hatte – mit Ausnahme seines rasiermesserscharfen Verstandes –, versuchte unterdessen, den absolut unglaublichen Fakt, dass er nun tatsächlich in einer geheimen unterirdischen Katakombe stand, in sein bisheriges Gedankengebäude einzubauen. Eigentlich hatte er erwartet, im letzten Moment mit einer lahmen Ausrede abgespeist zu werden – nach dem Motto: „Ups! Da waren die Aufzeichnungen über die Position des Eingangs wohl doch falsch!“ Wenn dieser Teil der Geschichte allerdings stimmte – und das tat er ja offensichtlich – konnte es dann möglich sein, dass auch der Rest ...? Aber nein! Wenngleich diese Entwicklung der Dinge ausgesprochen sonderbar anmutete, übersinnlich war sie keineswegs. Ein unterirdisches Gewölbe war erst einmal nur ein unterirdisches Gewölbe. Mit Dämonen hatte das rein gar nichts zu tun! Was hatte ihm Céleste über diese Pegasus-Sekte erzählt? Sie arbeitete mit allen Tricks, um naive Zeitgenossen von ihren abstrusen Thesen zu überzeugen. Naiv war er auf jeden Fall nicht und bis zum verlässlichen Beweis des Gegenteils war er nicht bereit, seine aufgeklärte Weltsicht über Bord zu werfen, nur weil irgendein mittelalterlicher Baumeister einen Keller hatte mauern lassen. Erst, wenn er tatsächlich mit eigenen Augen Dämonen sah, war er bereit, seine Meinung noch einmal zu überdenken.

Malte schien die Gedanken seines Freundes erraten zu haben, denn er begab sich an dessen Seite und flüsterte zu ihm hinüber: „Constantin! Ich weiß, dass du uns nicht glaubst. Und ich verstehe auch, dass du diese vermeintliche Französin nicht für einen Dämon hältst. Aber – bei unserer Freundschaft – ich habe sie zaubern gesehen! Du weißt, ich bin Pazifist. Aber wenn wir ihr hier unten begegnen, müssen wir sie töten, und solltest du als einziger die Gelegenheit dazu haben, dann um Himmels Willen: Tu es!"

Den Blick seines Freundes richtig deutend fügte er hinzu: „Spätestens, wenn sie tot ist, wirst du sehen, dass ich Recht habe."

„Ja", knurrte Constantin zurück, „und wenn du nicht Recht hattest, ist es zu spät, um noch irgendetwas rückgängig zu machen."

Malte wollte schon zu einer weiteren Erwiderung ansetzen, aber er kannte Constantin gut genug, um zu wissen, dass eine Diskussion mit ihm bis in den Morgen dauern würde. Also begnügte er sich mit der abschließenden Bemerkung: „Du musst wissen, ob du im Ernstfall deinen Freunden vertraust oder einer Fremden, die du seit nicht einmal achtundvierzig Stunden kennst."

„Ich vertraue meinem gesunden Menschenverstand", versetzte Constantin ärgerlich. „Offensichtlich bin ich damit allerdings ziemlich alleine hier!"

Mai Li war inzwischen schon vorsichtig an Arthur vorbei in den Gang hineingeschlichen. Malte, der kein Interesse daran hatte, weitere giftige Bemerkungen seines Freundes zu schlucken, folgte ihr. Wächter und Katrin, die sich dicht hinter ihm hielt, kamen als nächste vor dem immer noch mürrisch dreinblickenden Constantin. Den Schluss der Gruppe bildeten Tatonka, der ein wachsames Auge auf den querulantischen

Medizinstudenten hatte, und Arthur, der rückwärtsging, um den Gang hinter ihnen im Auge behalten zu können.

Schon bald passierten sie diverse Abzweigungen und begriffen, dass die Katakomben als Labyrinth angelegt worden waren. Schweigend schritten sie tiefer in die Dunkelheit hinein – dem Hauptgang folgend, bis dieser in einem T-Stück endete, dann weiter nach rechts, einige rutschige Treppenstufen hinauf und den nächsten Gang hinunter, nur um nach kurzer Zeit wieder auf ein T-Stück zu stoßen.

Die Architektur des Bauwerks, in das sie nun immer weiter vordrangen, erinnerte stark an die Fantasie eines Videospiel-Entwicklers mit ausgemachtem Faible für düsteres Leveldesign. Denn die Gruppe kam nicht nur durch zahlreiche modrige und lichtlose Gänge und Kammern, durch gotische Türstürze und vorbei an Mauernischen, in denen steinerne Tierwesen und Dämonen hockten. Man passierte auch schmale Brücken und Stege, die sich über schwertstarrende Gruben spannten, Wendeltreppen, die mal auf-, mal abwärts führten, und diverse mit Schädeln und aberwitzigen Fratzen verzierte Säulen und Altäre.

Bereits nach kurzer Zeit hatten Malte, Wächter, Constantin und Katrin vollkommen die Orientierung verloren. Zu oft hatte man die Richtung ändern müssen, war um Biegungen und Ecken marschiert und glitschige Treppenstufen hinauf oder hinunter getapst, manchmal sogar in toten Enden gelandet, sodass man wieder umkehren musste.

Alle waren wachsam und nervös, doch bis auf einigen weiteren Skeletten und Ratten begegneten sie nichts und niemandem.

* * *

Dennoch waren sie nicht alleine hier unten. Nicht allzu weit entfernt streunte der Unhold durch die Dunkelheit der Katakomben. Witternd und schnüffelnd krabbelte er auf allen Vieren – beziehungsweise auf seinen verbliebenen Dreien – durch die Gänge. Dabei hätte er einen unvoreingenommenen Betrachter wohl an einen etwas zu groß geratenen, hinkenden Hund erinnert, wenn ein solcher Betrachter zur Verfügung gestanden hätte. Der Teil des unterirdischen Labyrinths, durch den der Kampfdämon sich jetzt schnüffelte, war allerdings vollkommen ausgestorben. Selbst die Ratten hatten rechtzeitig die Flucht ergriffen.

Dennoch war der Unhold davon überzeugt, auf der richtigen Fährte zu sein. Denn seine Nüstern sogen mit jedem Atemzug den Geruch von Mensch ein. Hier irgendwo sollte sich die fehlende Komponente für seinen Zaubertrank doch finden lassen. Und dann hatte er sein trojanisches Pferd! Dann würde er sich mitten unter seine Feinde schleichen! Wenigstens einen von ihnen musste er erwischen, um die Mindestanforderungen des Meisters zu erfüllen. Aber vielleicht würde es ihm in seiner Tarnung sogar gelingen, doch noch die Pyramide in seinen Besitz zu bringen. Oh, wie sehr er sich das wünschte! Céleste, diese eingebildete Kuh, und der doofe Nachtschatten würden vor Neid platzen! Und der Meister wäre endlich wieder zufrieden mit ihm!

Jaaaa …! Er war auf der richtigen Fährte! Auf der Fährte zu Ruhm und Belohnung!

26.

Archimedes für Anfänger

Die Pegasus-Einsatztruppe marschierte weiter durch die düsteren Schächte und Gänge, immer darauf bedacht, in die Fußstapfen des Vorangehenden zu treten. Gerade hatte man eine größere Halle erreicht, deren wenigstens fünf Meter hohe Decke von einem ganzen Wald gotischer Säulen getragen wurde. Im Schein der sich bewegenden Taschenlampen krochen die Schatten der steinernen Stützpfeiler langsam auf dem Boden und den Wänden umher, schwollen an und verschmälerten sich dann wieder. Fast schien es so, als seien sie es, die dabei den feinen Staub aufwirbelten, der stumm in den Lichtkegeln der Lampen stand.

Mai Li, die immer noch an der Spitze der Gruppe ging, wählte ihren Weg durch die Halle mit größter Vorsicht, mal links mal rechts um die diversen Säulen herum pirschend. Die anderen folgten im Gänsemarsch.

Nachdem sie etwa ein Drittel der Halle durchquert hatten, setzte Mai Li an: „Achtet darauf …“, um von den anderen im Chor unterbrochen zu werden: „wohin wir treten!“

Die Agentin stieß eine leise chinesische Verwünschung aus. „Das ist nicht komisch! Gerade in dieser Halle riecht's förmlich nach Fallen.“, knurrte sie übellaunig. Diese Kindsköpfe hatten den Ernst der Lage offensichtlich immer noch nicht begriffen.

Constantin kam sich unterdessen langsam wirklich dämlich vor, hier im Slalom um die Säulen herum zu pirschen wie in einem Indiana-Jones-Film.

„Woher willst du denn wissen, dass gerade da, wo wir langlaufen, keine Fallen sind?“, fragte er irgendwann genervt.

„Erfahrung!“, kam es von vorne zurück.

„Das ist doch lächerlich!“, brummte Constantin vor sich hin, während Tatonkas strafender Blick in seinem Nacken brannte.

Er ging noch einige Meter weiter, dann reichte es ihm endgültig. Mit ein paar schnellen Schritten scherte er zur Seite aus und blieb inmitten der Halle stehen. Während Tatonka, der ihn nicht rechtzeitig zu packen bekommen hatte, jetzt wütend zu ihm herüberstarrte, grinste Constantin: „Huch! Ich lebe ja noch!“

Die anderen blieben stehen und blickten gespannt zwischen ihm und Mai Li hin und her. Doch statt des allgemein erwarteten Donnerwetters kam von ihr nur ein erschrecktes: „Nicht bewegen!“

„Ja, ich weiß, und nichts anfassen!“, grinste Constantin höhnisch und lehnte sich gegen eine Säule …

* * *

Auch Emil und Demmi schlichen inzwischen schon seit Längerem durch die unterirdischen Katakomben. Und auch die kleine Dämonin hatte ihrem Begleiter eingeschärft, bloß nichts anzufassen und keinen falschen Schritt zu machen. Gerade befanden sich die beiden in einer Gang-Passage, die Demmi als besonders gefährlich klassifizierte, als plötzlich über ihren Köpfen ein lautes Poltern und Krachen erklang, gefolgt von panischen Schreien. Sie blickten erschreckt auf und erkannten direkt über sich ein dunkles Loch in der Decke. Mit einem hastigen Rückwärtssatz retteten sie sich aus der Fallschneise, gerade noch rechtzeitig, bevor da, wo sie eben noch gestanden hatten, drei Körper in den Gang hinab purzelten.

Verwundert starrten die beiden auf das Knäuel zu ihren Füßen. Dieses entwirrte sich nun beeindruckend schnell zu Wächter, Constantin und der Polizistin, die sie tags zuvor bis in die Oper verfolgt hatte. Wächter war als erster wieder auf den Füßen. Er half der brünetten Ordnungshüterin, auf deren Panzerweste immer noch Spuren von Kanalschlamm klebten, hoch und griff dann den zuunterst liegenden Constantin mit beiden Händen am Kragen, um ihn kräftig durchzuschütteln.

„Du Schwachkopf! Wir hätten alle sterben können!“, brüllte er wütend, während sein Freund immer noch recht benommen versuchte, sich aus seinem Griff zu befreien. Als er feststellte, dass ihm das nicht gelang, ließ Constantin das Schütteln stoisch über sich ergehen. Nachdem Wächter fertig mit Brüllen war, brummte er pikiert: „Willst du mich nicht erst mal fragen, ob ich mir was gebrochen habe?“

„Verdient hättest du's!“, zischte Katrin zornig zu ihm hinunter.

„Ich konnte ja nicht wissen ...“, versuchte Constantin sich zu rechtfertigen, aber in diesem Moment ließ ihn sein Freund los und er fiel wieder zurück auf die Bodenfliesen, wo er sich den Kopf schlug.

„Au! Jetzt beruhigt euch mal! Gut, da gab's wirklich Fallen: Quod erat demonstrandum.“

„Verfluchte Drecksscheiße! Lass mich mit deiner lateinischen Besserwisserei in Ruhe!“, knurrte Wächter ärgerlich zurück und griff nach seinem auf dem Boden liegenden Schwert. „Gut, dass keiner von uns da rein gefallen ist.“

Constantin rieb sich den schmerzenden Hinterkopf. Er wollte sich gerade aufrappeln, als sein Blick auf Emil und Demmi fiel, die die ganze Szene irritiert verfolgt hatten.

„Na, ihr beiden. Auch hier unten?“, grüßte er freundlich.

Wächter und Katrin fuhren herum und erstarrten, als sie der beiden gewahr wurden. Allerdings dauerte ihr Erstarren nicht allzu lange. Dann hob Wächter die Spitze seiner Klinge drohend in Demmis Richtung. Auch die Polizistin richtete ihre Dienstwaffe auf die kleine Dämonin, erinnerte sich dann jedoch an die Ereignisse des Vortags und korrigierte die Laufmündung auf Emil.

Die beiden anderen waren ebenfalls in Kampfstellung gegangen. Demmi stand halb hinter Emil versteckt und zielte mit ihrer Waffe auf Wächter, der ihr mit dem Schwert in der Hand wesentlich bedrohlicher erschien als die doofe Polizistin. Auch Emil hatte sein Katana erhoben, dabei blickte er allerdings ziemlich unglücklich in den Lauf von Katrins Dienstpistole. Constantin schaute kopfschüttelnd zwischen den Fraktionen hin und her.

„In Ordnung Emil, tritt zurück!“, versetzte Wächter schroff.

Doch der Angesprochene machte keine Anstalten, der Aufforderung seines Freundes nachzukommen. Stattdessen knurrte er: „Nimm das Schwert runter, Wächter!“

„Die Waffe fallenlassen, oder ich schieße!“, bellte Katrin zur Antwort in bestem Polizeiton zurück.

„Die Klinge weg, oder *ich* schieße!“, schnappte Demmi in Wächters Richtung.

„Regt euch ab!“, schlug Constantin den vieren vor.

„Halt dich da raus!“, fauchten diese im Chor zurück.

Offensichtlich war die Lage ziemlich festgefahren ...

* * *

Einige Meter höher standen Mai Li, Tatonka, Arthur und Malte im Kreis um die Stelle herum, an der eben noch die Falltür geklafft hatte, durch die der Rest der Gruppe entschwunden war. Inzwischen war der Boden jedoch wie von Geisterhand wieder in seine ursprüngliche Position zurückgeklappt, und nichts erinnerte mehr daran, dass hier ein paar Sekunden zuvor noch ein drei mal drei Meter großes Loch gewesen war – und noch ein paar Sekunden davor drei weitere Menschen.

„Dieser ignorante Schwachkopf!“, fluchte die Chinesin wutschnaubend. „War ja klar, dass er aus der Reihe tanzen würde!“ Dann funkelte sie wütend zu ihrem Partner hinüber: „Wolltest du ihn nicht im Auge behalten?“

„Er war einfach zu schnell“, brummte Tatonka entschuldigend.

Doch Mai Li brauchte jetzt einfach jemanden, an dem sie ihre Wut abreagieren konnte, und Constantin war ja dummerweise nicht mehr da. Also knurrte sie ärgerlich in Richtung des Sioux-Indianers: „Tatonka – Ochse! Passt schon, der Name.“

„Wenn du nicht die dämliche Idee gehabt hättest, den Blödmann mitzunehmen, hätten wir diese Probleme gar nicht erst bekommen, Reisschale!“, versetzte der Hüne beleidigt.

Die Chinesin zischte zornig zurück: „Nenn mich noch einmal Reisschale, und ich haue dir auf die Nase!“

Tatonka senkte zur Antwort den Kopf, wie ein angriffslustiger Büffel: „Nenn du mich noch mal Ochse, und ich ...“

„Wollen wir nicht lieber sachlich bleiben?“, warf Malte in vermittelndem Tonfall ein. Allerdings war auch hier oben momentan keine gute Zeit für Friedenstauben, und so erging es ihm nicht besser als Constantin ein Stockwerk tiefer.

„Halt du dich da raus!“, bellte Tatonka, und auch Mai Li warf ihm einen vernichtenden Blick zu, bevor sie den Hünen anfauchte: „Du bist so ein – AMATEUR!“

Während sich die beiden weiter gegenseitig Beleidigungen an den Kopf warfen und Arthur ihnen dabei kopfschüttelnd zuschaute, sah sich Malte resigniert in der Halle um. Dann ging er hinüber zu der Stelle, an der er Constantin zuletzt gesehen hatte. Nachdem er sich versichert hatte, dass keiner seiner übrig gebliebenen Begleiter auf der unsichtbaren Falltür stand, tippte er vorsichtig mit der Fußspitze auf die Steinfliesen. Als nichts geschah, tippte er etwas fester. Als immer noch nichts geschah, drückte er mit der Handfläche auf der Säule herum, an der sich sein Freund soeben angelehnt hatte. Doch auch das brachte nicht den gewünschten Erfolg.

Arthur war in der Zwischenzeit neben ihn getreten und brummte jetzt: „Gute Idee, Junge. Aber in solchen Labyrinthen sind die Fallen normalerweise mit einer Art Zeitschaltuhr versehen. Damit man verlorene Gruppenmitglieder nicht einfach wieder befreien kann."

„Glaubst du, sie leben noch?", fragte Malte besorgt.

„Wer weiß?", entgegnete der alte Agent nachdenklich. Dann setzte er ein zuversichtliches Lächeln auf: „Sie haben Constantin dabei, und du weißt doch: Unkraut vergeht nicht!"

* * *

Einige Meter tiefer standen sich unterdessen Wächter, Katrin, Emil und Demmi immer noch kampfbereit gegenüber, während Constantin ein Stück abseits am Boden saß.

„Lass die Pistole fallen, oder ich erschieße deinen Freund!", bellte Katrin gerade – in der vagen Hoffnung, die Dämonin damit einschüchtern zu können.

„Lass *du* die Pistole fallen, oder ich erschieße *deinen* Freund!", konterte Demmi nicht im Geringsten eingeschüchtert.

„Nein!", riefen Wächter und Emil gemeinsam.

Dann fuhr Wächter an seine Flankenfrau gewandt fort: „Emil ist mein Freund. Also erschießt du ihn nicht, klar?"

„Und Wächter ist mein Freund! Also erschießt du ihn nicht, verstanden?", versetzte Emil daraufhin drohend in Demmis Richtung.

Die beiden Frauen warfen ihren gefühlsduseligen Begleitern ungnädige Blicke zu. Dann richteten sie die Waffen aufeinander.

„Dann erschieße ich eben die Bulette!", lächelte Demmi grimmig.

Katrin stieß ein empörtes Zischen aus: „Du feige Dämonin!"

Dann warf sie die Pistole weg und hob herausfordernd die Fäuste: „Lass es uns wie Männer – äh, Frauen – austragen!"

„Du willst dich prügeln? Gerne!", fauchte Demmi angriffslustig zurück und warf ebenfalls die Pistole weg.

In diesem Moment schaltete sich von hinten Constantin vermittelnd ins Gespräch ein: „Habt ihr eigentlich alle einen Knall? Bin ich denn der einzig vernünftige Mensch in diesem Labyrinth?"

Damit kam er auf die Beine und wollte einen Schritt auf den Rest der Gruppe zumachen, als Demmis Augen sich erschrocken weiteten: „Nicht dahin treten!"

Constantin versuchte noch, die Warnung zu beherzigen und seinen Fuß zurückzuziehen, doch er hatte sein Gewicht schon zu weit verlagert. Die anderen starrten ihn entgeistert an, während er wie ein Drahtseilartist auf einem Bein dastand und verzweifelt versuchte, das Gleichgewicht wiederzufinden. Zu schlechter Letzt verlor er seinen Kampf gegen die Erdanziehung dann aber doch und trat schwer auf besagte Platte.

Ein widerliches Geräusch erklang – ein Knirschen, das sich anhörte, als zöge jemand ein zwei Meter großes Kreidestück über eine Schiefertafel. Dann fielen auf beiden Seiten des

Gangs schwere eiserne Fallgatter aus der Decke herab und schlugen mit einem infernalischen Knall auf den steinernen Bodenplatten auf. Aufgewirbelter Staub tanzte im Licht der Taschenlampen, und das Echo des Aufschlags verhallte, sich vielfach brechend, in den weitläufigen Gängen, Hallen und Treppenschächten.

Demmi fasste sich mit der Hand an die Stirn und seufzte resigniert: „Menschen!"

Wächter, Katrin und Emil schauten unterdessen den armen Constantin strafend an und versetzten im Chor: „Super, Constantin!"

Nach der kurzen Unterbrechung durch ihren ebenso ungläubigen wie ungeschickten Begleiter wandten sich die anderen jedoch sofort wieder ihrem Konflikt zu. Vor allem Katrin und Demmi hatten nicht vergessen, wobei Constantin sie gestört hatte. Sie funkelten sich kampfeslustig an und waren schon im Begriff, aufeinander loszugehen, als Emil den verzweifelten Versuch unternahm, die Sache doch noch verbal zu lösen: „He, das ist wirklich ein Missverständnis! Demmi gehört nicht zu den Bösen!"

„Sie ist ein Dämon!", fauchte Katrin zurück, „Und sie wollte mich umbringen! Gestern in der Kanalisation!"

Demmi lächelte abschätzig: „Wenn ich das gewollt hätte, Bulette, lägest du jetzt bei deinen Kollegen auf dem Seziertisch."

Emil trat schnell zwischen Demmi und Katrin, die drauf und dran war, sich auf den kleinen Sukkubus zu stürzen.

„Ja, sie ist ein Dämon – und manchmal ist ihre provokante Art ziemlich anstrengend", dabei warf er Demmi einen tadelnden Blick zu, den diese betont unschuldig erwiderte, „Aber sie ist trotzdem eine von den Guten! Ehrlich!"

„Wär sie bereit, das zu schwören?", fragte Wächter misstrauisch.

„Klar!“ bestätigte Emil für Demmi.

Die verschränkte jedoch stur die Arme vor der Brust.

„Warum sollte ich?“

„Weil das meine Freunde sind, und es besser ist, sich miteinander zu verbünden, wenn man den gleichen Gegner hat“, erklärte Emil bemüht geduldig.

Demmi ließ die Anwesenden noch einen Moment zappeln, dann nickte sie gnädig.

„Von mir aus …“

„Okay, schwör, dass du wirklich ein Mensch werden und die Pyramide nicht für böse Zwecke nutzen willst. Und auch nicht jemand anderem übergeben, der sie für böse Zwecke nutzt!“, forderte Wächter.

„Ich schwöre“, gab Demmi lustlos zurück.

„Und schwör, dass du nicht mit anderen – bösen – Dämonen verbündet bist, oder ihnen dienst!“

„Ja, auch das.“

„Sag: Ich schwöre!“

„Ich schwöre. War's das?“

„Noch nicht ganz: Schwör, dass du niemandem von uns, weder den hier Anwesenden, noch dem Rest der Gruppe, Schaden zufügen wirst.“

„Ich schwöre.“

Emil entspannte sich schon, als Demmi boshaft hinzufügte: „Abgesehen von der Bulette, bei der bin ich mir noch nicht so ganz sicher.“

„Du miese, kleine Dämonenschlampe …!“

Erneut wollte sich Katrin auf Demmi stürzen, die sie provokant angrinste. Während Wächter sie mühsam davon abhielt, fasste Emil den kleinen Sukkubus streng ins Auge. Der hob entschuldigend die Schultern: „War nur ein Witz. Ich tu der Bulette schon nichts. Ich schwöre.“

„Aber ich erwürg dich mit deinem eigenen Schwanz, wenn du mich noch einmal Bulette nennst! Das schwör *ich* dir!", fauchte Katrin wütend.

Demmi grinste zufrieden in die Runde und erwiderte herablassend: „Tja, damit wäre dann ja wohl geklärt, wer hier der Aggressor ist."

Aber auch wenn die Abneigung zwischen der Polizistin und dem Sukkubus weiterhin mit Händen zu greifen blieb, war mit Demmis Schwur der offene Kriegszustand doch beendet und man raufte sich zusammen, um sich der misslichen Lage zu widmen, in der man gemeinsam steckte. Während Wächter und Katrin versuchten, eines der Fallgatter mit vereinten Kräften wieder anzuheben, stellte sich Constantin, die Hände in den Hosentaschen, hinter sie und bemerkte altklug: „Die Dinger sind bestimmt nicht dazu konstruiert worden, sich einfach so wieder hochschieben zu lassen."

Der Blick, den die beiden ihm zuwarfen, ließ ihn jedoch verstummen und er trollte sich in die andere Ecke des Kerkers, wo er sich auf den ganzen Schrecken erst mal eine Zigarette genehmigte.

Emil wandte sich derweil an Demmi: „Kannst du nicht eins der Dinger aufzaubern?"

Die kleine Dämonin sah unwohl zu Boden und nuschelte: „Ich kann mich nicht mehr so genau an den Zauber erinnern."

„Warum frage ich eigentlich?", gab Emil ärgerlich zurück.

„Ich habe mich beim Lernen halt immer aufs Wesentliche konzentriert", murrte Demmi beleidigt. „Verführen ist normalerweise viel effektiver als Zaubern."

„Prima! Wir haben die Lösung! Du verführst die Gatter einfach auf!", versetzte Emil noch ärgerlicher.

Der Sukkubus warf ihm einen giftigen Blick zu. Dann hockte sie sich in eine Ecke und begann, über die passende Zauberformel nachzugrübeln.

Wächter und Katrin hatten inzwischen festgestellt, dass das Gatter tatsächlich zu schwer war, um es anzuheben. Es hatte sich nicht einmal einen Millimeter bewegen lassen.

Die Polizistin stellte resigniert fest: „Selbst, wenn wir alle fünf anpacken würden, wäre es immer noch unmöglich!"

„Also gut", erklärte Wächter trotzig. „Dann halt rohe Gewalt!"

Damit warf er sich gegen die Eisenstäbe. Katrin schüttelte den Kopf und ließ sich mit verschränkten Armen an einer der Wände nieder. Emil und Constantin taten es ihr gleich. Gemeinsam beobachteten sie nicht sonderlich hoffnungsvoll Wächters Versuche, das Hindernis einfach einzurennen. Nach dem dreißigsten Anlauf ließ er sich völlig erschöpft mit dem Rücken an den immer noch vollkommen unbeeindruckten Gitterstäben niedersinken.

Die letzten Hoffnungen der Anwesenden – und damit auch aller Augen – richteten sich nun auf Demmi, die immer noch in ihrer Ecke hockte und sich das Gehirn zermarterte.

„Doch, die Formel stimmt, aber da gab's noch irgendeine wichtige Komponente ...", murmelte sie gerade vor sich hin, als sie die Aufmerksamkeit bemerkte, die ihr zuteilwurde.

„Tut mir einen Gefallen und nervt nicht!", fauchte sie ärgerlich in die Runde.

Niemand wagte eine böse Erwiderung, um bloß ihre Konzentration nicht zu stören. Also sahen alle weg und wandten ihr Interesse demonstrativ den Gangwänden zu, die im Übrigen ziemlich uninteressant waren.

Auf einmal schlug sich Wächter mit der Hand vor die Stirn. „Ich hab's!", jubelte er, womit schlagartig *ihm* die Aufmerksamkeit der anderen – mit Ausnahme Demmis – zuteilwurde.

„Was?", fragte Constantin zweifelnd.

Wächter setzte ein verschmitztes Lächeln auf: „Wie sagte doch der gute alte Archimedes?"

Die anderen sahen ihn dämlich an.

Dann räusperte sich Emil: „Ein Körper verliert in einer Flüssigkeit so viel Eigengewicht, wie die verdrängte Flüssigkeit hat?“, fragte er, unsicher, was das mit der Lösung ihres momentanen Problems zu tun haben sollte.

Wächter sah ihn überrascht an: „Ach, das ist auch von Archimedes? Nein, ich meine etwas anderes: Gib mir einen festen Punkt, und ich werde die Welt aus den Angeln heben!“

„Wenn der Hebel groß genug ist“, ergänzte Constantin mit einem Blick auf die Gatter, „Nur leider haben wir keinen solchen Hebel.“

„Im übertragenen Sinne!“, erklärte Wächter ungeduldig.

Dann erhob er sich und dozierte gut gelaunt: „Also, passt auf: Seitdem wir in diese Sache reingerutscht sind, worüber sind wir immer und überall gestolpert?“

„Dämonen?“, versuchte es Katrin.

„Ja, das auch. Aber ich meine was anderes: Klischees! Immer und überall! Denkt doch nur mal an diese beiden Agenten!“

„Sektenwerber!“, korrigierte Constantin seinen Freund. Doch der ignorierte diesen sachlichen Einwand einfach.

„Eine Chinesin, die Mai Li heißt, und ein Indianer, der Tatonka heißt!“

„Er ist kein Indianer. Er ist ein Sioux“, berichtigte Constantin, doch Wächter ignorierte auch diesen sachlichen Einwand und fuhr fort: „Klingt doch, wie aus einem schlechten Film!“ Er überlegte einen Moment, dann hatte er das nächste Beispiel parat: „Oder die Sache zwischen Emil und Demmi!“

Nun sah die kleine Dämonin zum ersten Mal aus ihrer Grübelei auf: „Was denn für ’ne Sache?“

Wächter war jetzt richtig in Fahrt. So bemerkte er nicht Emils Gesichtsausdruck, der eine ziemlich gelungene Mischung aus Entsetzen und Wut auf seinen dämlichen Freund darstellte.

„Also bitte! Er verliebt sich in eine Dämonin und glaubt an ihr gutes Herz, und was stellt sich heraus? Die Dämonin hat ein gutes Herz und will ein Mensch werden! Klischee!", triumphierte er.

Demmi brach in ein böses, dämonisches Gekicher aus. „Ach, er ist also doch verliebt in mich? Danke, Wächter!", gluckste sie.

Der arme Emil vergrub sein Gesicht in den Händen und stöhnte: „Wenn wir hier rauskommen, erinnere mich daran, dich umzubringen!"

Aber Wächter beachtete keinen der beiden, er war zu sehr in seinen kühnen Ausführungen gefangen: „Oder nehmen wir mal die Dämonen: Ein dummer, brutaler Muskelprotz, eine mysteriöse Schattengestalt, eine verführerische Hexe!" Hier fing er sich einen bösen Blick von Constantin ein, dennoch fuhr er unbeeindruckt fort: „Und die ist auch noch rothaarig! Wieder wie aus einem schlechten Film, oder?" Er blickte triumphierend in die Runde, aber die anderen starrten ihn nur verständnislos an. Also ließ er sich zu einem letzten Beispiel herab: „Oder die Sache mit unseren Schwertern, die ist doch auch klassisch!" Wie zum Beweis hielt er seine Klinge in die Luft. „Zwei von uns besitzen welche und können auch damit umgehen – eigentlich ja ziemlich ungewöhnlich heutzutage. Was sind aber praktischerweise die besten Waffen, um gegen Dämonen zu kämpfen? Schwerter! Na, so ein Zufall!", schloss er seine Aufzählung zufrieden.

Emil dämmerte es als erstem: „Du meinst …"

„Genau! Der feste Punkt! Wer auch immer sich diese ganze Geschichte ausgedacht hat, er hat ein tierisches Faible für Klischees!"

Auch Constantin sah Land: „Du meinst, so eine Art – Spielmeister?"

„Spielmeister, Schicksal, Gott. Nenn ihn, wie du willst! Der Typ bringt ein Klischee nach dem anderen – und was wäre hier so richtig klassisch?"

„Eine Geheimtür!", schrien Constantin und Emil wie aus einem Munde und sprangen auf, um sich auf die Suche zu machen. Zwar waren Constantin große Teile der Argumentation seines Freundes aus bekannten Gründen nicht einleuchtend, aber das Vorhandensein einer Geheimtür schien ihm dennoch, nach allem was er hier unten schon erlebt hatte, nicht unwahrscheinlich.

Auch Katrin hatte sich hoffnungsfroh erhoben und mit der Suche begonnen, und so klopften die vier nun Wände ab, stocherten in Fugen herum und drückten auf auffällige Stellen, in der Hoffnung, hierdurch irgendeinen verborgenen Mechanismus auszulösen. Nachdem die Gruppe eine Viertelstunde lang ohne Erfolg geklopft, gestochert und gedrückt hatte, begann die anfängliche Motivation allerdings nachzulassen. Nach einer halben Stunde waren auch ihre letzten Reste verbraucht und einer nach dem anderen ließ sich wieder an einer der Wände heruntersinken und beschränkte seine weitere Mitarbeit aufs Zuschauen. Schließlich klopfte und stocherte nur noch Wächter. Die anderen sahen ihm dabei inzwischen ebenso skeptisch zu, wie vorhin bei seinen Versuchen, das Gatter einzurennen.

„Deine Idee war ja wirklich schlau – aber wohl trotzdem nicht zutreffend", bemerkte Emil irgendwann vorsichtig in Wächters Richtung.

Dieser fuhr herum und schnauzte: „Hat denn irgendjemand eine bessere? Verfluchte Dreckssscheiße!"

Demmi sah auf: „Ja, richtig, Scheiße. Fledermaus …? Nein, Kröten …? Auch nicht … Rattenscheiße!" Demmi ballte begeistert die Faust! „Das war's! Man braucht eine Zauberkomponente: Rattenscheiße!"

„Wie bitte?“, fragte Wächter blöde.

Demmi war inzwischen aufgesprungen und blickte sich suchend auf dem Boden des Ganges um. Dann machte sie einen schnellen Schritt, bückte sich und hob eine graubraune Krume auf. Während sie sie zwischen den Händen zerrieb, erklärte sie gutgelaunt: „Der Öffnungszauber war ursprünglich natürlich genau dafür gedacht, aus Verliesen zu entkommen. Deswegen wählte man eine Komponente, die es früher in jedem Verlies gab: Rattenscheiße! Wie konnte ich das vergessen?“

Auf Emils Gesicht machte sich Erleichterung breit. Auch Katrin blickte hoffnungsvoll zu dem kleinen Sukkubus hinüber. Constantin hingegen schüttelte nur zweifelnd den Kopf und murmelte: „Na, da bin ich ja mal gespannt ...“

Wächter schließlich starrte Demmi immer noch ungläubig an und stammelte dann entrüstet: „Der Mistkerl da oben hat mich reingelegt! Als ich ihn durchschaut hatte, hat er sich einfach was Neues überlegt! So eine verfluchte Dreckssscheiße!“

* * *

Das Schicksal, das in diesem Fall wirklich vollkommen unschuldig war, fragte sich eine Millisekunde lang, ob da vielleicht noch irgendjemand im unendlichen Raum herumspukte, der hinter seinem Rücken einfach in diese Geschichte hineinpfuschte. Aber dann verwarf es den Gedanken wieder. Wer sollte das denn sein?

Irgendwo, auf einer anderen, weit entfernten Realitätsebene rieb sich derweil ein ehemaliger Jura-Student vor seinem Computer grinsend die Hände, die er im Gegensatz zu erwähntem Schicksal besaß.

* * *

Demmi hatte sich in der Zwischenzeit vor dem Gatter aufgebaut und begann nun, ihren Zauber zu weben, diesmal mit einem siegessicheren Lächeln um die Mundwinkel. Ihre Hände formten anmutige Muster in die Luft, ihre Lippen murmelten Beschwörungsformeln in einer fremden, kehligen Sprache, ihr Schwanz peitschte angestrengt hin und her. Zum Abschluss hob sie ihre Hände, die Handflächen nach oben gewandt, langsam über ihren Kopf empor, als wolle sie einen unsichtbaren Rollladen hochschieben. Tatsächlich ruckelte das schwere Fallgatter vor dem Eingang leicht und glitt dann wie von Geisterhand bewegt in die Höhe.

Katrin und Wächter hielten die Luft an und betrachteten ehrfürchtig die Vorführung. Das war der erste richtige Zauber, den sie miterleben durften.

Constantin indes rieb sich ungläubig die Augen. Als Demmi ihr Tun vollendet hatte, trat er neben sie und fragte fordernd: „Okay! Wo ist der Trick?"

Die kleine Dämonin grinste: „Übung! Viel Übung! Dreißig Jahre auf der Dunklen Schule, und du kannst das auch."

Doch Constantin schüttelte ärgerlich den Kopf: „Du hast die ganze Zeit gewusst, wie das Ding wieder aufgeht, richtig? Du wusstest ja auch, wodurch die Falle ausgelöst wurde!"

Demmi warf ihm einen abschätzigen Blick zu und versetzte gedehnt: „Ach, nein. Ein Ungläubiger." Dann tätschelte sie ihm mitfühlend die Wange: „Ja, du hast recht! War alles nur ein Trick!" Bevor Constantin etwas erwidern konnte, hatte sie sich auch schon abgewandt und schritt gutgelaunt in den nunmehr wieder freien Gang hinein.

Dafür hastete aber Emil an die Seite seines Freundes. „Glaub ihr nicht! Das – war – Magie!", raunte er beschwörend.

Jetzt sah Constantin ihn abschätzig an: „Ja, klar, und sie ist eine Dämonin!"

Emil gab ein ärgerliches Schnauben von sich. „Ich beweise es dir! Pass auf!"

Damit folgte er Demmi, griff nach ihrem Schwanz und zog daran. Der kleine Sukkubus fuhr herum und gab ihm zur Antwort eine schallende Ohrfeige.

Aber Constantin glaubte ihm immer noch nicht.

27.

Hoch mögen die Würfel fliegen!

Das Schicksal hatte soeben knapp einen Flugzeugabsturz über dem chinesischen Meer verhindert, die Aktienkurse an der Wallstreet um 17 Zählerpunkte nach unten korrigiert, Filippo und Esmeralda Gonzales ihr lange ersehntes erstes Kind geschenkt und auf dem weit entfernten Planeten Jimbob einem Volksaufstand der Flurz gegen die unterdrückerische Kaste der Schillpillionen zu einem triumphalen Sieg verholfen. Außerdem hatte es natürlich noch unnachvollziehbar viele andere Ereignisse angestoßen, beeinflusst oder verhindert. Jetzt aber wandte es seine ganze Aufmerksamkeit den Katakomben unterhalb des Kölner Doms zu. Es hatte sich bisher so viel Mühe gegeben, diese Geschichte, die ihm persönlich ans Herz gewachsen war, in die richtigen Bahnen zu lenken. Nun wollte es das Finale auch in aller Ruhe genießen.

Befriedigt stellte es fest, dass sich die meisten Akteure bereits auf den für die weitere Inszenierung notwendigen Ausgangspositionen befanden. Einzig Constantin und Arthur passten noch nicht ganz ins Bild. Aber schließlich war das Schicksal ja das Schicksal. Und die letzten notwendigen Korrekturen waren nun wirklich nur noch Routine. Für Constantin brauchte es nur einen einzigen eingegebenen Gedanken und einen Gegenstand, der bereits seit Jahrhunderten darauf wartete, ins Licht eben dieser Geschichte zu treten.

Tatenfroh hätte sich das Schicksal in die Hände gespuckt, wenn …

Aber lassen wir das.

* * *

Emil, Katrin, Constantin und Wächter tappten im Gänsemarsch hinter Demmi her durch dunkle Gänge, verwinkelte Treppenschächte, modrige Kerker und totenstille Altarräume. Irgendwann kam Wächter eine Frage in den Kopf – er wusste selbst nicht woher. Nachdem er eine Weile mit sich gerungen hatte, ob er sie stellen sollte oder nicht, kam er zu der Erkenntnis, dass sie ihm solange keine Ruhe lassen würde, bis er es endlich getan hätte. Also meldete er sich von seiner Position am Ende der Reihe her zu Wort: „Sag mal, Demmi, wie heißt dein ehemaliger Meister eigentlich?“

„Warum interessiert dich das?“, gab die Angesprochene knapp zurück, ohne sich umzudrehen.

Wächter zuckte die Schultern: „Ich möchte einfach gerne wissen, mit wem wir es zu tun haben.“

„Wenn du hoffst, ihn mithilfe seines Namens in deine Macht zu zwingen – vergiss es! Seinen wirklichen Namen kennt nur er allein, und er wird sich hüten, ihn jemals irgendwem zu verraten“, entgegnete Demmi ernst.

Wächter zuckte die Schultern: „Schon gut. Ich möchte einfach wissen, wie ich ihn ansprechen soll, falls ich ihm mal begegne.“

„Das wirst du hoffentlich nie!“

Doch Wächter ließ sich so leicht nicht beirren. Er bat höflich: „Sag ihn mir doch bitte trotzdem.“

„Mich würde der Name auch interessieren", meldete sich nun auch Katrin zu Wort. Demmi stieß einen unwohlen Seufzer aus. Offenbar sprach sie nicht gerne über den Dunkelherrn.

Dennoch brachte sie schließlich unwillig über die Lippen: „Sein offizieller Titel lautet Asmodin Mephistopheles Noriél Hektat III., Fürst der Siebten Hölle. Er nennt sich selbst aber auch gerne ‚Der Geist, der stets verneint'."

Wächter zog die Stirn kraus: „Kenn ich das nicht von Schiller?"

Constantin: „Goethe!"

Emil: „ Faust! Der Tragödie erster Teil!"

Constantin: „Ich bin der Geist, der stets verneint,
Und das mit Recht.
Denn alles, was entsteht,
Ist wert, dass es zugrunde geht."

Emil: „Drum besser wär's, wenn nichts entstünde,
so ist denn alles, was ihr Sünde,
Zerstörung, kurz …"

Beide: „*Das Böse* nennt,
Mein eigentliches Element!"

Beifall heischend blickten sich die beiden Rezitatoren zu ihrem Freund um. Aber Wächter fühlte sich durch ihre Performance gemobbt und brummte genervt: „Klugscheißer!"

Demmi war abrupt stehengeblieben und schaute betroffen zu Boden. Sie schien mit der Fassung zu ringen, und die beiden Literaturliebhaber mussten peinlich berührt feststellen, dass sie wohl soeben die Elefanten im Porzellanladen gewesen waren – klassisch gebildete Elefanten zwar, aber das machte die Sache für das Porzellan auch nicht besser.

Katrin schloss zu dem kleinen Sukkubus auf, legte Demmi mitfühlend die Hand auf die Schulter und fragte ernst: „Ist er der Teufel?"

„Nicht *der* Teufel. Einer von ihnen", erklärte Wächter für Demmi, die immer noch betroffen vor sich hinstarrte. Er hatte Tatonka den ganzen Tag über in jeder freien Minute mit Fragen gelöchert und besaß inzwischen ein solides Grundwissen in klassischer Dämonologie.

Als Demmi sich wieder gefasst hatte, stieß sie hasserfüllt hervor: „Er ist ein Monster! Er ist das böseste Wesen, das ich kenne!"

In Emil stieg tiefer Groll auf. Dieser Asomin – oder wie immer er auch hieß – musste seiner Demmi unglaubliches Leid zugefügt haben.

„Aber man kann den Scheißkerl doch mit einem Schwert umhauen, wie jeden anderen Dämon, oder?", fragte er streitlustig.

Der kleine Sukkubus sah erschrocken auf: „Leg dich bloß nicht mit ihm an! Du hast keine Chance gegen ihn!"

„Pah!", knurrte Emil abfällig. Den Kerl würde er sich kaufen, wenn er ihm jemals über den Weg liefe! Dieser Asosin würde sich noch wünschen, sich niemals an seiner Demmi vergriffen zu haben!

Constantin hatte, nachdem seine klassische Textprobe nicht den gewünschten Publikumserfolg gehabt hatte, die Lust am Gespräch verloren. War ja auch typisch! Sobald man sich mal etwas anspruchsvolleren Themen zuwandte, stieg der Teil der Gruppe, der nicht mitreden konnte, aus und kam stattdessen wieder auf diesen Fantasy-Schwachsinn zu sprechen.

Während die anderen sich weiter unterhielten, ging Constantin einige Schritte in die Richtung zurück, aus der die Gruppe gekommen war. Vor wenigen Augenblicken hatten sie nämlich eine Nische passiert, in der die recht hübsche – nackte – Statue eines weiblichen Dämons gehockt hatte. Die Zeit bis zum Weitermarsch konnte man ja eigentlich für einige kulturgeschichtliche Studien nutzen. Also baute Constantin sich vor der Skulptur auf und studierte ihre steinernen Gesichtszüge. Irgendwie erinnerten sie ihn an Céleste. Wahrscheinlich war sie wirklich eine Dämonin und hatte hier vor Jahrhunderten Model gestanden, dachte er amüsiert und musste sich einen Lacher verkneifen.

Dann holte er – immer noch in den Kunstgenuss versunken – eine Zigarette hervor, steckte sie in den Mundwinkel und suchte in seinen Taschen nach einem Feuerzeug. Er fand jedoch nur ein Streichholzpäckchen, auf dem aufdringliche Werbung für eine Zigarettenmarke prangte, die mit Freiheit, Abenteuer und gesunder Landluft warb.

Ach ja, richtig, die Hölzer hatte er ja vor zwei Tagen auf der Fetischparty von einer recht hübschen Promoterin im Cowgirl-Outfit in die Hand gedrückt bekommen. Angeblich konnte man diese Dinger auf jedem harten Untergrund entzünden. Zum Beispiel unter den Stiefelsohlen – oder an einer steinernen Statue.

Constantin sah sich beiläufig um, ob ihn einer der anderen beobachtete. Aber sie unterhielten sich immer noch über ihren Dämonenquatsch. Also nahm er ein Streichholz aus der Schachtel, und nach einem ganz kurzen Moment des Zögerns ließ er sein Köpfchen über den steinernen Busen des Sukkubus fahren. Es funktionierte tatsächlich! Eine bläuliche Flamme loderte auf und er steckte sich mit einem zufriedenen Grinsen seine Zigarette an. Als er den ersten Zug nahm, überkam ihn ein leichter Schwindel, als ob der Boden unter seinen Füßen in Bewegung geraten wäre. Er schloss kurz die Augen und überlegte, ob er den Tag über vielleicht zu wenig gegessen hatte. Eigentlich hatte er doch einen stabilen Kreislauf. Dann wandte er sich wieder nach den anderen um – und stellte erschreckt fest, dass sie nicht mehr da waren. Die Schwachköpfe waren einfach ohne ihn weitergegangen!

„Wo seid ihr denn?", rief er in die Dunkelheit, während er sich hastig aufmachte, ihnen zu folgen.

* * *

Im gleichen Moment hatte der Rest der Gruppe sich entschieden, wieder aufzubrechen. Demmi, Katrin und Emil waren schon losgegangen, als Wächter von hinten bemerkte: „Wo ist denn eigentlich Constantin?"

Alle fuhren herum.

„Er war vor dir!", entgegnete Emil vorwurfsvoll.

Wächter zuckte die Schultern: „Ja, schon. Aber als wir stehengeblieben sind, hat er sich an mir vorbeigeschoben. Ich dachte, er wollte nur die Statue da hinten noch mal genauer in Augenschein nehmen."

„Welche Statue?", schaltete sich jetzt Katrin ein. „Ich sehe keine Statue."

Wächter drehte sich um und stellte entgeistert fest: „Eben war aber noch eine da! Bestimmt!"

Während die anderen ratlose Gesichter machten, schlug sich Demmi mit der Hand vor den Kopf: „Der Blödmann hat schon wieder eine Falle ausgelöst, und diesmal war es offensichtlich eine Drehwand!"

* * *

Während in irgendeinem kleineren südamerikanischen Land ein Militärdiktator vollkommen unbeachtet an einem Hühnerknochen erstickte, weil das Schicksal völlig verbaselt hatte, dass er ja noch dringend für einen in zwölf Jahren stattfindenden Bürgerkrieg benötigt wurde, schnüffelte sich der Unhold immer noch durch die dunklen Gänge. Seine Laune hatte sich allerdings inzwischen wieder um einiges verschlechtert. Denn er hatte immer noch nicht gefunden, wonach er schon die ganze Zeit suchte.

Das brachte das Schicksal auf eine nette Idee, wie man Arthurs Position korrigieren könnte. Da es ja über Zeit und Raum gebot (und über noch eine ganze Reihe von anderen Dimensionen, deren Vielzahl dem Menschen allerdings ebenso unbekannt ist, wie das Volk der Flurz auf Jimbob), ließ es in einer eleganten, raumzeitkrümmenden Rückwärtsschleife direkt vor die Nase des Unholds das von ihm Gesuchte fallen.

Der Idiot war allerdings so mit Ärgern beschäftigt, dass er die Schicksalsfügung fast übersehen beziehungsweise überrochen und so die ganze hübsche Inszenierung versaut hätte. Er musste doch wenigstens *ein Mal* Glück haben! Das ging jetzt schon das ganze Jahrhundert so, dass nie mal was funktionierte! Irgendwo musste doch etwas Brauchbares zu finden sein! Es war doch unmöglich, dass auf dem ganzen Weg keiner dieser Menschen ...

Ärgerlich stieß das Schicksal die Nase des Unholds auf den Boden, und da endlich roch er es!

Da war ja eins! Er hatte es! Er hatte sein trojanisches Pferd! Begeistert stieß der gewaltige Kampfdämon einen Freudenschrei aus. Er hatte am Ende doch noch gefunden, wonach er die ganze Zeit gesucht hatte!

Der schaurige Schall seines triumphalen Geheuls hallte durch die lichtlosen Gänge und Hallen, Torbögen und Treppenschächte. Seine letzten schwachen Ausläufer schlugen als seichter Hauch, der kaum mehr als eine Ahnung war, gegen Arthurs Trommelfelle. Der alte Agent hielt inne und lauschte in die Stille des Labyrinths hinein, während sich mit schicksalhafter Gewalt ein Déjà-vu in sein Bewusstsein schob.

Der Schrei des Unholds … der Orakelbrunnen … die Prophezeiung ... Hatte das etwas zu bedeuten, dass er das unheimliche Geheul nun schon zum zweiten Mal innerhalb weniger Tage vernommen hatte? War die Aufgabe, welche ihm das Schicksal zugedacht hatte, noch gar nicht vollendet?

Arthur ging am Schluss des Agententrupps, der schon vor Längerem wieder aufgebrochen war, nachdem Mai Li und Tatonka ihren Streit endlich vertagt hatten. Die anderen hatten offensichtlich gar nicht bemerkt, dass er stehengeblieben war, denn sie bogen gerade um die nächste Ecke in einen anderen Gang ein.

Was nun? War es in Ordnung, sich einfach so abzusetzen? Zumindest die beiden Pegasus-Agenten konnten sich gut alleine zurechtfinden. Malte war bei ihnen so sicher, wie das hier unten überhaupt möglich war. Die drei jungen Leute, die ihnen vorhin abhanden gekommen waren, hatten hingegen kaum Erfahrung im Kampf gegen Dämonen. Und dieser Junge, den er gestern erst gerettet hatte, war mit an Sicherheit grenzender Wahrscheinlichkeit auch hier unten, in Begleitung eines Sukkubus, dessen wirkliche Intentionen immer noch nicht geklärt waren. Überdies war er selbst in den letzten Jahrzehnten zum Einzelgänger geworden. War es nicht besser, er versuchte auf eigene Faust zum guten Ausgang dieser Geschichte beizutragen?

Arthur war nie ein besonderer Fan fernöstlicher Weisheiten gewesen. Aber er hatte einmal im Werk eines japanischen Schriftstellers über den Weg des Bushido gelesen, man solle wichtige Entscheidungen innerhalb von sieben Atemzügen fällen. Seitdem hielt er sich an diese Regel. Sieben Atemzüge waren um, und eigentlich hatte seine Entscheidung bereits vom ersten Moment an festgestanden.

* * *

Das Schicksal war zufrieden mit sich. Jetzt endlich waren alle Spieler auf ihrer Startposition. Der finale Showdown konnte beginnen! Die letzten Weichen, die es jetzt noch zu stellen galt, waren ein Hauch von Rasierwasser, der in Céleste deVilles

Nase stieg, ein vager Lichtschein, der den durch die dunklen Gänge geisternden Schattenmann anlockte wie ein blutgieriges Insekt, und die leise Vorahnung seines bevorstehenden Sieges, die Asmodin unversehens überkam und ihm einen wohligen Schauer über den Rücken laufen ließ.

Dann ließ sich das Schicksal voller Vorfreude zu seinem einzigen wörtlichen Zitat in dieser Geschichte hinreißen. Lauter als ein zerberstender Stern, aber dennoch unhörbar für die belebten und unbelebten Dinge, hallten seine Gedanken in sämtlichen Sprachen des Universums durch Raum, Zeit und all die Dimensionen, die wir Menschen nicht einmal erahnen: „Hoch mögen die Würfel fliegen!"

(Eine selbst für das Schicksal beeindruckende Leistung übrigens, wenn man bedenkt, dass es einige Millionen Sprachen im Universum gibt, gab oder geben wird, die überhaupt kein Wort für „Würfel" besitzen, besaßen oder besitzen werden.)

28.

Der Mann, der schneller telefonierte als sein Schatten

Der Unhold hob das kostbare menschliche Haar, dass er soeben gefunden hatte, vorsichtig mit zwei Fingerklauen auf und raunte: „Na, wem gehörst du, mein Kleines?“

Er hielt es dicht unter die Nüstern und zog kennerisch seinen Duft ein. Ein böses Grinsen erschien auf seinen Zügen. Sieh einer an. Besser hätte er es kaum treffen können! Dann holte er die Phiole, die die Hexe Gertawina ihm mitgegeben hatte, hervor und zog vorsichtig mit den Zähnen ihren Korken ab. Als er das Haar durch den Flaschenhals in die leicht phosphoreszierende Flüssigkeit gleiten ließ, erklang ein leises Zischen. Der dünne schwarze Faden löste sich in Sekundenbruchteilen darin auf. Der Unhold schwenkte die Ampulle noch einmal vorsichtig, um das Ganze gut zu vermischen. Dann zwang er sich zur Geduld. Die hässliche alte Schabracke hatte ihm erklärt, das letzte Ingrediens müsse einige Minuten im Trank ziehen, bevor dieser seine endgültige Wirkung entfaltete.

Endlich, nach einer schieren Ewigkeit, wie es dem Dämon schien, wechselte die Flüssigkeit in der Ampulle deutlich erkennbar ihre Farbe. Er setzte den filigranen Hals des Gefäßes an die Lippen und ließ das zähflüssige Gebräu in seinen Schlund hinab rinnen ...

* * *

Mai Li und Tatonka wären fast wieder aneinandergeraten, als sie endlich bemerkten, dass Arthur verschwunden war. Zum Glück hatten sie aber in der Zwischenzeit beide Gewissensbisse ob der Gemeinheiten bekommen, die sie sich vorhin an den Kopf geworfen hatten. Und außerdem war es sowohl der Chinesin wie auch dem Sioux ein wenig peinlich, so unprofessionell gewesen zu sein, mitten in Feindesterrain lauthals zu streiten. Deswegen beschränkten sich die Agenten nun auf einige ausgewählte Flüche in ihrer jeweiligen Muttersprache und entschlossen sich dann übereinstimmend dazu, zügig zum zentralen Ritualraum vorzustoßen – in der Hoffnung, dass auch die anderen ihren Weg dorthin irgendwie finden würden.

Malte hielt diese Option ebenfalls für sinnvoll, denn er hatte schon die ganze Zeit über ziemliche Angst um Emils Seele, die er nicht in der geheimnisvollen Pyramide eingeschlossen vorfinden wollte, wenn sie den Ritualraum endlich erreichten.

Gerade passierten die drei eine weitere Säulenhalle, zwar nicht so groß wie die, in der sie den Rest der Gruppe verloren hatten, aber ebenso dunkel und unübersichtlich. Plötzlich stieß Tatonka, der als letzter ging, ein ersticktes Keuchen aus und torkelte seitlich gegen einen der Pfeiler. Krämpfe schienen seinen muskulösen Körper zu schütteln, und seine Augen verdrehten sich in den Höhlen, so dass nur noch das Weiße zu sehen war. Mai Li und Malte fuhren herum und starrten ihn entgeistert an. Doch so schnell, wie sie gekommen waren, ließen die Krämpfe wieder nach und die Augen des Sioux wurden klar.

„Alles in Ordnung, Partner?", fragte die Chinesin beunruhigt.

Tatonka grinste in die Runde und erklärte: „Ja, alles bestens!"

Jaaaa ...! Der Trank hatte gewirkt! Er hatte den Seelenwechsel vollzogen, und der Körper, in den sein Geist gefahren war, war für einen Menschen gar nicht so übel. Er spürte die starken Muskeln des Sioux-Indianers unter seiner Haut vibrieren und das scharfgeschliffene Schwert in seinen Händen. Und seit Tagen hatte er endlich mal wieder keine Schmerzen! Mit denen musste sich jetzt ein anderer herumschlagen. Die beiden ahnungslosen Sterblichen aber, die ihn immer noch irritiert angafften, hatten gar keine Chance, ihm zu entkommen! Er würde die Maßgabe seines Meisters sogar doppelt erfüllen. Doch er musste sich beeilen, denn die Hexe Gertawina hatte ihm eingeschärft, dass die Wirkung des Zaubers nicht länger als ein paar Minuten anhalten würde.

Mai Li wandte sich nach einem letzen skeptischen Blick zu ihrem Partner wieder um und setzte den Weg durch die Halle fort. Malte folgte nichts Böses ahnend ihrem Beispiel.

Als er jedoch einige Schritte gemacht hatte, verspürte er plötzlich ein wirklich mulmiges Ziehen in der Magengrube. Irgendwie hatte er das Gefühl, dass etwas nicht stimmte – nein, irgendetwas stimmte überhaupt nicht! Unsicher schielte er zwischen die Schatten der Säulen.

Der Unhold hatte Tatonkas Schwert schon zum Schlag erhoben als plötzlich ein Schuss die Stille zerriss. Er traf Mai Li in den Rücken, und sie wurde zu Boden geschleudert, wo sie reglos liegen blieb.

Malte fuhr erschrocken zusammen und starrte auf die Chinesin hinab, und plötzlich begriff er, was ihn so unruhig gemacht hatte! Die Taschenlampen waren kaum merklich heruntergedämmt und hatten die Schatten der Säulen langsam und bedrohlich auf die Gruppe zukriechen lassen ...

Auch der Unhold war erschrocken zuerst zusammen- und dann herumgefahren. Mit panischem Schrecken erkannte er nun die dunkle Silhouette, die soeben in den schwachen Lichtschein der Lampen getreten war. Gerade ließ sie mit einer eleganten Bewegung ihren Colt *Peacemaker* wieder ins Halfter zurückfahren. Dann zog sie mit der Linken einen Silberdollar aus ihrer Manteltasche hervor und schnippte ihn in die Luft.

Der falsche Sioux hob abwehrend die Hände und japste erschreckt: „Nicht schießen! Ich bin's doch! Dein guter alter Kumpel ..."

Peng!

Nur die übermenschlichen Reflexe des Kampfdämons bewahrten ihn, beziehungsweise Tatonka, vor dem sicheren Tod. Er warf sich behände zur Seite und so traf die Kugel des Schattenmannes nicht sein Herz, sondern nur seine Schulter. Während ihn brennender Schmerz durchflutete, sackte der Hüne stöhnend in sich zusammen und kullerte dann auf die Seite, wo er liegen blieb und langsam auszubluten begann. Dabei tobte ihm nur ein Gedanke im Kopf herum: Warum immer er?

Der Schattenmann liebte theatralische Auftritte. Er hatte sie schon immer geliebt. Damals, als er noch lebte, war er der schnellste Schütze des Westens gewesen. Und er hatte diese Überlegenheit bei so manchem Showdown genutzt, um seine Gegner mit besonderer Eleganz niederzustrecken. Sein jetziges Dasein als Dämon allerdings bot in Hinsicht auf gute Inszenierungen Möglichkeiten, von denen er früher nicht einmal zu träumen gewagt hätte. Auch dieser Auftritt war ihm wirklich prächtig gelungen! Mit tief ins Gesicht gezogenem Hut und trotz der vollkommenen Windstille wehendem Mantel hatte er sich zwischen zwei Säulen aufgebaut und seine geisterhaften Finger zuckten nervös über dem Griff seines Revolvers, den er nach dem Schuss auf den Unhold erneut im Halfter versenkt hatte. Nicht, dass der Schattenmann wirklich nervös gewesen wäre. Aber dieses Zucken war immer sein Markenzeichen gewesen, und es hatte Zeiten gegeben, da so mancher Möchtegern-Desperado seinen Stil nachgeahmt hatte – natürlich nicht annähernd so gekonnt wie er! Befriedigt registrierte der Nachtschatten aus den Augenwinkeln, dass seine zweite Kugel nicht nur den Sioux getroffen, sondern auch ein sauberes Loch durch den Silberdollar gestanzt hatte, der gerade auf dem steinernen Hallenboden ausrollte.

Er war wirklich ein Superschütze!

Und es war auch eine gute Idee gewesen, die Lampen der Pegasus-Leute nicht ganz verlöschen zu lassen. Jemanden zu erschießen, der einem dabei in die Augen sah, machte einfach viel mehr Spaß, als einen Blinden niederzustrecken.

Der Schattenmann musterte Malte, der als letzter noch in seinem weißen Jogginganzug dastand, abschätzig. Was sollte er mit diesem Bürschlein anfangen? Wie konnte er ihm stilvoll das Lebenslicht auspusten? Er hatte zwar noch einen weiteren Dollar in der Tasche, aber nachdem ihm der Münztrick bereits einmal gelungen war, hätte er es langweilig gefunden, ihn ein zweites Mal in der gleichen Nacht zu benutzen.

Während er noch überlegte und Malte ihm in hilfloser Panik erstarrt gegenüberstand, erklang auf einmal eine Melodie durch die Stille: die elektronische Imitation einer jaulenden Mundharmonika.

Der Schattenmann schaute komisch zu Malte herüber, dem jetzt erst auffiel, dass er sein Handy schon wieder nicht ausgeschaltet hatte.

„Was ist denn das?", fragte der finstere Vollstrecker mit hohl hallender Grabesstimme in das Gedudel hinein.

Malte schluckte. Dann sagte er in festem Tonfall, er wusste selbst nicht, wie er darauf kam: „Ich habe soeben meinen … Zap-O-Blast … aktiviert."

Der Schattenmann griff sich mit der Linken an den Hut, um ihn zurechtzurücken: „Deinen was?"

Langsam hob Malte den Bund seiner Joggingjacke an und ließ das Handy an seiner Hüfte sichtbar werden.

„Meinen Zap-O-Blast! Die neueste Entwicklung von Pegasus. Er sendet einen gebündelten Strahl reinster ... karmischer ... Energie aus. Tötet jeden Dämon zuverlässig", versetzte er scheinbar lässig, während er sich fragte, was er da eigentlich erzählte. Da er sich aber nun schon einmal zu dem Einzigen entschieden hatte, was er in dieser Situation tun konnte – nämlich bluffen – musste er die Nummer wohl oder übel auch bis zum bitteren Ende durchziehen. Zwar hatte er noch keine Ahnung, was ihm das letztendlich bringen sollte, aber jede Sekunde Aufschub war eine gute Sekunde. Also stellte er sich breitbeinig in Positur und zwang sich dazu, ein selbstsicheres Grinsen aufzusetzen.

Der Schattenmann ließ seine Hand nervös über dem Griff des Revolvers zucken. „Du denkst, du ziehst schneller als ich?", fragte er spöttisch.

„Ich bin noch niemandem begegnet, der mich im Schnellziehen geschlagen hätte", konterte Malte prompt.

Auf den schattenhaften Zügen des Revolvermanns erschien ein dünnes Lächeln: „Ich auch nicht."

Endlich wieder mal ein Gegner, und kein Opfer! Außer natürlich, das Menschlein bluffte. Aber das würde er gleich herausfinden. Während der Nachtschatten den Kerl weiterhin aufmerksam fixierte, machte er einen langsamen Seitwärtsschritt, wobei die Sporen an seinen Stiefeln leise klirrten. Malte tat es ihm gleich und so begannen die beiden nun, sich in bester Westernmanier zu umkreisen.

„Na, dann – zieh!", forderte der Schattenmann nach einiger Zeit sein Gegenüber auf.

Doch der Mensch lächelte weiter sein selbstsicheres Lächeln: „Ich gebe dir einen Vorsprung."

„Wie bitte?", schnappte die düstere Gestalt empört, „Du mir?"

Was für ein frecher Kerl! Eine vergleichbare Unverschämtheit war ihm seit anno 1876 nicht mehr untergekommen! So gut *konnte* der gar nicht sein! Niemand war so gut wie er! Niemand!

„Du ziehst zuerst, Menschlein! Ich lasse mich doch nicht beleidigen!", knurrte er düster unter der Hutkrempe hervor.

Malte stand kalter Schweiß auf der Stirn. Ewig konnte das doch nicht mehr gutgehen.

Dennoch versetzte er jetzt in der brillanten Imitation größter Siegesgewissheit: „Ich habe Zeit. Mein längstes Duell hat über drei Stunden gedauert, bevor der arme Irre auf der anderen Seite endlich zog."

Inzwischen zuckten die Finger des Schattenmannes wirklich nervös über seinem Pistolenhalfter, während die beiden ungleichen Gegner einander weiterhin mit lauernden Schritten umkreisten. Der Kerl konnte nicht bluffen! So cool war noch nie jemand gewesen – in all seinen zweihundertzehn Duellen nicht! Aber es hatte ihn auch noch nie jemand besiegt! Selbst, wenn sein Gegner schnell war, er war schneller! Er war es immer gewesen! Und jetzt würde er diesen unverschämten Lümmel einfach über den Haufen schießen, bevor dieser auch nur die Hand an seinem Zap-O-Irgendwas hatte!

„Nun gut, Menschlein. Hat mich gefreut, deine Bekanntschaft zu machen", knurrte der finstere Schemen, und seine Finger fuhren blitzartig zum perlmuttenen Griffstück des Revolvers herab und umschlossen die wohlvertraute Form.

In diesem Moment peitschte ein Schuss durch die Halle. Während der Schattenmann in sich zusammensackte, dachte er noch: „Unglaublich schnell, der Kerl! Ich habe nicht mal gesehen, wie er gezogen hat."

Dann zerflossen seine Konturen in Rauch und nur sein Colt und die letzte Dollarmünze in seiner Tasche klapperten auf die steinernen Fliesen. Hinter ihm kam Mai Li hoch, ihre Pistole immer noch dorthin gerichtet, wo eben noch der finstere Cowboy gestanden hatte.

„Das nenne ich Teamwork!", lächelte sie über die immer noch rauchende Mündung ihrer Waffe hinweg zu Malte hinüber.

Dessen Knie wurden mit einem Mal weich wie Gummi, und er musste sich erst mal setzen.

„Warum bist du ...?", japste er ungläubig.

„Nicht tot? Deswegen!", entgegnete die Chinesin und pochte auf ihre kugelsichere Weste. Malte schüttelte benommen den Kopf, während Mai Li lächelnd zu ihm hintrat und ihm die Hand entgegenstreckte: „Du hast schon wieder vergessen, dein Handy auszuschalten."

Während Malte sie ergriff, erschien auch auf seinen Zügen ein Lächeln: „Sorry."

Dann zog sie ihn hoch, und er blickte versonnen auf die kleine Chinesin hinab, deren Hand immer noch in der seinen lag. Sie erwiderte seinen Blick sanft lächelnd, und gerade überlegte er, ob jetzt nicht der richtige Zeitpunkt wäre, sie einfach zu küssen, als ein Stöhnen beide aus ihrer Verzauberung riss. In Mai Lis Augen trat für den Bruchteil einer Sekunde Bedauern, dann löste sie sich von Malte und wandte sich dem am Boden liegenden Tatonka zu. Sie kniete neben dem Hünen nieder und fragte besorgt: „Alles klar, Partner? Bist du bei Bewusstsein?"

Der Sioux erwiderte jammernd: „Meine Schulter!"

Komisch, das sah ihm eigentlich gar nicht ähnlich. Normalerweise strafte Tatonka seine Wunden mit stoischer Verachtung, egal wie schlimm sie auch waren. Es musste ihn diesmal wirklich besonders übel erwischt haben.

„Ich hab' etwas Feenkraut dabei. Das stoppt die Blutung, desinfiziert, und lindert auch die Schmerzen“, erklärte Mai Li beruhigend und begann zügig, in den Taschen ihrer Jacke zu wühlen.

Der Unhold lag da und stierte mit aufgerissenen Augen an die Decke, während die Agentin ihn verarztete. Warum musste er immer Pech haben? Warum konnte nicht einmal etwas klappen? Er fühlte sich so schrecklich müde!

29.

Falling down

In einem anderen Teil der Katakomben versuchten Demmi, Emil, Katrin und Wächter, nachdem sie Constantins Verschwinden bemerkt hatten, durch Klopfzeichen Kontakt mit ihm aufzunehmen. Ihrer Vermutung nach musste er sich auf der anderen Seite der Gangwand befinden, genau an der Stelle, wo eben noch eine weibliche Dämonenstatue gehockt hatte. Da der Medizinstudent aber bereits weitergelaufen war, um nach ihnen zu suchen, hörte er nichts und gab folglich auch keine Antwort.

Also bemühten sich die vier stattdessen, selbst durch die Drehtür zu gelangen. Demmi unternahm mehrere Versuche, das Ding aufzuzaubern, scheiterte jedoch kläglich. Auch Wächters Klopfen und Drücken auf diverse auffällige Punkte an der Wand brachte wieder mal nichts. Als Emil vorschlug, dass man ja wenigstens noch einmal in den Nachbargängen nach Constantin suchen könne, schüttelte Demmi niedergeschlagen den Kopf: Fallen, die nicht töten, sondern nur durch plötzlichen Ortswechsel verwirren sollten, waren in Labyrinthen laut ihrer Aussage regelmäßig so angebracht, dass es eben keine schnellen Verbindungswege zurück gab. Das war leider ausgesprochen nachvollziehbar. Also entschied man sich, nachdem man noch eine Weile gewartet und in regelmäßigen Abständen geklopft hatte, schweren Herzens zum Aufbruch.

Wohl war allerdings keinem der vier bei dem Gedanken, dass ihr verlorener fünfter Mann nun mutterseelenallein durch das Labyrinth irrte, ohne Waffe und ohne die geringste Einsicht in seine Gefährdung durch bösartige Dämonen.

Als die Gefährten schon wieder einige Zeit gegangen waren, erreichten sie am Ende eines düsteren Schachtes ein Portal, das – wie so viele hier unten – mit gotischen Stilmerkmalen verziert war. Dahinter führte ein steinerner Steig hinaus über einen tiefen Abgrund. Nach einigen Metern endete er im Nichts. Noch einige Meter weiter war auf der anderen Seite der unterirdischen Schlucht ein zweites Portal in der Felswand eingelassen, das in einen weiteren Gang hineinführte. Während die vier auf die Plattform hinaustraten, leuchteten sie mit ihren Taschenlampen suchend umher. Fast sah es aus, als befänden sie sich auf einem riesigen steinernen Sprungturm. Wie tief es hinunter ging, konnte man nur erahnen, und wie man zu dem Eingang auf der anderen Seite des Abgrunds gelangen sollte, war ebenfalls vollkommen unklar. Zum Springen jedenfalls war es definitiv zu weit.

Während die anderen unsicher in der Nähe des Eingangs verharrten, trat Demmi an den Rand der Plattform und erklärte fachmännisch. „Ah, endlich! Wir haben den Opfersteig erreicht. Dahinter liegt der zentrale Ritualraum."

Katrin machte ein unbehagliches Gesicht: „Opfersteig?"

Der kleine Sukkubus wandte sich um, grinste in die Runde und erklärte aufgeräumt: „Ja, hier werfen sie Menschen als Opfer für Höllenfürsten hinunter. Die Spalte reicht bis nach ganz unten. Ist ein ziemlich tiefer Fall."

„Ihr Dämonen seid ja wirklich widerlich!", versetzte Katrin mit Ekel in der Stimme.

„Oh! Diese Idee haben wir von euch Menschen abgeschaut", lächelte Demmi unbeeindruckt zurück. „Gab 'ne Menge alter Kulturen, die so ihren Göttern geopfert haben."

Emil und Wächter waren derweil näher an den Rand des Plateaus getreten und hatten einen vorsichtigen Blick in die unheimlichen Tiefen hinab geworfen. Nun fragte ersterer in die Runde: „Schön, und wie kommen wir da jetzt rüber?"

Demmis Selbstzufriedenheit ließ merklich nach. Sie nuschelte: „Levitationszauber."

„Wie bitte?", japste Emil erschreckt. „Ich soll mich auf einen deiner Zauber verlassen, um da rüberzukommen?"

Demmi machte ein eingeschnapptes Gesicht: „So schlecht bin ich nun auch wieder nicht."

„Doch, bist du! Du brauchst immer mindestens drei Versuche, bis mal was klappt!", konterte Emil aufgebracht. Dann wandte er sich Wächter zu und erklärte höflich: „Ich lasse dir den Vortritt."

„Vergiss es!", knurrte sein Freund unwillig zurück. „Wir warten, bis Tatonka mit dem Seil kommt."

Aber Demmi schüttelte entschieden den Kopf: „Dazu haben wir keine Zeit! Wer weiß, wo die anderen stecken – oder ob sie überhaupt noch am Leben sind? Außerdem kann ich sowieso nur mich selbst hinüber levitieren und höchstens einen von euch mitnehmen."

Wächter stellte erleichtert fest: „Tja, dann ist ja wohl ganz klar, wer das sein wird!"

Aus Emils Gesicht wich alle Farbe, während er sich vorsichtig an die Kante herantastete, um erneut hinab in die Dunkelheit zu spähen.

„Keine Angst, die Schlucht ist so tief, dass ich im Fallen noch die Möglichkeit habe, weitere Zauberversuche zu unternehmen, falls der erste schief geht", lächelte Demmi aufmunternd zu ihm hinüber.

Während Emil wieder einen ordentlichen Sicherheitsabstand zwischen sich und die Kante brachte, erwiderte er in ausgesprochen beunruhigtem Tonfall: „Das beruhigt mich wirklich!"

Demmi überhörte dieses Genörgel. Sie ließ tatendurstig die Finger knacken. Dann hüpfte sie auf Emils Rücken, so dass dieser erschreckt wieder bis an die Kante vortaumelte, umschlang seine Hüfte mit den Beinen und begann, ihren Zauber zu wirken. Und tatsächlich hoben die beiden, nachdem sie ihre Formeln gesprochen und ihre Muster geformt hatte, vom Boden ab, als sei die Schwerkraft für sie aufgehoben – jedoch nur, um im nächsten Moment wieder auf den Fels zurück zu plumpsen.

„Einmal ist keinmal!", lächelte Demmi peinlich berührt in die Runde und wiederholte die Prozedur – mit demselben Ergebnis wie beim ersten Versuch.

„Gibt's denn echt keinen anderen Weg?", fragte Emil beklommen, aber sie gab ihm mit der flachen Hand einen ärgerlichen Klaps auf den Kopf und fauchte: „Stör mich nicht!"

Wächter warf seinem Freund von der Seite her einen aufmunternden Blick zu und formte mit den Lippen die Worte „Wird schon klappen", während Demmi einen dritten Versuch unternahm.

Jetzt endlich waren ihre Bemühungen von dauerhafterem Erfolg gekrönt. Sie levitierte ihren Reitmenschen ein Stückchen in die Höhe, ein Stückchen zurück, dann wieder ein Stückchen vor. Dann holte sie noch einmal tief Luft und ließ mit einer schwungvollen Handbewegung Emil und sich selbst über den Abgrund schweben. Emil hatte die Augen geschlossen und sich – in Ermanglung anderer Möglichkeiten – wieder mal aufs Beten verlegt. Gerade, als ihm keine weiteren Versprechungen betreffs seines zukünftigen Lebenswandels mehr einfielen, spürte er endlich wieder festen Boden unter den zitternden Füßen. Er schlug die Augen auf und erblickte vor sich einen langen, leicht abwärts führenden Gang. Als er die Arme ausstreckte, fühlte er zu beiden Seiten den herrlichen, kühlen Halt steinerner Mauern unter seinen Fingern.

Er hatte es geschafft!

Demmi sprang von seinem Rücken, und während Emil auf die Knie fiel und innig den Boden zu küssen begann, wandte sie sich zu Wächter und Katrin um.

„Vergesst nicht, den Pegasus-Leuten zu sagen, dass ich nicht ihre Feindin bin!", rief sie über den Abgrund hinweg.

„Wenn du Emil doch noch was antust, mach ich Scheibchen aus dir!", rief Wächter zurück und schüttelte dabei drohend sein Schwert.

„Keine Angst!", versetzte die kleine Dämonin gutgelaunt. Damit wandte sie sich um, schritt am immer noch knienden Emil vorbei in den Gang hinein und flötete: „Menschlichkeit, ich komme!"

Ihr Begleiter erhob sich immer noch leicht zitternd. Bevor er ihr hinterher stiefelte, rief er noch einmal seinen Freund an: „Lass dich nie mit einer Dämonin ein! Selbst, wenn sie zu den Guten gehört, hast du nur Ärger!"

Wächter quittierte das mit einem Grinsen: „Viel Glück! Wir kommen nach, sobald wir können!"

Nachdem Demmi und Emil im Gang verschwunden waren, wandte sich Wächter zu Katrin um. Eigentlich konnte man sich die Wartezeit ja mit ein wenig flirten vertreiben.

„Sag mal, Katrin ...", setzte er an, hielt dann jedoch erschrocken inne.

Die Polizistin stand mit dem Rücken zu ihm in der Mitte des Plateaus. Ihre Dienstpistole hatte sie auf das Eingangsportal in Anschlag gebracht.

„Was ist denn?“, flüsterte er.

Sie gab gedämpft über die Schulter zurück: „Ich habe etwas gehört.“

Wächter legte seine Taschenlampe vorsichtig auf dem Boden ab und griff sein Schwert mit beiden Händen. Dann erwarteten beide mit pochendem Herzen und angehaltenem Atem den ungebetenen Besucher. Tatsächlich schob sich nach einigen Augenblicken eine gewaltige, reißzahnstarrende Schnauze um die Mauerkante herum. Dann folgten ein Paar kleine, rotglühende Augen.

Der Unhold!

Dieser machte jetzt einen lockeren Schritt in den Raum hinein und brummte: „Na endlich!“

Katrin hatte sich inzwischen hinter Wächters Rücken in Sicherheit gebracht, und dieser hob drohend die Klinge.

„Mich muss irgendeine Falle erwischt haben. Es gibt keine Stelle an meinem Körper, die mir nicht wehtut. Außerdem hab’ ich meine Taschenlampe und mein Schwert verloren“, dröhnte der gewaltige Dämon unmutig und tapste müde auf die beiden zu.

„Halt! Keinen Schritt weiter!“, fuhr Wächter ihn an.

„Was habt ihr denn?“, fragte der Unhold verblüfft. „Erkennt ihr mich nicht mehr?“

Wächter funkelte ihn böse an: „Und ob! Wenn du nicht willst, dass ich dir noch was abhacke, mach dich weg!“

Jetzt schien er das Monstrum verärgert zu haben. Es knurrte: „Wächter, das ist nicht der Zeitpunkt für Scherze!“

„Woher kennst du meinen Namen?“, fragte der Angesprochene entgeistert zurück.

Da endlich stutzte der Dämon. Ein fragender Blick trat in seine Augen. Dann – ganz langsam – sah er an sich hinab und stieß ein erschrecktes Quieken aus: „Ich bin ein – Unhold!“

„Ja, was denn sonst?“, versetzte Wächter von der absurden Situation leicht überfordert.

Doch das Untier hörte ihm gar nicht zu. Es blickte immer noch ungläubig an sich hinab und begann dann, sich um sich selbst zu drehen und sich dabei, soweit es das bewerkstelligen konnte, von allen Seiten zu betrachten. Am Ende hielt es sein blutverkrustetes Schwanzende in der Pfote, musterte es ungläubig und stammelte: „Ich bin ein Unhold ...“

Dann sah es erschreckt auf und starrte Wächter mit weit aufgerissenen Augen an: „Nein! Ich bin *im* Unhold! In seinem Körper, und das bedeutet, er muss in meinem sein! Scheiße!“

„Wie bitte?“, fragte Wächter vollkommen durcheinander, aber dennoch das Schwert fest in beiden Händen.

Der Unhold kam einen vorsichtigen Schritt auf ihn zu, wobei er beschwichtigend die Arme hob. Doch Wächter funkelte ihn nur drohend an und knurrte: „Komm uns nicht zu nahe!“

„Aber ich bin's doch!“, stieß das Monstrum fast flehend hervor. „Tatonka!“

„Guter Versuch!“, zischte Katrin hinter Wächters Rücken in Richtung der Kreatur und flüsterte dann ihrem Gefährten ins Ohr: „Glaub ihm nicht! Dämonen sind bestimmt genau wie Straftäter! Die lügen auch immer!“

Doch Wächter begann gerade zu begreifen: „Willst du damit sagen ...?“

„Aber ja doch! Pass auf: Ich beweise dir, dass ich Tatonka bin.“ Das Monstrum blickte noch einmal an sich hinunter und korrigierte: „Gewissermaßen. Frag mich etwas, das nur Tatonka wissen kann!“

Wächter fixierte den großen Dämon immer noch misstrauisch: „Gut, lass mich überlegen.“

Dann hatte er plötzlich eine Eingebung: „Schwör mir doch einfach, dass du kein Dämon bist!“

„Prima Idee!“, lächelte der Unhold. „Du würdest wirklich einen guten Agenten abgeben. Also, meine äußere Hülle ist ja schon ein Dämon. Aber ich schwöre hiermit feierlich, dass mein Geist der eines Menschen ist. Ich schwöre, meine Seele ist die Tatonkas!“

Jetzt endlich entspannte sich Wächter ein wenig und fragte kopfschüttelnd: „Wie zum Teufel kommst du hierher?“

Während die riesige Kreatur auf die beiden zugetrottet kam, brummte sie: „Wenn ich das mal wüsste. Wird irgendein dämonischer Zauber sein. Wir müssen sofort nach den anderen suchen! Sie schweben in höchster Gefahr!“

Dann blickte sich der behaarte Hüne um: „Wo sind wir hier eigentlich?“

„Da lang geht's zum Ritualraum“, gab Wächter zurück und deutete über die Schlucht hinweg.

Der Muskelberg machte einige Schritte bis zur Kante des Opfersteigs und schielte vorsichtig in die Tiefe. Da plötzlich krümmte sich sein riesiger Körper, und Krämpfe schüttelten ihn.

Wächter und Katrin sahen einander verwundert an, dann fragte die Polizistin vorsichtig: „Alles in Ordnung, Tatonka?“

Die gewaltige Kreatur fuhr herum, und der Blick ihrer kleinen, böse funkelnden Augen heftete sich auf Wächter.

„DU?“, stieß sie entgeistert hervor.

Entsetzt begriff Wächter, dass da wohl soeben wieder der ursprüngliche Besitzer in seinen Körper eingezogen war. Er holte mit dem Schwert zum Schlag aus, doch das Monstrum war zu nah und zu schnell. Seine intakte Klaue fuhr hoch und die gewaltigen Krallen umschlossen die Klinge mit eisernem Griff. Den Schmerz, den der tief in seine Handfläche schneidende Stahl verursachen musste, ignorierte der Dämon völlig und grunzte noch einmal ungläubig: „DU – HIER?“

In diesem Moment feuerte Katrin. Zwar wusste sie, dass das rein gar nichts brachte, aber ihr war auf die Schnelle nichts Besseres eingefallen.

Der Kopf des Unholds ruckte zu ihr herüber und sein böses Grinsen hielt ein letztes Mal auf seinen Zügen Einzug: „Ach, und du bist also auch hier!"

Er entwand Wächter mit seiner unglaublichen Kraft das Schwert, als sei dieser eine Wachspuppe. Dann warf er es achtlos hinter sich – und wandte sich verwundert um, als die Klinge nicht, wie er es eigentlich erwartet hatte, auf steinernen Bodenfliesen aufschlug.

„Ups!", gab er erschrocken von sich, als er der gähnenden Leere zu seinen Füßen gewahr wurde, und dann noch einmal, viel lauter „UPS!", als er den heftigen Stoß in seinen Rücken spürte.

Wächter hatte nämlich das Einzige getan, das ihm noch übrig blieb, um sich selbst und Katrin zu retten. Er hatte sich mit aller Kraft gegen das gewaltige Untier geworfen. Aber auch dieser wuchtige Bodycheck reichte nicht aus, um die Kreatur mit einem Mal von der Kante zu stoßen. Sie balancierte wild mit den Armen rudernd am Rande des Abgrunds und einen Moment lang schien es so, als fände sie ihr Gleichgewicht wieder, bevor sie – ganz langsam – nach vorne kippte und mit einem dritten und letzten „Uuuuuups!" in der Tiefe verschwand.

Während der Unhold in die Finsternis hinabfiel, rauschte sein Leben noch einmal in rasender Geschwindigkeit an seinem inneren Auge vorüber. Er sah sich in der Dunklen Schule sitzen und verspürte wieder die Angst vor dem Abfragen der Mathe-Hausaufgaben. Er spielte zusammen mit anderen jungen Unholden Kopfball, ein unter Dämonen beliebtes Spiel, das dem menschlichen Fußball recht ähnlich ist, mit dem kleinen Unterschied, dass man hierzu statt eines luftgefüllten Ledersacks einen menschlichen Schädel benutzt. Er stand hinter seinem Meister Wache, während dieser mit Inquisitoren über die nächsten Ketzerverbrennungen verhandelte. Er kämpfte gegen Dämonen verfeindeter Häuser. Er tötete – immer wieder.

Dann langte er in diesem Jahrhundert an. In seinen Ohren klang erneut das gefährliche Pfeifen der auf seinen Kopf herabfallenden britischen Fliegerbombe. Im nächsten Moment schon saß er mit der kleinen russischen Werwölfin – „Anuschka" war ihr Name gewesen – im Vollmondschein auf einer Bergspitze. Er spürte noch einmal sein Herz brechen, als sie ihm beichtete, dass sie ihn nur benutzt hatte, um an Informationen für den KGB zu gelangen. Dann, ganz am Ende, durchlebte er wieder jedes grauenhafte Detail seiner letzten Kinderjagd: seinen Kampf im Park, die Blamage in der Disko, Constantin, der ihm die Tür vor der Nase zuschlug, das Klavier, die Eisenbahn, die Bosheiten der Kollegen, die Beschimpfungen der Hexe Gertawina …

Irgendwann war er wieder in der Gegenwart angelangt, und er fiel immer noch. So war es also, wenn man starb. Jetzt kam nur noch Ruhe und Vergessen. Ruhe und Frieden. Endlich! Ein seliges Lächeln erschien auf den raubtierhaften Zügen des fallenden Dämons, nur um im nächsten Moment erschrocken darauf zu gefrieren. Denn ein neuer Gedanke hatte sich in seinen Geist geschlichen – und zwar einer, der ihn wesentlich mehr erschreckte, als der an den sicheren Tod: Würde er überhaupt sterben? Solange dort unten keine Lanzen oder Schwerter steckten, wohl nicht. Er würde sich furchtbar wehtun! Er würde sich jeden einzelnen Knochen im Körper brechen! Aber er würde überleben! Nur um dann vom Meister dafür in den Kessel gesteckt zu werden, dass er heute – Ach was heute! Die letzten drei Tage! – nicht ein einziges dieser grauenhaften Kinder erwischt hatte! Och nö.

Dann hatte er den Grund der Schlucht endlich erreicht und schlug auf, und wie er schon befürchtet hatte, stecken keine Schwerter oder Lanzen im Boden.

Immer musste er Pech haben!

* * *

Wächter stand derweil immer noch an der Kante des Opfersteigs und starrte abwechselnd in die undurchdringliche Dunkelheit zu seinen Füßen hinab und auf seine Hände. Er konnte kaum glauben, dass er dieses schreckliche Monstrum, mit dem er jetzt schon seit drei Tagen immer wieder aneinandergeraten war, letztlich einfach so mit bloßen Händen besiegt hatte.

Erst als er Katrins Schritte auf sich zukommen hörte, wandte er sich langsam um. Sein Gesicht war kreidebleich und in seinen Augen standen Unglaube und Verwirrung. Die hübsche Polizistin erlöste ihn jedoch aus seiner Verstörung, indem sie ihm die Arme um den Hals schlang und ihm einen gelungenen Filmkuss auf die Lippen presste. Nachdem sie sich wieder voneinander gelöst hatten, blickte sie ihm tief in die Augen und hauchte begeistert: „Mein Held!"

So war es also ein Held zu sein. Hmm – eigentlich gar kein schlechtes Gefühl.

Grinsend fragte er: „Äh, wie war das noch mal im Mittelteil?"

„Mein Held!", wiederholte sie lächelnd.

„Nein, davor."

„Sag das doch gleich!", grinste sie und gab ihm einen weiteren, noch viel gelungeneren Filmkuss.

30.

Sehen heißt glauben

Constantin marschierte mutterseelenalleine durch die Gänge, Kammern und Treppenschächte des dunklen Labyrinths. Natürlich hatte inzwischen auch er begriffen, dass da wohl wieder irgendetwas schief gelaufen war, und er deswegen seine Freunde nicht wiedergefunden hatte. Aber jetzt konnte man daran auch nichts mehr ändern.

Glücklicherweise glaubte er nicht an Geister oder Dämonen, sonst hätte er sich wohl doch arg gegruselt, in der Horroratmosphäre hier unten. Immer wieder musste er über Skelette steigen und Ratten verscheuchen, die vor ihm im Gang hockten. Er hatte auch öfter mal kehrtmachen müssen, weil er in Gängen gelandet war, die einfach irgendwo im Nichts endeten oder verschüttet waren. Einmal war er sogar gezwungen gewesen, eine abwärtsführende Treppe, aus der drei Stufen herausgebrochen waren, mit einem gewagten Sprung zu überwinden. Fallen hatte er aber glücklicherweise nicht mehr ausgelöst – was vor allem daran lag, dass er inzwischen doch wesentlich vorsichtiger geworden war.

Gerade fragte er sich, wie er jemals aus diesem Labyrinth herausfinden sollte, als er plötzlich am Ende eines weiteren Ganges ein rötliches Leuchten wahrnahm. Es schien allerdings nicht von einer elektrischen Lichtquelle herzurühren. Eher sah es so aus wie der Widerschein eines gewaltigen Feuers.

Constantin blieb stehen, schaltete seine Taschenlampe aus und horchte angespannt. Da er aber kein verdächtiges Geräusch vernehmen konnte, ging er nach einigen Augenblicken vorsichtig weiter. Dann hatte er den Torbogen erreicht und stieß einen leisen Pfiff aus, als er gewahr wurde, was da tatsächlich leuchtete. Im Türsturz verharrend ließ er seinen Blick ungläubig über die Szenerie schweifen, die sich ihm darbot.

Die Halle vor ihm hatte keinen Boden. Nur eine schmale Steinbrücke spannte sich zu einem weiteren Torbogen in der gegenüberliegenden Wand hinüber. Darunter gähnte ein Abgrund und tief unten brodelte – ein Lavasee! Das war ja wirklich ein absolut freakiger Ort! Ein Lavasee unterhalb des Doms? Langsam fragte er sich doch, ob hier wirklich noch alles mit rechten Dingen zuging.

In diesem Moment machte er eine Bewegung auf der anderen Seite der Brücke aus. Er zog sich hastig in die Deckung des Torbogens zurück und spähte suchend zum gegenüberliegenden Portal hinüber. Dann erkannte er sie: Céleste!

Mit einem Seufzer der Erleichterung trat er ins rötliche Licht der Halle. Endlich ein vernünftiger Mensch! Wie war sie nur hier heruntergekommen?

Die Sektenbeauftragte hatte ihn jetzt auch gesehen. Schnellen Schrittes kam sie über den schmalen Steg auf ihn zugelaufen.

„Constantin! Mir fällt ein Stein vom `erzen!“, rief sie in der perfekten Kopie wirklicher Erleichterung. „Ich dachte schon, ich käme zu spät!“

Sie war auf der Mitte der Brücke stehen geblieben und winkte ihn nun aufgeregt zu sich herüber: „Komm ’er! Du brauchst dich nicht zu fürchten. Es ist ganz sicher!“

Diese Auffassung teilte Constantin nicht. Das Mauerwerk der Brücke wirkte doch recht morsch und brüchig. Und in der Mitte des filigranen Bogens, dort, wo die Sektenbeauftragte stand, hatte das Ding einen erschreckend dünnen Querschnitt. Höchstens zwei Handbreit Stein trennten die Sohlen Célestes hochhackiger Designerschuhe vom Abgrund. Constantin spähte unsicher zu ihr hinüber, dann skeptisch in die brodelnde Tiefe hinab.

„Constantin! Wir müssen uns beeilen! Der Ausgang liegt in dieser Richtung!", rief Céleste sanft fordernd und deutete dabei auf das jenseitige Ende der Brücke.

Nun gut, dann musste er es wohl wagen ... So schmal war die Brücke nun auch wieder nicht. Und wenn sie über siebenhundert Jahre lang gehalten hatte, würde sie schon nicht gerade jetzt zusammenbrechen. Außerdem nahm Céleste schließlich auch das Risiko auf sich, nur um ihm entgegenzukommen. Da konnte er schlecht den Feigling spielen. Vorsichtig setzte er den ersten Schritt auf den steinernen Bogen ...

Die rothaarige Dämonin musste sich ein böses Grinsen verkneifen. Da kam das Menschlein aus freien Stücken zu ihr herübergelaufen! Gründliche Vorarbeit hatte noch nie geschadet. Der Unhold und der Schattenmann mochten ruhig durch die Gänge schleichen und versuchen, unter Gefahr für ihr eigenes Leben einen der Sterblichen im Kampf zu erlegen. Ihr Opfer für den Dunkelherrn folgte ihr fromm wie ein Lamm zur Schlachtbank!

Während Constantin mit unsicheren Schritten auf sie zuhielt, überlegte Céleste, wie sie ihn am stilvollsten abservieren könnte. Nach einigen Augenblicken hatte sie ihren Plan gefasst: Sie würde ihm zur Begrüßung – beziehungsweise zum Abschied – einen Kuss auf die Lippen drücken, wie er ihn seinen Lebtag noch nicht bekommen hatte, und dann würde sie ihn mit einem gehauchten „Leb wohl!“ in die Lava hinab schubsen. Ja, das gefiel ihr!

Constantin vermied es, auf seinem Weg über die Brücke nach unten zu blicken. Stattdessen hatte er seine Augen geradewegs auf Céleste gerichtet, die ihn mit einem strahlenden Lächeln erwartete. Er hatte ganz vergessen, wie schön sie wirklich war! Die schönste Frau, die er jemals gesehen hatte! Ihre großen, mandelförmigen Augen leuchteten leicht im Dämmerlicht, das die Halle erfüllte. Selbst der rötliche Schimmer, der hier über allen anderen Dingen lag, konnte nicht ihr unglaublich strahlendes Grün überdecken!

Als er bei ihr angelangt war, blieb er stehen und spürte sein Herz laut in der Brust schlagen. Er öffnete den Mund, um etwas zu sagen, aber ihm fiel nichts ein. Also schloss er ihn wieder und blickte weiter stumm in ihre Waldseeaugen. Sie lächelte ihn weiter an, und dann hob sie ihm ihren Kopf entgegen und ihre Lippen näherten sich den seinen. Die Welt um ihn herum war im Begriff, in einem süßen Nebel zu entschwinden und die Zeit schien stillzustehen ...

In diesem Moment ertönte ein erschrockener Aufschrei hinter ihm: „Constantin, nein!“

Er fuhr herum und erkannte im Torbogen, durch den er eben gekommen war, Arthur! Der Alte hatte seine Flinte auf ihn in Anschlag gebracht und brüllte: „Duck dich!“

„Nein!“, entfuhr es Constantin panisch. Er machte einen großen Schritt auf den Alten zu und breitete die Arme aus, um Céleste zu decken. Der Kerl durfte ihr nichts antun!

Der Sukkubus hatte sich unterdessen geduckt und spähte jetzt zwischen den Beinen seines lebendigen Schutzschildes hindurch in Richtung des alten Agenten. Unter den neuen Umständen war es natürlich nicht mehr ratsam, Constantin in die Lava zu stoßen – wenigstens nicht sofort. Zuerst würde sie diesen Störenfried mit einem Feuerball durch den Torbogen zurückblasen müssen. Sie begann, mit den Händen Muster in die Luft zu weben und blaue Funken flackerten um ihre Finger und verdichteten sich zu einer glühenden Kugel.

Arthur erkannte, dass sie zu einem Zauber ansetzte, und er konnte sich auch denken, welche Art von Zauber das sein würde. Aber wenn er jetzt schoss, war die Gefahr, Constantin zu treffen, einfach zu groß. Ihm blieben nur Sekunden für einen Ausweichplan. Während er seine Taschenlampe achtlos in die Lava fallen ließ, griff er mit der Linken nach seiner Peitsche. Mit einem schnellen Schlag schlang er sie um eine der steinernen Spitzen des Torbogens. Dann sprang er von der Brücke hinab. Nur mit Mühe gelang es ihm, das andere Ende des Lederstrangs in der Hand zu behalten, als dieser sich unter seinem Gewicht ruckartig straffte. Er baumelte nun drei Meter unterhalb des Stegs. Constantin und der Sukkubus hatten sein Tun verwundert verfolgt. Im ersten Moment hatte Céleste gefürchtet, dass der alte Agent in eine bessere Schussposition zu gelangen versuchte. Aber von dort unten konnte er sie unmöglich treffen. Ein böses Grinsen umspielte ihre Züge, während sie mit dem Feuerball auf das obere Ende des Lassos zielte, an dem Arthur baumelte. Gleichzeitig richtete dieser seine Schrotflinte von unten in Richtung Brückenmitte und zog beide Abzüge gleichzeitig durch. Mit einem lauten Krachen lösten sich die Schüsse und der Rückstoß ließ seinen Arm zurückfahren und gegen die Wand hinter ihm prallen. Dabei verlor er die Waffe aus der Hand. Sie fiel trudelnd und an Mauervorsprüngen aufschlagend hinab in das brodelnde Lavainferno.

Arthurs ganze Aktion war eine Verzweiflungstat gewesen und er wusste, dass er nur diesen einen Versuch hatte, die Dämonin zu stoppen. Doch das Glück ist mit den Wagemutigen. Die beiden Flintenlaufgeschosse trafen die Unterseite des brüchigen Brückenstegs an seiner dünnsten Stelle, genau unterhalb der Füße des Sukkubus. Ein gefährliches Knirschen erklang, und dann löste sich der erste Stein aus dem Gemäuer ...

Jetzt begriff Céleste! Feuer war für die meisten magischen Wesen ebenso tödlich wie scharfe Klingen! Sie dürfte auf keinen Fall in die Lava hinabfallen! Während unter ihren Füßen ein breites Stück aus der Brücke herausbrach und hinunter in die Tiefe stürzte, ließ sie ihren Feuerball achtlos fahren und machte einen verzweifelten Sprung vorwärts. Sie hätte die Bruchkante dennoch nicht mehr erreicht, wenn Constantin sich nicht herumgeworfen und ihr seine Hand entgegengestreckt hätte. Als er ihre Finger zu fassen bekam ließ er sich geistesgegenwärtig flach auf den Boden des Stegs fallen, um so ihr Gewicht besser abfangen zu können. Dennoch wurde er bis zur Brust über die Kante gezogen, als Céleste nach unten wegsackte. Er griff mit der zweiten Hand nach und verkrampfte verzweifelt seine Finger um ihren Unterarm, um sie zu halten.

Céleste brauchte einen Moment, um zu begreifen, dass dieses dämliche Menschlein sie tatsächlich gerettet hatte. Der alte Graubart stellte nun keine Gefahr mehr dar. Er hatte selbst alle Hände voll damit zu tun, sich mit seinen schmerzenden Armen an der Lederpeitsche festzuklammern. Diese blöden, schwachen Menschen! Wenn ihr Verehrer sie auf den sicheren Steg gezogen hätte, würde sie ihn zum Dank dafür hinunter in die brodelnde Tiefe stoßen, und dann langsam und genüsslich die Lederstrippe und damit den Lebensfaden des Graubarts durchtrennen.

Trotz des erneut in ihr aufsteigenden Triumphes gelang es ihr, mit großen, ängstlichen, hilfesuchenden Augen zu ihrem unsagbar dummen Retter aufzuschauen und ein gehauchtes „Oh, Constantin!“ zu säuseln.

Doch der Mensch sah sie nur mit einem sonderbaren Ausdruck in den Augen an und machte keine Anstalten, sie endlich hochzuziehen.

Offensichtlich stand der Blödmann unter Schock. Also bemerkte sie jetzt leicht säuerlich: „Würdest du mich wieder 'inaufzie'en – bitte?"

Constantin jedoch schaute immer noch sonderbar in ihr überirdisch schönes Gesicht. Dann wandte er den Blick ab, denn das, was nun kommen musste, wollte er nicht sehen.

* * *

Emil und Demmi hatten inzwischen das Ende ihres Ganges erreicht. Seinen Abschluss bildete ein weiterer gotischer Türsturz. Dahinter öffnete sich der schmale Schacht in das weite Rund eines großen unterirdischen Saals, über dem sich eine hohe Kuppel aus dunklem Gestein wölbte. Entlang der Wände drohten steinerne Tierwesen und Dämonen aus zwischen den Stützpfeilern im Gemäuer eingelassenen Nischen. Sie alle starrten mit Augen, in denen rote Edelsteine im Lichte der Taschenlampen funkelten, in die Mitte des Raums hinein. Dort stand auf einem dreistufigen Sockel ein gewaltiger Altar; rund, wie die Halle, die er beherrschte. Er maß wenigstens drei Meter im Durchmesser und sah aus, als sei er aus aberhundert menschlichen Totenschädeln aufgeschichtet worden. Erst bei näherem Hinsehen erkannte Emil erleichtert, dass es sich wohl doch nur um die kunstvolle Arbeit eines Steinmetzes handelte.

Demmi marschierte nun auf die Mitte des Saals zu, erklomm mit schnellen Schritten den Altarsockel und schwang sich dann auf das bedrohliche Steinmal hinauf. Mit einem freudigen Jauchzer holte sie die Pyramide aus ihrer Jacke hervor und kniete sich nieder, um sie in der Mitte des Altars zu platzieren. Als das Artefakt den dunklen Stein berührte, glühten die Augen der stummen Wächter entlang der Wände auf und erfüllten den Raum mit einem düsteren, roten Leuchten.

Emil fuhr erschrocken zusammen und machte – seine Klinge blankziehend – wieder einen Schritt durch den Torbogen zurück. Doch Demmi, die sich nun nach ihm umgewandt hatte, lachte: „Keine Angst! Die sind wirklich nur aus Stein!"

Während Emil vorsichtig wieder in den Raum hineintrat, fuhr sie bestens gelaunt fort: „Das Artefakt funktioniert! Es ist tatsächlich die Pyramide, für die dieser ganze Bau", sie drehte sich mit ausgebreiteten Armen einmal um sich selbst, „erschaffen wurde, und *ich* werde sie benutzen!"

Wieder stieß sie ein fröhliches Lachen aus. Dann sprang sie vom Altarsockel hinunter und kam wiegenden Schrittes auf ihn zu. „Und du wirst jetzt geopfert …", raunte sie dabei in einer Mischung aus Verheißung und Drohung.

Emils Augen weiteten sich erschrocken. Nach einem Moment fing er sich jedoch wieder und nuschelte ungehalten: „Das ist wieder einer deiner Witze, oder?"

Sie blieb knapp außerhalb der Reichweite seiner Klinge stehen und beugte sich leicht vor. Ihr Schwanz fuhr langsam auf den Bodenplatten hin und her. Ihre Hörner leuchteten rot im Schein der funkelnden Rubinaugen ihrer steinernen Artgenossen.

„Glaubst du?", fragte sie leise.

Emil machte ein genervtes Gesicht und versetzte dann überlegen: „Guter Versuch. Aber du hast Mai Li gestern dummerweise geschworen, mir nichts anzutun."

„Mann! Du lässt dich gar nicht ärgern!", lachte sie gespielt schmollend. Dann trat plötzlich ein neugieriger Ausdruck in ihre Augen: „Sag mal: Hatte Wächter eigentlich recht? Bist du echt verliebt in mich?"

Jetzt blickte Emil sie *wirklich* erschrocken an.

„Danke!“, grinste sie, als habe er ihr die Antwort damit schon gegeben.

Während er den Mund öffnete, um irgendetwas zu sagen – er wusste selbst noch nicht so genau, was – jauchzte Demmi begeistert: „Verlie-hiebt! Verlie-hiebt! Er ist in mich verlie-hiebt!“

„Na und?“, brummte Emil. „Ja. Gut. Kann sein. Eventuell. Ein bisschen, vielleicht. Bild dir bloß nichts ein!“

„Verlie-hiebt!“, jubilierte sie ausgelassen, „ich hab's gewusst! Die ganze Zeit gewusst!“

Emil versuchte, wenigstens einen Rest Würde zu wahren und versetzte distanziert: „Was nur beweist, dass sich die Liebe jeder rationalen Erklärung vollkommen entzieht. Denn welchen vernünftigen Grund sollte man haben, eine boshafte – hinterhältige – schadenfrohe – verlogene – egoistische kleine Hexe zu lieben?“

Er hatte nicht wirklich geglaubt, Demmi damit treffen zu können. Umso überraschter war er, als sie mitten im Amüsieren innehielt und ihn verletzt ansah.

„Man merkt, dass du nur wenige Dämonen kennst. Sonst würdest du etwas milder über mich urteilen“, erklärte sie verschnupft, während sie beleidigt die Arme vor der Brust verschränkte.

„Auf jeden Fall würde das erklären, warum ihr Dämonen euch nicht ineinander verliebt: Es gibt einfach keinen Grund dafür!“, entgegnete Emil schadenfroh.

Sie warf ihm einen trotzigen Blick zu. Dann jedoch trat Unsicherheit auf ihre Züge, und sie fragte leise: „Gibt es wirklich gar keinen Grund, mich zu mögen?“

Mit einem Mal war Emils Ärger davongeweht wie ein Nebelschleier von einer kühlen Morgenbrise. Er blickte tief in Demmis wunderschöne blaue Augen und antwortete sanft: „Tausende!“

Ein glückliches Lächeln erschien auf ihrem Gesicht, und sie strahlte ihn von unten herauf an: „Oh, Emil! Du bist echt der netteste Kerl, den ich kenne!"

In diesem Moment erklang hinter ihnen ein lautes Klatschen, dessen Echo von der hohen Kuppel des Opferraums schallend widerhallte. Die beiden fuhren erschrocken herum. Aus einer dunklen Nische auf der anderen Seite der Halle hatte sich eine große, schlanke Gestalt gelöst. Mit einer Stimme, deren Kälte dem ungleichen Paar bis ins Mark fuhr, sagte sie, immer noch klatschend: „Sind sie nicht niedlich, unsere beiden Turteltäubchen?"

Während Emil mit zusammengekniffenen Augen zu erkennen suchte, wer oder was dort hinten im rötlichen Dämmerlicht aufgetaucht war, bemerkte er aus den Augenwinkeln, dass die kleine Dämonin an seiner Seite begonnen hatte, am ganzen Leib zu zittern wie Espenlaub.

Die Gestalt indes verhielt nun in ihrem höhnischen Applaus und fuhr kalt fort: „Ich störe eure kleine Liebelei nur ungern – aber ich tue es trotzdem!"

* * *

Malte, Mai Li und der nunmehr endlich wieder in seinen eigenen Körper zurückgekehrte Tatonka waren inzwischen am Opfersteig eingetroffen, auf dem Wächter und Katrin sie erwarteten. Man informierte sich knapp über die bisherigen Geschehnisse. Die Pegasus-Agenten verzogen unwillig das Gesicht, als Wächter ihnen berichtete, dass er und Katrin mit dem Sukkubus Frieden geschlossen hatten. Auch als sie vom Schwur der Dämonin erfuhren, hellten sich ihre Mienen nur wenig auf.

„Hoffentlich ist euer Vertrauen gerechtfertigt", seufzte Mai Li, während Tatonka das Seil von seiner schmerzenden Schulter nahm und dabei knurrte: „Je schneller wir im Ritualraum eintreffen, desto besser!“

In diesem Moment erklangen Schritte aus dem Gang, aus dem sie alle gekommen waren. Die Gefährten wandten sich kampfbereit um, entspannten sich jedoch wieder, als sie Arthur durch das Portal treten sahen, gefolgt von Constantin. Dessen Gesicht war aschfahl, und seine Augen blickten ausdruckslos durch die Versammelten hindurch ins Nichts. Er war im Torbogen stehen geblieben, während der alte Agent sich nun zum Rest der Gruppe gesellte, um Bericht zu erstatten. Malte ging besorgt zu seinem Freund.

„Geht es dir gut? Was ist denn geschehen?“, fragte er vorsichtig.

Constantin wandte ihm den Blick zu, schien dabei jedoch immer noch durch ihn hindurch ins Nichts zu sehen. Dann entgegnete er tonlos: „Wir sind Céleste begegnet.“

„Und?“, fragte Malte gespannt.

„Ich habe sie umgebracht.“

Auf dem Gesicht des großen Blondschopfes erschien ein erleichtertes Lächeln: „Dann hast du uns also am Ende doch geglaubt?“

Aber Constantin schüttelte nur langsam den Kopf und erklärte immer noch tonlos: „Ich habe euch nicht geglaubt.“

„Aber warum hast du dann ...?“

„Ich habe ihre Hörner gesehen.“

31.

Liebe und Tod

Emil und Demmi standen nicht weit entfernt, aber durch den bodenlosen Abgrund der Opferschlucht dennoch von der Hilfe ihrer Freunde abgeschnitten, in der großen Ritualhalle und starrten zu der dunklen Silhouette auf der anderen Seite hinüber.

Diese trat jetzt noch ein Stück weiter aus den Schatten hervor, und Emil begriff, dass er wohl dem Dunkelherrn – Demmis Meister persönlich – gegenüberstand. An und für sich war seine Erscheinung weitaus weniger schrecklich als die so manch anderen Dämons, dem er in den letzten Tagen begegnet war. Ebenso wie Demmi sah der Höllenfürst auf den ersten Blick recht menschlich aus. Er war hochgewachsen, jedoch nicht übermenschengroß, und schlank. Schwarze, zurückgekämmte Locken fielen ihm bis auf die Schultern hinab und ein spitzer, sauber gestutzter Kinnbart unterstrich die edlen, ebenmäßigen Züge seines Gesichtes. Fast hätte man das Antlitz des Dunkelherrn schön nennen können – wären da nicht die Augen gewesen. Diese glühten zwar nicht gespenstisch, wie etwa die des Unholds, doch es lag eine Kälte in ihren dunklen Pupillen, wie Emil sie noch nie zuvor gesehen hatte. Wenn Augen wirklich der Spiegel der Seele waren, dann hatte dieser Dämon in der ganzen, zweifellos langen Zeitspanne seiner Existenz nicht einen einzigen warmen Gedanken in seinem Herzen verspürt, nicht einen einzigen Augenblick des Mitleids oder der Gnade.

Nur mit Mühe riss sich Emil von diesen grauenhaften Augen los und ließ seinen Blick tiefer wandern. Doch das machte die Sache nicht wirklich besser, denn jetzt erkannte er mit Entsetzen, dass der lange Mantel, den der Dunkelherr trug, aus den abgezogenen Gesichtshäuten von in Todesgrimassen erstarrten Menschen zusammengenäht war. Diesmal war Emil leider sicher, dass sich dieser Eindruck auch bei näherem Hinsehen nicht bloß als das kunstvolle Werk eines dämonischen Schneidermeisters entpuppen würde.

Unter dem bodenlangen Mantel war kaum etwas von der Gestalt des Höllenfürsten auszumachen. Nur seine langen, hageren Finger stachen aus den opulenten Ärmelaufschlägen hervor. Blaue Funken umtanzten sie ...

Dann sprach die schreckliche Erscheinung wieder, mit einer Stimme, welche die gnadenlose Kälte ihrer Augen gleichsam zu Tönen zu formen schien: „Lilith! Knie nieder vor deinem Meister!“

Mit einem Rumms landete Demmi auf den Knien. Emil starrte entgeistert auf sie hinab.

„Nun, mein junger Freund“, dieses Wort schien blanker Hohn aus dem Munde des Dunkelherrn, „da wunderst du dich, wie brav dein Vögelchen sein kann, nicht wahr?“

Emil hatte Demmis Ärmel ergriffen und mühte sich, sie wieder hochzuziehen.

„Komm hoch! Gemeinsam können wir ihn besiegen!“, versuchte er ihr – und natürlich auch sich selbst – Mut zu machen. Doch Demmi schien schwer wie Stein.

Asmodins höhnisches Lachen erklang durch die Halle: „Dummes Menschlein! Sie wird sich niemals gegen ihren Meister wenden.“

Emil blickte zornig und furchtsam zugleich zu dem Dämon hinüber. Dann kam ihm eine Idee. „Lilith! Steh auf!", flüsterte er Demmi ins Ohr.

Tatsächlich machte die kleine Dämonin Anstalten, sich zu erheben. Doch da bellte der Dunkelherr befehlend zu ihr herüber: „Du bleibst knien!", und sie sackte wieder in sich zusammen wie ein nasser Sack.

Mühsam hob sie den Kopf und hauchte zu Emil hinauf: „Mach, dass du wegkommst!"

„Wegkommen?" Asmodin lachte in böser Belustigung auf. „Jetzt noch? Lilith, du warst schon immer so herzerfrischend naiv!"

Dann senkte er die Stimme, und sie wurde wieder kalt und gefährlich: „Sonst hättest du auch niemals den Versuch unternommen, mich zu bestehlen!"

Jetzt endlich erwachte Emil aus dem lähmenden Schrecken, der ihn umfangen hatte, seit der Dämonenfürst in der Halle erschienen war. Der Mistkerl hatte recht: Zum Fliehen war es zu spät! Und Demmi hätte er sowieso nicht zurückgelassen, selbst wenn er noch die Möglichkeit gehabt hätte, ohne sie zu entkommen. Also musste er wohl kämpfen!

„Gut, Dämon! Lass es uns zu Ende bringen!", knurrte er entschlossen und hob sein Schwert.

„Wirklich putzig, dein Menschlein", bemerkte der Dunkelherr an Demmis Adresse.

Dann wandte er seine Aufmerksamkeit Emil zu: „Du glaubst also, das hier würde ein Schwertkampf?"

Damit hob er die Rechte und ließ die gefährlichen blauen Funken und Blitze, die sie umspielten, höher lodern.

„Na komm schon, du feiger Bastard! Trau dich!", schrie Emil zurück, während alle Hoffnung in ihm zusammenfiel wie ein Kartenhaus. Wenn der Dämon wirklich zaubern würde – er konnte das mit Sicherheit tausendmal besser als Demmi – war alles aus!

Doch zu Emils größter Verblüffung versiegte das blaue Funkeln um die Finger des Dunkelherrn, und er zog aus einer Lederscheide unter seinem Mantel ein langes, feingearbeitetes Rapier hervor.

Dabei lächelte er dünn und überheblich zu Emil herüber: „Glaub nur nicht, ich kämpfe jetzt mit dir, weil ich nicht als Feigling dastehen will. Mut und Dummheit sind nämlich durchaus identisch, wie man ja an dir sieht! Allerdings wird es so“, dabei hob er die schlanke Klinge zum Gruß vor sein Gesicht, „viel länger dauern, als wenn ich dich einfach in Stücke zerplatzen ließe, und du und diese kleine abtrünnige Schlampe werdet auch viel länger leiden.“

„Das sehen wir dann, Höllenbrut!“, schrie Emil zurück und stürzte sich dem Dunkelherrn entgegen.

Der Kampf war kurz und ungleich. Emil hatte von Beginn an nicht die Spur einer Chance. Nicht nur, dass sein Waffe der des Dämons an Länge und Schnelligkeit unterlegen war, auch seine Fechtkunst konnte sich nicht mal annähernd mit der Asmodins messen. Dieser ließ die erste ungestüme Angriffskombination seines Gegners einfach ins Leere laufen. Dann ging er selbst in die Offensive und durchdrang die Paraden des Menschen mit fast jeder seiner Attacken. Hier traf er Emils Unterarm und fügte ihm eine schmerzende Fleischwunde zu, dort ließ er die Spitze seines Rapiers über dessen Oberschenkel fahren. Da ein Schmiss im Gesicht, dort ein Kratzer am Bauch …

Demmi verfolgte die durch die ganze Halle tobenden Kontrahenten in hilfloser Angst. Sie wusste, dass Asmodin nur mit Emil spielte. Und sie selbst konnte rein gar nichts tun! Die Präsenz des Meisters hatte ihre Willenskraft vollkommen gelähmt.

So kurz vor dem Ziel waren sie doch noch gescheitert! Sie würde die Rache ihres Meisters auf das Übelste zu spüren bekommen, und Emil würde sterben – ihretwegen! Noch nie in ihrer ganzen Existenz hatte sie sich so übel und hilflos gefühlt!

Dann schien der Dunkelherr genug zu haben. Er machte einen Schritt zurück und blickte den keuchenden, vor Schmerz wankenden Menschen angewidert an: „Du wolltest mich herausfordern? Wie jämmerlich!“

Er wandte seinem Gegner demonstrativ den Rücken zu und schritt zu Demmi hinüber, um sich lässig vor ihr aufzubauen.

„Mehr hattest du nicht zu bieten?“, fragte er in einer Mischung aus Ärger und Amüsement.

In diesem Moment entschied sich Emil zu einem letzten verzweifelten Angriff. Er nahm all seine Kraft zusammen und warf sich mit erhobener Klinge in den Rücken des Dunkelherrn. Dieser fuhr in einem eleganten Schwung herum und durchstach dem Menschen, bevor dieser zuschlagen konnte, sauber die Schulter. Mit einem Schmerzensschrei sackte Emil auf die Knie. Sein Katana klapperte über den Steinboden und seine Hände verkrampften sich im Stoff seines durchstochenen Mantels, während Asmodin die Klinge schwungvoll aus der Wunde zog.

Der Dunkelherr blickte abfällig zwischen seiner untreuen Dienerin und dem Sterblichen hin und her: „Jetzt knien sie beide vor mir ... Brav, ihr zwei! Geht doch!“

Dann verzogen sich seine Lippen zu einem dünnen, hinterhältigen Lächeln. Er beugte sich zu Demmi hinab und flüsterte ihr mit seiner kalten Stimme ins Ohr: „Eigentlich hatte ich ja vor, den Seelenstein aufzubewahren, bis sich irgendein Heiliger fände, der wirklich würdig sei, darin eingesperrt zu werden. Aber ganz spontan ...“, dabei gab er ein kurzes, über seinen eigenen Scherz amüsiertes Lachen von sich, „habe ich mich umentschieden: Ich werde deinen Emil nehmen und darin einsperren! Du kannst ihn dann bis in alle Ewigkeit beim Leiden beobachten. Denn ich habe mich dazu entschlossen, dein Leben zu verschonen."

Damit griff Asmodin Demmi in den Nacken und zwang ihren Kopf nach hinten: „Ist das nicht nett von mir?"

Sie spuckte ihm ins Gesicht und fauchte: „Deine Schonung brauche ich nicht!"

Sein Lächeln wurde noch breiter, während er sich genüsslich mit seiner langen, gespaltenen Zunge die Spucke von der Wange leckte: „Ich habe dein Temperament schon immer geschätzt! Ja, du warst mir tatsächlich das liebste Spielzeug von allen."

Als er das sagte, hob Emil langsam seinen Kopf. Asmodin nahm die Bewegung aus den Augenwinkeln wahr. Er wandte sich dem Sterblichen zu und erkannte den fragenden Ausdruck in dessen Blick.

„Ach, er weiß es gar nicht?", wandte er sich scheinbar verwundert an Demmi.

„Was?", keuchte Emil.

Demmi warf ihm einen flehenden Blick zu: „Hör nicht auf ihn!"

Aber Emil starrte Asmodin weiter an.

„Was?"

„Na ja, das zwischen ihr und mir", erwiderte dieser zweideutig.

„Bitte Emil, glaub ihm nicht!", bat Demmi verzweifelt.

Doch der Mensch sah weiter in tödlichem Hass zu dem Dunkelherrn auf: „Was – nicht – glauben?"

Asmodin weidete sich an der hilflosen Eifersucht des Sterblichen. Dieses mickrige Menschlein, das ihm so viel Ärger bereitet hatte, sollte vor seinem Ende noch in den Genuss der absoluten Niederlage kommen. Außerdem konnte er auf diese Weise hervorragend Lilith als Strafe für ihren Verrat quälen – denn sie mochte den Kerl zweifelsohne.

„Dann weißt du sicher auch nicht, wofür dein kleines Engelchen eigentlich erschaffen wurde?", fragte er mit gespielter Verwunderung und wandte sich wieder an Demmi: „War dir das etwa peinlich, Lilith?"

Sie sah seinen Genuss durch Tränen des Zorns. Von der Seite spürte sie Emils Blick brennend auf sich ruhen.

„Was ist zwischen dir und ihm?", stieß der Mensch mühsam beherrscht hervor.

„Das geht dich gar nichts an!", fauchte sie hilflos zurück.

Der Dunkelherr lächelte böse. Dann versetzte er jovial: „Ich finde schon, dass er ein Recht darauf hat, es zu erfahren, bevor er stirbt! Also, unsere kleine Lilith – oder von mir aus auch Demmi – ist ein Sukkubus."

„Ich weiß!", knurrte Emil zornfunkelnd zurück.

„Du weißt sicher auch, dass die Sukkuben Lustdämonen sind, oder? Hast du dich nie gefragt, wo dein Täubchen die Kunst der Liebe erlernt hat?"

„Liebe?", entfuhr es Demmi. „Das war keine Liebe! Emil, glaub mir, bitte!"

Asmodin grinste den Menschen jetzt mit unverhohlener Bösartigkeit an, während er den Griff in Demmis Nacken verstärkte: „Glaub *mir,* mein Kleiner, sie ist eine Bombe im Bett! Ich denke, nachdem ich dich und deine Freunde getötet und deine Seele in meinem hübschen neuen Artefakt eingesperrt habe, werde ich als erstes wieder von ihrem süßen Nektar kosten, um meinen Sieg gehörig zu feiern. Du kannst uns ja dabei zusehen."

Mit diesen Sätzen hatte Asmodin Emil den finalen Stoß versetzt und war auf dem Höhepunkt seines Triumphes angelangt … dachte er.

In Wirklichkeit hatte er den entscheidendsten – und letzten – Fehler seiner vieltausendjährigen Existenz begangen.

Es ist eine unter Bösewichten weit verbreitete Dummheit, den Augenblick des vermeintlichen Triumphes zu lange auszukosten, anstatt mit ihrem Feind kurzen Prozess zu machen, wenn sie die Gelegenheit dazu haben. Aber in diesem Fall muss man Asmodin nun wirklich in Schutz nehmen. Schließlich war es doch alles in allem ausgesprochen unwahrscheinlich, dass ein besiegter, am Boden kniender Mensch mit einem bösen Schulterdurchstich einem Dämonenfürsten, der das zur Wunde passende Rapier noch in der Hand hielt, irgendwie gefährlich werden könnte.

Außerdem war der Dunkelherr durchaus auf einen mit der Wut der Verzweiflung geführten Angriff vorbereitet. Eigentlich erhoffte er ihn sogar, um den Menschenwurm genüsslich in seine Klinge laufen lassen zu können.

Die heiß in Emil kochende Wut und Eifersucht hatte allerdings soeben kaltem Zorn Platz gemacht – kaltem, berechnendem Zorn, und der berechnete als erstes vollkommen richtig, dass der Dämon so etwas nun wirklich nicht erwartete.

Asmodin sah weiter böse grinsend auf ihn hinab, unschlüssig darüber, ob er jetzt schon selber zustoßen sollte, da der Mensch wohl doch nicht angriff, oder ob ihm vorher noch eine weitere Gemeinheit einfiel.

Da bemerkte er, dass in Emils Augen plötzlich düstere Genugtuung aufglomm. Dann erschien ein kaum merkliches Lächeln um die Mundwinkel des Menschleins. Dabei blickte er seinen Widersacher mit immer größer werdendem Triumph an. Nein, fiel Asmodin jetzt auf, er blickte gar nicht ihn an. Er blickte knapp über seine Schulter hinweg hinter ihn. Gerade, weil der Trick so alt und primitiv war, und weil Asmodin – wie gesagt – keine Berechnung auf Seiten Emils erwartete, kam er auch nicht auf die Idee, dass dies ein simples Ablenkungsmanöver sein könnte, um den entscheidenden Sekundenvorteil zu erlangen. Außerdem: Was sollte dem am Boden knienden Verletzten schon eine Sekunde nutzen?

Also sah der Dunkelherr sich um ...

In diesem Augenblick entlud sich Emils angestauter Zorn in einem letzten Kraftakt. Er war mit einem Satz auf den Füßen. Asmodin hatte gerade noch genug Zeit, um den Kopf wieder zurückzuwenden, bevor Emils Sprungtritt ihn mit aller Wucht am Kinn traf.

Der Dämon taumelte mit einem wütenden Aufschrei zurück, während Emil zu seinem Katana hechtete. Sobald er es wieder in den Händen hielt, warf er sich ohne Zögern auf den Feind – die Klinge zu finalen Schlag hoch über den Kopf erhoben.

Auch Demmi hatte nicht damit gerechnet, dass Emil noch zu so etwas fähig sein könnte. Nach einer Sekunde des Unglaubens streifte sie die Hoffnung. Doch sie kannte auch ihren Meister. So sah sie, dass Asmodin sich schon wieder gefangen hatte. Während er sein Rapier zur Parade hochriss, griff er mit der Linken in seinen Rücken und zog dahinter den langen Parierdolch hervor, den er den ganzen Kampf über nicht benutzt hatte. In seinem Blick funkelten Zorn und Triumph, als Emil vollkommen ungedeckt auf ihn zusprang, nur den eigenen Schlag im Kopf. Demmis Augen weiteten sich vor Entsetzen und ihre Lippen formten sich zu einem Schrei der Warnung. Doch es war schon zu spät. Die Kontrahenten trafen ein letztes, entscheidendes Mal aufeinander.

Asmodin rammte den schlanken Dolch von unten her zwischen die Rippen des Menschen. Dieser führte jedoch gleichzeitig seinen Angriff mit solcher Wut und Kraft, dass er die Parade des Dämons durchbrach. Um genau zu sein, hieb er dessen Rapier sauber entzwei und spaltete dann den schon triumphierenden Feind vom Kopf bis zum Bauchnabel.

In Asmodins Blick trat maßlose Verblüffung. Eigentlich war er vom ersten Moment an tot. Aber das Schicksal ließ seinem Geist noch die Zeit, seine Niederlage zu begreifen, bevor Schwärze ihn umnachtete und sein Körper zu Asche zerfiel.

Gleichzeitig sackte Emil röchelnd in sich zusammen. Das Katana entglitt seinen Händen. Demmi stürzte mit einem erschrockenen Aufschrei zu ihm herüber und umschlang ihn mit beiden Armen: „Emil!"

Er blickte matt zu ihr auf: „Demmi ... Ich ... bin ein Held, oder?"

Tränen schossen ihr in die Augen: „Ja, Emil! Jetzt musst du nur noch durchhalten, bis ..."

Doch er schüttelte nur müde den Kopf: „Zu spät."

„Nein! Nein, es ist nicht zu spät!", schluchzte sie, „halt durch!"

Noch einmal wurde sein Blick klar, und er schaute sie mit heiligem Ernst an. Blut rann aus seinem Mund, als er heiser hervorbrachte: „Sag mir wenigstens einmal, dass du mich auch liebst."

Sie starrte nur mit Tränen in den Augen auf ihn hinunter.

„Bitte!", stammelte er mühsam.

Demmi öffnete den Mund, doch ihre Zunge gehorchte ihr nicht. Zu fremd waren ihr die Worte. Eine Dämonin, die lieben sollte?

„Einmal nur ...", flehte Emil mit glasigem Blick.

Sie rang in verzweifeltem Kampf mit sich.

Dann entwich ein letztes röchelndes Husten seiner Kehle, und sein Kopf fiel schlaff zur Seite.

Sie schrie: „Emil! Bitte! Emil! Ja, ich liebe dich! Hörst du? Ich liebe dich!"

Aber er hörte sie nicht mehr.

Während sie seinen Kopf an ihrer Schulter barg, schluchzte sie: „Ich wollte es dir erst sagen, wenn ich ein Mensch bin!"

32.

Abschied

Als die anderen im Ritualraum eintrafen, fanden sie Demmi immer noch über Emils Leichnam gekauert vor.

Die Gruppe bildete einen Halbkreis um die beiden und starrte entsetzt auf die sich am Boden ausbreitende Blutlache.

„Ist – ist er tot?“, fragte Malte nach einigen Augenblicken fassungslos.

Langsam schaute Demmi mit tränennassen Augen auf. Doch statt einer Antwort brachte sie nur einen lauten Schluchzer zustande und vergrub ihr Gesicht dann wieder in Emils Haar.

Mai Li war die erste, die sich fing. Sie fragte: „Was ist geschehen? War hier noch ein Dämon? Ich dachte, wir hätten draußen schon alle ...“

„*Er*!“, schluchzte Demmi, „*Er* war hier! Mein alter Meister! Ich hätte wissen müssen, dass er mir die Pyramide niemals überlassen würde!“

Arthur schaute sich nun eingehender im Raum um. Nach einigen Augenblicken blieb sein Blick an dem Aschehaufen hängen, neben dem noch Asmodins zerbrochenes Rapier lag.

„Hat der Junge ihn etwa besiegt?“, fragte er ungläubig. „Einen Dunkelherrn?“

„Sie haben sich gegenseitig ...“, setzte Demmi an, brachte den Satz jedoch nicht zu Ende, weil wieder ein Schluchzer in ihrer Kehle aufstieg.

Während Constantin, Wächter und Malte immer noch fassungslos auf den leblosen Körper ihres Freundes starrten, sagte Mai Li ergriffen: „Er ist gestorben, damit du ein Mensch werden kannst.“

Demmis Kopf ruckte hoch. In ihren Augen schimmerten immer noch Tränen, aber ihre Stimme war wieder fest, als sie antwortete: „Nein! Ich werde kein Mensch!“

„Wie bitte?“, entfuhr es Mai Li. „Warum ...?“

„Weil wir die Pyramide benutzen werden, um Emil zurückzuholen! Sie kann Seelen einfangen, vielleicht kann sie sogar die Seele eines Dämons läutern. Aber sie kann auch eine Seele zurück in ihren Körper geleiten!“

Mai Li und Arthur schüttelten verwundert die Köpfe. „Davon stand aber nichts in den antiken Inschriften“, wandte die Chinesin skeptisch ein.

„Weil die Ägypter nicht auf die Idee gekommen sind, es zu versuchen! Aber ich weiß jetzt, dass es geht!“, gab Demmi in eindringlichem Tonfall zurück.

„Woher?“, fragte Mai Li zweifelnd.

„Weil – ich habe damals am Orakelbrunnen die falsche Frage gestellt! Ich habe nicht gefragt, wie ich ein Mensch werden, sondern wie ich menschlich werden kann. Daraufhin sah ich die Pyramide. Aber ich sah auch Emil! Ich hätte nie gedacht, dass es die ganze Zeit um ihn ging – nicht um dieses Ding! Aber es war so! Er hat mich menschliche Gefühle gelehrt: Mitleid – Freundschaft – Vertrauen – Liebe … und er hatte die ganze Zeit recht! Die Pyramide war wirklich für ihn bestimmt! Jetzt weiß ich es!“

Die anderen starrten sie an. Während in die Blicke der Dämonenjäger dabei wieder Misstrauen trat, schlichen sich auf die Gesichter von Emils Freunden die Anzeichen zaghafter Hoffnung. Einen Moment lang war nicht klar, in welche Richtung die Stimmung umschlagen würde. Malte gab schließlich den Ausschlag. Er fragte wie selbstverständlich: „Worauf warten wir dann noch?“

„Moment mal! Was ist, wenn sie lügt?“, wollte Mai Li einwenden, doch Malte wandte sich beschwörend zum Rest der Gruppe um: „Emil hat ihr vertraut! Wollen wir ihn jetzt verloren geben, nur weil wir nicht dazu in der Lage sind? Ich für meinen Teil bin dazu jedenfalls nicht bereit!“

Seine Freunde nickten. Tatonka gab ein unwirsches Brummen von sich, aber Mai Li legte ihm beschwichtigend die Hand auf die Schulter und nickte Malte ernst zu: „Also gut. Soll sie es versuchen. Schließlich ist er euer Freund.“

Ein erleichtertes Lächeln erschien auf Demmis tränenverschmiertem Gesicht: „Also, passt auf: Die Seele eines Verstorbenen verweilt noch bis zum nächsten Sonnenaufgang in der Nähe seines Körpers – bevor sie dann endgültig ihre Reise ins Jenseits antritt. Innerhalb dieser Zeit kann man die beiden wieder miteinander vereinen. Dennoch müssen wir uns beeilen! Je länger sie getrennt sind, desto schwieriger wird die Rückkehr. Er muss auf den Altar!“

Alle packten mit an, um den Toten auf das steinerne Mal zu betten. Dann legte Demmi ihm den Seelenstein auf die Brust. Sie sprang vom Altar, zog einen zerknitterten Fetzen Papier aus der Tasche und faltete ihn auseinander.

„Wäre ich keine Dämonin mehr, könnte ich die altägyptische Formel gar nicht mehr mit der korrekten Betonung aussprechen“, murmelte sie dabei versonnen.

Dann legte sie das Papier auf die oberste Stufe des Altarsockels und holte noch einmal tief Luft, bevor sie das Ritual begann.

Als Demmi in einer Sprache, die schon seit Jahrtausenden nicht mehr gesprochen worden war, die ersten Worte rezitierte, glühten die Augen der steinernen Dämonen stärker auf. Vor allem aber erglühte jetzt auch ein Kristall, der hoch oben im Zentrum der Kuppel eingelassen war. Ein wunderschönes, azurblaues Leuchten ging von ihm aus und überstrahlte die funkelnden Rubinaugen der Statuen.

Arthur stieß einen leisen Seufzer aus. Dieses Licht hatte er schon einmal gesehen – an einem ansonsten namenlos schrecklichen Ort, tief unten in den Eingeweiden der Erde.

Während Demmi mit klarer Stimme weitersprach, wurde das Leuchten des Kristalls immer heller. Fast schon schmerzte sein reines Licht in den Augen der Anwesenden. Dann, als der Sukkubus die letzte Silbe der uralten Formel vollendet hatte, schoss ein Strahl gleißend blauen Lichts senkrecht hinab in die Pyramide, die ihn myriadenfach reflektierte. Der ganze Raum erglühte wie von einer stummen Explosion in überirdischer Helligkeit. Dann fuhr das Licht zurück in den Seelenstein und verlosch.

Im nächsten Moment durchzuckte Emils Körper ein heftiger Stoß. Hustend und nach Luft ringend kam er hoch und schlug verwundert die Augen auf. Seine Wunden hatten sich geschlossen.

Die anderen Anwesenden brachen in lauten Jubel aus, während Demmi erschöpft auf die Knie sackte und sich mit den Händen an den schmerzenden Kopf griff. Dies war der mächtigste Zauber gewesen, den sie je gewirkt hatte, und er war schon beim ersten Versuch gelungen ...

Emil wollte gerade immer noch leicht benommen vom Altar herunterklettern, als seine Freunde und die Pegasus-Agenten auf ihn zugestürmt kamen und ihn umringten. Tatonka griff ihm unter die Arme und hob ihn – trotz seiner eigenen Schulterverletzung – ohne Mühe von der steinernen Kante, um ihn dann auf dem Boden abzusetzen. Im nächsten Moment wurde er von Wächters und Maltes stürmischen Umarmungen fast erdrückt. Auch Constantin hatte seine tragische Begegnung mit Céleste wenigstens für den Moment vergessen und hieb seinem Freund grinsend auf die Schulter: „Na? Wie war's auf der anderen Seite?"

„Also …"

„Hast du ein Licht gesehen?", unterbrach ihn Malte, der ihn dabei so fest herzte, dass Emil keuchen musste.

„Also, eigentlich …"

„Wie hast du denn den Dunkelherrn überhaupt plattgekriegt?", fuhr Wächter dazwischen.

„Also, ich …"

„Jetzt lasst den armen Jungen doch erst mal wieder zu sich kommen!", schaltete sich Mai Li von hinten ein und schob die drei mit sanfter Gewalt von Emil fort, wofür der ihr ein dankbares Lächeln schenkte, das sie augenzwinkernd erwiderte.

Arthur hatte in der Zwischenzeit den erloschenen Seelenstein, der bei Emils Erwachen auf den Boden gekullert war, aufgehoben. Er blickte einen Moment lang sinnend auf die kleine Pyramide, die nun aussah, wie ein ganz normaler Stein, dann zu Emil hinüber. Der erwiderte den Blick des Alten und begriff jetzt erst, was ihn zurückgeholt hatte. Während seine Freunde erneut begannen, auf ihn einzuquatschen, zu lachen und zu feixen, wandte Emil sich suchend um. Demmi kniete immer noch einige Meter abseits des Altars auf den steinernen Fliesen. Sie schaute in einer Mischung aus Sehnsucht und Trauer zu der ausgelassenen Gruppe um das Menschenkind hinüber, für das sie soeben ihre eigene Menschwerdung hingegeben hatte. Als ihr Blick sich mit Emils traf, erschien ein leichtes – wenn auch trauriges – Lächeln um ihre Mundwinkel. Dann zuckte sie leichthin die Schultern, erhob sich und wandte sich zum Gehen. Emil bahnte sich einen Weg durch seine Freunde und hastete hinter ihr her: „Demmi! Wie soll ich dir …“

„Gar nicht!“, unterbrach sie ihn fast barsch, ohne sich umzuwenden. „Du schuldest mir nichts.“

„Aber du hast …“

„Du hast mir geholfen – ich habe dir geholfen. Wenn ich es recht verstanden habe, nennt man so was Freundschaft.“

Emil wollte etwas erwidern, aber er wusste nicht, was. Also folgte er ihr einfach schweigend, als sie nun, ohne noch einen Blick zurückzuwerfen, die Ritualhalle verließ. Als die anderen bemerkten, dass die beiden sich zum Aufbruch gewandt hatten, setzten auch sie sich in Bewegung.

Die Anspannung, die auf dem Hinweg geherrscht hatte, war vollends verflogen, als alle gemeinsam ihren Weg zurück durch das dunkle Labyrinth nahmen. Wächter und Malte berichteten sich gegenseitig aufgeräumt und ausführlich von ihren heldenhaften Kämpfen. Katrin, die sich bei ersterem untergehakt hatte, gab dazu hin und wieder begleitende Kommentare ab. Hinter den dreien gingen Mai Li und Arthur, die gemeinsam den verwundeten Tatonka stützten. Der Sioux hatte, obwohl er ein wenig wackelig auf den Beinen war, ein zufriedenes Grinsen aufgesetzt. Von gelegentlichen Hustern unterbrochen klärte er seine Kollegen über die hochentwickelten Sinne des Unholds auf, die er ja jetzt aus eigener Erfahrung kannte. Nur Constantin, der am Schluss der Gruppe ging, teilte den Mitteilungsdrang der anderen nicht. Er war tief in seine eigenen, trübsinnigen Gedanken versunken und nahm das ausgelassene Stimmengewirr kaum wahr.

Auch Emil kam der Rückweg sehr still vor. Er wollte Demmi so gerne danken, sie umarmen, ihr versprechen, dass alles gut würde – aber er wusste nicht, welche Worte er wählen sollte.

Außerdem glaubte er nicht, dass ihr überhaupt nach Reden zumute war. Also überließ er sie ihrer selbstgewählten Einsamkeit an der Spitze der Gruppe.

Die kleine Dämonin wiederum wünschte sich Nähe und Trost. Dennoch hatte sie sich eine giftige Bemerkung zurechtgelegt, für den Fall, dass Emil sie ansprechen sollte. So war sie letzten Endes glücklich, dass er einfach nur schweigend hinter ihr herging und sie ihm nicht durch böse Worte wehtun musste.

Auch für sie war es ein sehr stiller Rückweg hinauf in die Welt der Menschen.

Draußen fiel der Regen in Strömen, als die Gruppe das dunkle, unheimliche Labyrinth des Dombaumeisters Gerhard verließ und wieder durch den geheimen Ausgang ins Freie gelangte.

Als der Letzte von ihnen an die frische Nachtluft getreten war, wandte sich Mai Li an die Gruppe und erklärte: „Jetzt ist es wohl an der Zeit, sich zu verabschieden. Tatonka muss dringend in ein Krankenhaus, damit sie sich dort um seine Verletzung kümmern können. Es war mir eine Ehre, mit euch zusammenzuarbeiten!"

Damit lächelte sie warm in die Runde und verneigte sich höflich. Der Sioux setzte ebenfalls ein leicht schmerzverzerrtes Lächeln auf: „Mir auch. Für einen Kindergarten wart ihr gar nicht übel."

Die Gruppe quittierte das mit allgemeinem Grinsen. Nur Demmi schaute stattdessen ein wenig verschüchtert zu den Agenten hinüber.

„Was habt ihr denn jetzt mit mir vor?", fragte sie nach einigen Augenblicken vorsichtig.

Mai Li runzelte die Stirn: „Tja, leider weiß ich keine Möglichkeit, wie man dich zum Menschen machen könnte. Aber nach allem, was du getan hast, können wir dich wohl schlecht jetzt noch umbringen, nicht wahr? Schließlich sind wir ja die Guten." Dabei hatte sie ein schiefes Grinsen aufgesetzt. Dann fuhr sie ernst fort: „Wir können dir nur viel Glück wünschen! Wenn du uns natürlich begleiten willst – vielleicht weiß ja im Hauptquartier jemand Rat."

Doch die kleine Dämonin schüttelte schnell den Kopf: „Nein, nein! Lieber nicht!"

Mai Li nickte verständnisvoll. Dann warf sie einen fragenden Blick zu Arthur hinüber: „Begleitest du uns denn?"

„Ja. Ich denke, ich habe Pegasus einiges zu erklären", brummte der Alte ernst. Dann hellte sich seine Miene auf, und er lächelte den Nicht-Agenten zum Abschied freundlich zu: „War auch mir eine Ehre, eure Bekanntschaft zu machen. Ich hatte meinen Glauben an die Menschheit schon mehr oder weniger verloren. Aber ihr habt einiges wettgemacht!"

Damit nahmen er und Mai Li den Sioux zwischen sich, und nachdem die kleine Chinesin Malte zum Abschied einen etwas zu langen Blick zugeworfen hatte, stapften sie durch den Regen davon.

Der große Blondschopf sah der Agentin sehnsüchtig nach.

„Geh ihr schon hinterher!", brummte Constantin auffordernd.

Malte blickte unentschlossen in die Runde: „Soll ich ...?"

„Ja!", kam es von den anderen im Chor zurück.

Er lächelte ihnen dankbar zu, um sich dann zügig in Trab zu setzen und hinter den Agenten her um einen der mächtigen Eckpfeiler des Doms zu entschwinden.

Als nächster verabschiedete sich Wächter: „Ich glaube, ich muss auf das Ganze unbedingt noch einen Absacker im Venuskeller nehmen! Kommst du mit, Katrin?"

Sie legte ihren Arm um seine Hüfte: „Na klar!"

„Constantin?“, wandte er sich an seinen Freund.

Doch der schüttelte trübe den Kopf: „Ich will erst mal allein sein.“

Wächter zuckte die Schultern, während Katrin dem Medizinstudenten einen mitfühlenden Blick schenkte. Emil legte ihm freundschaftlich die Hand auf die Schulter: „Es gibt mehr Dinge zwischen Himmel und Erde ...“

„... als unsere Schulweisheit sich träumen lässt“, ergänzte Constantin schwermütig.

Damit wandte er sich mit einem müden Kopfnicken ab und stiefelte, die Hände tief in den Hosentaschen vergraben, in Richtung Rhein davon.

Auch Wächter und Katrin verabschiedeten sich endgültig, um sich auf den Weg zur U-Bahnstation zu machen. Nun standen nur noch Emil und Demmi auf dem einsamen Platz unterhalb der Kathedrale.

„Was hast du jetzt vor?“, fragte er, nachdem die anderen ihren Blicken entschwunden waren.

Sie zuckte die Schultern: „Weiß nicht.“

„Wenn du willst, kannst du erst mal bei mir wohnen. Ich schlafe auch auf dem Sofa.“

Sie lächelte ihn schwermütig an: „Nein, Emil. Ich glaube nicht, dass das gut wäre.“

„Aber ...“, wollte er protestieren, doch sie legte ihm sanft ihren Zeigefinger auf den Mund: „Ich werde dich niemals vergessen!“

Damit wollte sie sich abwenden, doch er griff nach ihrer Schulter und fragte ungläubig: „Du willst jetzt einfach so gehen?“

Sie wandte sich unwillig wieder zu ihm um. Dann wurden ihre Züge jedoch erneut weich, und sie sagte traurig lächelnd: „Es ist das Beste für uns beide.“

„Nein!“, fuhr Emil auf. „Warum …?“ Doch dann brach er ab, denn er las in ihren Augen, dass ihre Entscheidung schon längst gefallen war.

„Sag mir wenigstens einmal, dass du mich *nicht* liebst! Dann lasse ich dich gehen“, machte er einen letzten Versuch.

Ihr Lächeln wurde noch trauriger: „Selbst, wenn ich dich lieben würde – ein Mensch und eine Dämonin: Das kann nicht funktionieren.“

Damit wand sie sich aus seinem Griff und ging zügigen Schrittes in den Regen hinaus davon.

„Wenn du es dir doch noch anders überlegst ... Ich warte!“, rief er ihr verzweifelt nach.

Sie blieb stehen und drehte sich ein letztes Mal zu ihm um: „Warte nicht. Ich werde niemals zurückkommen. Such dir ein hübsches Menschenmädchen!“

Der Regen, der über ihr Gesicht lief, verbarg die Tränen, die dabei in ihren bergseeblauen Augen standen. Dann schlug sie den Kragen ihrer Jacke hoch, wandte sich entschlossen ab und schritt davon, ohne sich noch ein weiteres Mal umzusehen. Ihr Schwanz strich traurig hinter ihr her über die regennassen Fliesen. Emil aber stand noch immer da und starrte in die Dunkelheit hinaus, als sie schon lange fort war.

Aus sphärischen Höhen blickte das Schicksal auf ihn hinab und fragte sich einen ganz kurzen Augenblick lang, ob es nun nicht doch zu grausam gewesen war. Aber dann verscheuchte es diesen Gedanken. Es tat schließlich nur seine Pflicht, und die war manchmal eben auch eine traurige.

EPILOG

Im Anschluss an die Ereignisse dieser drei Tage und vier Nächte erstatteten Mai Li und Tatonka bei Pegasus Bericht über den guten Ausgang ihrer Mission und erhielten eine besondere Belobigung und Urlaub. Die kleine Chinesin fuhr daraufhin zurück nach Köln und gestand Malte ihre Liebe, woraufhin die beiden ein Paar wurden und blieben. Tatonka ging surfen.

Auch Wächter und Katrin blieben ein Paar. Er kündigte beim „Teppichlager Billigkauf“ und sie bei der Polizei. Stattdessen schlossen sich beide den Streitern von Pegasus an und erlebten gemeinsam noch viele Abenteuer im Auftrag des Lichts.

Malte konnte sich nicht dazu entschließen, Pegasus beizutreten. Dafür entschloss er sich aber dazu, endlich sein unsägliches Studium aufzugeben und stattdessen mal zur Ausnahme einen Comic fertig zu zeichnen. Bereits sein erstes Projekt wurde ein Überraschungserfolg: „Liebesgrüße aus Lindental“. Viele weitere Bestseller folgten. Dennoch war er nur dann wirklich glücklich, wenn Mai Li wieder mal Urlaub von ihren Pegasus-Angelegenheiten hatte und er mit ihr zusammen sein konnte. Als ein Reporter ihn viele Jahre später einmal fragte, woher er den Mut genommen habe, sein sicheres Studium aufzugeben und den ungewissen Sprung ins Künstlerdasein zu wagen, erwiderte er: „Wissen Sie, ich bin damals Zeuge einiger ganz außergewöhnlicher Ereignisse geworden, die mir eindeutig zu beweisen schienen, dass nichts – absolut gar nichts – auf dieser Welt unmöglich ist.“

Constantin überwand seinen Liebeskummer bald. Maßgeblich an dieser Genesung beteiligt war die süße Kleine von nebenan, die ihm an so manchem Abend bei der einen oder anderen Flasche Rotwein ihr Ohr und einen warmen Busen zum Ausweinen lieh. Ebenfalls nicht zu verachten war in dieser Hinsicht die Tatsache, dass pünktlich zum Neujahrstag 2000 ein Schreiben in seinem Briefkasten landete, das ihn über eine reiche Erbschaft unterrichtete. Ein Großonkel, der viele Jahre vor Constantins Geburt nach Amerika ausgewandert war, um dort sein Glück zu machen, war im greisen Alter von 99 Jahren verstorben und hatte ihm als seinem einzigen Erben 555 Millionen Dollar hinterlassen. Obwohl Constantin sich den Rest seines langen Lebens redlich darum bemühte, gelang es ihm nicht, das ganze Geld auf den Kopf zu hauen, sodass seine 11 Kinder und 33 Enkel auch noch einiges davon hatten.

Arthur wurde in Ehren wieder bei Pegasus aufgenommen. Als Ausbilder gab er noch viele Jahre lang sein Wissen an die Rekruten der Geheimorganisation weiter. Außerdem schrieb er seine Memoiren, die als fiktiver Roman gehandelt einen ziemlichen Erfolg bei Leserschaft und Kritik verbuchen konnten.

Auch Pfarrer Krauses Karriere war noch lange nicht beendet. Er wurde nämlich, als ihn sein Herr einige Jahre später zu sich rief, tatsächlich ein Engel. Anfangs war er allerdings recht verwirrt über die Verhältnisse im Himmel. Nicht nur, dass sich dort jede Menge Heiden und sogar Atheisten tummelten. Auch in sexuellen Belangen war der Chef offensichtlich wesentlich toleranter als seine irdischen Vertreter. Gegen Schwule und Lesben beispielsweise schien er überhaupt nichts zu haben, denn Pfarrer Krause begegnete hier oben einer nicht geringen Zahl von ihnen. Eine ganze Reihe von Päpsten und sogar den ein oder anderen Heiligen suchte er hingegen vergeblich …

Kommissar Jäger wurde im folgenden Jahr pensioniert und widmete sich in der Folgezeit verstärkt seiner Modelleisenbahn – einem beeindruckenden Bauwerk mit drei Tunneln, fünf Brücken und vierundzwanzig Weichen!

Meier von der Spurenermittlung bekam von seinen Eltern zu Weihnachten eine Orgel geschenkt und übte fleißig. Später einmal sollte er der beste ehrenamtliche Kirchenorganist Kölns werden.

Auch Jupp, dem Taxifahrer, stand noch eine glänzende Karriere bevor. Er wurde einige Jahre später der erste und einzige Prinz Karneval in der Geschichte Kölns, der sein royales Amt nicht dem berühmten „Kölschen Klüngel" verdankte, sondern einer geradezu unglaublichen Fügung des Schicksals, über die im Detail zu berichten aber den Rahmen dieses Epilogs bei weitem sprengen würde.

Die Hexe Gertawina hatte nicht so viel Glück. Sie stürzte bei ihrer nächsten Feenjagd von einem Kastanienbaum und brach sich dabei ein Bein.

Auch Viktor Schaffmanns künftiges Schicksal war eher tragisch. Er übernahm nach seinem BWL-Studium einen Posten in der Firma seines Vaters, was dazu führte, dass er noch viele Jahre lang an dessen Stelle seine Mutter in die Oper begleiten musste.

Alfred vom Yeti-Club Korschenbroich hingegen sah auf seiner nächsten Himalaya-Expedition endlich einen – diesmal echten – Yeti. Es gelang ihm sogar, ein Foto von ihm zu schießen. Leider vergaß er aber in der Aufregung, den Schutzdeckel von der Linse zu nehmen ...

Apropos Yeti: Unser pechverfolgter Unhold traf im Anschluss an dieses Abenteuer doch tatsächlich ein einziges Mal in seiner nunmehr fast tausendjährigen Existenz eine wirklich kluge Entscheidung. Als er nämlich ganz unten angekommen erfuhr, dass sein Meister das Zeitliche gesegnet hatte, entschloss er sich spontan dazu, sich still und heimlich aus dem Staub zu machen, bevor ein anderer Dunkelherr ihn zusammen mit dem restlichen Nachlass Asmodins übernehmen konnte. Er zog sich in den Himalaya zurück, wo er einem netten Yeti-Weibchen mit Hang zum Exotischen begegnete. Sie wurden ein Paar und der Unhold züchtete den Rest seiner Tage Eisblumen auf dem Dach der Welt ...

* * *

Und Emil ...?

Emil fiel in eine tiefe Depression. Er tat überhaupt nichts mehr für sein Studium und brach es schon bald ab, was zu einem schweren Zerwürfnis mit seinen Eltern führte.

Stundenlang saß er im Flur, vor seiner inzwischen reparierten Küchentür, starrte die Wand an und hörte Marillion. Da seine Boxen natürlich nicht im Flur standen, er aber auf einen möglichst hohen Lautstärkepegel zur Dämpfung seines Schmerzes angewiesen war, hörte der Rest des Hauses mit. Nur dadurch, dass er Emil kabellose Kopfhörer schenkte, konnte Constantin im letzten Moment eine ernsthafte Eskalation mit der Polizei und dem Bodybuilder von nebenan verhindern.

Emils Freunde gaben sich anfangs noch redliche Mühe, ihn über seinen Verlust hinwegzutrösten: Malte erzählte ihm stundenlang enthusiastisch von seinem neuen Projekt und widmete ihm sogar eine seiner Hauptfiguren. Erst nachdem Emil ihm eines Abends im Zustand fortgeschrittener Alkoholisierung erklärt hatte, dass er Maltes Gelaber über seine – Zitat – „saudämlichen Scheißcomics“ schon immer gehasst habe, gab Malte auf und meldete sich nur noch hin und wieder telefonisch, um nach dem Rechten zu hören.

Nicht viel besser erging es Constantin: Er hatte gehofft, dass Emil sich, wenn man ihn nur auf genügend Partys mitschleppte, doch irgendwann einmal neu verlieben *müsste*! Stattdessen betrank sich sein Freund aber jedes Mal nur unsäglich und wurde dann ernsthaft ausfallend, vor allem Frauen gegenüber, die ihn nett fanden. Das Resultat war, dass Constantin eine Zeit lang auf keine Partys mehr eingeladen wurde.

Der Einzige, dem es gelang, sich einen gewissen Zugang zu Emil zu bewahren, war Wächter. Immer, wenn er wieder mal von einem Auftrag in Timbuktu oder Lima zurück war, betranken sich die beiden gemeinsam. Und jedes Mal versprach Wächter hoch und heilig, sich überall, wo er auch hinkäme, nach Demmi zu erkundigen und Emil sofort Meldung zu erstatten, wenn er sie tatsächlich finden sollte. So blieb er gewissermaßen der einzige dünne Strohhalm der Hoffnung für seinen verzweifelten Freund.

Auch heute hatte Emil mal wieder einen grauenhaften Abend hinter sich – wie so oft in den letzten Monaten. Zu viel Alkohol, zu viele Zigaretten, zu viele Menschen, die ihr kleines, trostloses Leben vor sich hinlebten, während er ihnen aus seiner privaten Hölle heraus dabei zuschaute. Jetzt saß er im Flur und hörte wieder mal Marillion. Wie schon so oft versuchte er, sich zu wünschen, Demmi nie begegnet zu sein. Wie so oft misslang es ihm kläglich. Also gut, vielleicht morgen …

Mühsam raffte er sich vom Boden auf, hängte die Kopfhörer über den Kleiderhaken und machte sich auf den Weg zum Waschbecken. Nachdem er aber einen Blick hinein geworfen hatte, verwarf er den Gedanken ans Zähneputzen wieder. Er hatte schon seit Ewigkeiten nicht mehr saubergemacht. Wozu auch? So trat er also unverrichteter Dinge wieder zurück in den Flur, wo er unschlüssig verharrte.

In diesem Moment klingelte es. Er schaute auf die Uhr: halb zwei. Wer konnte das noch sein? Die unbenutzte Zahnbürste in der Hand ging er zur Wohnungstür. Als er sie öffnete, fiel er in zwei tiefe blaue Bergseen. Erst nach Sekunden begriff er, dass es sich dabei um die schönsten Augen handelte, die er je gesehen hatte.

Ende